眠たい奴ら

新装版

大沢在昌

角川文庫
20056

1

そのマンションの部屋を選んだのには、理由がいくつかあった。まず一つめは、部屋が三階にあって、裏手が大きな寺の境内《けいだい》に面していること。境内には「保護樹木」の指定をうけた樹齢二百年を超える銀杏《いちょう》の木が植わっている。その張りだした枝が、ちょうど2LDKの六畳間の窓のま下にあって、いざとなればとび移ることが可能そうに見えたからだ。

二つめは、部屋のオーナーは、税金上の理由でこの部屋をまた貸しにしていて、そのせいで借り主の名前や素姓を一切詮索《せんさく》しないことだ。あいだに入っているのは、兜町《かぶとちょう》の金貸しで、しばらく愛人にしていた銀座のホステスを住まわせていたのだが、仲が終わって空き部屋になった。女房をひどく恐がる男だから、女と切れたあとも、管理を任されている部屋の存在を秘密にしている。

三つめは、ごくありきたりだが、防犯カメラ付のオートロック機構を備えていることだった。

高見良一《たかみりょういち》がその三つの理由でこの部屋に住むようになってひと月半がたつ。そろそろ〝本部〟の結論がでそうで、しかもその内容についても見当がついていた。もしついていなければ、東京とはさっさとおさらばしていたろう。

だがいずれにしても用心に越したことはない。それまで住んでいた南麻布《みなみあざぶ》のマンションを夜逃げ同然にでてきた、あの八月のむし暑い晩まで、じっくりと時間をかけてこの部屋を探したのだ。いっしょに住んでいた、二十一歳の六本木で働くホステスは、その十日前に、ハワイにいくと告げて荷物をもってでていっていた。アダルトビデオの女優になったという噂《うわさ》もあったが、高見はその仕事も長つづきするとは思っていなかった。とにかく湯水のように金をつかうのが好きな娘だった。車だろうと洋服だろうと、人がうらやむようなものを手に入れてやらなければ、すぐにヘソを曲げるのだ。七月の終わりに、買って三ヵ月足らずのフェラーリを沈めたときから、こうなることは見えていた。「別れの予感」と呼ぶには現実的すぎる展開だが。

ビデオ女優が思ったほどは金にならないと気づけば、すぐにでも新しい男をつかまえるだろう。

腐るほどのあぶく銭をもった男の匂《にお》いを、敏感に嗅《か》ぎわけることのできる娘だ。どちらにせよ潮時だった。二十一歳という若さで、SMから何からすべてひと渡りし尽した娘の飽くなき欲求に応《こた》えるには、半年間の同棲《どうせい》は長すぎる。「朝・昼・晩、いつでも、どこでも」が、あの娘のキャッチフレーズだった。いつでも、どこでも、には、四十二の誕生日を一月に迎えた高見の体はいささか応えづらい。「男盛り」と、ただの「盛り」の意味がちがうことを、とうとう納得《なっとく》させられなかった。

高見は、周囲からは、用心深くて頭の切れる男だと思われていた。それは半分以上事実だが、ときおり、そう一年に一度くらい、頭の血管が本当に切れる音が聞こえるようなことがあって、そうなると自分でもまるで信じられない無茶をしでかすのだった。

その無茶のひとつが、あの娘とのつきあいだった。娘とのことは、まわりに知られざるをえなかったが、他の無茶は今のところごく限られた人間にしか知れていない。

業界には、自分に関する評判がひとり歩きするのを好む手合いが多かったが、高見はちがっていた。ひとり歩きしてほしいのは、今定着している「用心深くて頭が切れる」という評判で充分だった。「切れると何をしでかすかわからない」という評判は、「実は頭が悪い」という噂に変化しかねず、そうなったら、今のような状況では「水ぎわの犬を打って」ひと儲《もう》けしようとたくらむ、もっと頭の悪い連中の相手をしなければならなくなる。

それだけはご免だった。高見の辞書では、「頭が悪い」というのは、「忍耐がない」と同義語で、そういう連中ほど始末に困る手合いはいない。


寝返りを打ったとたん、急に目がさめた。腕時計をはめて寝る癖がついていて、のぞくと、ダイヤモンドを埋めこんだ八百万の文字盤が現在時刻を三時半だと教えた。

少しむし暑い夜で、高見は境内に面した窓を細めに開けて眠っていた。

なぜ自分が目ざめたのか、ぼんやりと考えていた。布団をしいただけの六畳間は殺風景で、このところ部屋にいればいつも読んでいる中国古代史の本が十数冊と寝酒にしたカミュのボトルにグラスがあるきりだ。

そうか、虫の音だ。

気づいたとき、ミシッという、かすかな軋《きし》みが玄関の通路から聞こえた。

ドアに吊《つ》るしておいたカウベルも鳴らなかったとは奇妙な話だ、つづいて高見は思った。昔の喫茶店でよく見かけるようなカウベルを、高見は眠るときにドアの内側に吊るしている。

このマンションを選んだ、四つめの理由が、内装は新しいものの築十五年、というところにあった。玄関とリビングを結ぶ通路の下の根太《ねだ》が傷んでいて、少しでも重みがかかると、さっき聞こえたような軋みがたつのだ。

虫の音がまず止んだ。それが高見の目をさまさせたのだ。虫は、六畳間のすぐ窓辺でも鳴いていたのだ。

まず心に浮かんだのは、面倒なことになった、という思いだけだった。眠けが勝っていたために、まだそのていどのことしか思いつかないのだ。

つづいて思ったのは、何人いるのだろうか、という疑問だった。

一人ということはない。一人だったらお手上げだ。一人で乗りこんでくるようなら、まず拳銃《けんじゅう》をもっていて、使い方に自信のあるようなプロだろう。素手のこちらに勝ち目はない。それに、一人なら、目的ははっきりしている。一対一で、「さらう」だの「痛めつける」はない。「消す」あるのみだ。

それでも高見は膝《ひざ》にまとわりついていた毛布をそっと外し、中腰の姿勢をとった。首の長いカミュのボトルをつかんだ。キャップがしっかりとしまっていることを手探りで確かめる。いざというときに酒がこぼれて手がすべりましたでは、洒落《しやれ》にならない。

リビングルームと六畳間の境いには、襖紙《ふすまがみ》を貼《は》った板戸がある。今はごく細いすき間を残して閉まっている。

湿度が高いこの時期、滑りは決してよくはない。

と思っている間に、その細いすき間から数本の指がのぞいた。

どうやらそれほど慣れた玄人《くろうと》ではない。これから「仕事」をする相手の部屋に忍びこみ、中のようすもうかがわず、一気に寝室の戸を開こうというのだ。

となれば、次の行動もパターン化している。

高見は怒った猫のように布団から跳ね起きた。

がらっと板戸が開かれ、

「高見ぃ、天誅《てんちゆう》！」

金切り声の叫びがした。同時に日本刀の抜き身が光ると、布団めがけて黒い影が突進する。

侵入者は二人だった。あとの方の役目は大きめの懐中電灯で「仕事」を照らす仕事だ。だがおおむね、そういう役回りを果たす側の方があがっていて、失敗する。

だから光が六畳間を裂いたとき、パンチパーマに剃《そ》りを入れた若造が、だんびらを誰もいない布団に突っこんでいる間抜けな姿が煌々《こうこう》と照らしだされる結果になった。

高見は隠れていた板戸の陰から一歩踏みだすと、カミュのボトルの底を若造の顔面に叩《たた》きこんだ。

ガラスの割れる音、鼻骨の砕ける音が、決して派手ではなく響いた。カミュのボトルは底が厚く、コップが割れるようにはいかない。

若造は声もたてず転がった。死にはしないだろうが、顔は何十針と縫う羽目になる筈《はず》だ。

照明係は、ひっという声をあげた。高見は、若造の手から落ちた日本刀をすくいあげた。白木の柄《つか》の安物だ。ポン刀といったところで、一人でも刺せば、刃がこぼれ目釘《めくぎ》がゆるむような大量生産品だった。

手をのばし、蛍光灯のヒモを引いた。明りがつき、馬鹿みたいに高見の顔にライトを向けている照明係が目をしばたたいた。

照明係は、のびている若造よりは少し年上だった。おおかた、若造をたきつけ、監視する役を上からおおせつかったのだろうが、口ばかりで度胸がともなわなかったのだ。

紺のダブルに、趣味の悪いピンクのシャツを着ている。ネクタイは、エルメスの時代遅れだ。三十四、五といったところだろう。やけに生っ白いところを見ると、ふだんは女のケツモチでもやっているのかもしれない。

高見の心臓の鼓動も、ようやく落ちつき始めた。「殺す」とおどされたことは、これまで何十度とあったが、こうして本気で襲われたことは初めてだった。夜中に寝ているところに日本刀もちでやってこられるのは、盛り場で喧嘩《けんか》をするのとはわけがちがう。

「すわれ」

かすれ声がでた。照明係は、わなわなと唇を震わせながら、ぺたんと尻《しり》を落とした。目がきょろきょろと動き、今にも吐きそうなほど激しく喉仏《のどぼとけ》を上下させている。どういわけをつくろおうと、「殺しに」きて、失敗したことは見えている。だから言葉がでないだろう。

高見は深呼吸した。喉が鳴った。からからに渇いている。

「堪忍してください！」

不意に照明係が正座して、額を床にこすりつけた。

「堪忍して下さい、何でもします、何でもいう通りにしますから……」

背中を丸め、念仏を唱えるようにくり返している。

高見はようやく息を整えた。

「誰にいわれてきた」

煙草が猛烈に吸いたかった。が、願をかけた三月、禁煙したのだ。もっとも願がかなっていたら、ここにこうしてはいなかったろう。

「堪忍して下さい」

男はくり返していた。

「できねえよ」

高見はいって、刃《やいば》で軽く男の背を叩いた。背広がすぱっと裂ける。男は悲鳴をあげ、子供のように体を縮めた。

「〝本部〟か？　〝本部〟の決定なのか」

十中八、九、その筈はないと思いながらも訊《たず》ねた。もしそうだと答えたら、この男の命をとらなければならない。

「ちがいますぅ。う、うちの……」

いいかけ生唾《なまつば》を呑《の》んだ。

「うちの何だ？」

「う、うちの隊長の……」

それで見当がついた。「隊長」という肩書があるのはひとりだけだ。「愛国決起隊」だろう。馬鹿に二乗がつくといわれた、〝本部〟傍流の、山谷《やまたに》だ。前々から高見のことを苦々しく思って、機会があれば潰《つぶ》そうとチャンスをうかがっていたことを知っている。『関東に武闘派はお呼びじゃない』といつだったか高見がいった言葉を、自分のことだと思いこんでいるのだ。高見にしてみれば、山谷など「武闘派」のうちにも入らない、目立ちたがりの喧嘩馬鹿だ。

「山谷が、俺を殺《や》れってか。〝本部〟に迷惑かけたからって、ん？」

「は、はい！」

男は這《は》いつくばった。

それで自分に陽が当たると、山谷なら思いこみそうだった。高見が現われなくても、山谷が〝本部〟主流の座につくことはありえなかったのにだ。

馬鹿の上に嫉妬《しっと》深くてはどうしようもない。

高見はため息をついた。こんなチンピラを使っている阿呆《あほう》と「同格」だったと思うと、涙がでそうだ。

「山谷、どこにいる」

「堪忍して下さい」

「できねえっってんだろ、馬鹿！」

高見はどなって、男の左耳を切った。男が呻《うめ》き声をたてた。

「いえば、耳いっこで勘弁してやるよ。いえっ」

「ぶ、分室に」

「分室？　曙橋《あけぼのばし》の事務所じゃないのか」

「い、いえ。若松町《わかまつちょう》の分室です」

高見は合点した。若松町の分室は、河田町《かわだちょう》の〝本部〟に近い。いざとなれば〝本部〟に逃げこむ気なのだ。この男たちが失敗したとき、逆上した高見がカチ込みをかけるのを警戒したにちがいない。

「わかった。お前の名前は？」

「く、国松《くにまつ》です。あっちは時田《ときた》」

「隊員か、両方とも」

「と、時田は、見習いです」

「馬鹿か……」

思わず本音がこぼれた。正式な組員でもないチンピラに日本刀を預けて、殺しを命じたとは。

山谷もこれで終わりだ。

「二人だけできたのか」

「は、はい」

「電話は」

「し、下の車に……」

「終わったらする手筈か」

「はい」

「いくのはお前か」

「はい」

「誰と話つけた」

「よ、よ、四谷《よつや》署のマル暴と」

「刑事《でか》の名は」

「神尾《かみお》です」

つまり、高見殺しの罪は、この国松が背負《しょ》って、出頭することになっている、というわけだ。いくらなんでも殺しの実行犯を、見習いがやりましたと自首するわけにはいかない。

「その刑事はどこまで知ってる」

「まだ、まだ、何も。ただ……近いうち、俺《おれ》、でかいことするからって……」

「なるほど。じゃ今から電話しろ」

「へっ」

国松はのけぞった。

「今から電話して、若い衆に一発、根性入れてやりましたといえよ」

「そ、そんな！　できないです」

「できない!?」

「で、できるわけないです。俺、隊長に殺されます」

「今ここで殺してやろうか」

首の下に刃をあてがった。国松は失禁した。濃い匂《にお》いが鼻を突く。

「しろ」

「は、はい……」

這うようにして国松は電話のところまでいった。四谷署に本当に電話しているかどうか、高見は真剣に見守った。警察署の代表番号は、すべて下四桁《けた》が「〇一一〇」である。

でた交換手に、

「あ、あの、刑事課の神尾さんを……」

国松はいった。

「は、はい。四係の……」

受話器をおろし、国松は途方に暮れたように高見を見た。

「あの、自宅だそうです」

「じゃ切れ」

高見はいった。ほっとしたように国松は受話器を置いた。

確認はできた。何かあれば、四谷署の神尾という刑事が使える。高見は頭に刻んだ。

引っ越しのときに残ったガムテープがキッチンにあった。高見はそれを国松に投げた。

「それで自分の足を縛るんだ」

国松はぽかんとした。

「へ」

「縛れ」

まず足首をぐるぐる巻きにさせ、その上で後ろ手に手首を縛った。また殺されると思い始めたのか、縛っている途中で国松はがたがた震え始めた。

何か叫びだしそうな国松の口もテープで塞《ふさ》いだ高見は、昏倒《こんとう》している時田のようすを見にいった。

　ガラスの破片が顔面にくいこみ、血とブランデーでぐしょぐしょになったチンピラは、それでも浅い呼吸をくり返していた。時田の手足も、高見はテープで縛った。時田は意識を回復し、唸《うな》り声をあげた。が、それ以上、声がでないようにガムテープを口にも巻いた。血ですべったが、どうにか固定した。破片を押しつけられ、呻き声が高まる。

　二人を片づけると、高見は着ていたパジャマを脱いだ。時田の血で染まっている。

　ジュラルミンのアタッシェケースを開け、着がえのシャツと下着、ネクタイを二組ずつ入れた。ビニール袋に包んだパジャマもしまう。読みかけの本を一冊、すき間に押しこんで、荷造りは終わりだった。どうしてももっていかなければならないものはこれ以上はない。

　部屋に備えつけのクローゼットから、いちばん気に入っているこげ茶のスーツをだして着た。ダイヤのカフスでシャツの袖《そで》を留め、シルクのタイを締める。

　でがけに日本刀の柄を雑巾《ぞうきん》で拭《ふ》いた。たぶん警察はからまないが、いきがけの駄賃で銃刀法違反を背負わされてはかなわない。

　ドアのカウベルは、いつの間にかとり外されていた。器用な腕を、国松か時田のどちらかがもっていたのだろう。

　アタッシェケースを手にマンションをでて、二百メートルほど歩いたところでタクシーの空車をつかまえた。

「六本木へやってくれ」

高見はいった。運転手の目には、高見はやくざだとはうつらなかったようだ。素面《しらふ》の高見を、

「たいへんですね、こんな時間から仕事ですか」

とねぎらいながら、運んだ。

六本木の交差点を渋谷《しぶや》方面に少し進んだところで高見は車を降りた。

午前五時近くなり、さすがに六本木も人影が少ない。道路の左側には空車のタクシーがべったりと客待ちの列を作っている。地下鉄の駅の入口には始発を待つのか、十五、六にしか見えない、薄ぎたないなりをした小僧どもがたむろしていた。

高見はハンバーガーショップの角を右に折れた。左手に新しく建ったばかりのビルがある。じきに夜が終わるというのに派手なイルミネーションが点滅していた。金色の光の中に、赤い「CASINO」の文字が浮かびあがっている。磨きこんだ大理石のエントランスホールには、観音開きの巨大なガラス扉があり、タキシードを着こんだ白人と黒人のドアボーイのコンビが立っていた。

高見が大理石の階段をあがっていくと、黒人が扉を開き、深々とおじぎをした。訛《なま》りのある言葉で、ドウモコンバンハ、という。

高見は小さく頷《うなず》き、二人のあいだをくぐった。エレベータホールの手前にクロークがあった。

「いらっしゃいませ」

そこに白人の娘二人とやはりタキシードを着けた日本人の男がいた。男の方に高見は頷いてみせ、アタッシェケースを受けとろうとした白人女の腕を止めた。

「鴨田《かもだ》はいるか」

「いらっしゃいますが、今ちょっとお客さまで……」

男は困ったようにいった。

「〝社〟の人間か」

「いえ、ちがいます。社長の昔馴染《なじ》みだそうです」

「わかった。じゃあ四階で暇をつぶしている。用事がすんだら声をかけるように伝えてくれ」

「はい。了解しました」

正面のエレベータに乗りこんだ。ボタンは六階まで並んでいる。高見は「4」と「閉」のボタンを押した。扉が閉まる直前、クロークの男は、

「ごゆっくり」

といって、頭を下げた。

エレベータが上昇を開始すると、高見はすぐに「6」のボタンを押した。

エレベータは途中、どこにも止まらずに四階に到着した。扉が開くやいなや、「閉」のボタンを押した。

四階にはルーレットテーブルが三台おかれている。二台に客がとりついていた。女がそのうち約半分、十二、三人だ。銀座や六本木のホステスは、カジノバーの意外な上客だった。そこいらの遊び人を気どるカタギのサラリーマンなどよりはるかにでかい金を気前よく賭《か》ける。

鴨田にカジノバーを始めろと勧めたのは高見だった。そのために、このビルを建てた土地が所有不動産屋の破産で〝塩漬け〟になっていたのをうまく溶かす方法も考えてやった。

それまでの鴨田は、チンケなスナックとノミ屋の親父《おやじ》でしかなかった。今では〝本部〟の覚えもめでたい、同期の出世頭だ。〝本部〟がいくら上納金を釣り上げても、エビス顔で一括払いしている。

六階でエレベータが扉を開くと高見は足を踏みだした。

そこはぶあついカーペットをしきつめ、壁に油絵を飾った〝応接室〟だった。その油絵が泣かせる。十枚いくらで通販屋が売りつけるような安物だ。おおかた額縁の方が高くついているだろう。絵はざっと十二、三枚ほどあって、中央に黒い革ばりのソファをすえているので趣味の悪い画廊といったところだ。

見渡したところ、いちばん値が張りそうなのが、いちばん目立たぬところにかけられたリトグラフで、二十万がせいぜいだ。鴨田が出入りの画商にいくらふんだくられたかは知らないが、「カタギをいちばん信用するな」という〝業界の真理〟を忘れてしまったとしか思えない。

そのソファに、スーツを着たいかつい男が二人すわっていた。見たことのない顔だった。ボディガードだろう。そのスーツといい、ネクタイといい信じられないほどセンスがない。極道だと首から札を下げている方が、まだ正体がばれにくいのではないか。

高見が正面の扉に向かおうとすると、二人はさっと立ちあがって高見をはさんだ。

「なんや、われ」

握り飯のような頭の形をしたパンチパーマのずんぐりむっくりがしわがれ声でいった。

高見はかすかに顎《あご》をひき、

「ここの社長の兄貴分だ。そっちこそ何者だ」

低い声でいった。

ずんぐりむっくりは目をしばたいた。考えようとしているのだが、その空っぽの頭からは何も言葉がでないようだ。

おそらく最初に発した言葉以外に三つか四つしか言葉を知らないのだろう。関西にいるやくざの半分はそういう連中だと高見は聞いたことがあった。

もっとも兵隊にはそれで充分だ。なまじ頭が働く兵隊などろくな役に立たない。

関西がのしたのも道理というわけだ。

もう一人はまだましな頭をもっていた。

ずんぐりむっくりの袖をひき、

「えらい失礼しました」

と腰をかがめたのだ。

高見は小さく頷いた。

「いや。ご苦労さん」

奥の扉をノックして、押し開いた。

中に、鴨田と、この二人をひき連れてきた男がいた。

「兄貴!」

馬鹿でかいデスクにふんぞりかえっていた鴨田が仰天したように立ちあがった。高見はその表情をじっくりと観察した。驚きが、突然の来訪によるものだけかどうかを見きわめようと考えたのだ。

どうやらそれだけのようだ。

ようやく高見は、デスクと向かいあっておかれたソファにすわる男に目を移した。蛙のようにぶよぶよと太った男だ。小さい三角形をした目に狂暴さと狡猾《こうかつ》さが入り混じって浮かんでいる。薄物の派手なシャツに白いスラックスときた。

ひと目見て嫌いになった。笑顔満面で話しておいて、背中を向けたとたん刺すようなタイプの男だ。

「あ、久野《くの》さん、紹介します。わたしの兄貴の高見さんです。兄貴、こちら大阪の道頓《どうとん》会の久野さん。先に、箱根《はこね》で関西とのシンポジウムがあったときに知りあったんです」

久野はあせる鴨田を見て、一発かましてやろうと決めたようだ。何もいわず横柄な仕草で煙草に火をつけた。どうやらひと目で合わないタイプだと、高見を見たらしい。お互いさまというわけだ。

「関東は、舎弟の部屋やったら、いつでも挨拶《あいさつ》なしにどかどかこれるんでっか。よろしいなあ」

煙を吹きあげ、ちらちらと上目づかいで高見をにらんだ。

「そういうわけじゃないんですよ。ちょっと急ぎの理由がありましてね。失礼しました」

高見は下手《したて》にでた。鴨田ははらはらしたように二人を見比べた。

「ほーう。急ぎの理由。そうですか。それやったらしょうがないですなあ。わしらやったら、客人の前でそんな無躾《ぶしつけ》やったら、えらいしばかれますわ」

喧嘩売ってるのか、こいつ。一瞬、高見の頭にかっと熱い血がこみあげた。だがそれをおさえつけ、笑みを浮かべていった。

「そうでしょうな。西は特に礼儀にはうるさいと聞いてますから」

勝ったと見たか、久野はにたにたと笑った。

「そうですわ。ま、よろしいわ。急ぎの話があるんやったら、ちっと席、外してもらいますわ」

「申しわけありません」

高見は頭を下げた。

「気にせんといて」

鷹揚《おうよう》に久野はいって、腰をあげた。

「すいません」

鴨田も頭を下げる。

「いやいや。何いうてんねん。わしと鴨田さんの仲やないか。ほな、外の部屋で待っとるさかい、終わったら声かけてや。な」

久野はいかにも大物ぶっていうと、部屋をでていった。

高見は顔をしかめた。

「なんだ、あのでぶは」

「勘弁して下さいよ、兄貴。それでなくともでかいツラされてうんざりしてんですから」

鴨田は泣きそうな顔になった。

「本当に大阪の極道なのか」

「ええ。自分じゃ天王寺会《てんのうじ》直系の幹部候補生だなんてほざいてますがね。箱根のときはとにかく仲よくやんなけりゃいけないってんで……。まさかあんな下衆《げす》野郎にマブダチ扱いされる羽目になるとは思いませんでしたよ」

「何の用だっていうんだ」

「別に。義理かけか何かでこっちにでてきたんで、どっか遊ぶとこないかとか、そんなのですよ。まあ、〝本部〟の路線がかわらない限りは、あいつらに恩を売っておいて損はないですからね」

高見はあらためて鴨田を見た。鴨田は色白で、神経質そうな優男《やさおとこ》だ。ただし博打《ばくち》に関しては、いい目をもっている。

「その〝本部〟から何か聞いてないか」

鴨田は怪訝《けげん》そうな顔をした。

「いいえ、何にも……」

「山谷のとこの馬鹿が二人、今夜俺《おれ》んちにカチコミやがった」

高見は吐きだすようにいった。

「ええっ」

鴨田は目を丸くして素頓狂《すっとんきょう》な声をあげた。

「マジですか」

「そうだ。国松ってのと、時田って見習いだ。だんびらもってきやがった」

「で……。まさか――」

「大丈夫だ。時田って小僧は少しシメたが、二人ともどうってことはない。テープで縛って、俺の部屋に転がしてある」

「あの山谷の馬鹿が……。どうします？」

高見は息を吐いた。

「山谷のことだから、〝本部〟が俺を切ると踏んで潰《つぶ》しにかかったのだろう」

「それで〝本部〟にゴマをすろうってんですか？　信じられねえ野郎だ。最高幹部会はあさってですぜ」

「それまで待ってられねえ」

高見はいった。

「え？」

「もう馬鹿馬鹿しくてやってられないってんだよ。俺にいくら謹慎さそうが、エンコ飛ばそうが、銭は戻ってこねえよ。生かしとけば使い途《みち》があるだろうが、俺だって」

「そりゃそうですよ。何いってんですか、兄貴。兄貴がいったい組にいくら儲《もう》けさせたか、山谷の馬鹿は何もわかっちゃいないんだ」

「もういいよ、あの馬鹿の話は。とにかくやってられねえから。俺は逃《ふ》げることにした」

「へっ」

「山谷の野郎は、〝本部〟に近い、若松町の方の事務所で、今か今かと俺の首が届くのを待ってるらしい。神尾って四谷署のマル暴と話もつけてあるってことだ」

「きったねえ。その野郎ら埋めちまって、知らん顔しましょうや」

「いいんだ。疲れたよ、俺はもう……」

「でも兄貴――」

「どうせ〝本部〟だって、俺の命とっても銭が回収できるわけじゃない。といってほっておけば、山谷みたいな馬鹿が、『しめしがつかねえ』とかなんとかクダ巻くから、結局、今までと同じように謹慎でもさすしかないわけだ。それが何年になるか、まるでわからないってとこだろうが。だったら自主謹慎で、しばらく逃げるってことさ」

「でもいなくなっちまったら、また山谷のことだから、破門しろだ何だっていいますぜ」

「だから馬鹿を二人、おさえたのさ。お前、朝になったら四谷署の神尾に電話しろ」

「何ていうんです」

「俺のマンションで人が殺されたらしいっていうんだ。国松に頼まれて伝えるって」

「そりゃおかしいや。奴《やつ》ら仕事しくじって、刑事に根掘り葉掘り訊《き》かれて、往生しますぜ」

　もちろん、殺しにきて返り討ちにあったなどと本当のことをいえるわけがないのだ。いえば、山谷にも累が及ぶ。

「それともうひとつ頼みがある」

「何です？」

「金とチャカを用意してくれ」

高見はいった。

鴨田は一瞬、息を止めた。

「チャカ、ですか」

「ああ。どこへ逃げるかまだ決めてないが、ひょっとして〝本部〟が俺を消そうなんて決定を下したら、どうぞって首をさしだす気はないからな」

「でもそんなことには……。そんなことって絶対ないですよ……」

鴨田は口ごもった。

「多分な。俺を今殺しても一銭にもならない。だがそれこそ、最高幹部会が変な方向で、『しめし』って話にいったら、そうならないとは限らない」

鴨田はほっとため息をついた。

「確かにこれが一億二億なら、そういうこともあるかもしれませんが……」

高見はにやっと笑った。

「まあな。三十億じゃ、人一人どう殺《ばら》したって、どうにもなる額じゃねえ」

そして表情をひきしめた。

「お前には迷惑かけるが、これが最初で最後の迷惑だ」

鴨田は唇をかんだ。

「わかりました。銭の方はいくらくらい」

「五百」

鴨田は頷《うなず》いた。妥当な額だ、と高見は思う。これが千でも二千でも、鴨田は高見にうけた恩を考えれば用だてなければならない。しかしそれだと鴨田の無理が大きくなる。かといって、十や二十の端《はし》たでは、鴨田を、〝本部〟に対する高見の〝共犯〟にしたてるまでにはいかない。鴨田は高見に、自分にとってはたいしたことのない額だが、五百万を用だてた行為によって、〝本部〟に対し、秘密をもつ結果になる。十万、二十万なら、ただの「挨拶《あいさつ》」だ。高見を助けたことにはならない。

「金はすぐ用意できます。チャカは……」

考え、

「一時間、いや、三十分待って下さい」

「足つきは勘弁しろよ。去年殺しに使いました、なんてのはごめんだからな」

「そんなこと俺がするわけないいじゃないですか！」

鴨田は憤然と抗議した。高見は笑った。

「冗談だ」

それから真顔に戻って、頭を下げた。

「恩に着るぜ」

「やめて下さい、兄貴！」

あわてて鴨田がいった。

「じゃ、俺は下で待ってる。邪魔した」

「そんな。すぐ手配しますから」

高見は、鴨田に送られ部屋をでた。「画廊」では、久野がボディガードとともに待っていた。

「どうも御迷惑おかけしました」

高見は頭を下げ、三人の前を通った。

「かまへん、かまへん」

高々と足を組んだまま、久野が手を振った。高見は笑みを浮かべ、腰をかがめた。

エレベータに乗りこみ、久野を再度部屋に招き入れる鴨田に目で合図した。

久野はでかい面をして、高見のことをあれこれ鴨田に訊くにちがいない。

見ず知らずの東京者に初めから高圧的な態度をとる久野が、本当の大物である筈《はず》はなかった。大物は、不必要な摩擦の恐しさをよく知っている。チンピラ同士ならいざ知らず、それ相応の立場にある人間が、よその人間と摩擦を起こせば、すぐに大ごとになるのだ。

戦争は、起こすのはしごく簡単だ。だがおさめるのには、金と手間がたっぷりかかる。たった一度振りあげた拳《こぶし》のために、何十度と頭を下げなければならない羽目に陥るのだ。

それを見こせない馬鹿が、ああいう態度をとる。

半端な利口は出世せず、半端な馬鹿も出世できない。とはいえ、大馬鹿は、出世するほど長生きできない。

それがこの世界だ。

四階で高見はエレベータを降りた。目ざとく、フロアマネージャーが寄ってくる。

「遊んでいかれますか」

「いや。見るだけでいい。ウーロン茶、もってきてくれ」

高見はいって、空いているソファに腰をおろした。カナダ人のマギーというホステスが、

「ハイ」

と微笑《ほほえ》みかけた。

二十六歳で、バンクーバーに別れた亭主と三歳になる息子がいる。

「ハイ。サンは元気か」

「ゲンキ、よ。サマーキャンプのピクチュア、見せたか」

マギーは隣に腰かけた。

「見た」

ボーイがウーロン茶をもってくる。高見はマギーを指さした。

「何か飲むか」

「サンキュー。コークアンドスカッチ」

マギーは笑い、金髪に染めた髪をかきあげた。根もとが黒くなっている。肩を露《あら》わにしたドレスは、ブラックライトの下で見るところどころに染みがあった。

「カンパーイ」

酒が届くと、高見とマギーはグラスを合わせた。高見はバカラテーブルを眺め、煙草をくわえた。マギーが火をつける。

テーブルには、高見も顔を知っている銀座のホステスが数人いた。ハゲに寄り添い、アツくなって叫んでいるのは、リセという七丁目の女だ。バブル崩壊で一千万の売り掛けを食らい、半年ほど吉原《よしわら》に沈んで戻ってきたばかりだ。

あのアツがり方では、いずれまたソープに沈むのは見えている。

一人の男に目が止まった。見覚えのない顔だ。一人できているようで、掌《てのひら》のチップを弄《もてあそ》びながら、あたりに目を配っている。

こいつもとてつもなく趣味が悪いぞ、高見は思った。濃い紫のダブルのスーツに黄色とピンクのネクタイときた。

特に顔がひどい。ま四角の、雪駄《せった》の裏で「福笑い」をやったような面つきをしている。顎《あご》が張りだし、下唇もつきでている。まるで何にでも食いつくダボハゼといった造作だ。

カタギじゃないのは明白だ。だが、このカジノバーが、鴨田の店だというのは、業界では常識だ。よその人間が、一人で来る筈はない。

とすると、上のでぶの連れか。

それとも――。

そのとき、エレベータが開き、久野が、お供と鴨田を従えて現われた。雪駄顔がそれを見つけ、両手でズボンをずりあげる。ずんぐりとしていて、体つきもま四角な男だ。

高見はマギーの太腿《ふともも》を軽く叩《たた》いた。

「やっぱりサンの写真、見せてくれ」

「オーケー」

いって、マギーは立ちあがった。フロアをよこぎってロッカールームにいくマギーと、エレベータに近づいていく雪駄顔がすれちがう。

高見は新しい煙草に火をつけた。

鉄砲玉だったら厄介なことになる。もちろん、雪駄顔の狙《ねら》いは久野だ。

ふつうならよその縄張りで鉄砲玉が弾《はじ》けることはない筈だ。やるなら、弾く相手の縄張りだ。

だが関西はそのあたりがよくわからない。

もし雪駄顔が鉄砲玉で、この場で弾けるようなら、高見は即座に姿を消すつもりだった。金と拳銃《けんじゅう》は惜しいが、とばっちりをくらってはたまらない。

マギーが戻ってきた。

雪駄顔に気づいた久野が立ち止まった。一瞬ぎょっとしたような表情になる。

やばいかな。

鴨田も同じことを考えたにちがいない。すっと横に動いた。流れ弾が恐い。

「よう」

雪駄顔がいった。

「珍しいとこで会《お》うたな、え」

顔に似合ったひどい濁《だ》み声だ。

ボディガード二人が、

「なんや」

といって顔をつきだした。どうやら全員知り合いのようだ。しかしボディガードは手をださない。

ならばひょっとすると……。いや、まさか。

雪駄顔は、久野の派手なシャツの襟を指ではさんだ。

「ええシャツ着とるのぉ。ぴらぴらの。届かへんな、こういうええシャツ。うちとこの課長には」

まちがいない。刑事《でか》だ。しかし所轄じゃない。四課でもありえない。刑事がくれば必ず、クロークから知らせがくる。そのためにクロークカウンターの下には、近隣所轄署と本庁四課のガン首写真が貼《は》ってある。

「何の用や」

体を硬直させたまま久野が訊《たず》ねた。高見は戻ってきたマギーの腰を抱き、連中からの目隠しになるような位置にすわらせた。

おもしろいことになった。

「冷たいことといわんかてええやろ。お互い、慣れへんお江戸でばったり会うたんや。世間話ちゅう奴《やつ》をやろうやないか」

雪駄顔はいい、眺めていたボーイに手を振った。

「兄ちゃん、酒もってきてや。この旦那《だんな》は大物やさかいな、安酒は飲めへんで。何ちゅうたかな、ドンペリか、あのサイダーみたいな奴。あれもってきてんか」

「忙しいんや」

久野が苦虫をかみ潰《つぶ》したような顔で吐きだした。雪駄顔はにやりと笑った。

「そうかぁ、わしは暇や。お江戸ちゅうとこは、おもろいとこ、あらへんなぁ。暇で暇で……ほんま、堪忍したってぇな」

久野の肩ごしに、鴨田に首をすくめてみせ、雪駄顔はいった。

鴨田はすぐにボーイを呼んだ。テーブルの用意を命じたのだ。笑みを浮かべ、歩みよった。

「ま、こちらへどうぞ、お客さん。すぐに飲み物を用意させますから」

「そうかぁ。えらい、悪いなぁ」

雪駄顔は相好《そうごう》を崩した。笑うと目尻《めじり》が垂れて、妙に愛敬《あいきょう》のある顔になる。

「月岡《つきおか》さんよ――」

うんざりしたように久野がいった。

「なんや月岡さんて。大阪でいいおうとるように月ちゃん、呼ばんかい」

久野がごくりと喉《のど》を鳴らした。一見すると、この月岡という刑事はタカリ屋のようだが、どうやらそうではないらしいと高見は思った。

もしタカるのが好きな刑事で、いつも飲み食いさせてやってるなら、久野はここまで苦りきったりはしない。ボディガードたちにも一種の緊張がある。

久野のあの性格ならば、タカらせている刑事が相手なら、まるで飼い犬のような横柄な態度をとっていい筈だ。

「さ、こちらへどうぞ。お席の用意がしてありますから」

「すまんなぁ、兄さん。あ、これチップや」

四人を席へ案内する鴨田に、月岡という刑事は、手にしていたチップの一枚をさしだした。色と形で、最も値段の安い、一枚五百円のチップだとわかった。

それを掌に押しこまれ、鴨田は何ともいえない表情になった。怒っていいのか泣いていいのかわからない、という顔だ。

高見は思わず笑いだした。バカラテーブルの客たちは、この小さなできごとに気づいていない。

「ナニ、おかしい?」

マギーが笑みを浮かべ、高見をふり返った。

「いや、何でもない。写真、見せてくれ」

高見は写真を受けとると、見るふりをしながら、四人がすわったテーブルにちらちらと目を向けた。

アイスバケットが運ばれ、シャンペンが冷やされる。

鴨田がテーブルを離れ、高見には目を向けないようにしながら歩き去った。これ以上の久野へのフォローはごめんだという意思表示だ。

刑事と仲よくしたがるやくざはいない。少なくとも、探られて痛い腹をもっているうちは。

月岡の声は大きかった。斜め横にいる高見の耳に、嫌でも入ってくる。

「なあ、久野ちゃんよ。お前とこのあのゲーセンな、ほれ、千日前《せんにちまえ》にあるアレや。ポケベルもった女子高生がぎょうさんおるけど、あれ何や。こづかい稼ぎ、させとるんちゃうか」

「何いうんや、月岡さん」

「そやから月ちゃん呼べ、いうたやろ。ほれ、飲まんか、お前らも。うまいで、このサイダー」

「わいは何も知らんわ」

「そうか。ほんなら、畳屋町《たたみやまち》にあるゲーム喫茶はどうや。奥で、ごっつう疲れのとれるドリンク剤、売っとるそうやないか」

「知らんわい」

「よっしゃ！　ほな、これはどうや。前にな、あべの橋とこのモータープールで、金貸しが刺されよった。アホな奴でな、ケツモチに払い、渋りよったそうや。刺したんは、マル走あがりのパシリやけど、『いてまえ』いうたん、久野ちゃんやろ」

「勘弁してくれや！」

　ねちねちとした口撃に久野が悲鳴をあげた。席を立とうとしたようだ。それを引き戻したのか、どすん、という響きが聞こえた。

「したれへんわい」

　どすのきいた、別人のような声で月岡がいった。

「久野ちゃんよ、お前とこの親分な、デパートでいっつもぎょうさん、お仕立て券つきのワイシャツ生地買《こ》うとるやろ。けど、自分の名前使《つこ》うて送られへんよって、笠屋町《かさやちょう》のクラブのホステスの名、使うて送っとるやろうが。いうてみいや」

「何《なん》も知らんわい」

「そうかぁ。うちとこの課なぁ、中元、歳暮のシーズンなると、皆《み》ーんな新品のワイシャツ着てきよるで。袖《そで》んところにネームいれてな。けど、わいのとこには、一度もけえへん。おもろいな。何でやろな」

「月岡さんよ、何眠たいこというてんねん。これ、嫌がらせか？　え？」

　久野が開き直った。

「やっと、わかったんか。とろい奴《や》っちゃのぉ。わいはいつでも眠たいんや。眠たいときのわいを怒らすと、おもろいことになるで。怒らせたいんかぁ」

　月岡の声が低くなった。その場の空気が凍りついた。

　久野が深々と息を吸いこんだ。

「わかった、わかったわ、月岡はん」

「それやったらな、親分にいうとけ。あんまり露骨につけ届けすな、いうてな」

「あ、ああ……」

やりとりに耳をすませていた高見に、ボーイが歩みよってきた。

「高見さま。社長が上においでいただけますかと――」

「わかった」

マギーに写真を返し、高見は立ちあがった。エレベータに歩みよっていく途中で、月岡の言葉が耳にとびこんだ。

「わいはな、おのれら極道が、クソバエよりも嫌いなんや……」

六階にあがってきた高見を、鴨田はエレベータホールで待っていた。

「おもしろいことになってるな、下は」

高見の言葉に鴨田は苦り切った表情を浮かべた。

「まったく、あの野郎と知りあったのは、人生最大の汚点ですよ。てめえひとりが歩く迷惑ならともかく、妙なハエまで連れてきやがって」

「あのハエは、極道がクソバエより嫌いだってほざいてたぞ」

鴨田は首を振った。

「まったく。まさかデコスケだなんて思いもよりませんでしたよ。西の連中は、どいつもこいつもふざけてやがる」

「あのでぶ、きっちり絞られて、脂汗流してやがった」

「妙な刑事《でか》ですよ。大阪なら、管轄外じゃねえですか。それをふんぞりかえりやがって。類は友を呼ぶってのは、こういうのをいうんですかね」

「そいつはちょっとちがうのじゃないか」

いって、高見は鴨田が足もとにおいた紙袋に目をやった。黒い光沢のある紙に、特徴のあるシャネルのマークが入っている。

「用意できました」

いって、鴨田はエレベータの表示に目をやった。ここなら、誰かが上がってくれば、エレベータの表示ですぐわかる。

高見はシャネルの袋を受けとった。それにしてもシャネルはないだろう、と思う。まあしかたがない。

紙袋の中には、帯封をした百万円の束が五つ入った封筒と、ずっしりと重みのある、ボール紙の箱が入っていた。

高見は箱の蓋《ふた》をずらした。ビニールに包まれた黒い塊りが見えた。

「ブラジル製です。三八口径で、六発込め。新品ですから」

鴨田の言葉は低くなった。高見は頷《うなず》いた。

「すまない」

「いえ。兄貴にはあんまりチャカは似合わないと思いますよ。よけいなお世話かもしれねえけど」

「俺《おれ》もそう思う」

蓋を戻し、高見は頷いた。これまで拳銃《けんじゅう》をもち歩いた経験がなかったわけではない。バブルの全盛期は、札束や権利証をごまんとメルセデスに積んで走り回った。そのときはダッシュボードにいつも一挺《ちょう》入れていた。千葉の山の中で、何回か撃つ練習もした。

だがそれ以外では、一度も撃った経験はない。チャカとヤクはよく似ている。もっているだけで罪になるし、もっていれば使いたくなる、というのも同じだった。だから必要がなければもたないに限る、というのが高見の持論だ。

「用がねえと思ったら、捨てちまうよ」

「そうして下さい」

鴨田は真剣な表情で頷いた。

「よし」

高見は紙袋をアタッシェケースにしまい、立ち上がった。外はもう、完全に夜が明けているだろう。さっさと街をでるに限る。

「ときどきは連絡して下さいよ」

高見のためにエレベータのボタンを押して、鴨田はいった。

「ああ。落ちついたらな」

「頼みます。俺の方もいろいろ、風向きを嗅《か》いでおきますから」

扉を開いたエレベータに高見は乗りこんだ。鴨田が威儀を正し、頭を下げた。

「兄貴、お気をつけて」

「ありがとうよ。お前もな」

鴨田は頭を下げたまま、頷いた。エレベータの扉が閉まった。

高見はエレベータの壁によりかかり、重い息を吐いた。このまま一階までノンストップで降りてくれと願う。

だが、それはかなえられなかった。

エレベータは四階で止まった。

「すんまへんな」

そういって乗りこんできた客が一人いた。月岡だった。

2

高見は目を合わせまいと、視線をそらした。だが月岡はエレベータが下降を開始するや、じっと高見に目を注いだ。

やがて口を開いた。

「にいさん、えらいお洒落《しゃれ》やな」

高見は無言で微笑《ほほえ》んだ。こんなことなら階段を使って降りればよかったと思う。

「えらい、格好ええわ。ナイスミドル、ちゅう奴《やつ》や。久野のボケとはえらいちがいや。同《お》んなじ、極道でも」

高見は息が止まりそうなほど驚いた。思わず月岡を見た。

「せやろ」

月岡はにやりと笑った。

「ほんまに、東京の極道は、カタギとまぎらわしいわ。兄さんなんか、しれっと澄ましとったら、どこぞの会社社長さんか、思うで」

カマをかけられたのか、一瞬、高見は思った。だが月岡の小さな目には確信があった。

「大阪からお見えですか」

ようやく、高見はいった。そのとき、エレベータが一階に到着した。

「そうや。兄さん、コーヒー、つきおうてんか」

「いえ、申しわけないのですが、ちょっと急ぎますんで」

「そうかぁ」

無理強《じ》いしようとせず、月岡はいった。

「ほな、しゃあないな。わいな、こう見えてもデリケートなんや。枕《まくら》かわると眠られへんさかい、朝までうろうろしてんねん」

何をいってるんだ、こいつは。高見は思いを押し殺し、頭を下げた。

「それじゃあ、ここで」

お、と月岡は頷いた。

「達者でな」

月岡をエントランスロビーに残し、高見は玄関をでた。

「アリガト、ゴザイマシタ」

二人の外国人ドアボーイが声を合わせる。

「おー、兄ちゃんたち、ごっつ、日本語うまいな」

わざとらしく月岡が驚いている声が聞こえた。

〝つけ待ち〟をしていたタクシーに乗りこみ、高見はほっと息を吐いた。

「東京駅、いってくれ」

ドアが閉まるのを待って、運転手に告げる。

タクシーが走りだすと、煙草をくわえた。

奇妙な刑事だった。奇妙な上に、鼻がきく。

「極道をクソバエより嫌いだ」といっておきながら、いきなり高見をやくざだと見抜いた上で、「コーヒーつきおうてんか」と誘う。

とらえどころがなくて、油断のならない刑事だ。そのくせ、関西弁のせいか妙な愛《あい》敬《きょう》がある。

あの男は、〝出張〟で東京にきたのだろうか。それとも、転勤で配属されたのか。

いずれにしても、東京のマル暴にはちょっといないタイプだ。久野をいじめるやり口の露骨さも、一人でそれをしたことを考えれば、相当の度胸だ。

一般には、やくざはふつうの市民にはいばるが、警官にはぺこぺこする、と思われている。だがそれは表向きのスタイルであって、一種の予定調和のようなものだ。

相手が警官であるとわかって、やくざが人前で、「それがどうした」とやれば、その警官のメンツは潰《つぶ》れる。メンツを潰された警官は、恨みをはらすためにとことん嫌がらせをする。そのやり方は陰険で、警官という商売が、〝男らしい〟などとはほど遠いことを高見は何度も身をもって経験した。

第一、「人を見たら泥棒と思え」という哲学を徹底して叩《たた》きこまれる警官という商売のどこが〝男らしい〟のか。

警官の嫌がらせは、対本人だけとは限らない。家族や、恋人、商売、あらゆるところに及ぶ。やくざにも警官にも、その仕事における「縄張り」というものがある以上、互いの関係から逃れられない腐れ縁が生じるのだ。

だから警官とぶつかれば、やくざは一応、相手の顔をたてる。警官もそれがわかっている。警官のメンツとは即ち、警察全体のメンツである。警官一人のメンツを潰すというのは、警察全体のメンツを潰すのと同じだ。警官はよく、そんないい方をする。

だがそれは見方をかえれば、衆を頼むことであり、組織で個人を圧倒する卑怯《ひきょう》なやり口である。

ふつうの市民がやくざを恐れる関係と、まるでちがいはない。

一対一の喧嘩《けんか》で、ふつうの市民がやくざに勝てば、やくざのメンツは丸潰れだ。だから、やくざは市民との喧嘩に負けは認めない。負ければ組織を動員して、勝ちにいく。だからやくざは嫌われるのだ。やくざは、嫌われてこそ、恐がられてこそ、商売になる。

警察はそれを認めない。「やくざを恐れるな」と市民にいう。

しかし一個人になれば、警官もやくざが恐いのだ。警察をやめた元警官は、やくざに礼儀を期待しない。前と同じようにぺこぺこさせることはできない。もしそんなことを要求すれば喧嘩になる。

それは、個人対組織の喧嘩だ。個人である元警官に〝勝ち目〟はない。

たまに、現職の警官であっても、やくざが本気になって喧嘩をしかけることがある。あまりにひどい嫌がらせをされたり、「やくざだから」と余分な罪をかぶせられそうになるときだ。

――あの野郎、人間として許せねえ。ム所に入ってもいいからぶっ殺してやる。

「口上」ではなく、そう口走ることがやくざにもある。それが警察の耳に入ると、必ずなだめに入る人間が警察からやってくる。

――まあ、あれはあいつの勇み足だったんだ。水に流してやってくれ。

それはとりも直さず、警官もやくざを恐がるという事実の表れなのだ。いくら警察全体がバックにあるといっても、刺されたり撃たれたりする、といわれれば、警官も怯《おび》えい。

る。犯人が逮捕されても、そのとき自分がこの世にいないのでは正義もへったくれもない。

そういう意味では、月岡の度胸は並みではない。第一、自分の同僚や上司に、〝挨《あい》拶《さつ》〟をするなと、久野をおどしつけているのだ。もしそれで喧嘩になっても、月岡に仲間の加勢は期待できない。おそらく、久野にすらあんな嫌がらせをする以上、警察内部でも相当、浮いた存在なのではないか。

警察にもやくざにも嫌われる警官というのは、その点ではひどく珍しい。

そう考えて、高見はふと気づいた。

あの月岡という男がおかれているであろう立場は、今の自分の境遇と似通ったところがある。

高見は、やくざからも警察からも嫌われたやくざだ。

高見は別に、周囲に嫌われるような言動をした覚えはない。多少、「出る杭《くい》」であったことは認めざるをえないが、だがそれも、組織全体によかれと思ってしたことだ。

とはいえ、結果的には、こんな半端な立場になった。

不始末をおかしたわけでもない高見を、「破門」にもできず、組織は苦りきっている。

やはり、月岡と同じだ。

月岡は、自分には「挨拶がない」といっていたが、それが不服で久野に嫌がらせをしかけたわけでないことは明白だ。

月岡は「出る杭」であり、警察全体によかれと思って、〝挨拶〟をやめさせようとしている。

自分の縄張りの所轄に、あんな刑事がいたら、ひどく手を焼くであろうとわかっていながら高見は、月岡に興味を惹《ひ》かれた。

コーヒーくらいつきあってもよかったかもしれない。

だがアタッシェの中には拳銃と金が入っている。いくら友好的であろうと、そんなものを身につけて、刑事とお茶を飲むのは、自殺行為だ。

「極道をクソバエより嫌いだ」といった月岡が、何かの拍子にそれを見破ったら、高見はおしまいだ。

もっとも、今の自分も、ほとんど「おしまい」のようなものだが。

高見はこれまで重罪で手配された経験が一度もなかった。一度でも手配された経験のあるやくざなら、「相談相手」を必ずもっている。

もちろんその相手とは刑事だ。電話を自宅なり署にかけて、「自首」の相談をするのだ。

刑期はどれくらいになるのか、調べはどの範囲にまで及ぶのか――いわば業者の見積りを訊《たず》ねるように、細々《こまごま》とした相談をもちかける。

もし月岡が東京の署に転勤してきたのだとしたら、あんな男を「相談相手」にするのもいいかもしれない。

高見は苦笑した。
嫌われ者が嫌われ者を頼りにしている。
ツキはすっかり落ちた、ということだ。
サラリーマンにも「リフレッシュ休暇」という奴がある。
自分もしばらく、「リフレッシュ休暇」をとるときがきたのだ。
もっとも、リフレッシュして、戻る場所が高見にあれば、の話だったが。

東京駅に着いた高見は、新幹線の切符を買うことにした。とりあえずの行き先は決めてある。

五年前まで、高見の身の回りの世話を焼いていた男が足を洗い、郷里に戻って割烹《かっぽう》旅館をやっている。もともと板前の修業をしに東京にでてきたのが、兄弟子の陰湿な嫌がらせにかっときて大怪我《おおけが》を負わせ、それが原因で極道の世界に足を踏みこむ結果になったのだ。一本気でしごく真面目《まじめ》な男なので、やくざにはずっと向かないと高見は思っていた。再三、組の盃《さかずき》を受けたがったが、高見は、いつかこの男は堅気に戻ると信じ、受けさせなかった。といって、他所《よそ》の半端な組の盃を急いで欲しがっても困るので、無理やり手もとにおいていたのだ。

五年前にその男の父親が死んだ。旅館は父親の、そのまた父親の代からのものだった。しかも跡継ぎはおらず、困り果てた母親が高見に泣きついてきた。高見は男を説得し、郷里に帰した。

そのことを男は恩義に感じている。そして以前からしつこいほど、自分の宿に泊まりにきてくれと乞《こ》われていたのだった。

やくざの自分が、足を洗った以前の子分の世話になることへの抵抗、などといった美意識は、高見にはない。そんなものは、映画の世界の話だ。

迷惑をかけることさえなければ、別にいくらでも世話になってかまわないとすら思っている。

客商売だから、自分がやくざだと周囲にわかればまずいが、その点では気づかれない自信がある。だからこそ、月岡に見破られたときには驚いたのだ。

経済的な負担をかける気もなかった。

その男の旅館に長逗留《ながとうりゅう》し、今後のことを少し考えよう、と高見は思っていた。

東京からおさらばする、と決心すると、ひどく心が軽くなった。結局のところ、東京にいようがいまいが、高見のおかれた立場には、何の変化もない。なのに、「自主的な謹慎」を自分に課し、マンションから一歩もでない暮らしをつづけてきたのだ。

ゴルフにもでず、女も抱かず、外で酒を飲むことすら避けてきた。

あげくの果てが鉄砲玉だ。高見は〝切れ〟たのだった。

このまま足を洗ってしまっても悪くない、と思う。極道の世界での楽しみは、さんざん味わわせてもらった。この上、同じ世界に居残っても、甘い思いはこれっぽっちもできそうにない。しょっぱいか、苦いか、その両方か。残っている思いは、それだけのような気がする。

だが、いくらなんでも、「やめた」のひと言で済むほど簡単ではない。現に、高見は、「三十億」という莫大《ばくだい》な借金を組に負わせているのだ。足を洗うにしても、その三十億を返してからでなければ、どうにもならない。

新幹線の切符を買い、高見は、東京駅の構内にある開いたばかりのカフェテリアに入った。

先客は、女が一人だ。その女が、思わず見とれたくなるほどのいい女だった。

三十を、でたかでないかくらいだろう。朝のこんな時間だというのに、背をしゃんとのばし、髪や化粧にも乱れがない。

店は、カウンターの他に、小さなテーブル席が四つという、こぢんまりしたものだ。女はそのテーブル席のひとつにすわっていた。

ベージュの上品なパンツスーツを着け、横の椅子《いす》に、黒のオーストリッチのハンドバッグをおいている。前のテーブルにはホットコーヒーのカップがあるきりだ。

ハンドバッグを別にすれば、途方もなく金のかかったなりというわけではない。指輪も、右手の中指にはまったダイヤが、せいぜい百万、といったところだ。左手には指輪がなかった。

小便娘のときから、なりには湯水のように金をつかったくちだろう。かなりの家に生まれたか、よほどいい男に恵まれたか。

結婚は、しても離婚したか、周りがびくついてそのチャンスを逃したかだ。たぶん前者の方だろう、と高見は思った。

しゃんとして、一見スキがなさそうだが、全身に色気が漂っている。パンツの裾《すそ》からのぞく、ストッキングに包まれたくるぶしは小さくて、その先の足首が締まった形であることをうかがわせた。

顔立ちは、高見がもっとも好きな卵型だった。きれいな富士額《ふじびたい》を、中心よりやや外れた位置で分けた髪からのぞかせている。

清潔感と成熟した女の色気が、矛盾なく共存している。めったにいないタイプだ。

高見は、斜め向かいの席にかけ、女を観察していた。テーブルには、コーヒーとともに買った焼きたてのミートパイがあるが、手をつける気はなくしている。

女をひと目見た瞬間から、食欲はさっぱり消えていた。これほどの女はめったにいない。それがよりにもよって、早朝の東京駅のカフェテリアとは。

高見に限らず、極道というのは、いい女に目がない。

それは、ひとつには、刹那《せつな》的な暮らしをしているから、というのがあげられるが、別の、もっと実利的な理由もある。

やくざ稼業は、いつなんどき、暮らしていた家、土地を捨てて、身ひとつで一からやり直さなければならない羽目に陥らないとも限らない。それが、明日からとか、来月から、ではなく、今日たった今この瞬間に、という突発的な事態として出現するのである。だから、定期預金をおろしたり、貸し金庫に駆けつける、などの悠長さはとても許されない。

着のみ着のまま、身につけているものが財産のすべて、といった状況で旅にでなければならないのがふつうだ。そのとき、現金が手もとになければどうするか。

まず身につけているものを売る。時計、指輪、ブレスレット、ネックレス——ひとつ売れば、ひと月やそこらは暮らしていけるていどの品を身につけておく。

それでもまだ金がいるとき——手っとり早いのは、女を働かせることだ。女は身につけるものではないが、自分の意志で動ける以上、呼び寄せることは可能だ。ホステスだろうがソープだろうが、いい女であればあるほど、その換金性は高い。

だからこそ口説くときには、湯水のように金をつかうのだ。つかうのは、つかえる状態だからであって、いざとなれば「元がとれる」のは、よくわかっている。

中には、最初から、「沈める」のが目的で、女を口説くやくざもいる。早い話が、三人も、女をソープに沈めておけば、月に三百万は遊んでいても入ってくるのがこの世界だ。しかも、ライバルがいるのを知ると、女たちの献身には、たいていの場合さらに拍車がかかる。あの女が月に百、貢ぐのだったら、あたしは二百貢いでやるとか、車をプレゼントしようとかいった具合いだ。

高見自身は、あまり女を沈めるのが好きではない。むしろ、自分が女にはつかう方だ。

女とは、稼業とは別の部分でつながっていたいと思うからだ。女と遊んで、仕事の憂さを晴らす方が、女を仕事だと思って抱くよりはるかに楽しい。

だから高見が、カフェテリアの客の女に目を奪われたのは、純粋に、「遊びの目」で、だった。

たとえば銀座のクラブなどにも、はっと息を呑《の》むほどの美人はいる。がそれは、もともとの素材が優れているというよりも、「磨かれて」美しくなったというタイプが多い。化粧のしかた、洋服のセンス、自分の欠点をカバーし、長所を目立たせる方法を、プロの水商売の女たちは熟知している。したがってその美しさは営業用であって、手もとにおいて〝所有〟し楽しむものではない。ホステスが最も輝くのは、やはり店の中で接客しているときであり、ベッドの中でふたりきりでいるときではないのだ。

高見の見ている女は、そうしたホステスたちとはまるでちがう。素材からして別のものだと思わざるをえない。

同時に、この朝初めて、高見は東京を離れることを躊躇《ちゅうちょ》した。

それは、これほどの美人が見られるのは、やはり東京をおいて他の土地ではない、と痛感したからだった。

よくいう「○○美人」という言葉がある。この「○○」には、さまざまな土地の名があてはめられる。地方の、すれていない清楚《せいそ》な印象を与える美人たちに、都会の人間が勝手に名づける言葉だ。

だがそれは裏をかえせば、垢抜《あかぬ》けない、完璧《かんぺき》ではない、ということだ。さらにそれほどの美人が珍しい、という意味あいでもある。

高見は、東京の下町で生まれた。十代の終わりでこの世界に入り、日本中のいろいろな土地を歩くことがあった。大都市といわれるところにはほとんど足を運んだし、また温泉町などの歓楽地でもずいぶんと遊んだ。その結果思いあたったのは、本当にいい女は、まず田舎にはいない、という結論だった。

若い頃から美人の誉れが高くて、人生の希望を自分の容色に託せるほどの女なら、まずまちがいなく都会にでていく。

もちろん「鄙《ひな》にはまれ」という言葉もある以上、中にはとんでもないど田舎で、信じられないような美人にでくわすこともあるだろう。だがそれは奇跡のようなものだ。都会に住む男が、地方を旅するとき身勝手な妄想をふくらませ、「旅情」を期待するのは愚かという他ない。

現代において、美貌《びぼう》が金になることを知っているのは、誰よりもまず、女たちなのだ。金を積み、親から娘を買い取っていくような「女衒《ぜげん》」が消えても、やはり若くて美しい娘たちは田舎にはとどまらない。

したがって、本当にきれいな女たちと会いたい、遊びたいと願うなら、東京が最良の土地なのである。特にサービス業の世界では、田舎にはそれなりの「美人」しか残っていないと考えるのが常識である。

高見は、自分が女好きであることを知っている。だからこそ、女を商売にはしない。女好きである自分は、商売にしている連中ほど女にシビアに接することができない。セックスを、女を飼うための調教道具として使えないのだ。

同時に、自分のタイプではないと思う女を抱くことにも躊躇してしまう。好きではない女に、いくら貢いでくれるからといっても、甘い言葉を囁《ささや》くことができないのだ。

酒好きには酒屋ができないの譬《たと》え通り、高見は女を商売にしなかった。

高見はつらい思いを味わった。これほどの女と出会いながら、自分にはどうすることもできないというつらさだった。女がカタギであるかどうかは、この場合、関係ない。女が亭主もちなら、高見もあきらめる。しかし明らかにそうではない。直感だが、外れていない自信はある。

知りあって、落ちなければ、やはりあきらめがつく。極道の中には、カタギの女に惚《ほ》れ、どうしても自分の意を遂げたいために、しゃぶや睡眠薬を使って、相手の人生をめちゃくちゃにしてしまうような手合いもいるが、高見はちがう。

高見は、相手を変えてまで自分の方に引き寄せようとは思わないのだ。自分から相手に歩み寄る。といって、相手に「やくざでは嫌だから足を洗ってくれ」といわれれば、そのときはひきさがる。今までならそうした。

(この女だったら、足を洗ってもいい)

互いしか客のいないカフェテリアで、もうひとりの客がそんなことを考えているとは露ほども気づいていないであろう女の横顔を見つめながら、高見は思った。

だが現実には、高見がこの女と会うことは二度とない。

これほどの女なのだ。東京以外の土地の人間である筈《はず》がない——高見の体験的判断に立てば、そういう結論になる。

やがて女が立ちあがった。見つめていた高見に気づくと、わずかに黙礼して店をでていった。

高見はため息をついた。腕時計をのぞく。あと十分で、買った切符の列車がでる。

店内を見回した。カード式の公衆電話があった。

立ちあがり、電話に歩みよると、手帳にメモしておいた番号を押した。

三度ほど呼びだし音が鳴り、

「はい、稲垣《いながき》でございます」

若い、感じのいい女の声が答えた。

「おはようございます。高見と申します。ご主人はいらっしゃいますでしょうか」

「はい。お待ち下さいませ」

朝食の仕度でもしていたのだろう。まだ子供が生まれたという話は聞いていなかった。

「——もしもし、お電話を代わりました」

稲垣の声が聞こえた。少しぶっきら棒で、客商売をこれほどやっても、照れ性は直らないらしい。

「達《とおる》か？」

稲垣が息を呑んだ。

「あに――高見さんですか⁉」

「おい。カミさんの前だ。ヤバい言葉づかいするなよ」

「はい！　お元気ですか⁉」

「何とかな。そっちはどうだい」

「お陰さまで順調です。高見さん、今どこなんです？」

「うん？　ちょっと旅の途中だ」

「じゃ、もしかして、きてくれるんですか⁉」

稲垣の声が弾んだ。高見はそこに芝居の匂《にお》いがないかどうか、耳をそばだてた。

「ひょっとしたらな」

「きて下さいよ！　頼みます！」

「泊まれんのかい」

「何いってるんですか。うちは旅館ですよ。部屋なんざいくらでもあります。いや、金とろうってことじゃないんですよ、そうじゃなくて――」

「おいおい、そっちは商売だろう。金を払わせてくれないのなら泊まるわけにはいかないよ」

「そんな。高見さんから金とるなんて、自分にはできないですよ」

「それならいかねえ」

「高見さん……」

稲垣が駄々っ子のように口を尖《とが》らせているさまを、高見は容易に想像できた。

「——そのかわり、ちょっと長めに厄介になるかもしれん。一週間くらい……ひょっとしたらもう少し長く。だから妙な遠慮はしたくないんだ」

「本当にきてくれるんですか。会いたいんですよ、俺《おれ》。高見さんに——」

「じゃあ、こっちの条件を呑むか」

「どうすればいいんですか」

「勘定をとる。他の客と同じように扱ってくれる。それだけだ」

「他の客と同じなんて、そいつは無理すよ。兄貴にはうちの料理、思いきり食ってもらいたいんです」

ついに「兄貴」になってしまった。

「だから長くいりゃ、そいつもかなう。どうなんだ」

「……わかりました。きてくれるんなら、何でもいうこと聞きます」

「よし。それとあたり前だが、俺のことはあまり周りに喋《しゃべ》るな。妙な目で見られたくない」

「それはわかってます。あたり前じゃないですか。で、お一人なんですか」

「ああ、一人だ」

「じゃ、俺が街の案内しますよ。けっこうこれで、いい女もいるんですよ」

「朝から何いってやがる。だからそういう気は遣わなくていいといったろう」

「はい」

稲垣はまた唇を尖らせたようだ。

「で、いつ……」

「まだわからん。今日か、明日か。また連絡する」

「約束ですよ、兄貴。本当に」

「ああ。じゃあな。カミさんによろしく」

いって受話器をおろした。

どうやら稲垣が歓迎してくれる気持は本物のようだ。

だが、彼の女房や旅館全体がどう受けとめるかは、別の問題だ。

高見は、稲垣のいる街に着いても、まっすぐに稲垣の旅館をめざすつもりはなかった。まず街全体の空気を観察し、「骨休め」をしても安全なところかどうかを見極めなければならない。

その街が、「ショバ」としては、高見の組と系列になる組織の縄張りでないことはわかっている。

ではどこの組の縄張りなのか。そしてそれは強固なものなのか、そうでないのか。さらに、稲垣には悪いが、稲垣のやっている旅館が周囲からはどう見られ、経営が実際どのていどうまくいっているのか、それを知ることも必要だ。

高見が乗りこんだのは、新幹線の普通車の指定席だった。グリーンは避けたのだ。バブルの時代、新幹線のグリーン車は極道の専用列車と化したことがあった。大阪以西ならば飛行機を使った方がいいのだが、極道には意外に飛行機嫌いが多い。たまに大きな冠婚葬祭が西であったりすると、午前中の東海道新幹線下りのグリーン車は極道で埋まる。

呉越同舟《ごえつどうしゅう》とはまさにこのことで、お互いに居心地が悪いのを我慢しているものだから車内には張りつめた雰囲気が漂う。おまけに極道の生活は朝に弱い。親分衆は皆、不機嫌そうな顔をして、子分も上がそうだから目を三角にする。

そんな車輛《しゃりょう》に何も知らないカタギでも乗りあわせたひには災難である。

座席での携帯電話の使用は禁止だが、もちろんそんなことはおかまいなしだ。わざと大きな声でこれみよがしに会話する。中には、すぐ近くの席にいる別の組とぶつかっているサルベージの件を、

「あれはもう、片がついたようなもんだ。向こうはブルっちまって、退《ひ》く一方よ」

ちくちく挑発したりする馬鹿もいる。見栄で固める極道稼業なのだ。

せっかく東京を逃《ふ》げるのに、その逃げる列車で顔馴染《なじ》みとぶつかってはたまらない。

高見が普通車を選んだのはそのせいだった。

もっとも、本当の大物は新幹線のグリーンなどは使わない。使ってせいぜいが個室グ

リーンだ。暗殺の危険があるからだ。長距離を移動するときは、飛行機か、前後をボディガードの車で固めさせたメルセデスで高速道路を爆走する。

高見の乗った普通車の指定は、始発列車ということもあって比較的空《す》いていた。窓際の席にすわったが、隣の通路側は、東京駅を発車するまで誰も来ない。

高見は足もとにアタッシェケースをおき、駅の売店で買った新聞を広げた。他に買ったのは、これからいく土地の観光案内だ。

新聞を読み終える前に、弁当のワゴン車がやってきた。サンドイッチとコーヒーを買う。広げてみて、手つかずにおいてきたミートパイの方がよほどましだったと悟った。

とたんに女のことを思いだした。かえすがえすも惜しかったとため息がでる。こんな朝にあれほどの女とでくわすとは、これは博打《ばくち》でいうなら半ヅキという奴《やつ》だ。気をひきしめてかからないと火傷《やけど》をするかもしれない。

たいして眠ってはいないのだが、眠けはあまりない。足もとには現金と拳銃《けんじゅう》がある。眠るのは、安全な場所にしけこんでからだ。

パサパサのサンドイッチをコーヒーで流しこみ、高見は観光案内の本を開いた。

稲垣のやっている旅館は、東京から二百キロばかり離れた、温泉と湖で有名な観光地にあった。湖は水深があることと透明度が高いので知られており、その湖を懐ろに抱くように火山があって温泉を湧《わ》きあがらせている。

地元では、それらの火山、湖は、古くから信仰の対象となっている。それぞれ「大《おお》山《やま》」、「大池《おおいけ》」と呼ばれているのだった。大山は、一千年ほど前に大噴火をしたという記録があり、そのときに大池が作られたのだ。

大池のほとりに広がった温泉街は、そのまま観光を資源とする、「大池市」という市になった。市の中心部と温泉街のふたつの盛り場が大池市にはあるようだ。稲垣の旅館が、どちらにあるのかはまだ高見にはわからない。

大池市は市制をしいて、まだわずか二十年だが、この二十年のあいだに、飛躍的に人口が増えた。その最大の理由は、観光開発ではなく、大山を霊地としてそこに総本山をかまえた新興宗教「大山教」の出現にあった。

ガイドブックには、「大山教」についてのひと口メモがのっている。

それによると大山教は、七十年代の初めに、藤田《ふじた》導山《どうざん》という男を開祖にして、大池市の外れにある「道場」で生まれた。藤田導山は、予言を次々に的中させ、信者を増やし、宗教法人としての認可を受けた八十年代の終わりには大山の山腹に巨大な総本山を建設した。この総本山の建設は、地元の産業を、これまでの観光事業とはまったくちがう傾向で潤わせた。結果、大山教は大池市にとって重要な存在となっている。

重要な存在とはつまり、市政に影響を与えているということなのだろう。

大山教という名前は、高見も聞き覚えがあった。確か芸能人にも信者がいることで知られている。

高見の考えでは、新興宗教に芸能人が入るのは、二つの理由がある。

ひとつは純粋に、宗教による心の救済を求めてだ。人気がすべての芸能界は、水商売以上に嘘《うそ》や裏切りがまかり通っていると考えてまちがいない。有名になるためなら、平気で親友や恋人をはめるような真似をする人間も多いだろう。蹴落《けお》としあいの世界では、誰を信じてよいのかわからなくなる。結果、宗教に向かうのだ。

もうひとつの理由は、数だ。新興宗教とひと口にいっても、大きいものになれば億単位、小さくても数万から数十万の信者を抱えている。新興ということは、それだけ布教活動にも熱心で、信者を増やすためのイベントをあちこちで多くおこなっている。そうした宗教団体に芸能人が所属すれば、コンサートやリサイタル、あるいは舞台公演などへの観客動員力をもつことになる。同じ信者というだけで、ファンを増やせるのだ。その場合、宗教団体は、信者に有名人がいるというのをアピールできるし、芸能人側は懐ろに直結するファンを増やすことができるというわけで、いわば持ちつ持たれつの関係といえる。

だが、これから向かう先が、その大山教の霊地だったとは――高見は渋い気持になった。

宗教団体が大きな影響力をもつ土地というのは、簡単に考えれば信仰心にあつい住人が多く、平和なところだと思えなくもない。

一方、経済やくざとしての経験を積んでいる高見は、宗教法人が、いかに莫大《ばくだい》な金を吸いあげる存在かをいくども目のあたりにしてきた。

たまたま境内が東京の中心部にある、というだけでバブル全盛時には、それを錬金術にした坊主がどれほど多かったことか。

そこいらのケチな寺でもそうなのだから、数百万人という信徒を抱える宗教団体になれば、動く金はハンパではない。

高見は以前、新興宗教専門の詐欺師と知り合ったことがある。この男は新興宗教が旗上げするときに顧問として教祖の側近となり、信者から金を吸い上げるシステムを作るのだ。

――そこの宗教がうまくいくかどうかは、教祖の周りにいる奴を見ればわかるんですよ。利口はひとりいればいい。あとは馬鹿でいいんです。利口が多すぎたり、馬鹿ばっかりだとうまくいかない。お家騒動みたいなことがかならず起きるんです
その男は、名前を変え、次から次に新興宗教の幹部に入りこんでは荒稼ぎをしていた。

――なぜそう、ころころ変わるんだい。ずっとひとところにいたって楽に食ってけるじゃないか
高見は訊《たず》ねたことがある。すると男は苦い顔をして首を振った。

――駄目ですよ。いいですか、俺みたいのが入りこめるのは、幹部のほとんどが馬鹿ばっかりだってことです。馬鹿は真面目《まじめ》に宗教を信じてる。そりゃクソ真面目って奴だ。朝の五時からお題目を唱えて、日がな一日、「教祖様」「教祖様」で暮らしてる。そんな

連中のあいだに何年もはさまってはいられませんよ。いい女がいたってちょっかいはだせない。だいたいは、教祖様に身も心も捧《ささ》げちまっていますからね。人並みの息抜きをしようにも、幹部連中は、死ぬまで教祖様にお仕えする気でいるから、罰当たりだの不信心者だって、すぐうしろ指をさされちまうんです。いくら一生安泰だからって、とてもそんな暮らしはできませんよ

だが、男がいうには、新興宗教の懐ろに入りこんでおいしい思いをしようと狙《ねら》う詐欺師は少なくないらしい。

——こっちは一応、情報集めてますからね。あっちの坊主が奇跡を起こしたとか、こっちの婆さんが予言をあてたとか。そろそろこの宗教が旬《しゅん》なのじゃねえかと思って乗りこんでみると、見たようなのがちゃっかり教祖の娘をたらしこんでたりするんですよ

——どうするんだ、そういうときは

——こっちも狙いは同じですからね。いざとなりゃ悪い噂《うわさ》でも流してひきずりおろしちまうこともあります。そうでなけりゃ、裏でいくらか包んでもらって、手を打ちますよ

どうやらそんな連中が何人も食えていけるほど、新興宗教というのは数が多く、また金も儲《もう》かるもののようだ。

それだったら、自分で教祖になってしまえばいい、と思う。高見はその質問もぶつけた。すると男はにやっと笑った。

——確かにね。そういう野郎もいますよ。たとえば、あいつとあいつはそうです。でもね、所詮《しょせん》俺たちはカタギじゃありません。教祖ってのは、ちょっと危ない奴でも、本気で何かを信じてる人間の方がいいんです。俺らみたいな詐欺師あがりが教祖になっても、人格がこうですからいずれ馬脚があらわれます。警察も税務署も、そういうのにはきっちり狙いをつけてますよ

服役はおろか、前科も逮捕歴もない、その男はいったものだった。

——詐欺の前科なんてしょっちまったら、詐欺師は終わりですよ。そりゃそうでしょう。何をもっともらしくいったところで、前が前だからってんで、人は信じちゃくれません

たぶん大山教にも、そういう男が入りこんでいるにちがいない。となれば、地元のやくざとのからみもある筈《はず》だ。

そんなことを考えているうちに、新幹線は、目的の駅にすべりこんでいた。

高見はアタッシェケースを手に立ちあがった。同じ車輛から降りるのは、高見ひとりだった。

ホームに降り立つ。観光シーズンでも週末でもない早朝に、この駅で降りるからには、多かれ少なかれ大山教に関係している人間なのだろうか——高見は同じホームに立った人々を見渡した。

はっと息を呑《の》む。

あの女がいた。グリーン車から降り立ち、改札に向かう階段にまっすぐ歩いていく。東京駅のカフェテリアで見た女だ。

歩き方にも無駄がなく、さっそうとしている。思わず高見も早足になって、あとを追おうとした。

そのとき、手前の車輛からどっと団体が降り立った。

「はーい、こちらです。改札をでたら観光バスがお待ちしていますから――」

濃緑色の旗を手にした添乗員が叫んでいる。

高見は前方を塞《ふさ》がれ、足を止めた。その車輛は「貸切」となっている。

団体の観光客か、さもなければ大山教の信者たちだ。

彼らのあとにのろのろとつづいて改札口にでたとき、その正体がわかった。二台の観光バスと、「歓迎　大山教山梨支部旅行会」の横断幕が待ちうけていたからだ。

女の姿は、影も形もなかった。

3

昼過ぎになって、高見はもう一度、稲垣に電話をかけた。

「今どちらです？」

「うん？　駅だよ」

「きてくれたんですね!?」

稲垣の声ははねあがった。

「ああ。気づいたらこっちへくる列車に乗っちまってた」

高見はいった。

「待ってて下さい。今から迎えにいきますから。二十分かそこらです」

稲垣は弾んだ声でいった。

「わかった。コーヒーでも飲んでる」

高見はチャーターしたタクシーに、三時間ほどをかけて、あたりを案内させたのだった。

タクシーの運転手というのは、概してその土地の人間ではないことが多い。高見が乗った運転手もそうだった。チップを弾み、いろいろと水を向けると、土地の話をあれこれとし始めた。

高見の役柄は、大池周辺でリゾート開発が可能かどうかを調査にきた業者である。

それによると、大池市の力関係は、まさにふたつの勢力に分かれているようだ。ひとつは、大池湖畔に昔からある温泉街を背景にした観光業者。もうひとつは、大山教の関係者。

どちらも市議会に相当数の議席をもっている。

大山教の総本山があるせいで、大池の温泉街も信者で潤うのでは、と訊ねた高見に運転手は首を振った。

総本山が建設されたとき、教団は、五千人を収容できる大宿泊設備をも併設したのだ。おかげで、信者たちは皆そちらに泊まるようになり、温泉のホテル業者たちとの関係は悪化した。

この両者のあいだをうまく渡って儲けているのが、地元の建設業者だった。特に「山池建設」は、総本山の建築も、温泉街のホテル建築も請け負って、大きくなった。「山池建設」の母体は、古くから温泉街を縄張りにしていた「山池組」である。

山池組の組長の腹ちがいの妹が、大池市長の妻であったことが、山池建設の急成長を助けたのだ。

どうやらうまい汁を吸っているのは、この山池組の一派のようだ。

大山教の教祖、藤田導山は、総本山の中にある、通称「御殿」で暮らしているということだった。滅多に人前にでることはなく、会えるのは教団幹部のごく一部に限られているらしい。

この二大勢力は、住む土地もまた、大池湖畔と大池市中心部に分かれている。大池市の中心部は、新幹線の駅を中央にすえる形で、警察署、市役所、市民病院、郵便局、銀行などで形成されている。

銀行も、大山教のメインバンクである「東日銀行」と観光業者のメインバンクである「中央銀行」の二行がシノギを削っているようだ。

市の交通機関は、バスとタクシーだが、公共交通機関である路線バスは、大山教信者の住民の足であることもあって大山教派が、観光バスとタクシーは観光業者の代表格でホテルも経営する「大池観光」が、それぞれ握っている。

稲垣がやっている旅館も、運転手は知っていた。

旅館というよりも、料亭として、市では一流らしい。そして稲垣が出戻りということもあって、どちらにも属さないため、大池湖畔の温泉街で会食を開けない中間派の企業や官吏たちに重宝がられているようだ。

場所も、ちょうど温泉街と市の中心部の中間あたりに位置しているという。

どうやら、稲垣の言葉に嘘《うそ》はなく、本当に繁盛しているようすだった。

稲垣は言葉通り、二十分足らずで到着した。駅前の、ビルで囲まれたロータリーに、白のセルシオがすべりこんでくると、客待ちのタクシーの列の外側に止まった。その運転席に、何年かぶりで会う、稲垣の姿があった。

高見がゆっくりと歩いていくと、ドアを開けて稲垣は走りよってきた。長身で、髪を短く刈っている。その顔で特に印象的なのが目だった。目尻《めじり》が大きく垂れているのだ。そのせいで、いかにも人なつこそうな好人物、という雰囲気が漂う。

だからこそ高見も、稲垣は極道に向いていないと考えたのだ。一本気で真面目《まじめ》な極道は早死にする。そうでなくとも、この稲垣は、顔で損をしていた。

客商売でなら成功する垂れ目の優しい顔は、極道稼業では絶対に失敗するにちがいないのだ。

駆けよってきた稲垣は息を切らせていた。

「兄貴！」

「ガキみたいに大声だすんじゃねえよ」

「すいません。でも、兄貴、ぜんぜん変わってないですね。あいかわらず、かっこいいや」

「何いってるんだ。兄貴、兄貴っていうんじゃない」

高見は小声で叱《しか》りつけた。稲垣は目尻をさらに下げて、嬉《うれ》しそうにあやまった。

「すいません。でもなんか嬉しくって」

もちます、とアタッシェケースに稲垣がだした手を断わり、高見はいった。

「そんなに毎日が退屈か」

「そうじゃありません。でも……兄貴がきてくれて、俺《おれ》、本当に嬉しいんですよ。なんだかやっとこれで、兄貴への借りを百分の一くらいは返せるかもしれないって……」

高見は首を振った。

「大げさな奴《やつ》だな。お前は俺に借りなんかない。むしろ俺は、お前が早く一人前になりたいってのを邪魔したくらいだ」

「それはちがうじゃないですか」

セルシオの後部席に乗せようとする稲垣に、

「馬鹿、何考えてる」

といい、高見は助手席に体をすべりこませた。

「――俺は、ずっと考えてたんです。なんで兄貴は、俺に盃《さかずき》をくれなかったんだろうって。それでようやくわかったんです。俺は極道に向いてなかった。向いてなかったのになりたくてしかたがなかった。もし盃をもらっていたら、その向いていない極道になっちまって、一度なっちまえばあと戻りはできない世界だから、結局、ろくな目にあわなかったろう、って。だからひょっとしたら兄貴は命の恩人なんだ、と」

高見は舌打ちした。

「本当にお前は大げさだよ。そんなことがあるわけないじゃないか。ただ、もしお前が俺の盃をもらっていたら、今のこの、俺の大くすぶりにつきあってえらい目にあったろうな」

「兄貴のどこがくすぶりなんです。兄貴くらい、頭の切れる極道はどこにもいませんよ」

高見は息を吐いた。

「そいつは昔話だ。落ちぶれたとまではいわないが、今の俺は塩漬けだ」

「どうしたんです？」

「そいつはおいおい話す。だがとりあえず、いくつか決めごとをしなけりゃならない」

高見ははぐらかし、稲垣を待つあいだ考えていたことを告げた。

「決めごと？」

「まず、俺を絶対に、人前では兄貴と呼ぶな。もちろん二人きりでも、呼ぶ必要はない。『高見さん』でけっこうだ」

「はい。すいません、そいつは俺もいわれるだろうと思ってました」

稲垣は体を縮めていった。

「それから、俺をきちんと、〃客〃として扱うこと。勘定も払う。だからよけいなお節介や詮索《せんさく》は無用だ」

高見はいった。とたんに稲垣はうらめしそうな顔になった。

「そんな水くさいこと、なんでいうんですか。俺は兄貴に――」

「稲垣」

高見は厳しい声でさえぎった。

「俺はお前を信用したい。信用して、この体をお前のやっている旅館に預けたいんだ。銭を払わなかったら、俺は〃客〃じゃない。ただお前の好意に甘えている居候《いそうろう》だ。いつ追い出されるか安心できない」

稲垣の顔がまっ赤になった。

「俺がそんなことすると本気で――」

「お前の問題じゃない。俺の問題なんだ」

高見はぴしりといった。稲垣は不満そうに口を尖《とが》らせた。

「俺がお前んとこでのんびりするためには、このことがどうしても必要なんだよ。さもなきゃあ、俺は今夜ひと晩だけ厄介になって、明日からまたどこかへいく」

「のんびりって、どんくらいなんすか」

「客の俺が金を払ってりゃ、その金がつづく限りどれだけいようと勝手だろ」

高見は冷たくいった。稲垣の顔は、だが、輝いた。

「ずっといてくれるんですか!?」

「だからそれは俺の勝手だ」

「はい」

稲垣はしょんぼりとなった。

「次に、これはお前もわかっているだろうが、俺のことをあちこちで喋《しゃべ》るな。昔、世話になった、とかそういうのは一切なしだ。ただの友だちか、〝客〟だ。お前の知り合いに会っても、そう説明するんだ」

「――兄貴、いえ高見さん」

「何だ」

稲垣は真剣な顔になった。

「誰かにタマ狙《ねら》われてるんですか」

「だからそれがよけいな詮索だといったろう。もしかりにそうだとしても、お前やお前の旅館には、絶対に迷惑はかけない。だが、今のところはちがうから心配するな」

稲垣はほっとしたような表情になった。

「もし、高見さんが狙われてるんなら、この街にいる限り、誰にも指一本ささせません」

「アホ」

高見は吹きだした。

「カタギのお前に守ってもらわなきゃならないほどせっぱつまってねえよ」

稲垣はまた口を尖らせた。

「はい」

「要は俺はのんびりしたいだけなんだ。いってみりゃ、リフレッシュ休暇だな。自分で自分にだした」

「リフレッシュ休暇ですか」

「おう。だから、この休暇のあいだは、自分が極道だってことを忘れようと思ってるんだ。なんて、甘いかな」

高見はにやりと笑った。稲垣は大あわてで首をふった。

「そんなことないですよ。それは素晴らしいことです」

「だったら協力してくれ。な、頼む」

高見は稲垣の肩を叩いた。

「これから俺も、人前でお前のことは稲垣さんと呼ぶからな」

稲垣の目が丸くなった。

「それだけは勘弁して下さい」

「いいや。そうはいかない」

セルシオはロータリーからまっすぐにのびる幹線道路を走っていた。

「大池温泉　八キロ」などという標示が目につく。正面には「大山」の雄大な姿がそびえていた。

やがて前方の右手に、白壁の土塀が見えてきた。道路に面し、あたりの建物とはやや趣きを異にするたたずまいを見せている。土塀の内側には竹林や、松の巨木も植わっていて、かなり広大な庭園を囲んでいるようだ。

「料理旅館　稲垣」

という看板が掲げられていた。

高見はタクシーで、すでに一度その前を通っていたがいった。

「あれか」

「はい！」

「立派じゃないか。驚いたな」

「庭はそのままで、去年改築したんですよ」

稲垣の口調が元気になった。

「大きさはどのくらいあるんだ」

「敷地は全部で千五百坪です」

さすがに高見も驚いた。

「なにせ明治時代からの建物と庭なんで。庭だけはやっぱりいじくれませんでした」

「そんな由緒があったのか」

「古いだけですよ。俺が戻ってくるちょっと前までは傾きかけてたんです。温泉の客もここまではめったにきませんからね」

稲垣はウインカーを点《つ》け、信号の右折車線に入った。

「でもはっきりいって、温泉の宿屋は、大山や大池の景色が売りですから、ここほどの庭はありません」

「だろうな」

「地元の連中にとっちゃ、そういう景色は見飽きてますし、うちの板前は本物です」

「それは楽しみだ」

前もって連絡がしてあったのだろう。旅館の、車寄せも兼ねた前庭に、着物姿の女と法被《はっぴ》を着た男たちが並んで待っていた。

「いらっしゃいまし」

「ようこそお出《い》で下さいました」

高見が助手席から降り立つといっせいに声をかけた。

「カミさんです」

車を男衆の一人に預けた稲垣が、着物の女を招きよせた。ぽっちゃりとしていて、三十は過ぎているだろうが、愛くるしい雰囲気を残している。それでも女将《おかみ》という立場柄か、色気と落ちつきも漂わせていて、なかなかのものだと、ひと目見た高見は思った。この女房がいたからこそ、稲垣の今もあるのかもしれない。

「お噂《うわさ》はかねがね――」

いって、稲垣の妻は腰をかがめた。

「そいつは全部忘れて下さい。どうせろくなことじゃない。きっと私にいじめられた話ばかりでしょうから」

高見は笑顔でいった。

稲垣の妻も、そんな、といいながら笑いを返してくる。育ちのよさそうな女だった。ふと、東京駅で見かけ、同じ新幹線に乗りあわせたあの女のことが、高見の頭に浮かんだ。

もしあの女が、この街の人間なら、稲垣の妻は知っているかもしれない。だがもちろん、今はそんな話をするときではなかった。

「さっ、高見さん、こちらへどうぞ」

稲垣に促され、高見は水を打った玄関をくぐった。

旅館「稲垣」が、明治時代からつづいているというのは、事実のようだった。ひと渡り、稲垣に案内された館内には、その時代の書画が数多く飾られている。明治の末、大正、昭和初期と、作家や画家たちの静養の場として贔屓《ひいき》にされた証《あか》しなのだ。

稲垣は、それらの書画を、改装なった建物に、ことさらに説明などを加えることなく、さりげなく掛けていた。見過してしまう者には、ただの壁の飾りととらえてもらってかまわない、と考えているようだ。それらの人々に愛された歴史を、ことさらに「付加価値」にしようとしない姿勢に、今の「稲垣」に対する自信がかえって現われている、と高見は思った。

高見が案内されたのは、一階に「宴会場」二階に「客室」を備えた母屋をくぐり抜けた奥にある、「離れ」だった。

「離れ」は全部で三棟あり、それぞれ独立した二階家になっている。風呂《ふろ》も手洗いも専用のものがあって、母屋とは渡り廊下によっていききするのだった。

稲垣が自ら高見を「離れ」に案内し、稲垣の妻が茶をいれた。

「部屋の係りがいるんですが、まだでてきちゃいないんです。十一時から三時までは休憩なんで、一度家に帰っちまうんです」

「ぜんぜんかまわない」

高見はいって、アタッシェケースをひきよせた。稲垣の妻は、気をきかせたのか、茶を給仕すると下がって、部屋をでていった。

「とりあえず、渡しておく。宿代だ」

高見は帯封をした百万を入れた封筒をとりだした。それを見て稲垣はまた唇を尖《とが》らせた。

「これだけの部屋だと、十日もいられないかもしれん」

「何いってるんですか……」

封筒を受けとり、その厚みで内容を察したのか稲垣は首を振った。

「ひと月ぶんは優にあります」

「馬鹿いうな」

高見は笑った。

「それで高見さんは、まずどういうご予定なんですか。ゴルフでも何でも、おっしゃっていただければ手配します」

「そうだな。まず二、三日はごろごろして、このあたりの観光でもするか」

「じゃご案内します」

「お前は仕事があるだろう」

「大丈夫です。旅館の親父《おやじ》ってのは意外と暇なんです。特に今は、いい板長がいるんで、俺はすることがないんですよ」

「そんなことといっていい気になっていると、カミさんに蹴《け》りだされるぞ。あれはいいカミさんだな。地元なのか」

「ええ。何だか変わり者で、こっちの医者の娘なんです。本人は医者になる気がなくて、地元の女子大でたあと、父親の病院を手伝っていたりしたんですが……」

「名士の娘か」

「いいえ。親父も変わり者で、大きな病院をもたせてやるって話があってもずっと断わっていたような人で……。もっともそうでなけりゃ、俺のような者のところへ、ひとり娘をくれなかったでしょうが」

「見合いか？」

茶碗《ちゃわん》をひきよせ、高見は訊《たず》ねた。

「みたいなものです。お袋の知り合いの紹介で」

茶はおいしかった。うまい茶を飲むのは本当に久しぶりだ、という気がした。

「そういや、お袋さん元気か。といって、俺は挨拶《あいさつ》できねえが」

「おと年、亡くなりました」

「そうか」

「なんだかほっとさせちまったのがマズかったのかもしれません」

「馬鹿いうな。親孝行に間にあったのさ」

稲垣は不意に居ずまいを正した。

「高見さん」

「何だ」

「俺、いえ、私は本当に高見さんに感謝しています。ありがとうございました」

額を畳にこすりつけた。

「やめろ」

「いえ、一回だけ。今日だけはきちんと礼をさせて下さい」

「わかったよ」

高見はため息をついた。大きな図体《ずうたい》を折り曲げている稲垣を見ていると、がらにもなく鼻の奥が熱くなってきた。

顔を上げ、稲垣は笑顔になった。

「わかってました。稲垣は笑顔になった。高見さんが嫌がるだろうって」


「だったらなんでする？」

「俺の気です」

稲垣はいった。

「気か……」

「はい」

高見がつぶやくと、稲垣ははっきり返事をした。

「わかった。じゃあこれで気がすんだわけだな」

「はい」

「よし」

高見は立ちあがった。

「どっかいくんですか」

稲垣があわてて腰を浮かせた。

「そうじゃねえよ。浴衣《ゆかた》に着がえてのんびりするのさ」

「それなら、風呂に入って下さい」

「風呂？」

「ええ。離れには皆、内風呂の他に露天がついてるんです。湯は張りっぱなしですから、今でも入れます」

「そうか」

「それでひと休みしていただけりゃ、晩飯です」

高見は腕時計を見た。ひと眠りしてもいいかもしれない。

「そうするか」

「飯は、ひとりがいいですか」

高見は稲垣を見おろした。

「用事はないのか」

「何にもありません。芸妓《げいぎ》でも呼びましょうか」

「今日はいい。さし向かいで食うか」

稲垣の顔が輝いた。

「はい！」

稲垣が部屋をでていくと、高見は金庫を捜した。金庫は一階の居間にあった。

金庫に残りの四百万と拳銃《けんじゅう》を箱ごとしまった。とりあえず二、三日をここで過し、鴨田に連絡を入れてようすをうかがうつもりだった。本当に尻に火がついているなら、十日くらいでここからも逃《に》げた方がいい。

風呂場にいった。内風呂はこぢんまりとした檜《ひのき》の桶《おけ》で、そこから外へとでると、露天風呂がある。なめらかな岩を埋めこんだ露天風呂は、低い竹の目隠しで囲まれていた。手前には植え込みがあって風情をだしている。

露天風呂には透明な湯が満たされていた。高見は湯を溢《あふ》れさせながら、露天風呂に体をひたした。

腰をおろすと、ちょうど竹の目隠しの向こうに大山とそれに連らなる山脈が見渡せた。贅沢《ぜいたく》な眺めだった。湯の中で体をのばし、高見はアクビをした。

ざまを見ろ、という気分だった。結局のところ、皆やりたいようにやって、やばい筋は運の悪い奴《やつ》に押しつけているのだ。もう押しつけられるのはごめんだった。挙句《あげく》に、最高幹部会へのゴマすり材料で命をとられたのではたまらない。

両腕を湯舟の外にだし、両足をのばして高見は大山を見あげた。

稲垣が田舎に帰って旅館を継いだという話は、高見の周辺でもあまり知る者はいない。高見は、稲垣には自分の世話だけをさせ、同じ組の者であっても親しくつきあわせないようにした。それが結果的に幸いした。

稲垣の真面目さを知り、ひっぱろうとした人間も何人かいたが、ことごとく高見はそれを断わったのだった。馬鹿正直な稲垣が、別のところに〝修業〟にいけば、まっ先に

「鉄砲玉」のような損な役回りを押しつけられることが見えていたからだ。

昨夜の襲撃以来、ずっと張りつめ、背中にも目があるようなつもりでいた神経が、ようやく少しほぐれ始めた。それとともに眠けも襲ってきた。

十五分ほど高見は露天風呂で遊んでいた。湯温は高くなく、それくらいではのぼせない。

おそらくこの「稲垣」の離れを利用するのは、地元の大物連中で、人に見られてはまずい目的のために使うのだろう。露天風呂と二階の各部屋に盗聴マイクとカメラをしかければ、かなりおいしい材料が手に入るにちがいなかった。

もちろん稲垣のことを思えば、そんな真似はできない。あくまでも仮りの話だ。

風呂をでて浴衣に着がえた高見は二階にあがった。いつのまにか床がのべられている。

金と拳銃が一階の金庫にあるのは気になったが、鍵《かぎ》はもってきている。

高見は布団にもぐりこんだ。糊《のり》のきいた冷たいシーツが湯あがりの体に心地いい。

高見はのびをしてため息をついた。

まずはひと眠りだ。

4

目覚めたとき、障子の向こうの窓は薄暗くなっていた。時計をのぞくと五時を少し過ぎている。

ひどく空腹だった。立ちあがり、窓辺のソファに腰をおろして煙草をくわえた。

障子を開ける。

巨木と芝生、きれいに苔《こけ》のむした日本庭園が見おろせた。右手に土塀《ども》があり、その向こうを国道が走っている。そこをいく車はすでにヘッドライトを点していた。

高見はぼんやりと煙草を吸った。

「――お目覚めですか」

階下から声がかけられた。障子を引く音を聞きつけたのだろう。

「はい」

高見は返事をした。

「失礼します」

階段を上がってくる足音がした。五十くらいの着物姿の女だった。部屋係りだろう。

女は畳に手をついた。

「ようこそお出で下さいました。お部屋で、お世話をさせていただきます」

「こちらこそ、お世話になりますよ。名前は何ていうんだい」

「和枝《かずえ》でございます」

「和枝さんか。ひょっとしたら長逗留《ながとうりゅう》になるかもしれない」

「はい、うかがっております。社長の古いお友だちだそうで、先ほどはお迎えできず失礼いたしました」

気どりのない、だが客あしらいには長《た》けていそうな部屋係りだった。

「いやいや」

「おいでになるあいだは何でもおっしゃって下さいまし」

高見は財布から無雑作に十万円を抜いた。

「むきだしで悪いが、俺の気持だ。とって下さい」

「こんなに⁉」

和枝は仰天した。

「いいんだよ。二十日分だと考えりゃ一日五千円だ。もっと気前のいい客はいっぱいいくるだろうが」

「とんでもありません！」

真顔で固辞しようとするのを高見は押しつけた。

「そのぶん面倒かけるかもしれない」

「いいえ、何でもおっしゃって下さい」

「それじゃ早速で悪いんだが、下にかかっているワイシャツをクリーニングにだしてくれないか。それと煙草を買ってきてほしい。ロングラークを十箱ばかり」

別に金を渡した。

「承知しました。ご夕食ですが、どういたしましょう」

「もう仕度してくれてかまわないよ。ああ、そうだ。稲垣さんといっしょに食うことになっているから、向こうの都合もあるか」

「いえ、社長は、いつでもいいとおっしゃっていましたから。さっそく板場の方に申しつけます。下のお部屋でお仕度させていただきます」

「頼んだよ」

和枝は何度も礼をいい、降りていった。あまり金をばらまくとかえって正体を疑われるかもしれないが、少なくとも部屋係りだけは味方につけておかなければならない。何にもないだろうとは思うが、それが〝用心〟という奴だ。

三十分ほどして、高見は一階の居間でスーツ姿になった稲垣と向かいあっていた。

「とりあえず、今日のとこは懐石ですが、毎日こんな飯じゃ飽きるでしょうから、食べたいものをいって下さい。カレーでもステーキでも、板場の方で作らせます」

先付《さきづけ》が和枝の手で運びこまれると、稲垣はいった。高見は笑った。

「そうはいかねえだろう。そういうもんが食いたくなったら街へでていくさ」

「ま、どうぞ」

冷えたビールを稲垣はさしだした。乾杯するという。

「和枝さんにも心づけをいっぱいいただいちまって……。あの人はベテランで口も固いし、気持のいい人ですから」

「そんな感じだ」

先付に箸《はし》をつけた。確かにうまい。よく見るような品だが、通りいっぺんという味ではなかった。見てくれ以上に手間がかかっている、そんな気がした。

和枝は料理の減り具合を見はからって、次々に皿を運びこんだ。

「この街はどんなだい」

高見は冷酒に切りかえ、稲垣に訊ねた。地酒の冷酒は、やや甘いが、それほどくどくはない。

「なんていうか、おもしろいとこです。こんなとこだから、うちみたいのが繁盛するのかもしれません」

「噂《うわさ》じゃ、綱ひきらしいな」

稲垣はちょっと驚いたような顔を見せ、目尻《めじり》をさらに下げた。

「さすがですね。温泉一派と市長一派とでね」

「市長というよりは、大山教だろ。やっぱり信者は多いのかい？」

稲垣は首を振った。

「これがね。地元はそうでもないんです。藤田って教祖がもともとこっちの人間なんで、かえってあんな野郎が教祖だなんて信じられるかって反発したのもいるんですよ」

「なるほど」

「それの旗頭が観光組合のボスです。大池観光てのの会長で野口《のぐち》という爺《じい》さんがいましてね。県議の議長もやったうるさ型なんですが、これが藤田導山と同級生だったらしくて。『あいつは昔からうさんくさい野郎だった』って、犬猿の仲です」

「なるほどな。市長は、その藤田の傀儡《かいらい》ってわけか」

「なんですか、そのカイライって」

「操り人形ってことだ」

「うーん」

稲垣は首をひねった。どうもそういうことでもないらしい。

「市長は、うちの常連で出井《でい》っていうんですがね。正直いってまだ腹がよくわかんない男です。東大出でね……」

「やくざの妹を女房にしてか」

高見はいった。稲垣は目を丸くした。

「なんでそんなことまで……。まさか高見さん、ここでひと仕事――」

「ぜんぜん思っちゃいないから心配するな。小耳にはさんだだけだ。その山池組とはどうなってる?」

「そこなんです。この東大出の市長は若いんですよ。四十代の初めで。いずれ県知事から国会議員の椅子《いす》も狙《ねら》おうかってつもりらしいんですが」

「やり手か」

「まあ、それなりでしょう。今のところ、山池がバックなんでうまくいっています」

「しかし、やくざの妹が女房じゃな」

「地元じゃ誰もそのことには触れませんよ。一応、山池組も表の稼業がありますから」

「どんな親分だ」

「こいつが一番、狸ですよ。さっきの野口の爺さんにもうまくとりいっていますしね。山池組ってのは二代目で、これもまだ若いんですがその辺は上手ですね。黒木《くろき》って男です」

「いくつだ」

「四十代の初め。確かこの黒木と市長の出井も同級生の筈ですよ」

「なるほど」

「で、実は今ちょっとありましてね。今日もそれで隣の離れに急に黒木と出井がくることになって。そんなこんなでこんな格好してるんです。挨拶《あいさつ》いかなけりゃならないんで――」

稲垣は声をひそめた。

「何だその、ちょっと、っていうのは」

「藤田導山なんです」

「教祖様か?」

「ええ。体がよくないんですよ。もともと心臓が悪かったらしいんですが、どうやらそろそろだって話で」

「死ぬとどうなる」

高見は盃《さかずき》をおき、和枝が早速届けてくれたラークに火をつけた。

「跡継ぎがいないんですよ」

「いない？　独身なのか」

「いえ。別れた女房に子供がいるんですが、これが行方知れず。六十年代の終わり頃、導山が大山教をおっ始《ぱじ》めたときに愛想をつかしてでていっちまったらしくて」

「子供を連れて？」

「ええ」

「愛人は？」

「何人かいます。子供を産んだのも。ところがこの子供を産んだ女というのが、また導山に愛想をつかしちまった」

「なんだ、そんなに癖が悪いのか」

「問題はあるようです。ただ、いいのがひとり参謀についてて、いろいろともみ消してるみたいで。そいつのお陰で大山教はこれだけになったって話で」

いかにもある話だ、と高見は思った。稲垣はつづけた。

「大山教ってのは、導山一人で、ここまで信者を集めた宗教です。導山が死んで、次の教祖がいないとなると空中分解しちまう可能性があるわけです。だから何とか、周りは生きているうちに、次の教祖を決めておきたい。それもできれば、血のつながった子供をたてて」

「そうだろうな。大山教が消えてなくなったら、何十億って銭が動かなくなる」

「そうです。だから出井も黒木も必死です。早くくたばれ、なんていってんのは野口の爺さんくらいで」

「だが、次の跡継ぎを味方につけられれば、観光業者もでかいだろう」

「ええ。高見さんもご覧になったかもしれませんが、大山教の総本山には、毎日、何百人、いやあ千人単位の信者がきてます。ところが、観光組合と駄目なせいで、その信者を運ぶバスも泊まるところも、全部、大山教のものを使ってるんですよ。それがそのまま温泉の方へ流れこんだら、とんでもない金になります」

「跡継ぎ次第か」

「そういうわけです」

「愛人の子はどうなんだ」

「とりあいですよ。ですがその女がけっこう難物でね。どっちにもつかない。子供は自分の腕ひとつで育てる、と。導山の子だってことは、認知されてますからはっきりしてますが、親権はその女なんです」

「いくつなんだ、子供は」

「まだ五歳です」

高見は笑いだした。

「おいおい、それじゃとんだ『先代萩』じゃねえか」

「何ですか、そのセンダイハギって」

「要するに、お家騒動だ」

「それです」

ずいぶんとおもしろいところにきた、高見は思った。この街の殿様である藤田導山がいよいよ死ぬとなれば、いったい誰がそのあとを継ぐのか、利権のからんだ連中は、興味津々《しんしん》というわけだ。いや、興味津々どころか、手に入れたものを失うまい、あるいはもっと大きくしようと、さまざまな思惑をはりめぐらせているだろう。

市長の出井、観光業者のボスである野口、そしてそのあいだをうまく渡っているやくざの黒木。中心にいるのが、たぶん導山の別れた愛人とその子供だ。

だが、誰かひとり欠けている。考えて、高見は気づいた。

「参謀ってのは何者だい。導山にくっついているっていう」

稲垣は首を傾げた。

「それがね、正体不明なんですよ」

「正体不明？」

「ええ。もう、ずいぶんと前に、こっちにふらりとやってきて、行き倒れ同然だったのを導山に拾われ、いろいろと尽していているうちに導山の腹心になったって人らしいんですが」

「名前は何ていうんだ」

「本名かどうかもわかりはしません。導山にへばりついていて、めったに表にはでてこないんです。ただそれこそ朝から晩まで導山のそばにいて身の回りの世話を焼いたり、導山に代わって、いろんな指示をだしたりしてるらしいんですがね」

「会ったことはあるのか」

「いや。見かけたことがあるだけで」

稲垣は首を振った。

「そこまで導山にくいこんでるとなりゃ、跡継ぎは、そいつの腹づもりひとつなのじゃないのか」

「かもしれませんがね。市長や黒木なんかは、あまり清水のことは考えちゃいないみたいです。要するに、導山の付き人みたいなもので、それ以上じゃないだろうってんで」

「なるほど」

理由はわからないが、それは甘い、という気が高見はした。そこまで導山にくいこんでいる男が、導山が死んだからといって、あっさり自分の立場を放棄する筈《はず》はない。

「興味津々、ですか」

稲垣がおかしそうに高見の顔をのぞきこんだ。

「そんなことはない」

「清水《しみず》――」

「清水」

高見は笑いとばした。

「大山教がどうなろうが、教祖の跡継ぎが誰になろうが、知っちゃいない。ただ、何ていうのか、今まで俺《おれ》らが東京でやってたような泥々とした争いがここにもあるかと思うと、なんだかおもしろくてな」

「これが本当の、高見の見物って奴《やつ》ですか」

稲垣が高見の盃に酒を注ぎながらいった。

「ああ。それだ」

「まあ、実をいうと、俺もそれです。どっちがたにもついてないお陰で、導山のあとが誰になったとしても、うちの商売に影響はありませんから」

「うまく立ち回ろうとは思わないのか」

「高見さんほどの頭があれば考えもしますが、俺みたいなボンクラじゃ、かえってケンツクをくらうのが落ちですから」

「それが本当の利口さ」

高見は苦笑いして、酒を呷《あお》った。

「なまじ目立とうなんて考えないことだ」

稲垣は困ったような顔になった。

「どうしたんですか。高見さんらしくありませんよ」

「いいんだ。いずれ話す」

稲垣は、突然高見が自分を訪ねてきたことには必ず何かの理由があるとわかっている。それが何であるか、高見の身に何が起きたのかを知りたくてしかたがないのだ。だが稲垣は、もう足を完全に洗ったカタギの人間だ。話せば、高見に同情し、義憤を感じてくれるかもしれないが、それ以上のことは決してできないし、またしてはならない。

稲垣の寂しそうな表情に気づいても、高見は何もいわずにいた。

食事が終わり、しばらくとりとめのない世間話をしていると、支配人が稲垣を呼びに現われた。どうやら市長と黒木が到着したようだ。支配人というのは、稲垣の母親の代から仕えている、六十代後半の腰の低い老人だった。

稲垣は、わかりました、と支配人に答え、高見の顔をうかがった。

「いってこい。商売が大事だ」

高見はいった。

「高見さん、今晩はこのまま寝ちまうんですか」

「まだ時間はたっぷりある。俺をどっかへ連れていってくれるつもりなら、今夜じゃなくたっていい。それに俺もちょっと疲れたからな」

稲垣は頷《うなず》いた。

「そうですね。明日でも、街の方をご案内します。田舎ですが、一応、きれいどころのいるクラブもあります。さっきの話のお家騒動にでてくる役者の顔もそこで見られますから」

「そいつは気が向いたときでけっこうだ。忘れるな、俺はただの客だ」

「はい」

稲垣は頭を下げ、座敷をでていった。入れかわりに和枝が入ってきて、食事をさげながら、

「マッサージでもおとりしましょうか」

と訊《たず》ねた。

「そうだな、お願いしようか」

高見は答えた。明日は、本屋を捜して、また読む本を見つけてこなければならないだろう。この街にいるあいだは、稲垣に連れられて夜歩きをしない限り、毎晩を退屈する羽目になりそうだ。

もちろん、それが嫌だというわけではなかった。「自主謹慎」の日々も、似たような生活だったが、心のどこかに常に緊張があった。だからこそ、昨夜も命を失くさずにすんだのだ。ここでは、そうした緊張を、少なくとも二、三日は味わわずにすむ。

やってきたマッサージ師は、二十代半ばくらいの若者だった。妙に礼儀正しく、話しているうちに、大山教の信者だというのがわかった。

大山教の本山に住みこみ、昼間は教団のために働き、夜こうしてマッサージの仕事をしているのだという。そうした信者は少なくなく、大池温泉でコンパニオンのアルバイ

トをしている女性信者もいるらしい。

商用できたのか、と訊《き》かれた高見は、そのようなものだとはぐらかした。

マッサージの腕そのものは悪くなかった。若者は、自分は導山先生もときおりお揉《も》みしている、と誇らしげにいった。清水という参謀のことを訊いてみようか、と高見は思ったが、やめにした。変に教団事情を探るのは、かえって疑いを招くもとになる。マッサージ師もコンパニオンも、見方によっては、地元の情報を収集するスパイの役目を果たしているともいえるのだ。

もしそれが、教団の意志で行われているのだとすれば、相当の知恵者が中枢にいることになる。それが清水でないとはいいきれない。

高みの見物を決めこむのは楽しいが、お家騒動そのものに首をつっこむ気はさらさらないのだった。

マッサージが終わると、若者はすぐ帰っていった。和枝がまた現われ、自分はもうこれで引けるが、何か必要なものはないか、と訊ねた。

寝酒の用意は下にしてある、といった。

「ありがとう、ご苦労さん」

「朝食は何時にいたしましょう。お部屋におもちいたしますが」

「九時くらいかな」

「承知いたしました」

「おやすみ」

「おやすみなさいませ」

和枝がでていくと、高見は下に降りた。一階の戸閉まりをするためだった。

マッサージがきき、血行がよくなったせいか、肌寒さを感じた。部屋の扉に鍵《かぎ》をかけ、高見は浴衣《ゆかた》を脱ぎ捨てた。床に入る前に、もう一度、露天風呂で温まろうと思ったのだ。

外にでて、冷たい夜気にさらされると鳥肌が立った。

目隠しの上に黒々とした大山のシルエットがあり、さらにその上に半月が浮かんでいる。露天風呂のかたわらの植え込みの中に、小さな水銀灯がすえられていたが、高見はそのスイッチを入れていなかった。

黒々とした湯の表面から、かすかに湯気がたち昇っている。爪先《つまさき》をすべりこませると、ほっと息がもれるような温かさが伝わってきた。

石段を降り、高見は湯舟の底に腰をおろした。そうすると、肩のやや下あたりまで湯につかる格好になる。

首を倒し、夜空を見上げた。冷たい微風《そよかぜ》が頬《ほお》をなぶっていき、それが心地いい。

あたりはひどく静かだった。やや距離をおいて建っているせいか、別の離れの話し声などは、まるで聞こえてこない。

高見はひどく贅沢《ぜいたく》な気分だった。こんな気分は、たとえ東京でメルセデスを乗り回し、すわって十万のクラブでブランデーを呷ろうが、とても味わえるものではない。

目を閉じた。

何の物音も聞こえない。かすかな風で起こる植え込みの葉ずれと、ときおり高見が体を動かすと湯の表面に立つ漣《さざなみ》が湯舟のへりをのりこえる水音だけだ。

湯が熱すぎないこともいい。

高見は深呼吸した。いい気分だった。


低い声に目を開いた。どうやら眠りこんでしまっていたようだ。

一瞬、自分がどこにいるのか気づかなかった。あたりを見回し、夜空に月を捜した。

湯の外にでていた肩がひどく冷たい。

話し声がした。

「――打ったのか、もう」

高見は瞬《まばた》きした。

「呼んである」

「なんだ、客人か」

「まさか。うちにおいといちゃマズいんで、温泉の方に泊めてある」

月が見えなかった。雲か山陰《やまかげ》に隠れたようだ。話し声は、目隠しの向こうでしていた。

ざぶん、という水音がつづいた。

「いったい、あの女の腹はどうなっているんだろうな」

「そいつはわからん。だが、並みの玉じゃないな、あれは——」

ぼんやりとしていた高見の頭が、急にはっきりとした。会話の内容と、その主がわかった。

市長の出井と黒木の二人にちがいない。二人は露天風呂につかって、〝密議〟をこらしているのだ。

高見が眠ってしまい、水音を一切たてていなかったのと明りをつけず入っていたので、二人はあたりに誰もいないと思いこんでいる。

確かに座敷よりも露天風呂にいる方が、話を盗み聞きされる心配はない。目隠しの向こう側に、もうひとつの離れの露天風呂があることを、昼間入った高見ですら気づかなかったのだ。

「とにかく、こっちに引っぱれるか引っぱれないかを早めに判断した方がいい。もし引っぱれないなら引っぱれないで——」

声が急に低くなった。

「導山はどうでるかな」

「あいつはそんなことにかまってられる状態じゃないぞ、そのときには」

「清水はどうだ」

「あのおやじなら心配ない。それなりのものを積んでだな、お疲れさんと追っ払うまでだ。導山がいなくなりゃ、あいつはただの使い走りみたいなものだ」

「そうするとやはり女か」

「ああ」

二人は沈黙した。高見は息を殺していた。ここで妙に動いて気配を悟られては、稲垣を困らせることになる。

奇妙な羽目になった。

やがて一人がいった。

「その温泉客はいつまでいるんだ」

「一応、一週間か十日はおいておける。仕事をさせたらそのときは、すぐに帰すつもりだ」

「探りを入れさせるか」

「探り？」

「ちょっと威《おど》してみるのさ、女を」

「バレるとマズいぞ」

「もちろん、どっちともわからないようにやる。たとえば子供をさらって、半日くらいどこかにおいておくんだ。傷つけるわけじゃない。だがそれをやりゃ、母親だからな。自分の強情が理由とわかれば、軟かくなるさ」

「あこぎなことを考える奴だ」

「いいか、導山の命は、もってあとふた月だって、医者はいってるんだ。それを調べだすのにいくらかかったと思う。それまでに、あの女はともかく、子供を導山のところに連れていって、次の教祖だって格好をつけなけりゃどうにもならないだろう」

「導山は本当に、自分が癌《がん》だって気づいてないのか」

「おそらく気づいてない。だから、後釜《あとがま》を決めずにのんびりしてやがるのさ」

「今、あいつにくたばられたら、こっちは大損だ」

「それよりも何よりも、俺たちの計画が台無しだろうが。そんなことになるくらいなら、今のうちにあっさり女を何とかして、親権を導山のところへもっていっちまった方がいいぞ」

とんでもない奴らだ、と高見は思った。母親を殺して、子供をさらう計画を立てている。

ところが次に聞こえてきた言葉で、高見はさらに驚いた。

「これだ。カタギの考えることは本当に恐いぜ」

となると、乱暴なことをいっているのは、組長の黒木ではなく、市長の出井なのだ。

「お前、このままずっと、田舎の土建屋の親爺《おやじ》でいいのか」

「そんなことはいっちゃいない」

「だったら肚《はら》くくれ。いいか、一生のあいだ一度も泥をかぶらないで成功しようなんて思ったら大まちがいだぞ。あの女一人の強情で、大池市民も大山教も、おおぜいの人間が迷惑するんだ。あの女は、自分の立場ってものがわかってない。自分の勝手で子供を産んでおいて、子供の人生の責任をまるきりとる気がないんだ。そりゃ、子供は親を選べない。だが生まれてきた以上は、親とまったく無関係ってわけにはいかないのさ。お前だってそうだろう」

「わかってるよ。だが何となくひっかかるな」

「だったら、うまくやれ。女をびびらせて、こっちへとりこむんだ」

高見は咳《せき》ばらいをしてやりたくなった。市長と、裏の顔は組長の土建屋が、誰にも聞かれていないと思いこんで交しているこの密談を、聞いている者がいたとわかったときの驚きを知りたい、という衝動にかられたのだ。密談の内容はお世辞にもきれいとはいえない。

やくざである高見から見ても、かなりあこぎで、みっともないものだ。

だが高見はこらえた。稲垣に迷惑をかけてしまうこともあったが、ここで自分の正体が露見したらただではすまなくなる、という危惧《きぐ》もあった。

触らぬ神にたたりなし、かかわらないに越したことはない。

高見は目を閉じ、息を殺していた。額に汗がにじんでくる。いくらぬるい湯といっても、眠りこむほど長くつかっていたのだ。汗は玉になり、やがてこめかみから頬にかけて滴り落ちた。そこがむずかゆい。が、こすろうと手を動かせば水音がして、目隠しの向こうにいる二人に気づかれる。

「――まさかあの女のバックに、誰かいるなんてことはないだろうな」

黒木がいった。

「誰かって、誰がいるんだ。野口の爺《じじ》いか」

出井がいい返す。

「いや、こっちの知らない奴だ。ひょっとして、切れ者がついていて入れ知恵でもしていたら厄介だろう」

「あるわけがない。考えてみろ、確かにあの女はよそ者だが、話じゃ父親が商売をしくじって、一家ばらばらになったあげく導山に拾われたんだ。その親父《おやじ》は首をくくって、保険金で借金を返そうとしたが、それでもおっつかなかったって話だ。そんな女に誰が肩入れする」

「じゃ、元はお嬢さまってわけか」

「ああ。世間知らずがまだ抜けねえってとこだろう。見りゃわかるじゃないか。妙に気どってて」

「でも、いい女だよな。導山がくらっときたのも無理はねえ」

「それはいえる。本当のことをいえば、あの女ごと抱きこめりゃ文句はない」

「文字通りな――」

二人は下品な笑い声をたてた。

高見はそっとため息をついた。早く風呂をでやがれ、と心の中で罵《ののし》る。のぼせてきた。

「――そういえば、ここの『稲垣』だけどな」

黒木がいったので、再び耳をすませた。

「若い頃は相当やんちゃ者だったらしいぞ」

「やんちゃ者？」

「先代の親父と喧嘩《けんか》して、東京にとびだしていたんだ。東京で板前の修業をしてたんだが、グレてた時期があるってさ」

「本人がそういったのか」

「いや、噂《うわさ》だ」

「あのツラで、グレるもへったくれもあるか。どんなにすごんだって恐くもなんともないだろうが」

出井は馬鹿にしたようにいった。

「それがな、さっき話した客人なんだが、稲垣を見たことがあるってんだ」

「いつ？　どこで」

「もう何年も前らしい。その男が静岡で仕事をしたことがあってな。そんときに、東京のあるやくざと一触即発になりかけたそうなんだ。なんだか、切りとりだかサルベージにからんでの仕事で、要は、潰《つぶ》れかけた会社に入って、どのくらい吸いあげられるかって仕事なんだが、俺の客ってのは、例の通り、西の人間だ。その会社というのが、ちょうど静岡で、西と東の両方の筋から金をひっぱっていたらしいんだ。で、西の筋に頼まれて、俺の客がでていった。そこでぶつかったのが、東の筋のやくざだった。そのときに、東京のやくざの運転手をしていた小僧が稲垣に似てるっていうんだ」

「何年前の話だ」

「もう、十年かそこらになるのじゃないかな。きたときに、うちの若い者にちょっと案内させたんだが、ちょうどここの近くで稲垣を見かけて、会ったことがある、と……」

「それは他人の空似さ」

「ああいう商売の奴らは、人の顔を忘れない。前に何かあって忘れちまってたりすると、向こうは覚えてて、いきなりハジかれたりするからな」

「ここの社長は、人がいいだけがとりえの男だ。女房がしっかり者だからもってるのさ、この『稲垣』は。だからそれは何かのまちがいさ」

頭はきれるかもしれないが、お前の方こそ世間知らずだよ――高見は腹の中で出井にいった。

黒木のいう一件を高見はしっかりと覚えていた。それは十年も前のことではなく、八年前だ。浜名湖《はまなこ》のウナギ養殖業者の話だった。

博打《ばくち》好きの男で、名古屋の賭場《とば》に始終、出入りをしていた。商売がうまくいっているうちは博打の金も動いたが、台風で養殖池をやられてからおかしくなった。

その男がややこしくなったのは、博打の借金を西にこしらえて、事業のための借金を東にこしらえていたからだった。東京の高利貸しは、男が博打の借金をこしらえていることなど知らずに二億を回した。ところが、いざ取り立てに入ると、四億の借用証をもった西のやくざ者が乗りこんできた。その四億は、麻雀《マージャン》と手《て》本引《ほんび》きでこしらえた借金だという。高見のところに泣きが入り、高利貸しの調べの甘さに腹を立てながらも、動いたのだ。

あのとき、確かに高見は、稲垣を連れて二人だけで浜名湖に乗りこんだ。

まず、四億の借用証がどこまで本物であるかを確かめるのが目的だった。養殖業者がワルで、東京の高利貸しへの借金を踏み倒すために、わざと偽の借用証を書いた可能性もある。

調べていくと、四億というのは与太《よた》だとしても、二千万かそこらの博打の借金があるらしいことがわかった。

西のやくざは、その回収を頼まれ、養殖業者を抱きこんだのだ。方法はこうだった。

まず四億の借用証を書かせ、東京の高利貸しにつきつける。

――そっちは二億だが、こっちは倍の四億だ。借り主の財産を全部処理させて返済にあてさせるにしても、二対一でこっちが余分に貰《もら》う権利がある。かりに一億をとれたとすれば、そっちには三千万で泣いてもらわなけりゃならない。

もちろん、そんな話は呑《の》めない、と高利貸しはつっぱねる。平等な取り立てなどやっていたら、高利貸しは潰れてしまう。

それを見こして西のやくざはいう。

——そうだろう、そっちは本物の現金、こっちはしょせん、博打の金だ。だが博打の負けを取り立てなかったら、博打うちは成り立たない。だからこうしよう。四億を一億にまける。その一億、そっちが肩代わりしないか。一億で四億の借用証を買いとってもらいたい。そうすれば、こっちはすべて手を引く。借り主の全財産をもっていってくれてかまわない。

ここに至って、高利貸しとはいえ、カタギではこれ以上話を進めるのが難しくなる。一億だせば、西のやくざは借金を全額回収できる上に、たぶん浮いた数千万を借り主と山分けで万々歳だ。借り主も翌日にはその金をもってフィリピンあたりへ飛ぶだろう。

とはいえ、嫌とはいいづらい空気で西のやくざ者は攻めてくる。形の上では、四億を、四分の一に〝泣く〟というのだ。それが呑めないのなら、二億を五千万にまけるか。というわけだ。五千万なら、こっちが買いとってやってもいい——それとて本当に払ってもらえるかどうかわからないのだが。

そのあいだに、代紋をちらつかされる。こじれるとすると、うちと高利貸《あんた》しとのトラブルになるよ、という具合だ。

二億を借り倒された上にさらに一億をだす馬鹿はいない。となれば値切られるのを〝泣く〟か。

あのとき、荒っぽい手も使えたが、高見はそうしなかった。荒っぽい手というのは、一気に養殖業者をさらって、どこかに閉じこめ、威《おど》して本当のところを吐かせる方法だ。

とりあえず高見は、高利貸しから二億の借用証を買いとった形にした。そして養殖業者が実際にいくらくらいの財産を残しているかを調べたのだった。自分の財産とは別に、別れた女房名義のゴルフ会員権や別荘、マンションなど、一億数千万は、まだある、というのを確かめるや、高見は素早く手を打った。

養殖業者が女房と離婚していたのは、女房名義の財産をとられないための処置だったが、女房の方も実際のところ博打好きの亭主に愛想をつかしていた。名義が自分のものだといっても、どうせほとぼりがおさまれば、亭主が全部もっていって博打のネタにしてしまうだろうと考えていた。

高見は、女房に現金で五千万を積んだ。そして五千万の借用証を女房名義で書かせ、そのカタに、女房の財産をそっくり譲りうけたのだった。買ったのではなく、押さえたのだ。

これで、養殖業者は、〝隠し財産〟を失った。その上で高見は養殖業者に会った。女房がすべてを高見に渡したことを知って、亭主は腰が砕けた。〝泣き〟が入り、女房に預けてあった財産を返してくれ、という。

――だったらそっちの手もちの財産を全部だせ
高見はいった。亭主のもちものといえば、家が一軒と、飼っているウナギごとの養殖池だ。その名義をこちらに移させると、高見は五千万の借用証を返した。ただしそれは、亭主がこしらえた二億の借金のうちの五千万だった。女房の借用証ではない。

話がちがう、という亭主に、

――五千万は五千万だ
高見はつっぱねた。結局、高見は五千万を使って、亭主と女房の全財産を巻きあげ、まだ、一億五千万の借用証を握っている。

亭主ははめられたことに気づいたが、そのときはもう、西のやくざに真実をいえる状況ではなかった。告げれば、西のやくざは怒り狂って、生命保険つきのフィリピン旅行に送りだすにちがいないからだ。

高見は百万を亭主に渡し、これで飛べ、といった。あとの話はすべてつけてやる。

亭主は感謝の涙を流しながら金を受けとり、その夜のうちに飛んだ。

残りは西のやくざと手を打つだけだった。高見は、養殖池をそっくり、西のやくざにさしだした。残っているウナギを売れば、数百万にはなる筈《はず》だ。

西のやくざは、高見にしてやられたと気づいたが、もう、どうにもならない。すべては高見のものになっている。相手がカタギの高利貸しなら威しもきくが、同業の高見では、戦争をしかけるか、泣くしかない。

どうせそのやくざも、自分のところの貸しではなく、あわよくばで取り立てを請け負ったのだった。

――ウナギはあんたの足代だ
高見の言葉に苦笑いした。

――しょうがねえ、今度のところは引くぜ。ただし、次はこう、うまくやられねえからな

捨てゼリフを吐いて、ひきさがっていった。

高見は結局、約一億五千万を回収した。それを高利貸しに戻してやり、五千万を受けとった。

あの、西のやくざの名は何といったろう――高見はだらだらと汗を流しながら思いだした。確か梅島《うめじま》といった。

荒っぽい仕事には慣れているようだったが、頭を使うのはあまり得意そうではなかった。だから高見にしてやられたのだ。

再会したい相手ではなかった。

梅島の方はもちろん、高見のことを忘れていない。うまい儲《もう》け話に乗ったつもりが、逆に一杯くわされたように感じていただろう。

こういうときの晴らせない恨みを、やくざは決して忘れない。自らしかけて、相手をつき落とすことができなくとも、業界情報で、そいつがぶらさがっている命綱がわかれば、こっそり忍びよってヤスリで削るくらいのことはする。

梅島が、高見の現在の状況を知っているとは思えないが、でくわさない方が身のためだ。

高見がほっとしたことに、黒木はいった。「まあ、人ちがいなら人ちがいでいい。客

には、仕事を任せるまでは当分うろつかないようにいってある。今頃は、コンパニオンとでも遊んでいるのじゃないか」

「遊ばせるだけでも金がかかるな」

「いいって。そのかわり、いざとなればどんな仕事でもやらせられる。なにせ、関西の武闘派も避《よ》けて通るって、こわもてだからな」

　また武闘派か、高見はうんざりした。今や「武闘派」は、やくざはやりのブランドだ。やくざである以上、喧嘩《けんか》に強いに越したことはないが、あまりにそれをふり回すのは、賢いやり方とは思えない。

　とはいえ、梅島が、こわもてであることは確かだ。鴨田の店で会った久野とかいうでぶよりは、はるかに気合いが入っている。

「さて、でるか」

　出井がいった。

「ああ。探りの件だけどな、二、三日うちには客にやらせるつもりだ」

「任せるよ。そういう話はなるべく知らないでいる方がいいんでね」

「市長さんには迷惑かけないって――」

　ざぶっという水音がした。高見はほっと息を吐きだした。

　水音はさらにつづき、やがて扉を開け閉めする音が聞こえて、目隠しの向こうは静かになった。

高見は、ゆっくりと十を数え、そっと体を起こした。今度は冷汗がでてきて頭がくらくらする。

湯舟の外にでると、冷たい石の洗い場にごろんと横になった。とんだ湯あたりだ。

しばらく動く気にもなれなくて、そうして横たわっていた。

目隠しの向こうは、しんと静まりかえっていて、物音は何も聞こえない。

体が冷たくなり、ようやく動悸《どうき》もおさまってきた。

やがて玄関の方が騒がしくなった。出井と黒木が帰るらしい。高見はほっとした。

とたんに、大きなくしゃみがひとつ、でた。

5

翌朝、和枝の給仕で朝食をすませ、部屋でコーヒーを飲んでいる高見のもとへ、稲垣が現われた。

「きのうはどうもすみませんでした」

「いや。接待はうまくいったのか」

高見は読んでいた地元紙から目をあげて訊《たず》ねた。出井のごたいそうな演説がのっている。

「よほど秘密の話でもあったんでしょう。人払いをされちまいましたよ」

稲垣はいった。

高見は頷《うなず》いた。

「連中はよくくるのかい、ここに」

「月に一度ってとこですかね。だいたい山池建設の名前で予約が入って、黒木が先乗りし、少しあとで出井がくるってパターンです」

「なるほど」

「で、今日なんですが、高見さんさえよけりゃ、ちょっとこのあたりを御案内しようかと思いまして」

高見は煙草をひきよせた。稲垣がすっとにじりより、ライターの炎をさしだすのを、

「やめろ」

と断わり、火をつけた。

梅島が大池温泉にいるとわかった以上、うろつき回るのは考え物だった。まして稲垣と二人でいるところを見られたひには、百年目だ。

といって、旅館の中に一日いてもしかたがない。天気が悪ければ別だが、よく晴れていて、ドライブや散歩には絶好の陽気だった。

「温泉町に昼間っからいってもしかたがない。大山教の総本山とかを見にいってみるか」

「え」

稲垣は目を丸くした。

「総本山にいくんですか」

「別に中に入って、導山の面を拝もうっていうのじゃない。それとも信者じゃないと近づけないような建物なのか」

「いや、入口のとこまではいけますが……」

「じゃ、とりあえずそこへ連れていってみてくれ。帰りに街で、本とかを買いたいし」

「わかりました」

「仕度する。そっちはすぐに出られるか」

「ええ。今日は予約も少なくて暇なんですよ」

稲垣は嬉《うれ》しそうに頷いた。

スーツに着がえた高見は、稲垣がハンドルを握るセルシオに乗りこんだ。

稲垣と妻が寝起きしているのは、「稲垣」の本館の外れだった。「稲垣」を改築した際に、住居部分も建て直したのだという。この「稲垣」に住みこんでいるのは、夫婦の他にもうひとりいて、長年勤めている下足番《げそくばん》の老人が本館玄関わきの小部屋で暮らしている。

あとは板前、仲居など、二十名の従業員は、すべて通いで、大池市内や温泉周辺などから車などでやってくるのだった。

「温泉の方じゃ、仲居なんかの確保がたいへんで、そのために寮をこしらえたり託児所を設けたりと頭を悩ませてますがね。うちだと泊まりのお客さんが少ないんで、朝早くでてこなくてもいいものだから、わりあい人は集まるんです」

「じゃあ俺《おれ》がいることで和枝さんや板場は、迷惑しているわけか」

「いや。板前は、仕込みなんかでけっこう早くでてきますし、和枝さんは、すぐ近所でひとり暮らしをしてるんで、そんな心配はしないで下さい」

セルシオは大池市街に向かう幹線道路を走りだした。

「総本山というからには、大山にあるのだろう」

「ええ。この道は、きのう駅からきた国道なんですが、途中でふたまたに分かれているんです。駅からきてうしろへまっすぐいけば、大池と大池温泉ですが、右への道をいくと、大池を迂回《うかい》して大山の方に向かうんです。観光ルートとしちゃあ当然まっすぐ大池にいって、湖の周辺をぐるっと回ってから大山を登る道路にでればいいんですが、大山教の連中は、この、右の方のルートを通らされます。温泉町には近づけないってわけです。そうするといきなり大山を登る道にでます。総本山は、大山の中腹よりちょい上あたりに建ってるんです」

「温泉町からは離れているのか」

「山をはさんで、あっちこっちという関係です。大山スカイラインという有料道路があって、そいつをどんどん走っていくと八合目まで登れるんです。下って反対側にでれば温泉町です」

「だから総本山はこっちからは見えなかったんだな」

「ええ。大山の裏側にあたるんで」

稲垣はウインカーを点《とも》し、ハンドルを右に切った。フロントグラスいっぱいに大山の威容が広がる。富士山のような巨大さはないが、左右に二つの連山を従え、いかにも「山」という形でそびえている。

「中央に大山、左側が中山《なかやま》、右側が小山《こやま》です。山という漢字が象形《しょうけい》文字から発展したって話を国語の授業で習ったじゃないですか。まさにあの格好です」

稲垣が説明した。

「俺も今、同じことを思っていた。確かに信仰の対象になりそうな姿形だな」

高見は頷いた。

「もう少しすると紅葉が始まります。いい景色ですよ。全山まっ赤《か》っ赤《か》って感じで」

「行楽客も増えるな」

「ええ。温泉は団体客のかき入れどきです」

今はまだ緑の方が勝っている、三つの山は、大池からいきなり立ちあがるようにして天をさしていた。あたりは平野部である。それだけにくっきりと山の形が迫ってくるのだ。

〈大山スカイライン　二キロ〉

という標識が道の前方に見えた。

「この道は新しいな」

「総本山を作ろうっていうときに、市長が県と国にかけあって通させたんです。それまでは、大山に登る道は温泉町を抜けていく一本だけで、大池温泉の観光業者たちは大反対したらしいですよ。ですが結局、スカイラインを温泉町の方へ降りられるようにしたんで折り合いがついたんです」

「作ったのは山池建設か」

「もちろん大手のゼネコンも加わりました。これだけの道ですからね。ですが黒木の懐ろにも相当転がりこんだ筈《はず》です」

大山スカイラインの料金所をセルシオはくぐった。道に勾配《こうばい》が加わり、やがてカーブになった。

「もう少しいくと、上の方に総本山が見えてきます。今日は天気がいいから光っている筈ですよ」

いわれて高見はサイドウインドウに目を向けた。

セルシオはさらにカーブをいくつも回った。道はジグザグに山腹を登っている。

やがて見えてきた建物に、高見は唸《うな》った。

「あれか」

好天で気温が上昇したせいか、遠くの景色に、まるで春のような霞《かすみ》がかかっている。

大山の頂上より少し下、その霞の中にきらきらと輝く黄金色の尖塔《せんとう》が数本立っていた。

「そうです。総本山の拝殿の塔です。黒と金の団子を串刺《くしざ》しにしたような、妙な格好でしょう」

まさしくその通りの形だった。ソフトクリームの先のような半球形の屋根だが、仲良く三つ並び、それぞれの中央から黒と金の団子を串に刺した塔がつきでている。

「あの三つてのは、この大山、中山、小山を象徴してるのか」

「よくおわかりで。まさしくそうです。噂《うわさ》じゃ、あの金団子の表面は、純金の金箔《きんぱく》をふいてあるって話です」

近づくにつれ、緑に囲まれた総本山の姿がいよいよはっきりと見えてきた。

三つの「塔」を囲んで、背の高い建物がいくつかある。中には、リゾートマンションのような高層のビルがあった。

「あのマンションみたいなのは何だ」

「あれが、信者のための宿泊所です。内部は一流ホテルなみだそうですが、本当かもしれません」

高見は無言で首を振った。いかにも宗教的な印象を与える、金と黒の「塔」がなければ、確かにそこは、何かのリゾート施設のように見えた。

「テニスコートやグラウンド、プールもあるみたいです」

やがてスカイラインは、総本山とほぼ同じ高さに達した。

総本山は、大山の山腹にある、わずかな平地を拡大して作られていた。鬱蒼《うっそう》とした緑に囲まれ、いかにも下界とは隔絶した雰囲気が漂う。

といって、それは決して東洋的な幽玄の世界ではない。むしろ垢抜《あかぬ》けしていて、高見の想像した「新興宗教」のうさん臭さとは、まるでちがう姿だった。

稲垣はセルシオのスピードを落とした。「あそこがゲートです」

スカイラインの前方左側に、まるでゴルフ場の入口のような、緑と大理石を使ったエントランスがあった。さすがにゲートには門衛がいて、無断では立ち入れないようになっている。

ゲートの内側には、まだ進入路がつづいていて、その左右にも自然の大木が残されていた。

セルシオはゆっくりとゲートの前を走りすぎた。

「とてつもない金がかかっているな」

「ええ。ゴルフ場いっこぶんじゃ足りないらしいですよ。中の施設の詳しいことはわかりませんが、もちろん食堂や会議場なんかもあって、導山と幹部だけのための、ちょっとした美術館もあるって話です。国宝級がごろごろしてるっていうんですが、それは眉《まゆ》唾《つば》でしょうね」

「王国だな」

「そうですね。跡継ぎが決まんなくてやきもきするのもよくわかります。しかし妙だと思いませんか」

「何がだ？」

「新興宗教にはまるので、金をもっている奴《やつ》ってのを、俺は見たことがありません。だいたいは皆、貧乏で、おまけに生きていく上での悩みを抱えています。病弱だとか、子供がぐれているとか、寝たきりの家族がいるとかね。まあ、悩みがなけりゃ最初から新興宗教には走りはしないといやあ、それまでですが。なのに、その貧乏で悩みだらけの連中を集めると、これだけの銭が生まれる。いったい皆、どこから金をもってくるんでしょうね」

高見はため息をついた。

「まったくだな。小金をもっている奴らを甘い話でだまくらかしてかき集めても、これほどのものは絶対に作れない。せいぜいが、ディスコや、飲み屋の入ったビルだ。結局、銭っていうのは人なのさ。小金持ちを十人集めるより、貧乏人を千人集めた方がよほど銭になる」

「そういやあ」

稲垣は含み笑いをした。

「ガキの頃、こづかいが欲しくってしかたなかったとき、こんなことを考えませんでしたか。日本中の人間が、全員一円ずつくれりゃ、とんでもない金になる。一円なんてたいした金じゃねえ。だから一円ずつ集められねえかな、って」

「ああ、思った」

高見も笑いがこみあげてきて頷いた。

「だが同じことを日本中の全員が考えたら、結局一円ずつでも、一億なんぼの金を払わなけりゃならなくなるんだな」

「ええ。だから自分は人からかき集めて、集めにきた奴には払わず逃げる、そうするんです」

「それが金持ちになる秘訣《ひけつ》だろうな。大人になってもいっしょさ」

「ちがいありません」

スカイラインは最頂部に達した。駐車場があり、レストハウス、展望台に付属している。

「景色を見ますか」

稲垣はセルシオを駐車場に進入させた。

二人は車を降りたった。さすがに風があり、空気は冷《ひ》んやりとしている。

「ここからなら、温泉と総本山の両方が見えます」

高見は稲垣について、駐車場の端にある展望台に足を向けた。

右手に、今登ってきた道と、総本山の全容が見おろせた。

建物は全部で六棟ある。三つが「塔」で、三つがビルだ。ただし、ところどころが濃い緑にさえぎられていて、人の動きまでは見通せない。ビルの一つに隣接した駐車場に大型の観光バスが十台近く止まっている。

「あっちが温泉と大池です」

今までのが緑だとすれば、左手下方に降りていく道は、溶岩の茶褐色と湖の青が目につく。

「この大山ってのは火山で、大昔最初に噴火したときの溶岩は、大池の反対側に流れでたらしいんです。だからこっちはもう、すっかり緑におおわれている。で、そのあとが大池の方で、だから溶岩はまだところどころ残っているって、どこかに書いてありました」

「休火山だっけ。とは、今はいわないのか」

「ええ。大池ができたのが、もう千年だか二千年前の話だそうです。大池の少し手前には、箱根の地獄谷みたいに、温泉がごぼごぼ湧《わ》いているところがあります」

その大池は、濃い青の水面《みなも》で、大山と小山の懐ろに抱かれる形で広がっていた。その湖岸にいくつもの建物が並んでいる。大池温泉の中心街だった。

展望台からは、さらにその先の平野部がずっと見渡せた。

「――東京から帰ってきて、わりにすぐ、ここへ登ったんです」

稲垣が煙草をくわえ、いった。

「高見さんに本当に感謝しました。やくざになんなくてよかったたって。この景色見て、ああ、東京で俺はいったい何をやっていたんだろうって思いました……」

高見は無言だった。

やくざはしょせん、作り物の世界でしか生きていけない人種だ。大自然の中では、やくざは生計《しのぎ》の手段などない。

人が集まり、街が作られ、そこで人工の快楽や演出された歓《よろこ》びを望むとき、初めてやくざは生きる場を得る。

都会では、やくざであることと、カタギであることに厳然とした区別がある。互いに生きる世界があって、しかもそれを侵すのはタブーだ。

自然の中では、その区別は無意味だった。人間であること、動物であること、植物であること、ただそれだけだ。

熊や兎、森や湖に、いくら俺は何々組の何とかだ、と凄《すご》んで見せても何の意味もない。それが通用するのは、都会で生きている人間のみだ。

「皆、作り物なんだ」

「え？」

「何でもない。いこうか」

高見はいって踵《きびす》を返した。そのとき、レストハウスの出入口からでてくるひとりの男が目に入った。

男は爪楊枝《つまようじ》をくわえ、ぶらぶらと歩いてくると、駐車場に止められた国産車に乗りこんだ。その男が目についた理由は色だった。

いかにも観光地の展望台には不似合いな、ど派手な紫のスーツを着けていたのだ。

まさかな。

高見は思った。あのダボハゼ面の筈がない。他人の空似だ。

車は駐車場をでて、高見たちが今きた、総本山の方向へ下る道を走っていった。

「どうしました」

見つめていた高見に、稲垣が声をかけた。

高見は首を振った。六本木で出会った大阪の刑事がこんな場所にいるわけがなかった。

高見は稲垣とともに車に戻り、大池温泉へと下る道を降りていった。

大山の形も独特だったが、大池もまた火山湖に特有の印象的な姿をしている。湖と呼ぶには確かに小さいのだが、大きさに比べて水深がある。カーブを描いて下る坂からは、試験管を上からのぞくような、大池の不思議な形を見おろせた。

湖の周辺は真円に近く、自然の造形とはとても思えない。しかも岸辺から急に深くなっていて、水の色は、中央部に劣らず湖岸でも濃い青をしている。湖を一周する道路に沿って建ち並ぶ旅館や土産物屋が、青い湖面を一層濃く見せる〝ひきたて役〟になっていた。

「ずいぶん青いな」

「ええ。鉱物性の含有物が水にあって、それでよけい青く見えるのだそうです。ですから大池には生き物は棲《す》めないんです」

「なるほど、きれいすぎるものな」

やがて温泉街の建物が一軒一軒、見分けられるようになってきた。当然ながら旅館、ホテルはすべて、客室の窓を大池の方角に向けている。

「主だったホテルは皆、大池をはさんだ大山の向かい側の岸に建っています。大池と大山の両方を部屋から眺められる場所です。大山側だと、大池しか見えませんから。そっちは土産物屋やドライブイン、スナックなんかですね」

「遊びは豊富なのかい」

「温泉場の、ですか。並み、ってところじゃないでしょうか。一応、芸者もいますし、その気になりゃバイトのコンパニオンも口説けるのでしょうが――」

「たいしておもしろかない、か?」

「例の野口会長が、色気商売にはいい顔をしないんですよ。前に、あるホテルが、東南アジアからホステスを集めたスナックと提携して客をそこへ送って、まあ、そういう遊びをさせていたんですが、社長が組合の理事会か何かで吊《っ》るし上げをくらったって話です」

「健全な観光だけってわけか」

「いちおう大池、大山という観光資源もありますからね。無理して色気で客を集めることはないってところじゃないですか。あまり色気で売っちゃうと、今度は団体や家族連れの客に敬遠されるんでしょう」

　それでもどこかに、色気を求める客のための〝施設〟はある筈だ、と高見は思った。

「温泉街は山池組が仕切っているのか」

「ええ。地元の人間がやっている旅館が大半なんで、もめ事はほとんどありません」

長い下り坂がつづいたスカイラインは終わりを告げ、車は、湖の周囲を巡る道に合流した。

「こっちのその筋では、つきあいがあるのは黒木だけか」

「うちあたりだとあまりチンピラはきませんからね。大池市の盛り場でもそういうのは見かけません」

「じゃあ夜は安心して遊べるってわけだ」

「ええ。それはもう、任せて下さい」

車は温泉街に入った。まだ客が到着する時刻には早いせいか、ひっそりとしていて人けがない。それでも高見はシートに深く体を沈めるようにすわり直した。

「街の方に戻ってくれ。本屋をのぞきたい」

「わかりました」

稲垣には、昨日の話を一切していない。聞かせればかえってよけいな心配をさせるだけだ。梅島がこの街で何をしようと、今はカタギの稲垣には関係のないことだ。

セルシオは国道にでると、大池市の市街地をめざして走りだした。左手に「稲垣」を見ながら通りすぎる。

大池市の繁華街は、JRの駅の周辺だった。市役所と警察署、銀行が固まって建っており、いかにも戦後発達した街だ、という印象がある。

「大池市の資源というのは、要するに観光と大山教なんです。そのふたつがなければ、ただの田舎で、市制なんかしくこともなかったのじゃないですかね」

「でかいのはどっちだ」

「もちろん大山教です。総本山があるからこそ、新幹線も止まるわけですし、宿泊施設こそそっちへもっていかれても、本山詣《もう》での信者は皆、それなりの金を街に落としていきますから」

「跡継ぎによっちゃ、信者の足が途絶えることもあるわけだ」

「もちろんです。だから市長の出井も懸命なんです」

「国会議員は抱きこんでないのか、大山教は」

「以前は与党の連中が何人か金をもらっていたようですが、政治がこういう時代ですからね。誰を抱きこんでいいものか、悩むでしょう。東京の議員より、地元の市長や知事を手なずけた方が結局、得なんじゃないですか」

　高見は市の中心部で車を降り、市でいちばん大きいというデパートに入った。東京に本店があるチェーンの店だった。その店で、普段着にするようなスポーツジャケットやシャツ、スラックスと下着や靴下を適当に買いそろえた。出かけるたびにスーツでは、いくらなんでもくたびれる。

　デパートの次に、駅前にあった大きな書店に寄った。このあたりの詳しい地図と歴史小説を何冊か買う。明日はのんびりと本を読んで過そう。

買物を終えて高見が「稲垣」に戻ったのは二時過ぎだった。稲垣は、部屋まで高見を送ると、

「夕食のあとでまた迎えにきます」

といって、板場に入っていった。遅い昼食が部屋には用意されていた。鰻丼《うなどん》だった。鰻《うなぎ》は、このあたりの川でとれた天然ものだという。

昼食のあとで高見は浴衣《ゆかた》姿で散歩にでた。「稲垣」の裏には、国道と並行して大池に流れこむ川が流れている。

雨がしばらく降っていないせいか、川の水は少ない。スス キ野となっている川原に、高見はしばらく佇《たたず》んでいた。川の水は澄んでいて、流れもゆるい。

見つめていると、小魚が泳ぐ姿が見えた。そのうち退屈になったら竿《さお》でももってきて、小魚を釣って遊ぶのも悪くない。

高見は川原にある大きな石に腰をおろし、煙草を吸った。

稲垣は、気をつかいすぎている、と思った。だが稲垣の性分からいって、少しはサービスさせてやらないと、かえって負担に感じるかもしれない。

二、三日は、稲垣にひっぱり回されてやるつもりだった。そのうち稲垣も納得して、高見を放っておいてくれるだろう。

もっとも、放っておかれるようになったら、ひどく退屈してしまうような気も、高見にはしていた。

6

その夜、夕食を部屋でとった高見は稲垣に連れられて街にでた。

稲垣は自分の車に高見を乗せた。

「飲むのだろう、車でいいのか」

「大丈夫です。本当に酔っちまったら、運転代行の業者を呼びますから」

なるほどそういう商売もある。東京では、車で飲みにでかけても置き場に苦労するし、タクシーが簡単に使える。だがこうした地方では、タクシーを使えばべら棒な金がかかるので、運転代行業者に帰りの運転をまかせた方が安あがりというわけだ。

タクシー代が「交通費」として落とせるような生活は、都会だけのものだ。

「まず、軽く、クラブあたりにいきますか」

JRの駅に近い大通りにセルシオを路上駐車し、稲垣はいった。

「一軒、わがままがきく店がありますから」

女がいるのか、と訊《き》きかけ、高見はやめた。そんな詮索《せんさく》は無用のことだ。

稲垣が歩いていったのは、銀行や警察署などが集まった通りの、一本裏筋にあたる路地だった。石畳がしかれ、縦にネオン看板を連ねた雑居ビルが建ち並んでいる。

ざっと見て、大小さまざまなビルに入った飲み屋の数は百軒近く、と高見は見積った。

他に、一戸建ての料亭や鮨屋《すし》、居酒屋などもある。このあたりすべての店からみかじめをとったとしても、月に一千はつらい。盛り場としては、大きな組を養える規模ではなかった。他の商売ももたなければやっていけないだろう。これではよその組織も入ってはこない。

稲垣が案内したのは、そういう雑居ビルのひとつにある「イブ」という店だった。内装は垢抜《あかぬ》けしないものの、清潔でそれなりの金がかかっている。店には、ママだという、三十そこそこの女の他に、七、八名のホステスがいた。ホステスの年齢はわりあい若い。が、どう見ても一番の美人は、ママだった。

ママは、東京の赤坂《あかさか》で何年か水商売をやっていた、といった。その当時は経営者ではなく、ホステスだったという。

稲垣はその店では、かなりの顔だった。週に一度は顔をだすらしい。稲垣が高見のことを、「東京にいた頃の遊びの師匠」と紹介すると、ホステスたちは好奇心のこもった視線を向けてきた。やはり東京に対する憧《あこが》れは強いようだ。東京にでていきたいけれどもその勇気がない、と口にする娘が三、四人いて、「東京に興味がない」といいきったのは、ひとりだけだった。

高見は、そのマコという娘がやや気に入った。地元生まれの地元育ちで、鼻柱が強そうだ。あれこれと話していると、稲垣が苦笑していった。

「高見さんの趣味はちっとも変わっていませんね。昔から気の強い子が好きで」

「そういうお前もだろう」

高見はいって、他の席にいるママを目顔でさした。

「自分が狸顔だものだから、狐顔にすぐ惚《ほ》れる」

稲垣は、痛っという顔をした。

「ばれましたか」

「ひと目でな。長いのか？」

「いえ、まだ半年くらいです」

「まあ、そうタチの悪そうなタイプじゃない」

「へへへ。それくらいは修業を積まさせていただきましたから。高見さんの横にいるマコってのもおもしろい子ですよ。この店は、市役所の連中がよくくるんですが、以前酔っぱらった助役に水割りをぶっかけたことがあります」

「ほう」

高見はマコに向き直った。マコは二十三だといい、ショートヘアに大きな目をしている。ミニスカートからのびる脚がやや太めで、その点では、高見の好みとはややちがっていた。

「君は、市のお偉いさんに酒をぶっかけたことがあるんだって？」

「もう。社長のお喋《しゃべ》り！　どうしてそういうこと初対面のお客さんにいうのよ」

マコは稲垣にくってかかった。

「悪い、悪い。高見さんがマコちゃんのことを気に入っているみたいだったから、ついね……」

「本当なんだ？」

「そりゃ、本当だけど」

マコは唇を尖《とが》らせた。そうすると、まるで中学生の少女のようになる。

「よく平気だったね。お店は困らなかったのか」

「ママがかばってくれたの。それとそのときには、偉い人がいっしょだったから」

「偉い人ってのは市長かい」

マコは首を振った。

「清水さんていう人。大山教の関係者みたい」

例の導山の懐ろ刀だった。

「よくくるの？　その人は」

「ううん。半年に一回くらい。きてもお酒飲まないし」

「お坊さんみたいなんだな、やっぱり」

「ちがうよ。なんだか仙人みたいだよ」

「仙人？」

「うん。白髪のばしてうしろで結ってるし、こーんなに顎《あご》ヒゲものばしてる」

手で作ってみせた。

「いくつくらいなんだ」

マコは首をひねった。

「わかりにくいよね。六十くらいかなあ。あまり喋んなくって、たまに口きくと関西弁なの」

「ほう」

「ねえ、高見さんてさ、何やってる人？」

不意にマコが高見の顔をのぞきこんだ。

「まあ、遊び人だな。今のところは」

「しばらくいるの？　大池に」

「一年はいるぞ」

稲垣が茶々をいれた。

「そんなにはいない」

笑って高見は首を振った。

「どのくらい？」

「二、三週間かな」

「じゃあ、いるあいだに一回デートしようよ」

「デート？」

「あたしねえ、おじさんとデートしたことないんだ。一度くらい、四十くらいのおじさんとしてみたいと思ってたの。でもなかなかいい人がいなくて。高見さんならいいよ。後腐れもなさそうだし」

「おいおい」

稲垣が笑いだした。

「いいのか、そんな大胆なことといって」

「でも高見さんの責任は重大だよ。もしつまんなかったら、あたしもう一生、おじさんとはつきあわない。楽しかったら、おじさんばっかりになるだろうし」

「高見さん、大変ですよ。大池のおじさんたちがもてるかどうか、高見さんにかかってくる」

「そいつは荷が重いな」

高見は苦笑した。

「高見さんは『稲垣』に泊まってるんでしょう」

「ああ、そうだ」

「じゃ、あたし車で迎えにいくよ。デートしよ」

その「デート」というのは、どうやらセックスを意味しているようだった。

「そうだな。電話をもらおうか」

「うん。約束」

マコは小指をさしだした。高見は指切りをした。

やがて稲垣が立ち上がった。

「次にいきましょう」

高見は頷《うなず》いた。

「ここは俺が払っておく」

「駄目ですよ。今晩は全部、俺にもたせて下さい。生意気かもしれませんが、お願いします」

稲垣は懇願するようにいった。高見はしかたなく頷いた。

「あいかわらず、もてますね」

ママ以下のホステスに送られて「イブ」をでると、稲垣がいった。

「もの珍しいだけだ」

「いやあ、あの子があんなにはっきりアプローチするのを初めて見ましたよ」

それは匂《にお》いのせいだ、と高見は思った。どんなにこぎれいにしてカタギを装っても、高見は、自分に悪の匂いが漂っているのを知っている。女とは、不思議にその匂いに魅《ひ》きつけられる生き物なのだ。

悪の匂い、といってまずければ、「崩れ」といってもよい。とりつくしまもないほど寸分すきのない男は、どれほど二枚目で、気だてもよく金持ちであっても、女は意外と魅きつけられないことを高見は知っていた。

それはある意味で女房もちの家庭的な男が、外でもてないのと似ている。

多少だらしなくとも、どこか〝破けた〟男を、女は好む。ふり回されたら傷つくのが自分の方であるとわかっていても、そういう男に女はすり寄っていく。特にあまり男で苦労した経験のない女ほど、その傾向は強い。

実直ですきのない男は、女に居場所を与えない。〝破けた〟男はどこでもいいからどこかに居させてくれそうなのだ。

実直な男がもしつきあう女に居場所を与えるとすれば、それは妻の座しかないわけで、男の苦労を知らない女たちは、結婚にそれほど焦りを感じていないことが多いのだ。

「俺の正体を知れば逃げだすさ」

高見はいなした。いくら〝破けた〟男に魅かれるといっても、本職のやくざに惚《ほ》れこむほど馬鹿な女はそういない。しかも今の高見は、そう羽振りがいいわけでも安全であるわけでもない。

「向こうにとっちゃつまみ食いていどのつもりだろうから、せいぜい正体がばれないようにするがな。ママは気づいたかもしれん」

稲垣が自分の過去をあのママにどこまで話しているか探ろうと思い、高見はいった。

「そうですね……。ママは気がついたかもしれませんね」

稲垣はつぶやいた。たぶん話しているのだろう。あるいは黒木の知っていた「噂」も、そのあたりがネタ元かもしれない。だとすると、「イブ」のママには注意すべきだった。

大池市が小さな街であればあるほど、情報は一方通行ではすまない。もし稲垣がママから、市長の出井や黒木についての情報を得ているなら、稲垣に関しての情報もどこへ流れているかわかったものではないのだ。

それを思うと、やはり稲垣は極道に不向きな人間だったと、高見は思わずにいられなかった。自分に肌を許した女が、自分の秘密だけは守って、それ以外の秘密についてはすべて自分に話してくれると信じているのであれば、お人好《ひとよ》しである。

「――次なんですがね」

稲垣がいったので、高見は考えを中断させられた。

「一軒、静かな店があるんですが、どうですか。あまり酔っちまわないうちにいきたいところなんです」

「どういうことだ」

「いい店なんですけどね。ママがお上品なんですよ。こっちが酔っぱらいだと思うと、『もうお帰りになられたら？』なんていわれちまいましてね」

「バーか」

「そうですね。バー、でしょうね。ママと手伝いの女が二人、合計三人でやってるところです。昼間はコーヒーもだしてるんです」

「それじゃあスナックだろう」

「何ていうか、内装が粋《いき》なんです。凝っていて、上品でね。こんなとこにしちゃ、背筋をのばして酒を飲みたくなる、そんな店なんですよ」

「要するに気どってるのか」

もしそうなら、いきたいとは思わない。格好をつけているだけで楽しいというガキではないのだ。

「まあ、多少は。ただ、高見さんに見てもらいたいんですよ」

「何を」

稲垣はにやっと笑った。

「それはいってのお楽しみで。つきあって下さい」

稲垣は停めてあったセルシオまで戻るとドアを開けた。

「このあたりじゃないのか」

「ええ。ちょっとだけ離れているんです」

稲垣が高見を乗せて車を走らせたのは、確かに五分足らずだった。ただ歩けば十分から十五分はかかる距離だ。

そこは、大池のJRの駅からのびた商店街の外れ近くだった。若者向けの洋服を売る店があり、その地下へ通じる階段の前で稲垣は車を停めた。

「カシス」という、白地に濃い紫の文字を浮かべた看板が立っている。

「ここか」

「ええ」

稲垣は車を降りると、先に立って階段を降りていった。白い吹きつけ塗装を施した階段には、丸い木の手すりがついている。

降りきったところに木の扉があり、「CASSIS」という浮き彫りの銅板がはめこまれていた。

稲垣が扉を押した。濃い紫で統一した店内が高見の目に入った。一枚板のぶあついカウンターと、革ばりのソファが数組あって、カウンターの奥は酒棚になっている。

「いらっしゃいませ」

扉から見えない位置から女の声がした。壁も紫の布を貼《は》ってあって、その中にぽつ、ぽつとエッチングが飾られている。

確かに品のいい、落ちつく感じの店だった。稲垣につづいて足を踏みこんだ高見は後ろ手で扉を閉めた。店内には低いボリュームでシャンソンが流れている。

「カウンターになさいます？」

そういったのは、白の純絹のブラウスにチャコールグレイのスカートを着けた女だった。カウンターの外側に並ぶストゥールから降りたって二人を見つめている。

他に客はいなかった。

高見は女の顔を見て息を呑《の》んだ。あの女だった。東京駅のカフェテリアで見かけた女だ。

女は高見の視線に気づくと、笑みを浮かべ軽く頭を下げた。

「――カウンターにしよう」

「承知いたしました。お好きなところへどうぞ」

女はいって、カウンターの端にあるハネ戸をあげ、中に入った。タイトスカートの裾《すそ》からのびる、黒いストッキングに包まれたひきしまった足首を高見は見つめた。

稲垣が常連らしいにもかかわらず、女は決してなれなれしい態度をとらなかった。

高見と稲垣が並んでストゥールにかけると、目をこころもちみひらいて二人の顔を交互に見つめた。

「何になさいます？」

「高見さん――」

稲垣にうながされ、高見はようやく我にかえった。

「スコッチのオンザロックを」

「承知いたしました。銘柄は？」

女の声はわずかに低く、耳にやさしかった。高見は女の背後の酒棚を見やった。揃《そろ》っている。

「ロイヤルハウスホールド」

女は頷き、稲垣に目を移した。

「同じものを」

カウンターの中にすでにいた、もう一人の女がウィスキーの罎《びん》をとりあげた。こちらはまだ十七、八にしか見えない、垢抜《あかぬ》けない雰囲気の少女だった。ただし顔だちは白人とのハーフのような彫りの深さがある。

「いらして下さるのは初めてですわね」

女は高見の顔を見つめ、いった。

「こちらは、俺の昔からの知り合いで高見さん」

「よろしく」

女がにこっと笑った。目もとにかすかな皺《しわ》がより、ふくらんだ唇から白い歯がこぼれた。

「よろしく。前にお会いしましたね」

高見は頷き、いった。稲垣が驚いたように高見を見た。

「ええ」

女は微笑《ほほえ》んだまま頷いた。稲垣が訊《たず》ねた。

「どこでですか、高見さん」

「東京駅だ。こっちへくる新幹線に乗る前に」

「そうですか。ママ、東京にいっていたんだ……」

「ちょっと用事がありまして」

女の子がさしだしたウィスキーをロックグラスに注ぎ、手早く二人の前に並べたコースターの上においた、女は答えた。

「何か飲みませんか。まさかまた会えるとは思っていなかった」

高見はいった。女は頭を下げた。

「ありがとうございます。では同じものをいただきます」

三人はグラスを掲げた。

「乾杯」

「──高見さんもさすがですね。こんな田舎に、どうしてあんな美人がいるんだ、って驚かそうとおもったのに。とっくにママと会っていたなんて」

あきれたように稲垣はいった。高見はずっとママから目を離さず、答えた。

「偶然さ。初めて見たときにあんまり美人なんで、どこにいくか尾《つ》けていこうかと思ったくらいだ」

女は口もとを押さえて笑った。

「光栄です。稲垣さんのお友だちからそんな風におっしゃっていただいて」

「名前を聞かせて下さい」

高見はいった。女は軽く腰をかがめた。

「申し遅れまして。森谷《もりたに》と申します。森谷亜由子《あゆこ》です」

「亜由子さん、か」

高見はつぶやいた。

「はい」

高見はあらためて「カシス」の店内を見回すゆとりを得た。内装と照明が落ちついた雰囲気をかもしているが、店自体はそれほど古くもないようだ。

「このお店は長いんですか」

「いいえ。まだオープンして一年足らずですのよ。お酒がとても好きなものですから、慣れないなりにやってみようと考えまして」

高見は壁に飾られたエッチングを見つめた。鳥や魚をモチーフにした、精緻《せいち》なタッチのものが多い。

押しつけがましくなく、それでいてセンスのよさが伝わってくる。ある意味ではセンスがよすぎて、稲垣のいうようにお高く感じられる部分がないでもない。若造では足を踏みいれづらいだろうし、年寄りは変に気疲れするかもしれない。

大都市ならともかく、大池あたりでは、店が客を選ぶというのは無理がある。

「このエッチングはあなたが？」

「ええ」

亜由子は頷いた。

「子供の頃から絵が好きで。あのときも、前の日、お世話になっている画商の方に何点かお預けした帰りだったんです」

「そうですか」

「お気に召していただけました？」

高見は頷いた。

「いつか落ちつくことがあったら、自分の部屋にも飾ってみたいですね」

「あら——」

亜由子は不思議そうに高見を見つめた。

「今はどちらにお住まいでらっしゃるんですか」

「東京だった、というところでしょうか。わけがあって旅をしている最中です。しばらくは稲垣さんのところに厄介になっています」

「厄介だなんて、そんな。ママ、本当は高見さんにはこちらからお願いしてもきていただかなけりゃならなかったんだ。それをこの人は、無理にお客になりたいからって、お金を押しつけられているんだ」

「まあ」

「お客でいる方が気楽なこともあるでしょう。もっとも、ただのお客だったら、こうしてあなたのところに連れてきてもらえることもなかった」

「あらそれじゃあ、わたくしも稲垣さんに感謝しなければいけませんわね。素敵なお客さまをお連れいただいて」

「参ったな」

稲垣はつぶやいた。

「高見さんに自慢しようと思ったのが、てっきりおふたりのペースだ。出会いって奴《やつ》なんですか、これが」

高見は稲垣を見やり、苦笑した。

「そんなのじゃない。俺が一目惚《ひとめぼ》れしたってことだ。東京駅で見かけたときに。それきりだろうと思っていたんだが、この人が同じ大池の駅で降りるのを見て、ひょっとして運があれば、とは思っていた。その運があって、会うことができた、それだけだ」

オンザロックのグラスが空になっていた。

「お代わりを」

いった亜由子に、掌《てのひら》でグラスに蓋《ふた》をして高見は首を振った。

「いや。今夜はこれでやめにしておきましょう。いろいろな話は、次にお会いしたときまでとっておきます」

「まあ、そんな」

亜由子は目をみひらいた。

「今日は再会できただけで満足だ。失礼しよう」

高見は稲垣をうながした。

「わかりました」

高見の手がわかったのか、稲垣も素直に頷《うなず》いた。高見は稲垣の目を見ていった。

「ここは俺が払う。いいな」

「お任せします」

稲垣は頷いた。

女の子がさしだした勘定書きは「八千円」とあった。高見は素早く考え、一万円札を一枚おくにとどめた。金を見せびらかして口説くには、向きの相手ではない。

「釣りはとっておいて下さい」

女の子にいって、ふりかえらず出口まで足を運んだ。

「ありがとうございました」

カウンターを出ようとする亜由子を押しとどめ、

「またうかがいます」

高見は告げて「カシス」の扉を押した。

階段をあがり、セルシオに乗りこむと、稲垣は首を振った。

「いや、久しぶりに見ました。高見さんの鮮やかなところ。忘れませんよ、ママ。高見さんのことを」

「それくらいの楽しみがあってもいいさ。別にどうということもない」

高見はぽつりと答えた。退《ひ》き際を鮮やかにするのは、極道が女を口説くときの常套《じょうとう》手段だ。といって、その方法が確実にすべての女に通用するわけではない。ただもし亜由子を自分のものにしようと思うのなら、生活臭は極力排さなければならず、その点では、稲垣すら邪魔な存在だった。次にこの店にくるときは、一人がいい。

「たぶん、この街で一番の女ですよ」

「東京でも滅多にいない。あれだけの玉は」

「でしょう。でも高見さん、ここへ連れてきたのは、それだけが理由じゃないんです」

セルシオをスタートさせ、稲垣はいった。

「何があるんだ」

「彼女が例の、台風の目なんですよ」

一瞬、意味がわからなかった。

「導山の、別れた女です」

それを聞き、高見は稲垣を見つめた。

「何だと?」

「そうなんです。お家騒動の中心人物なんですよ。あの女の子供がお世継ぎ候補ナンバーワン、なんです」

高見はさすがに唸《うな》った。まず、亜由子に子供がいるとはとても思えなかった。ああして店にでているあいだ、子供の面倒はいったい誰が見ているのか。

「どこに住んでいるんだ、彼女は」

「駅の近くのマンションです。この街じゃ、一番高級なマンションです。デパートの上で、銀行の支店長とかがいますからね」

高見はほっと息を吐き、煙草をくわえた。亜由子が導山の愛人であったことを知ったからといって、その魅力は決して薄れたわけではなかった。女に過去を問えるような生き方をしてきてはいない。同時に、未来を夢見る生き方もまた無縁だった。

高見の中の「雄一」が、亜由子をものにしたいと願っているだけだ。ものにしたあとは――わからない。

だが簡単にはものにできない女であることを、初めて東京駅で見かけた瞬間から、高見は察していた。

その上、亜由子は今、嵐《あらし》のただ中にいる。

他人に警戒心を抱いているだろうし、心を許す相手はこの街にほとんどいない筈《はず》だ。

「男はいないのか」

「いないのじゃないですかね。いたらさっさとこの街をでていっているでしょう。あの女が酒場を開いたのは生きていくためですよ。導山の子供という『人質』がいる限り、『カシス』へは、せっせとこの街のお偉いさんが通ってきますからね。その、とりこもうって奴らの口車をのらりくらりかわしながら、目の玉がとびでるほど高い酒を、黒木や出井なんかに飲ませてるって話でね」

「したたかだな」

「頭はいいですよ。ところで、次、どこにいきます？」

「あの『カシス』は何時までだ？」

「十二時までです」

高見は時計を見た。十時半だった。セルシオは再び繁華街に戻ってきている。

「一時間ばかり、どこかで時間を潰《つぶ》そうか」

高見はいった。稲垣は怪訝《けげん》そうに、

「いいですが……そのあとは？」

と訊ねた。

高見はにやっと笑った。

「自由時間だ。お前も、『イブ』のママのところへ戻りたいだろう」

7

稲垣がそのあと高見を連れていったのは、「イブ」よりやや落ちる、クラブとスナックの中間のような店だった。さしてかわいい娘もおらず、高見は適当な話をして時間を過した。

十一時四十分頃、二人はその店をでた。「稲垣」へはタクシーで戻るから、と稲垣に告げ、高見は一人になった。

稲垣は高見に気がかりそうなようすを見せながらも、何か魂胆があると思ったのか、詳しく理由を訊ねることはせず、高見を〝解放〟した。

稲垣と別れた高見は、ビルのシャッターが降り、人けのなくなった駅前の表通りをぶらぶらと歩いた。

亜由子が住んでいるというマンションは、昼間高見が買物をしたデパートの上にあった。一階から五階までがデパートで、六階から八階がマンションになっているのだ。

その前まで歩いてきて、高見は苦笑した。

いったい自分は何をしようとしているのか。

亜由子を待ち伏せようなどという、今どき高校生でもやらない手を考えていたわけではなかった。

頭にあったのは、露天風呂で盗み聞きした、出井と黒木の密談だった。

梅島だ。

黒木は梅島を使って、亜由子に威《おど》しをかけようとしている。それを知って、高見はかかわりあうのを避けようと考えていた。が、亜由子が〝あの女〟だとわかった瞬間、高見の気持は変わっていた。

亜由子の、「正義の味方」になってみるのも悪くはない。それで亜由子の気持が惹《ひ》けるのならば。

ただ問題はその方法だ。高見も梅島とは因縁がある。へたな出かたをすれば、高見の方が梅島につけ狙《ねら》われる可能性があった。

梅島に自分をそうと気づかせず、梅島の仕事を邪魔する他はない。

梅島は子供相手の仕事だとたかをくっている筈だ。それほどの道具も用意してはこないだろう。ただ、梅島がひとりでくるかどうかはわからなかった。場合によっては、一人か二人、連れてくる可能性もある。

浜松でぶつかったときは一人だったが、あれから多少は「いい顔」になって子分も増えたかもしれない。

そんなことを考えている自分に、高見はまた苦笑いをした。

いったい、「慎重で切れるやくざ」で売っていた自分はどうしてしまったのか。まるで典型的な女《スケ》こましのようなことを考えている。女こましとちがうのは、梅島との対決が、手管としての茶番ではない、という点だけだ。

高見はまず、梅島の出かたを想像した。

通常のパターンなら、最初は「カシス」に手下を連れていく。特に暴力的な真似はせず、ただいるだけにとどめて、勘定もまともに払う。ただし、わざとらしく「恐がらせる」ような会話を交したりはするだろう。

「誰かを埋めた」だの「締めてやった」だのといった内容だ。そして明らかに、この店にこれからもくるという素振りを見せて帰る。

店側としては暴れられたわけでもなく、勘定を踏み倒されたわけでもないので、警察にも訴えられない。

たぶんその次は電話だ。店ではなく、知らない筈の亜由子の自宅に電話をして、

「きのうお会いした者だが――」

と告げ、明確な威しはしないにせよ、いろいろと「あんたのお陰で迷惑をこうむっている人間がいる」とでる。

亜由子は、自宅に電話がかかってきたことによって、恐怖感を抱くにちがいない。

しかし、この「通常のパターン」を梅島はとらない可能性があった。

ひとつには、黒木が、亜由子の子供の誘拐までもを梅島に指示していることがある。それらの威しをやった上で誘拐を行えば、亜由子も警察も当然、梅島を犯人だと考えるにちがいなかった。誘拐は重罪だ。やるのであれば、自分の顔を亜由子に知られる前にやるのが順序だ。それによけいな威しをしたあとでは、警戒され、やりにくくなる。

あれこれと考えているうちに十二時になっていた。

高見はデパートの地下にある駐車場への階段を降りた。亜由子は店まで車で通っているにちがいない。歩くにはやや距離があるが、タクシーを使うほどでもない。「酒好き」というくらいだから、弱くはないだろう。それにどれほど酔っていても、車なら数分なのだ。

案の定、十二時十五分を過ぎた頃、駐車場の入口に、赤のワーゲンゴルフが進入してきた。

高見はすばやく、並んでいる車の陰に隠れた。運転席に亜由子の姿があった。

駐車場は、ふたつの区画に分かれており、ひとつがデパートの来客用で、もうひとつがマンションの住民用だった。

ゴルフは、住民用の「八〇一」と記された位置に停止した。「八〇一」はもうひとつのスペースがあって、そこには地元ナンバーの軽自動車が止まっている。

ゴルフを降りてきた亜由子の足どりはしっかりとしていた。わき目もふらずエレベータホールに歩いていくその姿に、高見は身を隠したバンの陰から見《み》とれた。

数分後、亜由子を乗せ八階まで上昇し止まっていたエレベータが下降してきた。そこから、五十くらいの普段着姿の女が降りてくる。女は、ゴルフの隣に止められていた軽自動車に乗りこみ、エンジンをかけて駐車場をでていった。

どうやら、あの女が、ベビーシッター兼家政婦として、亜由子が帰るまで子供の面倒を見ているようだ。

梅島が誘拐を企てるとすれば亜由子がいない夜を狙うにちがいないと高見は思った。たぶん亜由子の生活に関する情報は、黒木から梅島にもたらされている。

黒木は「二、三日うち」といっていた。

とすれば、今夜何ごともなかった以上、梅島は、明日か明後日《あさって》の晩にしかけてくる筈だった。

あとは、高見がどうでるか、だ。

高見は自分の観察に満足し、「稲垣」へと戻ることにした。

翌日、和枝の給仕で朝食を終えた高見は、タクシーを呼んで、大池の市街地へと出かけた。

高見は方法を考えあぐねていた。単に梅島の仕事を邪魔するだけなら、亜由子なり警察に電話をすればすむことだ。が、匿名の通報者では、亜由子の気を惹きつけられない。

といって、今の段階で亜由子にすべてを話すのも賢い方法とはいえなかった。単に「盗み聞いた」ではあまりに芸がないし、亜由子に自分を頼らせるには材料として不足だ。やはり最もよいのは、誘拐が行われている最中に「いきあわせ」、子供を助ける、という形をとることとだ。

ただしその方法だと梅島との鉢合わせは避けられない。梅島に顔をわからせないためには、ある種の変装が必要になる。

街に出た高見は、デパートのオモチャ売り場に足をむけた。変装用の覆面を買うのが目的だった。

いささかの馬鹿馬鹿しさを感じながらも、高見はドラキュラの面を選んだ。ゴムでできた、頭からすっぽりとかぶるタイプで、両目と鼻、口のところに穴があいている。

デパートをでて、今度は駅前にあるレンタカー会社に足を運んだ。三日間の予定で、国産のセダンを借りだす。

レンタカー会社の駐車場から借りた車を運転してでてきた高見は、再びデパートの前を通りかかった。

駐車場の出入口の近くに、「なにわ」ナンバーのメルセデスが止まっていた。高見はすばやく、持ち歩いているサングラスをかけた。

メルセデスのかたわらを通りすぎ、少し離れた位置に車を路上駐車してルームミラーをのぞきこむ。

メルセデスの運転席に男がすわっていた。典型的な筋者だ。

しばらく待っていると、駐車場の階段を登って、二人の男が現われた。

梅島と若者だった。梅島はゴルフウェアのような、ラフな服装をしている。

若者がメルセデスの後部席のドアを開いた。梅島は鷹揚《おうよう》に頷いて、メルセデスに乗りこんだ。若者は急いで助手席に乗り、メルセデスは発進した。

梅島の頭は、どうやらその後少しもよくなっていないらしい、と高見は思った。

連中が仕事の下見にきたことは明白だ。だがひと目でやくざとわかるグループが、大阪ナンバーのメルセデスを乗りつけたのでは、その後の警察の訊《き》きこみに格好の材料を提供するだけだ。

殺しとちがい、女子供相手の簡単な仕事だと思ってなめてかかっているとしか思えない。

高見はため息をつき、首をふった。


「稲垣」にいったん戻った高見は、車を来客用の駐車場に止め、部屋にあがった。

部屋の電話で、鴨田の自宅にかける。鴨田はちょうど起きたところだった。

「高見だ」

高見が告げると、不機嫌そうだった鴨田の声がかわった。

「兄貴、今どこです」

「別にお前が知らなくていいところだ。そっちの調子はどうだ」

「いや、大騒ぎで、笑っちまいましたよ。山谷の馬鹿は、エンコ飛ばしましたよ」

「やっぱりな」

高見はいって、煙草に火をつけた。刑事をも巻きこんで打った芝居がこけたのだ。〝本部〟に対し、無事にすむ筈はない。

「ですがね、〝本部〟は確かに山谷のフライングについちゃ厳しくでましたが、兄貴のことも捜していますす」

「結論がでたのか」

「ええ、役員外しってことらしいです」

役員の肩書きを外される——高見は息を吸い込んだ。ヒラの組員に降格だ。弟分に対しても、相手が役員なら、格が下になる。

「まあ、軽くすんだっていやあ、軽いんですけど……」

鴨田の言葉の歯切れは悪かった。鴨田は役員になっている。となれば、格でいえば鴨田が今度は上にくるわけだ。

「そんなとこだろう」

腹の中の怒りをおさえて高見はいった。

「ですが〝本部〟は、人事を兄貴に直接いい渡すってんで、兄貴の出を待ってます」

「でねえといったらどうなる」

「いや、それは破門になっちまいますよ」

鴨田はあわてたようにいった。破門になれば、もうやくざとして生きていくことはできない。足を洗うといっても、かつての仲間の協力が得られない以上、商売すら簡単には始められない。しかも借金は残る。

「破門、か」

「ええ。〝本部〟の期限は、山谷の件があるんで、来月いっぱいです。それまでに兄貴は〝本部〟にでねえとまずいことになります」

高見は〝本部〟の腹が読めた。この〝降格人事〟が嫌なら、来月いっぱいまでに三十億を用意しろということだ。

高見は苦い笑いがこみあげるのを感じた。

今まで、組には、百億は稼がせてやったろう。だがひとたび高見が失敗して、三十億の穴を作ると、その金を返せないならヒラ組員に降格だという。

もし降格が嫌なら、足を洗えというわけだ。しかも足を洗えば、三十億はそっくり高見が背負《しょ》いこむことになる。

「――笑っちまうな」

「そんな……。どうします？」

「どうもこうもねえさ。とにかく俺はのんびりする。何かいい知恵が浮かんだら、また連絡する」

「わかりました。ただ、こっちへ戻ってくるときは、山谷の馬鹿には気をつけて下さい。野郎、そうとう頭に血が昇ってるみたいですから」

「わかった。ありがとうよ」

いって、高見は電話を切った。どうやら事態は、高見の予想していたように進んでいる。破門なら破門で、このましらばくれるのも手だった。当然、借金を背負い、山谷は公然と追っ手をかけるようになるだろう。

偽名で残りの人生を暮らす羽目になる。東京にはまず住めない。

だがそうなったらそうなったで、別にかまわないという、開き直りに似た気持が高見の腹にはずっとあった。それは、この大池にきてからより強まっている。

その大きな理由のひとつに、亜由子との出会いがあった。

本気で惚《ほ》れたか。

高見は頭をふった。一目惚れ、という奴《やつ》だ。亜由子の気だても何もわかってはいないのに、亜由子を自分のものにしたくて、かっかとしている。

無分別だし、危険極まりない。

にもかかわらず、高見は考えをかえる気はなかった。「慎重で抜け目がない」と思われるような生き方をしてきても、ドツボにはまるときははまる。今がそうだ。三十億を背負い、命を狙《ねら》われ、にっちもさっちもいかなくなっている。

それならばいっそ、欲しいものにためらわず手をのばす生き方をしてやろう。

山谷の手下に寝込みを襲われたあの晩以来、高見の中で何かが壊れたままだ。大池に逃げ、「稲垣」に隠れて静かに嵐《あらし》をやりすごすつもりだったのが、自分から嵐を作りだそうとしている。

頭が悪いにもほどがある。

が、奇妙な爽快感《そうかい》があるのだった。変に楽しいのだった。

夜がくるのを待ちかまえている自分に、高見はため息をついた。


マンションの駐車場をでていくワーゲンゴルフを、高見は止めた車の中から見送った。梅島らは、亜由子が「カシス」に出勤し、客足がたてこむ時刻を狙って、押しこむ筈だ。となれば、十時から十一時にかけての時間帯ということになる。

しかしそこまで頭を働かせず、仕事にとりかかる可能性もあるので、高見は六時過ぎから、マンションの前に止めた車の中から見張っていたのだった。

じっと車の中にいるのは苦痛ではなかった。長い〝自主謹慎〟を始めてからこっち、こうして誰かを待ち伏せするなどということは一度もない。もちろん緊張もしているのだが、不思議にうきうきするような気分だ。

あまり浮かれるとヤバいことになる、高見は自分にいい聞かせた。

こっちは女《スケ》こましだが、向こうは仕事だ。いい調子でなめてかかると、それこそ命を落としかねない。

高見は助手席においた紙袋を見やった。中には拳銃《けんじゅう》とドラキュラのマスクが入っている。
タイミングには特に神経を遣う必要があった。一歩あやまれば、本当にでいりになっ
てしまう。

時間が過ぎていった。

九時になり、そして十時を過ぎた。くるならば、そろそろの筈だ。

駅からのメインストリートを走る車の数はぐっと少なくなっている。

高見は車をマンション駐車場への進入口の先に止め、運転席のシートを倒して、角度をつけたルームミラーごしに出入りする車を観察していた。

十時半を回った。かたわらを走り抜ける車もまばらになった。

一台の車がうしろからやってきて高見の車のうしろに止まった。ライトを消し、動こうとしない。

高見は舌打ちして起き上がり、背後をふり返った。よくは見えないが、男がひとり乗っているようだ。メルセデスではない。

梅島がさし向けた見張りだろうか。

とすれば、けっこう頭が回るということになる。

うしろの車は動く気配がなかった。

高見はあきらめて、エンジンをかけた。このままべったりとうしろにつかれていたの

では、マンションへの車の出入りが監視できないし、動きにくい。

自分の車をだして、あたりを一周し、もう少し離れた、進入口の手前に車をおき直す他はない。そのあいだに梅島がやってきたら、そのときはあきらめるまでだ。

高見は車を発進させた。もしうしろの車があとをついてきたらと緊張したがそれはなかった。

最初の角を左に折れ、デパートの裏側に回った。配送用の出入口はあるが、夜間はシャッターが閉ざされ人も車も入れないことは確認ずみだ。

デパートの裏を走り抜け、元いた道に戻った。駐車場の進入口から十メートルほど下がった位置に車を停めた。

あとからきた車はまだそこにいる。

それが気になった。梅島の手下なのか、それともまるで関係のない車なのか、確かめるには降りていって、運転者の顔を見る他はない。そしてそれはひどく危険な行為だった。

一瞬、誘拐のことを事前に警察が知って張りこんでいるのでは、という可能性が頭をかすめた。

が、いくらなんでもそれはありえないと思い直す。もし刑事の車だったら、さっさと降りてきて高見に職務質問をくらわせた筈だ。

十一時になった。

梅島はまだこない。さすがに高見は少し、じれてきた。今夜はこないつもりなのか。それとも黒木が計画を変更し、誘拐をとりやめにしたのか。

梅島がぐずぐずしていれば、帰ってくる亜由子と鉢合わせする可能性すらでてくる。

十一時三十分を過ぎた。

今夜はきそうもない、高見は思い始めた。そのときだった。背後から猛スピードでやってくる車がミラーに映った。ヘッドライトがぐんぐん近づいてくると、高見の車をかすめた。

梅島のメルセデスだった。メルセデスは急ブレーキをかけ、タイヤを鳴らしながら、駐車場の進入路へ走りこんだ。

なんて馬鹿な奴らだ。高見は舌打ちした。逃げ出すときならともかく、くるときまで人目を惹《ひ》くような走り方をしている。

時計をにらみ、時間をはかって、高見は車を降りた。手に道具の入った紙袋をさげている。

歩行者用の駐車場出入口まで歩いていった。出入口にはドアがあり、開くと階段が下にのびている。

ドアを閉め、階段を足音をたてないように降りた。紙袋の中から拳銃を抜くとスラックスのベルトにさしこむ。

久しぶりに拳銃を身につけ、緊張感がこみあげた。

階段を降りきった位置にもう一枚のドアがある。エレベータのすぐそばに通じているのだ。

高見はドアの手前で足を止めた。耳をすます。車のエンジン音が聞こえた。アイドリングさせている。運転手はエレベータのすぐ前で車を停めて待っているようだ。

今頃、梅島と手下がたぶん、上に昇っている。八階についたら、八〇一号室を訪ね、適当な口実で家政婦にドアを開けさせるのだろう。ドアが開いたら有無をいわさず押しこみ、家政婦を縛りあげ、子供をさらう。

子供を絶対に傷つけられない以上、梅島たちもまた覆面をしている筈だ。

高見は深呼吸した。掌《てのひら》にじっとりと汗が浮かんでいる。

不意に一一〇番してしまった方がよかったのではないかと思えてきた。やくざが正義の味方の真似をしてどうなるというのだ。

エンジン音とはちがう、機械のモーター音が響いてきた。エレベータが動き始めたのだ。高見は壁に耳をあてた。まちがいなかった。エレベータが降りてきている。

紙袋からマスクをとりだし、すっぽりとかぶった。

エレベータが地下駐車場に到着し、機械音が止んだ。扉が開くまでの一瞬の間《ま》。

高見は拳銃を抜くと、目の前のドアを押してとびだした。

メルセデスはこちらに鼻先を向け、停まっていた。中の運転手が仰天したようにこちらを見た。かまわず高見はエレベータに向き直った。

エレベータは扉を開ききったところだった。梅島とチンピラが中にいた。目隠しをして、口にガムテープを貼《は》った子供をかかえている。子供は泣きべそをかいていた。梅島たちはストッキングをかぶっている。

「動くな！」

高見は叫んで、駐車場の床に向け、拳銃の引き金を絞った。天井の低い地下駐車場で、銃声は耳をつんざくほどだった。

機先を制するためには、まず一発は撃ってみせなくてはならない、高見は思っていたのだ。

案の定、梅島とチンピラは凍りついた。

高見はいった。

「子供をおいていけ」

目を丸くして梅島は高見を見つめた。高見は拳銃の狙いを梅島の顔に定めた。

「わかった！　わかった！」

梅島はぱっと両手をあげて叫んだ。チンピラもあわててあとに従う。子供がエレベータの床にしゃがみこんだ。

「エレベータをでろ！」

高見は命じた。梅島とチンピラはエレベータをとびだした。入れちがいに高見はエレベータに乗りこんだ。

あっけにとられたように高見を見つめている梅島に、

「消えろ」

とだけいって、高見は八階のボタンを押した。エレベータの扉が閉まった。

上昇を開始する。

高見はほっと息を吐き、しゃがみこんでいる子供を見やった。パジャマ姿の男の子だった。銃声に驚いたのか、泣き声もたてず、体を固くしている。

高見は拳銃をしまい、男の子を抱き起こした。

「よし、もう大丈夫だ」

自分もマスクをとり、男の子の目隠しをとった。目をまっ赤にした男の子が高見を見つめた。

「おじさんが助けてあげた。おうちへ帰ろう」

それでも男の子は怯《おび》えたように高見を見つめている。

エレベータは八階に到着した。

「おいで」

高見は男の子の手をひいてエレベータをでた。男の子は無言でついてきた。

八〇一の扉の前まできた。扉は細めに開いていた。

高見は男の子に訊《たず》ねた。

「家政婦さんは何ていうんだ」

「美代《みよ》ちゃん」

男の子はまだ固い口調で答えた。

「ボクの名前は？」

「森谷洋一《よういち》」

「洋一くんか、よし。偉かったぞ」

他に何といってよいかわからず、男の子の頭をなでた。さらさらとした髪だった。

高見は扉を開いた。

玄関を入ってすぐの廊下に両手両足を縛られ、口にガムテープを貼られた家政婦が転がっていた。

その家政婦がどこも傷ついていないのを見て、高見はほっとした。その点では、梅島は手際がよかった。

これが万一、威《おど》すつもりがいき過ぎて刺してしまった、などということになっていたら厄介になると思っていたのだ。

「入りなさい」

高見は子供を扉の内側に入れた。万一にも、梅島らが戻ってくる可能性はなかったが、用心にこしたことはない。扉を閉め、鍵《かぎ》をかけた。

洋一という男の子は家政婦に気づくと、

「美代ちゃん！」

と叫んで、とびついていった。家政婦はガムテープの下で唸《うな》り声をあげた。

「お邪魔しますよ」

高見はいって、靴を脱いで部屋にあがった。家政婦に歩みより、まずガムテープをはがした。

「け、け、警察を――」

家政婦はわめきだしそうになっていった。

「大丈夫、大丈夫。落ちついて、もう大丈夫ですから」

今、警察にこられてはかなわない。高見は家政婦をなだめた。

「犯人はもう逃げました。私に気づいて、洋一くんをおいて逃げだしたんです。ですから落ちついて下さい。今《いまし》、ヒモを解きますから」

高見は縛《いまし》めをほどいた。自由になった家政婦は洋一と抱きあった。

「恐かったねえ、洋ちゃん、恐かったねえ」

くり返している。

「あの、僭越《せんえつ》ですが……ご家族の方は他に？」

高見が訊ねた。

「はい。この子は、母親がおりますんですが、今、仕事にでていまして……」

「お父さんは？」

「おりません」

家政婦は洋一と抱きあったまま、首を振った。

「そうですか。では、お母さんを呼んだ方がいいでしょう。その方が洋一くんも安心だ。な、洋一くん」

高見は洋一を見やっていった。洋一はこっくりと頷《うなず》いた。切れ長の目が亜由子に似ている。利発そうだと高見は思った。

家政婦はあわてて立ちあがろうとして、床に手をついた。

「す、すいません。腰がぬけちまって……」

「僕が電話する！」

洋一がいった。

「電話できるのかい」

「うん」

「よし。じゃあ、君が電話しなさい」

「洋ちゃん、お願い……」

家政婦は洋一をおがんだ。

「こっちだよ」

洋一は高見にいって、廊下の奥にある格子ガラスの扉を開いた。板張りの床に、大きなソファセットがおかれたリビングがあった。掃除がいき届き、大画面のテレビと二メートルほどもある壺《つぼ》がおかれている。大理石をはったテーブルの上に、テレビゲームの機械がのっていて、テレビとコードでつながっていた。

洋一は壁ぎわにおかれたサイドボードの上からコードレスホンをとりあげた。サイドボードの中には、値の張りそうな磁器やクリスタルが並べられている。

「もしもし、洋一ですけど、ママお願いします」

クロスを張った壁には「カシス」にもあったエッチングが飾られていた。

洋一が電話に話しかけるのが聞こえた。

「もしもし、ママ？　すぐ帰ってきて。変なおじさんたちがきてさらわれそうになったんだ。助けてくれたおじさんがいて、今、おうちだけど……帰ってきて！」

ようやく家政婦が、這《は》うようにしてリビングに辿《たど》りついた。

「もしもし、あ、奥様！　本当なんでございます。なんだか恐しい人たちがきて、洋ちゃんをさらっていったんです。そうしたら、助けて下さった方がいらして……はい。……はい……」

リビングは仕切りなしで食堂とつながっている。食堂には六人がけのテーブルとミニバーがあった。他に扉が二枚あって、それぞれ別の部屋に通じているのだろう。

家政婦は電話を終えた。

「あの……すぐに奥様は帰っていらっしゃるそうです……」

高見は無言で頷いた。家政婦はそのときになってようやく気づいたようにいった。

「なんと、お礼を申しあげていいか……」

「いえ。偶然なんですよ。たまたま通りかかったら、妙な連中が坊っちゃんを車に乗せようとしていて——。私に気がついたら、坊っちゃんをおいて逃げだしてしまったんです」

高見は洋一の方を意識しながら喋《しゃべ》った。まさか拳銃をぶっぱなして追い払ったとはとてもいえない。洋一は銃声を聞いているが、目隠しもされていたし、動転していて、何が起こったのか、理解しようがなかった筈だ。

犯人たちと格闘したなどという作り話はしたくない。あまりにヒーローを気どると、話が全体に嘘《うそ》臭くなる。

家政婦はまだ恐怖がさめないようだった。ソファにすわりこむと洋一をひきよせ、不安げに玄関の方を見つめている。

数分後、チャイムが鳴った。家政婦は怯えた目を向けた。高見が何かをいうより早く、鍵がドアにさしこまれ、ドアロックが解けた。亜由子が帰ってきたのだった。

「洋ちゃん！」

亜由子の叫び声がした。それを聞いて洋一は、

「ママ！」

玄関に走っていった。

「洋ちゃん！　大丈夫だったの⁉」

「大丈夫だよ。でも恐かった」

高見は無言で待った。まとわりつく洋一をしっかりと抱いた亜由子がリビングに入ってきた。

「美代さん――」

「奥様！」

亜由子は立っている高見に目を向けた。そして息を呑《の》んだ。

「高見さん！」

「ママ！」

高見も驚いたふりをした。

「高見さんが助けて下さったの⁉」

「ママのお子さんだったのか」

亜由子は言葉を失ったように喘《あえ》いだ。その目は大きくみひらかれて高見を見つめている。

計画通りだった。偶然の出会いが重なり、そして高見は、大切な子供を救った正義の騎士となった。これで心を惹《ひ》かれない女がいたら、それは男に興味のないレズビアンか、氷のような心の持主だ。

亜由子が何かをいうより早く、

「驚いたな。まさかあなたのお子さんだとは思わなかった……」

高見はいった。亜由子はようやく我にかえったのか、瞬《まばた》きして洋一を見おろした。

「いったい何があったんですの」

「私にもよくわからないんですよ。実はこの街がすっかり気にいってしまって、しばらくのあいだ住んでみようかと思いましてね。そこで、こちらのマンションがいちばんよいというので、深夜だったんですが、どんなところだかようすを見ようと――」

あらかじめ考えておいた作り話を始めた矢先だった。ドアチャイムがまた鳴った。

「奥様！」

家政婦が震え声でいった。亜由子も不安そうに高見を見つめた。

「誰か来る約束になっていましたか」

高見は訊ねた。亜由子は首を振った。

「いえ」

「一一〇番しましょう、奥様！」

家政婦は叫んだ。今にも電話に手をのばさんばかりだった。

「待って、美代さん。わたしがでます」

だが、亜由子は気丈に家政婦を制した。

まずいことになった、と高見は思った。まさか梅島が戻ってきた筈がない。とすると、駐車場の銃声を誰かが聞きつけ、警官がやってきたのか。

「はい」

廊下を歩いていった亜由子がドアごしに返事をした。

「どちらさまでしょう?」

男の返事が聞こえた。高見の耳にははっきりと届かなかったが、亜由子にはわかったようだ。

亜由子が恐る恐るといった感じでチェーンロックをかけたままドアを細めに開いた。

「えらいすんません。こんな夜分に……。わいのこと覚えたはりますか。さいぜん、お店に邪魔しとった者《もん》です。誘拐ちゅうのが聞こえたんで、気になってしもうて……」

いきなり場ちがいな関西弁が聞こえた。

「あ、はい……」

「いや、驚かしてすんません。こういう者なんですわ」

「大阪府警……」

大阪府警。高見は思わず玄関の方を見やった。訪ねてきた人物の姿は、亜由子の体の陰になっていて見えない。

「いや、管轄外、ちゅうのはわかっとります。ちょっとようすを見にきただけです」

「お待ち下さい」

亜由子はいって、いったんドアを閉め、背後をふり返った。高見と目があった。

「どうしました」

高見は平静を装っていった。

「あの、実はさっきまでお店にいらしたお客様なんです。今日、初めて、お一人でお見えになって……。その方がいらしてるんです。警察手帳を今見せて下さったのですけれど、大阪府警と書いてあって——」

亜由子の顔にもありありと当惑の色が現われていた。その表情といい、さっき一一〇番をしようとした家政婦を制したことといい、亜由子にも警察沙汰《ざた》にしたくないという思いがあるようだ。

それに安心して、高見はいった。

「じゃ、まあ、とにかく入れてあげたらどうです。大阪の刑事さんならここは管轄外だ。いざとなれば、管轄外を理由に追い払えばいい。店の人からでも聞いて、親切心で来てくれたのでしょう」

「はい」

亜由子はこっくりと頷いた。顔には高見への信頼があった。

亜由子はチェーンロックを外した。

ドアが開かれた。瞬間、紫色の派手な姿が玄関口に立ちはだかり、高見は目を疑った。

「いや。えらいすんません」

まさか。

だが、まちがいなかった。鴨田のカジノバーで出会った、大阪の刑事、月岡だ。

その瞬間、高見は今の今まで忘れていた、大山の展望台での出来事を思い出した。月岡に似た男がいたというのは、自分の見まちがいではなかったのだ。

月岡は亜由子に頭を下げ、ついで廊下の奥に立っている高見に目を向けた。高見はくるりと背を向けたいのを我慢した。

「おお」

月岡の目が広がった。雪駄顔《せったがお》の、つきでた唇がほころびる。

「えらい偶然やなあ！」

高見は天を仰ぎたくなった。ドツボはこの街にきてもぬけだせないようだ。よりによって、こんなときにこんなところで出会うとは。亜由子、梅島、月岡と、この大池という街には、よくよく自分に縁のある人間が集まってくるようだ。

「どうも久しぶりです」

それでもすばやく笑顔を作って、高見はいった。ここは何としても月岡をうまくかわして、亜由子に自分の正体を告げさせないようにするしかない。さもないと、命がけの芝居が無駄になる。それどころか、亜由子が、高見を誘拐犯とぐるだと考えかねない。

「久しぶりやいうたかて、ついこのあいだのことやないか、兄さん」

亜由子が驚いたように目をみはった。

「お知り合いでらっしゃるんですか」

月岡が何かいうより早く、高見はいった。

「東京の知人のところで偶然、お会いしたんです。あのときは、月岡さんも確か、仕事とは関係なくいらしていたのですよね……」

懐ろの拳銃が不意に重たく感じられてきた。

「まあ――」

「月岡さんも旅行ですか。私もちょうど今、プライベートの旅行中でしてね」

笑顔のまま、高見は月岡と亜由子のあいだに割って入った。ここはいったん外へ月岡を連れだすしかない。

「まあ、そないなもんやけど、このママさんの子が誘拐された、いうんを店の子から聞いたもんやから……。まさか兄さん、関係あらへんやろな」

一瞬、月岡の小さな目が鋭くなった。

「冗談でしょう！」

高見は笑いとばした。

「だが、月岡さんでよかった。ママ、この人なら安心だ」

高見は亜由子をふり返り、安心させるように頷いた。背中には冷汗が噴きでている。

「この人は大阪のすごく優秀な刑事さんなんですよ」

月岡はうさんくさそうに高見を見つめた。今にも何かろくでもないことをいいだしそうだ。

「私の方から説明しておきます」

いって、月岡の口を封じるべく、

「月岡さん、ちょっと外にでませんか」

誘った。

「外はけっこう寒いで」

月岡は高見の魂胆を見すかしたようにいった。

「まあいいじゃないですか。月岡さんも公務、というわけじゃない。こちらのお宅にも迷惑になっちゃまずいし」

「兄さんは迷惑と違うんか」

「私はちょっとわけがありましてね。説明しますよ」

冷汗に加え、吐きけまで感じながら高見はいった。

「そうかぁ。ほな、ゆっくり聞かしてもらおか」

月岡は一転して、意地悪げな笑みを浮かべた。

「誘拐ゆうたら、重罪犯や、未遂でもえらいこっちゃで」

「私はそれを未然に防いだんですよ」

「何やて」

「まあまあ……こちらへ」

高見は靴をはき、玄関のドアを開いた。

「ママ、戸締りはしておいて下さい」

はらはらしたようすで見ている亜由子にいって、高見は先に廊下へとでた。月岡がつづいてでてくると、ドアを閉める。

「廊下じゃなんですから、あっちへいきましょう」

「ええよ。この前は兄さんをコーヒーに誘うて、ふられてしもたけど、今日は兄さんの方から誘い、か」

「高見です」

しかたなく高見はいった。

「高見はんか。わいの名は知っとるみたいやな」

「六本木でいろいろ拝見しましたから」

「さよけ。けど、お互い、えらい妙なとこでまた会《お》うたもんやな」

エレベータに乗りこんで月岡はいった。エレベータには「R」のボタンがあった。高見はそれを押した。どうせ下に降りても、駐車場くらいしかない。ならば屋上で話した方が、よほど人目につかないですむ。

エレベータはすぐに上昇を停止し、ドアを開いた。正面に扉があり、先に降りた高見がノブをつかむと、簡単に開いた。

「屋上か。まさか、わいのこと、つき落とそう、思うとんのやないやろな」

それも悪くない、高見は思った。もしそうするならその前に、頭に一発ぶちこんでからがいい。

「まさか!」

高見は大笑いしてみせた。

「ならええけどな。兄ちゃん、腹の中を人に見せへんタイプやろうからな」

「それは月岡さんもいっしょでしょう」

屋上は、給水塔を別にすれば、周囲をフェンスで囲った、何もないがらんとした空間だった。人けはない。

高見が先に立って屋上へでると、月岡はそれでも警戒したようにゆっくり進みでた。さらに高見がいこうとすると、

「待てや」

月岡は呼び止めた。今までとはちがう、低い、すごみのこもった声だ。

高見はゆっくりふり返った。

「何考えとんねん」

「別に。ただゆっくり話がしたいと思っただけです。誰にも気がねなく」

月岡はガニまたの短い足を開いて立ちはだかり、上着の上からスラックスをゆすりあげた。

「はっきりさせとこか」

高見をにらんでいう。なかなかの眼《がん》だ、と高見は思った。その気になれば、そこいらのチンピラならひとにらみで逃げだすだろう。西のマル暴担当にはごついのが多いという話だが、月岡はその中でもさらにこわもてにちがいない。

「高見、いうたな。お前、極道やろ」

高見は煙草をとりだして頷《うなず》いた。

「まあ、月岡さんの目はごまかせない。会った場所も会った場所ですしね。吸いますか？」

「いらん。極道から施しはうけんことにしとる」

月岡は唸《うな》って、上着からハイライトをとりだした。

「六本木じゃ、ずいぶん奢《おご》らせていたじゃないですか」

「あれは嫌がらせ、ちゅうもんや」

「見ててわかりましたよ。もっとも、いい気味だと思いましたがね」

月岡はふん、と鼻を鳴らした。

「東京の極道がこないとこで何しとんのや」

「実は今、休職中でしてね。ひょっとしたらこのまま、足を洗っちまうかもしれない」

「阿呆《あほ》くさ。何眠たいことというとんねん」

「本当ですよ。あの朝、その足で新幹線に乗って、この街へきたんです。こっちの出身、というわけじゃないですが、組関係には知られていない、頼れる知人がいるんで」

「急ぎ旅か？」

「とんでもない。東京に問いあわせてもらってもかまいません。何もしょっちゃいませんよ」

「まあ、鉄砲玉には見えんわな」

「要するに、いろいろあって、組とうまくいってないんですよ。で、今後の身のふりかたでもゆっくり考えようと思いましてね」

「ほう」

まるで信用していない、流し目をくれて、月岡はいった。

「で、月岡さんは何の用？」

「待て。さっきの誘拐ちゅうのは何や」

「偶然ですよ。偶然、巻きこまれたんです。月岡さんには喋《しゃべ》っちまいますがね、きのう、こっちの知り合いにママの店に連れていかれて、一目惚《ひとめぼ》れしちまいましてね。ヤ、サ、づけしたらここだっていうのがわかったんで、ばったり会ったって話にもっていこうと思って、駐車場にいたんですよ。そうしたら、エレベータから、覆面した連中が、男の子を抱えて降りてきて――。鉢あわせしたんで思わず、『なんだ、お前ら』ってすごんだら、子供を放りだして逃げちまったんです。それがたまたま、ママの子だったたんです」

「寝言みたいなこと、ぬかすなよ」

月岡の表情がかわった。

「そんなもん、誰が信用するかい。ほんまのことといえや。東京の極道が、なんぼの銭で誰に雇われよった」

高見は深く息を吸いこんだ。月岡が信じないのは、ある意味で当然といえば当然だった。もし高見が月岡の立場でも、やくざが人助けをする、などというのはとても信じなかったろう。

「誘拐っちゅうのは、お前がかいた絵図か。ん？　狙《ねら》いは何や、いうてみ」

月岡はじりじりとにじりよりながらたたみかけてきた。

「月岡さん」

高見は声の調子をかえた。これは本気でかわさないとヤバいことになる。

「俺のいってることは本当だ。俺はマジでママの息子を助けようと思っていた。確かに偶然、下の駐車場でいきあわせた、というのは嘘《うそ》だ。ひょんなことで、ママの息子をさらおうって話があるのを知って、うまくそいつに乗じようと思ったのさ」

「ひょんなこと？」

「盗み聞きだよ。俺が今泊まっている旅館には離れがあってそのひと部屋ひと部屋に露天風呂《ぶろ》がついている。そこに入ってたら、ついたての向こうでさらう話をしていた奴《やつ》らがいたのさ」

月岡は首を振った。

「お前、まだわいをなめとんのか。風呂やと。寝言もたいがいにせえや」

「嘘だったらこんな馬鹿げた話はしない」

「誰が相談しとったんや、まさか誘拐の実行犯やというのやないやろな」

高見は首を振った。

「そうじゃない。誘拐は、ママをおどすのが目的だった。実行犯は関西から呼ばれた極道だ」

「誰や。名前、何ちゅうねん」

「名前までは知るか。とにかく、誘拐の現場にいきあわせたふりをして、ママに恩を売ろうと思ったのさ」

「お前、女《スケ》こましか」

「ちがう。ママが気にいったんだよ。あんたにもわかるだろう。第一、ママがそこいらの婆《ばば》あだったら、管轄でもないのにでしゃばってこないだろう、あんただって」

「やかましい。生意気な口、叩《たた》くな」

高見はかっとなった。

「どういう意味だ。俺はあんたにとやかくいわれる筋合いはないぜ。この街で何も悪さをしようって気はないんだ」

「だったら何で警察に届けへんのや」

「よけいなかかわりをもちたくなかったからさ」

「高見、お前、この街のこと知っとんのやな」

月岡は目を細めた。

「そういうあんたもだろうが」

高見が切りかえすと、月岡はじっと高見をにらみつけ、考えていた。

高見はいった。

「この街がいろいろあるってのは、俺はこの街にきてから知ったんだ。だがそんなものは、他所《よそ》ごとだ。かかわる気はこれっぽっちもなかった。ただ、たまたま誘拐のことを聞きつけて、それがママの子供だったんで、ママを落とす材料に使えると思っただけだ」

「ママに会うたんはいつのことや」

「きのうだ。きのう初めて会ったのさ。その前に東京駅で見かけて一目惚れしてた」

月岡は苦笑した。

「正直なんか、なめとんのか……」

「正直さ。さっきからいってるように、俺にはうしろ暗いことは何もない」

「組とのことはどうなんや。親分とうまくいかへんようになって、ハジいてとんずらこいたのやないやろうな」

「馬鹿なことをいうな。あんたもマル暴なら、俺がどこの人間かわかってる筈《はず》だ。そんな真似をしたら、日本中どこへ逃げても消されちまう。第一、俺はそこまで阿呆じゃない」

月岡はふんと笑った。

「阿呆やない奴が、他の極道の仕事を、女《スケ》こますためだけに邪魔するか」

「よけいなお世話だ」

月岡は顎《あご》をあげ、下目づかいに高見を見やった。顎の先をぼりぼりとかく。

「信じられないなら、しょっぴきゃいいだろう。ただし何の容疑だかはっきりしてもらおうか」

　高見は怒ってつづけた。

「まあ、待てや。お前のいうとんのな、信用してもええ、ちゅう気はするんやけど、どっか、臭いんや。何が臭いんか、今考えとんねん」

「勝手に考えてろ。俺は帰らせてもらう」

「けど、お前帰ったら、ママにお前のこと、極道やちゅうてばらすで。困るやろ」

　高見の痛いところを月岡は突いてきた。高見は顔をあげ、月岡をにらんだ。

「きたねえ野郎だな」

　月岡はにたっと笑った。

「勝手にせえ、ちゅうかと思ったら、怒りよったな。本気で惚れとんのやな」

　そしてまたスラックスをずりあげた。

「よし！」

　大きな声でいう。

「お前の気持は信じたる。ママに惚れとる、ちゅうのはほんまのようや。まあ、お前を信用してもええわ」

「臭いってさっきいっただろう」

「それは別のこっちゃ。お前の話がほんまやっても――いや、ほんまやったら、仕事にかかっとる極道が、怒鳴られただけで逃げよるんかいな、思うてな」

やはりそこに気づいていたのだ。高見は緊張した。

「下のおばはんに訊いてみなわからんけど、子供でも、さらいにきよる以上、素手やないやろ。しかもひとりやない。そんなんが怒鳴られただけで、子供おいて逃げるかい」

月岡は一拍おいて、にたっと笑った。

「お前の話がほんまやったらな、お前、何ぞもっとるやろ」

高見は背中がじっとりと冷たくなるのを感じた。月岡は信じるにせよ信じないにせよ、高見を追いつめたのだ。

その瞬間、高見は月岡に拳銃《けんじゅう》をつきつけ、縛りあげて逃げることを考えた。

「その手にはのらないね」

高見はいって、にやりと笑ってみせた。

「俺が信用させるために何かをだせば、あんたはそれをネタにパクろうと思っているのだろうが。いっとくが身体検査もお断わりだ。触りたかったら令状をとってくるんだな」

月岡は黙っていた。が、やがてまたにたりと笑った。

「ひっかからんかぁ」

のんびりとした声でいった。

「うまい手や、思うたんやけどな」

高見は無言だった。

「――けど、今のセリフで、お前がもっとる、ちゅうのは明らかやな」

「俺は何もいってないぜ」

そろそろ亜由子が心配し始める時間だった。同じことを思ったのか、月岡はいった。

「よっしゃ。ほな、こうしよ。わいも全部話すさかい、お前も話すんや。それやったら、とりあえず今日のとこは、ママにお前の正体、黙っといたる」

これもひとつの〝試し〟だということが高見にはわかった。亜由子に自分の正体を知られるのをどれほど嫌がるかで、高見の話の信憑性《しんぴょうせい》をはかろうというのだ。

まったく油断のならない刑事だ。しつこくて、しかも二重三重に言葉の罠《わな》をはってくる。それを力で押し破ろうとすれば、すぐにこわもてに変身するのだ。月岡は素手でもかなり腕が立つだろうと、高見は思った。

「――わかった。だがここでそいつを話しだすと長くなる。とりあえず下に戻って、ママたちを安心させてからだ」

駄目だ、といわれるかと思ったが、

「ほんまやな」

あっさり月岡はのってきた。

「ああ。約束だ」

月岡は頷いた。

「男に二言《にごん》はない、か」

「そういうセリフは使わない。商売のとき以外は」

高見はつき放した。月岡は、ほう、という顔をした。

「さよか。お前、ほんま、極道にしちゃあ変わっとるな」

屋上の出入口に向きかけた高見は月岡をふり返った。

「嫌いなんだ。任侠道《にんきょうどう》だの男の道だのをすぐふり回すのが」

月岡は笑った。

「ええなぁ。頭のええ証拠や。気にいったで」

冗談じゃない――高見は腹の中で思ったが、答えずエレベータホールへ歩いていった。

8

亜由子はさすがにほっとしたような表情で二人を迎えた。

「もう話はつきました。月岡さんも納得してくれました。大ごとにはあまりしたくない、そうなんでしょう」

亜由子の目を見つめ、高見はいった。亜由子の目に驚きが浮かび、が、すぐに立ち直った。

「ええ。わたしの方も不注意でしたし、ここで騒いでは、いろいろと洋一もかわいそうですので」

亜由子が警察沙汰《ざた》にしたがらないだろうというのは高見の勘だった。亜由子の今の立場は微妙である。騒げば、同情や保護をよそおって、いろいろな筋が亜由子にまた近づいてくるにちがいなかった。そしてその中に、誘拐を企てた連中が混じっているかもしれないのだ。

やはり頭のいい女だ、高見は思った。そして、たった一人で子供を守ろうというその健気《けなげ》さに感心した。

「それやったらしゃあないね。誘拐は未遂でも重罪や。一一〇番したらすぐに警官きよるけど……」

月岡は残念そうにいった。

「申しわけありません。本当は届けなければいけないのでしょうが、今はこの子をそっとしておいてやりたいんです」

亜由子は頭を下げた。

月岡は息を吐いた。

「かまへん。ほんまは管轄外でも、こういうのんには目ぇつぶったらあかんのやけど、ママにそういわれたら、うんていわなしゃあないな。けど、今度何か困ったことあったら、わいに相談してや。しばらくこの街におるつもりやし。地元のお巡りにいえんことでも、わいにやったらこれで話せるやろ」

月岡はにっと笑っていった。高見はあきれて月岡を見やった。何のことはない、月岡もまた亜由子に恩を売っている。

月岡はさらに高見をあきれさせることをいった。

「わいに連絡しとうなったら、この高見さんのとこに電話してや。知っとんのやろ、ママ」

亜由子は意外そうに高見を見て、頷《うなず》いた。

「はい。稲垣さんの——」

しかたなく高見も頷き返した。月岡はつづけた。

「この街はいろいろあるようやけど、わいと高見さんなら信用してもええで。ママの悪いようには絶対せえへんさかい」

亜由子は目をみひらき、訊《たず》ねた。

「あの、お二人はいったいどうして——」

「今度やそれ。今度にしよ」

月岡は手を振って、亜由子の言葉を封じた。

「わいらがなんでここにおって、ママの味方か、っちゅう話は、今度や。ただ、ほんま、欲のために動いとる人間やないちゅうことを覚えといてもらったらええねん。なあ、高見さん」

高見は苦い気持で頷いた。関西弁でこんなことをいわれても、まるで真実味がない。

「はい……」

亜由子もさすがに不思議そうな表情になっていった。

「ほならお暇《いとま》しますわ。鍵《かぎ》かけて、もう誰も入れたらあかんよ。それからこれからは、合言葉かなんか、お手伝いさんと決めといた方がええで……」

月岡はぺらぺらと喋《しゃべ》りながら玄関に歩いていった。

「高見さん――」

亜由子は高見には残ってほしそうな口ぶりで呼びかけた。

高見は月岡への怒りをぐっとおさえ、いった。

「私も失礼します。とにかく洋一くんが無事でよかった。いずれあらためて、お話をしましょう」

「はい」

亜由子は高見の目を見つめた。

「本当に今夜はありがとうございました。どう、お礼をすればいいのか……」

「何いってるんです。本当に偶然なだけです。忘れて下さい。それより月岡刑事がいうように戸締りだけは気をつけて。今度は何かあったら一一〇番する方がいいですよ」

高見は亜由子の目を見つめかえしていった。

「わかりました。あの……お店の方はたぶん二、三日お休みすると思いますけれど、よかったらここにお遊びにいらして下さい」

「そうや。ママさんとこのお宅の電話番号、訊《き》いてへんかったわ」

月岡が割りこんだ。亜由子は、あっと小さくいって、リビングのサイドボードにあったメモに走り書きした。

「これがここの番号です」

「じゃ、お預かりします。気をつけて――」

高見が力づけるように頷くと、亜由子はようやく微笑した。

「今夜は眠れそうにありません」

「そうですね。いつでも『稲垣』に電話を下さい」

「はい」

亜由子は名残り惜しそうに高見を送りだした。

「高見さん」

「はい」

「ご恩は忘れません」

高見は無言で首を振った。先にでた月岡がエレベータに乗りこみ、扉のボタンを押しながら、

「いくで」

とせきたてた。

「じゃ……」

「それじゃ」

「おやすみなさい。さ、もうドアを閉めて」

高見が手をあげて歩きだすと、ようやく亜由子はドアを閉め、鍵をかけた。

「——阿呆《あほ》くさ」

エレベータに高見が乗りこんだとたん、月岡は吐きだした。

「——二枚目は得やな、ほんまに」

「そっちだってやたら恩を売っていただろうが」

「そらそうや。あれだけのべっぴんやったら、どんな男でも優しゅうしたなるわ」

いって、月岡は大アクビをした。

「お前とこの旅館も大池温泉か」

「いや、もっと手前だ」

「そうか。ほな、そこ行こ」

厚かましいいい草だった。だが腹を割る、という約束を交したのだ。それに抜け目のないこの刑事は、「露天風呂」についての高見の話のウラをとるつもりでいるにちがいない。

「あんたは車じゃないのか」

エレベータを降りてマンションを出、停めておいた車に向かって歩きながら高見はいった。展望台では車に乗った月岡を見かけているし、さっきの張りこみで高見の車のうしろにぴったりとついた車のことも気になっていた。その車は今はいない。

「わいはタクシーや。車は旅館においてきた。酒飲むさかいな」

月岡は高見の車の前までくると、ナンバーを見た。

「レンタカーかいな」

「そうだ。こっちへは電車できたからな」

月岡を助手席に乗せ、高見は車を発進させた。

月岡はのんびりとシートにもたれかかり、煙草に火をつけた。

「この大池、ちゅうのはおもしろい街やな」

高見は返事をしなかった。月岡はかまわずつづけた。

「ほら大阪や東京に比べれば小《ち》っこい街や。そやけど、何やしらん欲が渦まいとってな……」

「欲は東京や大阪にもあるぜ」

「ありすぎるんや。欲だらけで、ややこしいてしゃあない。百人おったら百人が欲もっとる。そやさかい、皆んなおのれの欲につっ走って、デタラメな動きしよるわ。それに比べたら、大池の連中は欲がはっきりしとる。だからおもろいんや」

「そうかい」

「大山教やな、すべては」

月岡はぽつりといった。

高見はその横顔を見やった。

「何を追っかけてんだ」

月岡は高見を見返した。にたっと笑う。

「何やろな」

高見はため息をつき、煙草をくわえた。月岡がすっとライターの火をさしだした。

「お前、なんで東京を売ったんや」

一瞬むせそうになり、それをこらえて高見はいった。

「別に売っちゃいない」

「けど東京におられんようになったんやろが。お前、この前の朝おったカジノの社長の兄貴分やろ。あんとき、銭の無心にきよったんやろ」

いってることはあたっているのだが、まるで身も蓋《ふた》もない。

「あんたは人を怒らせるのがうまいな」

高見はぐっと我慢した。

「さよか。けど、怒らせた方が皆《み》んなほんまのこといいよるからな」

「なるほどね」

高見は煙草を吸い、いった。

「俺《おれ》が組と連絡を切ろうと思っていたのは事実だ。ちょっとした誤解があって、上にウケを狙《ねら》った阿呆が俺の家にカチ込みをかけてきたのさ」

「そら、ごっつい誤解や」

高見はため息をついた。

「たいしたことじゃない。バブルが弾《はじ》けて、組に三十億ばかり損をさせたんだ」

「三十億やと⁉」

「ああ」

高見は平然と煙草をくゆらして、いってやった。

「お前、よう指揃《そろ》うとんな」

「指の一本や二本でカタがつく金じゃない。保険かけて沈めても、せいぜいその一割だ」

「ほな、なんでぴんぴんしとるんや」

「俺は、いいときには組に何百億と儲《もう》けさせた。株やゴルフ場、地上げなんかでな。だから上も簡単には処分ができない。それに殺しちまったんじゃ、二度と俺の頭が使えなくなる。生きてりゃひょっとしたらまた三十億をとり返す算段がつくかもしれないだろう。そう思って俺は生かしておかれたわけさ」

「算段ついたんか」

高見は鼻で笑った。

「つくわけがない。政治家連中はバブルのときはさんざん俺ら極道を使って地上げをさせ、銭儲けをしたくせに、バブルが弾けていられねえとなったらさっさと新法をこしらえてがんじがらめだ。そうなったらどう算段もつけようがない。おまけに銀行も強気になってさあ返せ、今返せだからな」

「それやったら、どないすんねん」

「さあな。借金は全部、俺におっかぶせるつもりで組は動いている。だが、銀行はそれじゃすまないだろう。俺ひとりだったら破産すりゃそれでケリがつく。銀行は何とか組からひっぱりだそうと思っているさ」

「せやろなあ」

「そうこうしているうちに、バブルのときには出番のなかった、頭の悪い奴《やっ》らがさわぎ始めた。示しがつかないってわけだ。そのうちの馬鹿の大将が俺にカチ込みをかけた」

「それをかわして東京を売った、ちゅうわけか」

「馬鹿馬鹿しくなった。結局、極道もサラリーマンもいっしょってことだ。稼げるときは稼げるだけ稼がして、いらないとなったらさっさと放りだす。しかもそのために作った借金を全部、個人にしょわそうって腹でな」

「こら傑作や！」

月岡は笑い声をたてた。

「ほなお前は、元モーレツ組員で、今窓ぎわ組員てとこか」

高見もつられて苦笑した。

「そんなところだ」

「サラリーマンやったら窓ぎわに机がある。けど極道の窓ぎわには、棺桶《かんおけ》がある、ちゅうことやな」

「そうだ」

「悲惨なやっちゃなあ」

月岡は吹きだした。まるで同情しているようには聞こえない。むしろおもしろがっているかのようだ。

車は「稲垣」の正面玄関をすべりこんだ。

「おお、立派なとこやないか」

「ここでもカタギ通しているんだ。おとなしくしてろよ」

「こりゃお言葉や。極道に礼儀教わるとは思うてへんかった」

高見は、この野郎、という言葉をぐっと呑《の》みこんだ。月岡の減らず口にいちいちつきあっていたら、しまいに本当に頭をぶち抜いてやることになる。

「――お帰りなさいませ」

遅かったが、下足番の老人が二人を出迎えた。

「申しわけないですが、古い友人にばったり会いましてね」

「どうぞどうぞ。お床をおのべしますか」

いや、といいかけた高見より素早く、月岡がいった。

「えろうすんまへんな。それとこんな時間に申しわけないんやけど、酒、何本かつけてくれまへんか……」

まったくあきれた野郎だ、高見は月岡をにらんだ。月岡は涼しい顔でいる。

しかたなく高見は月岡を自分の離れまで連れていった。高見のぶんの床はすでにのべられている。

案の定、月岡は部屋に入るなりいった。

「風呂《ふろ》はどこや」

「こっちだ」

高見はいって案内した。

「ほう。ええとこやな。早速はいらしてもらおか。風呂には目がないんや」

「どうぞ」

皮肉たっぷりの高見のいい方も気にせず、月岡は服を脱ぎ始めた。

風呂場を出ると、高見はすばやく部屋の金庫に歩みより、懐ろにあった拳銃をしまいこんだ。

高見も服を脱ぎ、浴衣《ゆかた》に着替える。煙草を吸っていると、下足番の老人が現われた。

「――失礼します」

盆の上に銚子を四本ほど載せている。本当に酒をもってきてくれたのだった。

「板場に人がおりませんもんですから、つまみらしいものがなくて……。よかったらこれでも召しあがって下さい」

鮎《あゆ》の塩辛である、ウルカの壜詰《びんづめ》と箸《はし》が添えられていた。

「いや、申しわけない」

高見はいって、二階にもう一組の布団をしいておりてきた老人の手に五千円札を押しつけた。しきりに辞退する老人をなだめ、部屋の外に押しだす。

老人がいなくなると、高見はほっとため息をついてソファに腰をおろした。伏せてあった猪口《ちよこ》を起こし、酒を注ぐ。ぬる燗《かん》だったが、いまの高見にはちょうどよかった。

「――ええお湯やった」

やがて月岡が現われた。ステテコにシャツといういでたちである。あの派手なスーツの下はこれだったのだ。

「お、酒や」

月岡はいって、高見の向かいにすわらず畳の上にアグラをかいた。

「ウラはとれたかい、風呂の」

高見は訊ねた。

「まあ、な。けどあれやったら誰が入っとったんかすぐわかるな」

「いったろう。俺はこの街には、ここの親父《おやじ》以外の知り合いはいない」

「それやったら、ここの親父に訊《き》けば、隣の風呂に入っとったんが誰か、すぐわかるやないか」

「なぜ俺がそこまでしなけりゃならん?」

「ママを助けよ、思うんやったら、当然やろうが」

「俺が話を盗み聞きした時点では、誘拐の対象がママの倅《せがれ》であることはわからなかった。

そのあとでママのところに連れていかれて、この女がそうだとわかったんで助けようと決心したんだ」

「ほんなら、あの子供の父親が誰か、いうのも知っとるわけや」

月岡はウルカを箸でつまみ、口に放りこむといった。とたんに複雑な顔をした。

「何じゃこりゃ」

「鮎の塩辛だ」

「ふうん。珍味、ちゅう奴か。けど酒には合うてるな」

猪口を呷《あお》った。

「父親のことなら知っている」

「せやろな。それやったら話が合うわ。誰に聞いたんや」

「誰でも教えてくれるさ。この街の人間だったらな。大山教の跡とりが誰になるかに、皆、興味津々だ」

「ほうか」

またひと口ウルカをつまんで酒を飲み、月岡はいった。

「あんたの狙いは何だ」

高見は訊ねた。まだ手の内を全部さらしたわけではない。しかしこのあたりで攻めに転じないと、結局、自分ばかりが喋《しゃべ》らされる羽目になりそうだった。

「導山や、ちゅうことにしとこか」

「導山？」

「大山教は、何や知らんがこのところ、関西でも信者を増やしとるんや。それが妙に、極道との流れが強い。けったいなこっちゃ。極道と宗教、いうたらまるで結びつかへん。なんぞあるにちがいない、思うてな」

「たったそれだけのためにわざわざ大阪からくるのか。その筈《はず》はないだろう」

高見がいうと、月岡はちらりと高見をにらんだ。

「それやったら何があるいうんや」

「公務で出張しているのなら、東京の六本木で油を売っていたのも妙じゃないか。それに一人というのも解《げ》せない」

「わいはいつも一人や。嫌われ者《もん》でな」

「ほう？　サツってのは、そんな単独行動を許してくれるのか」

「けったいなことに、わいが誰かと組むと、わいが追いかけとる犯人に必ず知れてしまうんや。大阪じゃ、わいより極道と仲ようしたがる刑事の方が多いわ」

高見は吹きだした。

「そりゃおかしい。あんた本当の嫌われ者なんだな」

月岡は首を振った。

「東京の極道は皆いいよるわ。西は住みいい、て」

確かにそうかもしれない。だがそれだけに数は多く、シノギを巡る争いも絶えない。

同じ本家を頭に頂き、内部抗争が法度《はっと》である以上、関西でシノギを確保できない弱小の組はどうしても関東にちょっかいをだす。それが高見らの組にとっても頭痛の種だった。

「東京へは、あの久野を追っかけてきたのか」

「あんなもん、カスや」

月岡はいいきった。

「ミナミ署から目こぼししてもろて、子供相手にこづかい稼ぎしとる、ちゅうとこや。大阪やったら誰も相手せえへん」

「だろうな。だったらなぜだ」

「たまたまや。新大阪の駅で見かけてな。どこいく気や、思うて、東京であと尾《つ》けたった。ほしたら、お前の舎弟とこの店入りよった、ちゅうわけや」

高見はあきれた。ただ見かけたというだけで行先を尾行して、あげくに嫌がらせに現われる神経というのはいったいどういうものなのか。

確かに嫌われるわけだ。

「わいは今、休暇中や」

あっさり月岡はいった。

「そやさかい、旅行兼ねて、大山教のこと見てきたろ、思ってな」

「ママの店にいったのもそのためか」

「そうや。あのママと導山のあいだにできた倅が台風の目や。導山がいきよったら、大山教の実権は、あの倅を手に入れた者のもんや」

「登場人物は割れているか」

「何や、それ」

「だから大山教の実権を握りたがっている連中の顔ぶれだ」

「こっちの人間は知らん。市長やら何やらいうけど、ほんまもんはまだ出てきとらん、思うとる」

「ほんまもん？」

「大山教を狙うとる極道がおるんや」

「山池組じゃなくてか」

「山池？　ああ、市長の義理の兄か。あんな田舎やくざやない」

「誰だ」

「西、いうたらひとつしかあらへん」

高見は緊張した。月岡は日本最大の組のことをいっているのだろうか。

「なんであそこが――」

「それはわいにもわからんわい。新法でシノギがきつうなって、今度は宗教でもやったろか、思うたんかな」

マズいことになった、と高見は思った。もし月岡の言葉が真実なら、梅島は単純に黒木に雇われたのではなく、西の意向をうけて動いていたということになる。

もしそうだとすると、高見は虎の尾を思いきり踏んづけてしまった。

「そやさかい、お前も、東から送りこまれたんか、思うてな」

高見の緊張を読みとってか、月岡は楽しげにいった。

高見はようやく月岡の本当の疑いを悟った。月岡は、西と東の大組織の双方が大山教を狙っている、と思ったのだ。高見を関東のやくざだと知っている以上、そう考えて当然だった。

「冗談じゃないぞ」

不意に猪口の中の酒が苦いものに感じられて高見はいった。

「そんなものがかかわっていると知っていたらちょっかいなんかださなかった」

「せやろな」

月岡は意地悪くいった。

「誰も好きこのんで、西と戦争しとうないわな」

戦争にすらならない、高見は思った。高見の行動は組の利益のためのものではまるでない。勝手に行方をくらましたあげくの〝お遊び〟だ。自分の正体が西にばれれば、西は即刻、今の高見の立場を割りだすだろう。

同じ極道どうし、警察よりもその点でははるかに情報の収集力に長《た》けている。

そうなれば高見の組も、もっけの幸いだ。高見に「渡世上あるまじき行為」があったと破門して、西が決着をつけてくれるのを大歓迎というわけだ。

高見が死ねば、あとは銀行が何をいってこようと、つっぱねるだけのことだ。

立場上、組が自ら下せない処分を西がかわってやってくれるとなると、喜ぶ幹部は掃いて捨てるほどいるにちがいない。

「消されるかもしれんな」

月岡はなおも嬉《うれ》しそうにいう。

高見はさすがに頭にきた。

「そういうあんただって、今は管轄外だ。何があっても不思議はないだろう」

「お、怒りよったな」

「あたり前だ。人を不愉快にするようなことばかりいいやがって」

月岡はにたっと笑った。

「なんや。えらいクールか思うたら、そうでもないんやな」

「俺はあんたとはちがう。いくら窓ぎわでも死にたいとまで思ってない」

「こらご挨拶《あいさつ》や。わいが命知らずの阿呆《あほ》や、ちゅうわけか」

「ちがうのか」

月岡はハイライトの袋をとり、中が空なのに気づくと高見のラークに手をのばした。

「わいかてな。こんなことしとうないわ」

「じゃあ何だっていうんだ」

月岡は鋭い目になった。

「お前、刑事《でか》嫌いか」

「好きな極道がいるか、この世の中に」

「せやろな。それやったら、極道とつるむ刑事とつるまん刑事と、どっちが嫌いや」

「つるむ刑事だ」

高見は即座にいった。

「なんでや」

「じゃあ訊くが、パクられてすぐに仲間を売るホシと、売らないで黙秘するホシとどっちがあんた好きだ」

月岡は頷いた。

「わかっとるんやな」

「あたり前だ。いくらこっち側だって、仲間を売るような野郎は大嫌いだよ」

「大阪はのぉ――」

月岡はいい、ラークに火をつけた。

「そないな刑事がうじゃうじゃおるわ。銭もろて、極道に頭下げて。それがつきあい、ちゅうわけや。上がかわってハッパかけられりゃ『しゃあない、そのへんのチンピラ二、三人パクっとけ』いうのんがな。つけ届けもろて、クラブで飲ましてもろて、女抱かせてもろて、何が法の味方や。市民を守る義務や。お前らが懐ろ入れとる銭は、その市民からかすりとったもんやないか。ええか、極道はゴミや。極道にええ者《もん》も悪い者もない。

極道がもっとる銭は、全部、市民から巻きあげたもんなんや。そんな銭もろて、極道とつるんどる警官が、わいは大っ嫌いなんや。わいは困らせたろ、思うとんのや。わいが極道に嫌がらせすればするほど、銭もろとる上の者が迷惑する。『お前とこの月岡、何とかせえ』ちゅうわけや。けど、何もでけんわな。わいはまちがったことしとらへんさかいな。上も苦い顔して、『たいがいにせえ』ちゅうだけや。けどな、それでも腹の虫がおさまらん。もっと上の者、困らせたらんかったらすまへんのや。腐っとるんじゃ」

「じゃああんたは、自分の上司を、ひいては大阪府警を困らせるために働いているっていうわけか」

「そうや。ミナミあたりでちょこちょこ嫌がらせしとっても限界や、思てな。ここらで一発、ドでかい嫌がらせしたろ、ちゅうわけや」

「めちゃくちゃな男だな」

「ほっといてくれ」

月岡は吐きだすと酒を呷《あお》った。酔いが少し回ったのか、醜い顔が赤黒く染まり、一層醜悪な顔つきになっている。

「あんたは極道よりも刑事が嫌いなのじゃないか、本当は」

高見がいうと、月岡はあっさり認めた。

「今やったらな。極道はゴミやけど、そのゴミから銭もろとる刑事は、カスや」

「だが大阪だって悪徳刑事ばかりじゃないだろう」

いつのまにか警察の弁護をしている自分に気づき、半ばあきれながら高見はいった。

「そらそうや。全部が全部、ちゅうわけやない。一部の現場や。せやけど、腐った奴がひとりでもおる、ちゅうことはそんだけ警察の業務が支障をきたす、ちゅうことや。あいつらは、『極道も人間や。たまには聞いたらんと』といいよるけど、それやったらその極道にいじめられとる連中は人間やないんか。靴磨きの婆さんからショバ代ふんだくったり、自分らが貸したわけでもない銭のカタに人の娘ソープに沈めよったりして、その金で飯や酒を奢《おご》ってもろて、一人前の顔すな、いうたりたいわ。そういう銭は、出所《でどこ》がわからんよう、うまく片つけて、警察の内部にまで入ってくる。やれ転属の餞別《せんべつ》やとか病気の見舞いや、ちゅうてな。ほいで知らず知らずのうちに受けとらされて、腐っていくんや」

「だからあんた以外にも、そういう悪徳刑事じゃない刑事はいるのだろう」

「おるわい。けど、皆んな波風起こしとうないやろ。机並べて仕事しとって、下手《へた》すりや、ハコ番時代から難儀した仲や。ちょっとくらい銭もろたり、奢ってもろた、いうたかて目くじらたてんでもええ、いう気になるわ」

「それじゃ駄目なのか」

「それやから！　いうとるやないか！　結局、そうやって甘やかすさかいに極道がつけあがるんや。極道は、刑事の前では悪いことせえへんわ。たとえ悪徳刑事でもや。けど、おらんようになったら悪さしよる。そんときにゃ、『お前、何しとる！　パクったろか』

いえるんは、銭もろとらん刑事だけや。もろとる奴は、『お前、たいがいにしときや』で終わりや。極道はまたやりよるわ。『今度はバレへんようにやろか』いうてな……」

「あんたはどうしても極道をひとり残さず潰《つぶ》さなけりゃ気がすまないようだな」

「せや。けど、そんなん無理や、いうのんもわかっとる」

ぽつっと月岡はいった。

「なんで無理なんだ」

月岡は高見をにらんだ。

「お前のがよう知っとるやろ。極道になるんは、遊びで不良やっとった奴ばかりと違う。極道ぐらいにしかなれへんかった奴も、たまにはおるわ。ほんまは、極道になんぞになりとうなかったんが、家の事情やら世間の愛想づかしやらで、極道んとこしかいく場所があらへんかった、ちゅうのがな……」

「いつでも足を洗やいい。嫌になったら」

「それはお前みたいに、頭が良うて、カタギになってもシノギができる奴のいうことや。頭も悪い、学もあらへん、家族も友だちもおらん、そないな奴が極道やめて何ができるんや」

まるで立場が逆だった。極道をゴミだ何だと罵《ののし》っておいて、月岡はさまざまな事情で極道になる他なかった人間を弁護していた。

「逆じゃねえか」

思わず高見はいった。

「何がや」

「俺が刑事の肩をもって、あんたが極道の弁護をしている」

「何やと」

月岡は酔眼を細めた。

「何いうてんねん。わいがいつ極道の弁護した？　え、いうてみい！」

「わかった、わかった。もういい！」

高見はあわてて手をふった。どうやらあまり酒癖がよくない。

「おい、高見、いうたな」

不意に月岡はいった。

「何だ」

「お前、まだここにおるつもりか」

「他にいくとこがないんでね」

「嘘《うそ》こけ。あの女、どないすんねん」

「どない？」

「せや。あの女なあ、西から狙《ねら》われとるんやぞ。守ったらんでええんか」

「守るっていったって――」

「お前、守ったったやないか、今日。極道のくせに、人助けや」

月岡はへらへらと笑った。

「女、こまそ思うて、小賢《こざか》しい真似しよってからに。西がバックにおる、わかったらとたんに臆病風《おくびようかぜ》か、ん？」

高見は返事に詰まった。

確かに亜由子とこれ以上かかわるのは危険だった。高見がカタギならまだいい。だがそうではない以上、梅島らが、自分たちの邪魔をしたのが東の極道だと知ったら、ことは組どうしの問題にまで発展する。

「誘拐未遂の実行犯は、極道やったんやろ」

「俺にわかる筈《はず》がない。覆面をしていたんだ」

「そうか？　お前は抜け目のない奴《や》っちゃ。実行犯がどんな手使いよるか、前もって下見にもいって調べとったんやろが」

「そんなことはしない」

高見は舌打ちしたくなった。酔ってはいるが、月岡の鋭さは劣えていない。

「嘘、こけ」

月岡は銚子を手にとった。すでに最後の一本となり、そのまた最後の一滴を猪口《ちよこ》にたらした。

「お前、関西で仕事したことないんか」

「ないね。西なんか一度もいったことがない」

「名古屋はどうや」

「ないよ」

「静岡は」

「ないっていってるだろう」

「そうか」

ふう、と月岡は天井を仰いだ。

「何いってやがる」

「なかなか偉い奴っちゃ」

「仲間でなくとも、サツには売らん、ちゅうわけか」

「何のことだ」

「実行犯や。お前、ほんまは、実行犯の顔、知っとったんやろ。お前がわいの話聞いて、青うなったんは、お前が誘拐の邪魔したんは、関西の極道や、ちゅうのんがわかっとったからやないか」

「なぜそんなことが俺にわかる」

「もし、や。あのマダムの倅《せがれ》を誘拐しようとしたんが、関西の極道者やったとしたら、そいつらは、地元を離れてきとるわけや。人のショバで仕事をする、いうんは、誰でもできる芸当やない。まして誘拐みたいな荒事をこなす、ちゅうことになるとや、関西でもそれなりの者や。そういう奴は、今までにもよその土地で仕事をしてきて、慣れとるんや。それやったら、お前、今までにもどこぞで顔合わせとるかもしれん」

「冗談じゃない。そんな奴だったらそれこそこっちの面《メン》が割れるだろう」

「お前の車の中にな、紙袋、入っとったやろが。あの中身、何や」

「知らねえな。そんな紙袋あったか」

高見の背中に冷汗が噴きだした。まったくとんでもない刑事を拾ってしまった。

月岡は薄気味の悪い笑みを浮かべた。

「わいが思うに、お前も覆面しとったんやろ。なんでか、いうたら、お前の正体がバレんようにするためや」

高見はため息をついた。

「なぜそんなことを考えるんだ」

「ほんまのこと、いえ」

「いってどうなる」

高見は横目で月岡をにらんだ。

「わいと組むんや」

「組むだと!?」

高見は仰天した。

「そうや」

月岡は笑いを消さずに頷《うなず》いた。

「わいと組んで、西の極道にひと泡吹かせたろやないか」

「馬鹿いうな。あんたはそれで楽しいだろうが、こっちはそうはいかないんだ。第一、そんな真似をして俺に何の得がある。消されるだけだろうが」

「惚《ほ》れた女、守ったろ、思わへんのか」

「惚れたといったって、まだ何もしちゃいない」

「せやろな。けど次会ったらどうや。あの女も満更やなかったみたいや。大人の恋、ちゅう奴《やつ》やろうが」

「何が大人の恋だ――」

「『カサブランカ』や。ハンフリー・ボガードやで。かっこええがな」

「何をいってやがる」

月岡はふっと視線を外し、

「わいは『シラノ・ド・ベルジュラック』ちゅうとこか」

寂しげにつぶやいた。

「何だ、それは」

「何でもええわ。どうや。それともお前、風くらって、また逃げるんか」

「西とも東とも、かかわりたくないね」

高見は断言した。

「俺がしたことは、よけいなお節介だったんだ。あんたがいうように、たまたま母親がちょっといい女だったから、ちょっかいをだしたのさ。これがそこいらのおばさんのハナ垂れ坊主だったら知らん顔をしたろうよ」

「正直や」

月岡は膝《ひざ》を叩《たた》いた。

「わいも正直にならないかん。そやさかい、このあたりで顔見知りの関西の極道、見かけたら、すぐに締めあげたろ」

「何の容疑で」

「誘拐未遂に決まっとるやろうが。証人はいくらでもおる」

「どうしても俺を巻きこむ気か」

「何いうとんねん。お前の方が先に首つっこんだんやろが」

「くそ！」

高見は吐きだした。

「馬鹿馬鹿しい。俺はもう寝るぜ」

「さよか。ほな、わいも寝るとするか」

高見は返事をせずに立ちあがった。壁に頭でもぶつけたい心境だった。いったいどうしてこんな羽目になったのか。

二階にあがると、布団は数メートルの間隔をおいてしかれていた。

高見は無言のまま布団にすべりこんだ。月岡は無視されたのを苦にするようすもなく、

「極楽、極楽……」

とつぶやきながら布団に入った。

やがて、とてつもない音量のいびきが始まり、ただでさえ訪れそうもない高見の眠りを、さらに遠くへと押しやった。

9

高見と月岡が、和枝の給仕で朝食を終えた頃、稲垣が現われた。下足番の老人から高見が「客」を連れ帰ったことを聞き、ようすを見にきたにちがいない。

高見はやむなく月岡に稲垣を紹介した。稲垣がかつて自分の舎弟であったことを隠すため、稲垣にはあえて敬語を使った。それで稲垣は、月岡をやばい相手とわかったようだった。あくまでも高見を、知人の紹介でやってきた客としてあつかった。

「いやあ、えらい立派な旅館ですな。わいが泊まっとるとことは大ちがいや」

「とんでもありません。どちらにお泊まりで？」

「何ちゅうたっけ。『大池観光ホテル』ですわ」

「それでしたら老舗《しにせ》です。サービスも悪くないと思いますが……」

「けど何や知らん大きゅうて、団体のお客はごちゃごちゃおるわ、朝飯は広間で決まった時間に食べなあかんわ、えらいうるさいで」

月岡の言葉に稲垣は微笑《ほほえ》んだ。

「まあ……それは大きな箱となりますとどうしても。うちのように小さなところは、せめてこうしたサービスにでもつとめませんと」

「いやいや。わいもこっちへ越してきたい気分や。なあ、高見さん」

冗談じゃない、と思いながら高見は顔では笑って頷いた。その目の表情をすばやく読みとってか、稲垣がいった。

「どうやらきのうは、再会を祝しておふたりで楽しまれたようですね。でも、月岡さんもホテルの方に一度お戻りにならないと、向こうで心配していると思います。よろしければ『大池観光ホテル』さんまでお送りしますよ」

「そりゃありがたい。月岡さん、そうしてもらいなさいよ」

高見もいった。

「いや、それやったら高見さんに送ってもらいますから――」

いいかけた月岡に、稲垣が首を振った。

「いいえ、お送りさせて下さい。これだけお賞《ほ》めいただいたからには、やはりサービスのよいところをお見せしませんと」

月岡は詰まって高見を見た。高見は素知らぬ顔をする。

その月岡の顔がぱっと輝いた。

「こうしよか。稲垣さんに送ってもろたら、わいはすぐにホテルをチェックアウトするさかい、稲垣さんとこに越してきますわ」

　稲垣があわてた。

「それはちょっと……。うちと『大池観光ホテル』さんとのつきあいもありますんで、私が送っていってその足で、というのは。月岡さんにはぜひ次回お泊まりいただければ……」

「なんや。わいが泊まったら迷惑か」

あたり前だ、この野郎、という言葉を高見は呑《の》みこんだ。

「いえ。とんでもございません。とにかくお送りして、それから、ということでいかがでしょう」

　稲垣は月岡を丸めこんだ。

　不承ぶしょう、月岡は送られていくことに同意した。立ちあがって着替えているあいだ、稲垣が目で高見に訊《たず》ねてきた。高見は声をださず、口の形だけで「刑事《でか》」と告げた。

稲垣が小さく頷いた。

「それでは、今、車を回しますので」

　といって、離れをでていく。

　例のど派手なスーツを着こんだ月岡が高見のかたわらに立った。

「どうも妙やな」

「何がだ」

「あの親父《おやじ》や。若いのに、腰がすわっとるわ」

「馬鹿いうな。ここの主人はまっとうなカタギだ」

「それはそうやろう。けどな……」

つぶやき、首を振った。

「まあええわ。それより高見、わいが戻ったからいうて、逃《ふ》けたらあかんぞ」

「なんで俺があんたにそこまで指示されなきゃいかんのだ」

うんざりして高見はいった。

「決まっとるやろ。きのう話したやないか。わいらは組むんや」

「俺はオーケーした覚えはないぜ」

「ほう。それやったら西につけ狙われる覚悟できとんのやな」

月岡はせせら笑った。高見はにらんだ。

「まあ、考えときいや。今夜か明日にでもここに電話するさかいな」

そこへ和枝が現われ、

「車の仕度ができました」

と告げた。

「さよか。ほないこか。高見さん、またな」

月岡はいってスラックスをゆすりあげ、悠然と離れをでていった。

ひとりになった高見は、重いため息をついた。

月岡を送った稲垣は、戻ってきたその足で高見の部屋を訪れた。

「ありゃ何ですか。いつからマル暴にあんな悪趣味な野郎が入ったんです」

「東京の人間じゃない。大阪の刑事さ。偶然、鴨田の店ででくわした」

しかたなく高見は出会った経緯《いきさつ》を説明した。もちろん昨夜のことは内緒だ。

「ばったりでくわしたのさ。『カシス』で」

「えっ、高見さんきのうの夜も『カシス』にいかれたんですか」

稲垣は驚いた顔をした。

「ああ。どうした？」

「それが、まだ本当かどうかわからないんですが妙なことになっているんです」

「妙なこと？」

高見は訊き返した。

「いや、今朝早くなんですが、山池組の者から電話がありましてね。『組長はきてるか』っていうんですよ」

「組長って、黒木だっけ？」

「ええ。きちゃいないっていいましたら、あわてたようすで切っちまいやがって。そのあとちょうど、うちの精算の件があったんで事務所に電話を入れてみたんですが、どうも黒木が行方不明のようなんです」

マズいぞ。高見の頭の中で警告灯が点《とも》った。何か非常にマズい予感がする。

「誰かがさらったとでもいうのか」

「まさかね。この大池で、黒木をさらえるような奴はいませんからね。いるとすりゃ他所者《よそもの》でしょう。野口会長あたりが雇ったとか……」

「しかし何のためにさらう」

「でしょう。からみがあるとすれば、大山教の一件以外、考えられないわけです。ですから高見さんがその台風の目のところにいたって聞いて驚いちまったんです」

「別にかわったようすはなかったな」

高見はとぼけた。

そのとき部屋の電話が鳴った。気をきかせて稲垣が受話器をとった。

「はい」

相手の声を聞き、またも驚いたような表情になった。

「はい。ちょっとお待ち下さい」

受話器を高見にさしだした。小声でいう。

「ママです。まったく高見さんの腕には参りました」

「馬鹿」

高見も小声でいって受話器をうけとった。

「お電話かわりました。高見です」

「森谷です」

亜由子だった。

「どうも」

「あの……昨夜は本当にありがとうございました。ひと言お礼を申し上げようと思いまして……。お客さままでですか？」

「稲垣さんですよ」

「あら。どうしましょう」

「大丈夫」

高見は稲垣に合図した。稲垣は気をきかせて部屋をでていった。

「もう私一人です。その後坊っちゃんはいかがです？」

「お陰さまで……。わたしも今日はお店を休むつもりですし」

「その方がいいでしょう」

「あの――、高見さん」

「はい」

「きのう、あれほどお世話になっておいて、またこんなことをお願いするなんて、すごく厚かましいと思うのですけれど、力になっていただけないでしょうか」

亜由子は思い詰めたようにいった。

そらきた、と高見は思った。計画通りだ。

だが、この計画は、西がからんでいると知るまでの計画だ。

「力？」

「はい。わたし、頼れる方がいなくて、どうしてよいかわからないんです」

「………」

「お願いです。高見さん、わたしたち親子を助けていただきたいんです」

「私一人ができることなんて高が知れています」

「わかっています。でも、今、高見さんが一番、信じられる」

「何をいっているんです。まだ会ったばかりじゃありませんか」

「お願いです。話を聞いて下さるだけでもかまいません」

亜由子の声は切迫していた。今まで一人で耐えていたのが、突然の救い主の出現に、一気に支えを求め崩れかかってきたようにすら思える。

「それはいろいろ事情があるだろうとは思いますが……」

今度ばかりは気をひくために勿体《もったい》をつけているのではなかった。高見自身も本当に迷っているのだった。

亜由子の話を聞いたら、もう知らぬふりはできない。ヤバくなったからといって、さっさとこの街を逃《ふ》けるわけにはいかなくなる。

「──やはり、無理ですよね……」

高見の迷いを見抜いてか亜由子がいった。寂しげな口調だった。

「いや、そうではない」

思わず高見は口走っていた。

「──そうではなくて、まだママは、私のことを何も知らない。そんなに簡単に人を信じては……」

「確かにわたしは高見さんのお仕事も何も存じません。でも高見さんは、わたしたち親子を助けて下さった。それは事実です。今までこの街にそんな人はいなかった。何かとひきかえでなく、わたしを助けて下さったのは、高見さんだけです」

あんたの体が目当てで、とは、口が裂けてもいえない高見だった。

かわりに重いため息をついた。

「ごめんなさい。恥ずかしい。わたし、ひとりで思いこんでしまって……。忘れて下さい」

亜由子は泣きそうな声だった。

くそ。高見は宙をにらんだ。

全部お前が悪い。この間抜け。助平。お前が全部しょいこんだんだ。

「森谷さん」

初めて高見はその名を口にした。

「はい!?」

驚いたように亜由子はいった。

「今夜、そちらにいきます。あなたの話を聞かせて下さい」

「本当ですか!?」

亜由子の声に力がこもった。

「ええ。待っていて下さい」

高見はいって、受話器をおろした。

またしてもため息がでた。壁に頭をぶつけたい。

どうやら本当に今の自分は〝ドツボ〟へ〝ドツボ〟へと、向かっているようだ。

電話の終わった気配を察して、稲垣が戻ってきた。高見は腕組みして煙草をくゆらしていた。

「どうしました。浮かない顔をして」

稲垣は不思議そうだ。無理もない。この男は、西がこの街に触手をのばしていることなど何も知らない。

「ああ……」

いって、高見は煙を吐きだした。いざとなれば、ばっくれてしまえばいい——そう思うのだが、どうもその踏ん切りがつかないのだ。

「ママの方から電話をかけてくるなんて……。いったいどんな手を使ったんです」

高見は稲垣の顔を見つめた。すべて話してやりたい気もする。が、話せば、カタギの稲垣を巻きこむことになる。それはできない。

「そんなことより、さっきの黒木の話は本当なのか」

「ええ。気になりますか、やっぱり」

もしさらったとすれば、誰なのか。

思いつくのは梅島くらいのものだ。仕事に邪魔が入り、どこからか情報が洩《も》れたと踏んで、黒木を問い詰めにかかったか。

そうか。

高見は目を上げた。露天風呂での黒木と出井のやりとりでは、黒木はあくまでも、梅島を〝雇った〟つもりでいた。だが梅島は、そう思わせていただけで、本当は西の指示で動いていたのだ。情報が洩れていると知り、その見せかけを捨て、牙《きば》をむいたのではないだろうか。

「黒木は殺《や》られるぞ」

「え？」

稲垣は驚いたように訊き返した。

「誰に、です？」

高見は稲垣を見すえた。

「月岡の話では、西が、大山教に狙《ねら》いをつけているらしい」

「西って、あの西ですか」

「そうだ。月岡はそこいらを調べるためにこの街に乗りこんできたんだ。ママの立場もよく知っていた」

稲垣はあっけにとられたような顔になった。

「なんでまた、西が……」

「それは俺にもわからん。だが大山教をおさえりゃ、何百億って金と信者が自由になる。おいしいシノギだろうが」

「しかし極道と宗教なんてどう考えたって合いませんよ」

「信者になろうっていうんじゃない。経営しようって腹なんだ。今なら、うまく大山教を乗っとれる——そう読んでいるのだろう」

「誰がそんなことを吹きこんだんです？」

「わからん。だが月岡の話じゃ、西と大山教のあいだにパイプがあるらしい」

「パイプ……。そんな話、聞いたこともありません」

稲垣は考えこんだ。

「でも、だとすると、えらいことです。出井なんぞの野望なんてふっとんじまいます。山池組と西とじゃ、とても戦争になりません。西はもう、誰か送りこんできているわけでしょう」

「そうなるな」

高見はいって新たな煙草に火をつけた。

「大山教側はこのことを知ってるんですかね」

「もちろん、内部に西をひっぱった奴《やつ》がいるのさ。教祖の導山が危ないと見て」

「お家騒動に第三の勢力ってわけですね」

高見は頷いた。

黒木をさらったのが梅島だとするなら、このお家騒動の〝火〟に〝油〟を注いだのは自分なのだ。

「そうですね……」

「地元《こっち》の警察はどうなんだ？」

稲垣は考えこんだ。

「まず、市長の出井とはくっついていますね。それと観光業界の長年のボスである野口会長も警察には強いようです」

野口は少なくとも、今回の騒動には加担していないだろう。西の出現でもっとも打撃を受けるのは観光業界だ。万一ドンパチにでもなったら温泉は閑古鳥が鳴く。

「大山教とはどうだ」

「それはよくわからないんです。あれだけの規模の建物があって人が出入りするわけだから、警察も知らん顔はできないところはあるのでしょうが、何せ相手が宗教団体なんで妙に動けばすぐ『宗教弾圧』だなんていわれるのを警戒しているんじゃないですか」

確かにそれはあるかもしれない、と高見は思った。新興宗教がらみのできごとは、とかくマスコミの話題になりやすい。よほどしっかりとした犯罪の証拠でもない限りは、警察は簡単には首をつっこんでこないだろう。

「とにかく、極道に関しちゃこれまで観光業界と共存共栄してきたくらいですから、警察は西のような大組織を相手にしたことはない筈《はず》です」

稲垣の言葉に高見は頷いた。もし黒木が殺られたら、地元の山池組は頭を失う。そこへ西がいすわり、大山教の実権まで握ったら——この街は、すべて西の支配下におかれることになる。当然、温泉街を含めた観光業界もすべて牛耳《ぎゅうじ》られるだろう。

「少し情報を集めてくるか」

気が進まなかったが高見はいった。稲垣は待っていたように頷いた。

「なんだか派手なことになりそうじゃないですか」

「こっちはそうならなけりゃいいと思っているのだがな」

苦い思いでいった高見の言葉は、稲垣の耳には届いていないようだった。

10

「稲垣」で夕食をとった高見は九時過ぎに亜由子のマンションへと出かけていった。前もって電話をしてマンションの部屋を訪ねると、手伝いの女性はおらず亜由子が自ら玄関の扉を開いて高見を招じ入れた。

「坊っちゃんは?」

「もう寝かせました。今日は一日幼稚園を休ませたのですけど、明日はいかせなければならないので……」

「大丈夫なんですか」

「とりあえず行き帰りは、わたしが送っていきます」

広いリビングの応接セットでふたりは向かいあった。亜由子があらためて頭を下げた。

「本当に高見さんには無理をお願いして申しわけありません。いくら他に頼れる方がいないからといって、考えてみたら高見さんは——」

「もうおよしなさい。私はここに自分の意志できたのですから」

高見は亜由子の言葉をさえぎった。亜由子は顔をあげ、高見の顔を見つめた。涼しげな目の下に隈《くま》ができていた。ずっと眠れずに過していたのだろう。

その夜の亜由子は青のダンガリーのシャツにジーンズをはいていた。シャツの胸もとから豊かな白いふくらみがかすかにのぞいている。高見は思わず目をそらした。

「はい」

亜由子は頷《うなず》いた。高見は胸の鼓動が早くなるのを感じた。亜由子の顔を見ていると、まるで中学生のように〝ウブ〟になり、あがってしまうのだ。

「——何かお飲みになります？」

「コーヒーをいただきます。車ですから」

亜由子は頷いて立ちあがった。やがて趣味のよいウエッジウッドのカップをふたつ、トレイにのせて運んできた。

高見が砂糖とミルクを入れ、カップを口に運ぶと亜由子が訊《たず》ねた。

「高見さんは、わたしたち親子についてご存知ですか」

「ええ」

高見は頷いた。ここまできて嘘《うそ》をついてもしかたがない。

「稲垣さんから聞きました」

「あの、稲垣さんはきのうのことを――」

「知りません」

高見は首を振った。

「知っているのは、私と月岡さんだけです」

「月岡さんと高見さんとはいったい……」

「妙な縁です。まさか旅先のこちらで会うとは思いませんでした」

「月岡さんは刑事、なのでしょう」

「ええ。しかし私と知りあったのはまったくの偶然です」

この言葉に嘘はない。

「そうですか……。月岡さんはお仕事でこちらにみえているのでしょうか」

「たぶんちがうでしょう。公務なら一人でくる筈がありませんから」

「でもわたしのことをご存知だったみたいですけど」

「あなたのようにきれいな人のことなら、男は誰だって知りたくなる。まして彼は刑事です。人のことを調べるのはお手のものだ」

　それで納得させられるとは思わなかったが高見はいった。しかし意外なことに亜由子はぼんやりと頷くと、月岡についてはそれ以上訊ねようとはしなかった。まるで興味がないらしい。

「わたし……きのうはすっかり動転してしまって……。まさかあんなことが起こるとは夢にも思わなかったものですから」

「でしょうね。犯人に心あたりはありますか」

　しらじらしく高見は訊ねた。案の定、亜由子は首を振った。

「いいえ、全然。洋一を誘拐していったいどうするつもりだったのでしょう。わたしお金なんてもっていないのに」

「犯人の目的はお金じゃなかったと思います」

　高見が言うと亜由子は蒼《あお》ざめた。

「じゃまさか洋一を殺すつもりで……」

「いや。殺すつもりならわざわざさらうようなことはしないでしょう。きのうここへ押し入った時点で目的は果たせた筈です」

「ではいったい何のために――」

「洋一くんをさらわれていちばん悲しむのは誰です？」

「もちろんわたしです」

高見は頷いた。

「犯人の目的は、あなたを困らせることにあったと思います」

「わたしを困らせる……」

「あなたを思い通りにしたい人間がいる筈です、この街に」

高見がいうと、亜由子はまじまじと高見の顔を見つめた。

「それは、つまり――」

「私にはわからない」

高見は急いでいった。亜由子についてあまり知っていると思われるのもまずかった。かえって疑いを招きかねない。

「高見さんはわたしたちについてどこまでご存知なんですの?」

「洋一くんのお父さんが誰であるか、というだけです」

亜由子は頷いた。

「そうですか……。わたしと藤田は正式な夫婦ではありませんでしたが、洋一は藤田の認知を受けた子です」

「ええ」

「奇妙な話でしょうけど、わたしは大山教の信者ではないんです」

亜由子は微笑《ほほえ》んでいった。

「本当ですか?」

「ええ、本当です。わたしが惹《ひ》かれたのは、藤田の人間としての感受性でした。わたしに美術の道に進むよう助言してくれたのはあの人だったのです」

「ほう」

高見は煙草をくわえた。亜由子は話し始めた。

「わたしはもともと東京の生まれでしたが、父が事業に失敗し、住んでいた街にいられなくなって一家がばらばらになってしまったのです。あの人と出会ったときわたしは、軽井沢《かるいざわ》で夏のあいだだけ、人に任されて喫茶店をやっていました。そこへあの人が教団の人間を何人か連れてきたのです。夏のセミナーのようなものを、当時軽井沢で教団はおこなっていたんです。

その店でわたしはコースターの一枚一枚に絵を描いておいていました。それをあの人が見て、この絵は誰が描いたのかを訊ねました。それがきっかけでした……」

亜由子が自分だと答えると、導山は亜由子に興味をもったようだった。毎日のように亜由子の店に現われ、いろいろと話すようになった。

「初めは年も離れていましたし、男として藤田を意識するようなことはまるでありませんでした。でもあの人は、わたしの絵を見て、わたしが家族に縁薄いことを見抜きました。わたしもあの人には、自分の境遇や心のありのままを不思議と素直に話すことができたんです。やがて夏が終わって、セミナーも終わり——」

導山は、「いっしょにこないか」と亜由子を誘ったのだった。無理に大山教の信者になってくれなくともよい。ただそばにいて、自分の身のまわりの世話をしてくれたらよいから、と。

亜由子は迷い、そして言葉に従った。

「こっちにきてみてわかったのは、藤田はわたしが想像する以上の存在だということでした。あの人は教祖で、絶対権力者でした。そのそばにいるわたしもまた、そういう立場とは無縁ではいられませんでした」

古くからの大山教の幹部たちは、当然、亜由子の出現を喜ばなかった。さまざまな嫌がらせをうけることになった。

「ところが、わたしが藤田の子を妊娠したことがわかると、全員が掌《てのひら》をかえしたように変化しました。わたしはまるでお后《きさき》さまのような扱いをうけるようになりました。藤田も大喜びでした。生まれてくる子供は、きっと自分と同じ力を神様から授っているにちがいないといいました」

「なるほど」

「わたしは正直にいって、あいかわらず大山教の信者になる気はありませんでした。もしこの世の中に神様が実在するのなら、わたしの家族におこったような不幸を許す筈がないと、ずっと思っていたからです。ただ藤田が信者の人たちにとってどれほど必要な存在であるかは理解したつもりでした。しかし、子供が生まれてからのわたしをとり巻く環境の変化には、さすがについていけなくなりました」

生まれてきた洋一は、まさしく「お世継」扱いだった。大山教の幹部たちは、洋一を「教祖二世」として、まるで腫《は》れ物のように扱った。それは、別の意味で人間扱いをしていない状態だった。

亜由子はそれに反発した。そのような育てられ方をした洋一が、いったいどんな人間になってしまうか、ひどく不安だった。にもかかわらず、導山までもが、その育て方を助長するような発言をした。「大山教は自分の亡きあと、洋一が教祖をうけ継ぐ。洋一にはその力がある」と信者に告げたのだ。

とりあえず、ふつうの子として洋一を育てたかった亜由子と導山は、こうしてことごとく衝突した。

「まだ、教祖が気まぐれで囲っている愛人だと思われていた頃の方がましでした。教団の幹部は、面と向かうとわたしに土下座をせんばかりなのですが、すきあらば洋一をわたしからとりあげてしまおうという魂胆がまる見えなのです。

耐えられなくなり、わたしは別れてくれと導山に頼みました」

「なぜこの街を離れなかったのです？」

「それが洋一をわたしに預けてくれる、あの人の条件だったのです。十五歳を過ぎるまでは、この大池市から離れないこと、というのが。もしわたしが反発すれば裁判になったでしょうし、大山教の地元の裁判所で争えば、わたしが不利かもしれないと思ったのです。あの人はその気になればいくらでも、わたしを母親として不適格だという証人をたてることができましたから……」

「今でも彼の援助を?」

亜由子は首を振った。

「彼は教団でわたしたち親子の生活をすべてみる、といいました。断わりました。そうなれば常に監視をうけているのと同じですから。かわりに、『カシス』をだす費用を負担してもらったのです。わたしにも計算がありました。洋一を抱え、この街で商売していく限り、お客さまに困ることはないだろうと」

「その通りだったわけだ」

「ええ。市長を始め、こっちの名士と呼ばれるような方は、皆さんきて下さるようになりました」

「大山教の人間は?」

亜由子は首を振った。

「わたしが藤田との別れぎわ、約束は守るからスパイのようなことはしないでほしい、と頼んだせいか、ほとんどきません。それに教団では、飲酒は禁じてはいませんが、決してよいことではないと戒めているので……」

「すると、藤田氏とはずっと会っていない」

「はい。音信不通といってよいと思います。でも、ここにいる限り、お互いについての情報はいくらでも入ってくるでしょうから」

亜由子は寂しげに微笑んだ。

「スパイをするなといってみたところで、街じゅうがスパイのようなものですもの。ですから東京にいくときはほっとします」

「お手伝いさんは?」

「この街の人ではありませんし、大山教の関係者でもない人を選んできてもらったんです」

高見は頷いた。

「本当にたいへんな暮らしだ。誰にも心のうちを相談できないというのがよくわかります」

「正直いって、警察だって信用できないと思ってしまうんです。市長もあの人には頭があがりませんし……」

「どうしてです?　有権者がすべて信者ということはないでしょう」

「市長はいずれ国会議員をめざすつもりなんです。そうなれば全国にいる大山教の信者は大票田ですから」

「そうか」

高見はつぶやいた。

「教団の人間は一日も早く、洋一をあの人のもとへ返したいんです。あの人にもしものことがあると、教団が分裂してしまいかねない、という噂《うわさ》もあって」

「藤田氏の健康状態について何か知っていますか」

「いいえ。年も年ですから何があっても不思議はありませんが、それはトップシークレットですもの」

その通りだろう。

「信者でなくても、教団の存在で恩恵をこうむっている人は皆、洋一があの人のもとへいくことを願っています」

亜由子は悲しげにいった。

「ママ本人はどう考えているんです」

高見は訪ねた。

「ママなんて――。亜由子と呼んで下さい」

その言葉に高見は思わず唇がほころびそうになった。

「じゃあ、亜由子さんは」

「――わたしが願っているのは、洋一が自分の意志で将来を決めてくれることです。大山教の教祖を継いでもそれはあの子の自由です。でも今、あの子を教団に預けてしまったら、あの子にはその道以外の将来はありません。もちろん、そんなきれいごとばかりではなくて、お腹を痛めた子供を手離したくないという母親のエゴもありますが……」

「それは当然でしょう。子供に対する情は、父親と母親ではまるでちがう。我が子を手もとにおき、成長を見届けたいと願う気持をエゴとはいいませんよ」

高見がいうと亜由子は救われたように顔をあげた。

俺《おれ》は何を偉そうにいっているのだろう、高見は思わずにはいられなかった。極道に親心もへったくれもない。高見は、ことあるごとに任侠道《にんきょうどう》だの人の道だのをもちだす極道の建前が大嫌いだった。にもかかわらず、説教臭いことを亜由子にたれている。

「高見さんもお子さんが――？」

「いえ」

高見は首をふった。

「私のようないい加減な生き方をしてきた人間のかみさんになってくれる女性はいませんでしたから」

「そんな……」

「私のことなんかより、亜由子さんは勇気をもって自分の生き方を守るべきです。第一、子供を誘拐しようなんていうワルに教育を任せられるわけがない」

こうなればとことん教団を悪者にしたてあげ、自分は正義の味方でいく他ない――高見は思った。

「ええ。でも、わたしひとりでは本当に心細くて……」

「わかります。いっそこの街を離れてしまったらどうです」

高見はいった。それが一番だ。この母子さえ大池市から引き離してしまえば、高見は西の連中とも月岡とも縁を切ることができる。その上で亜由子との将来を考えればよい。

「それも考えました。けれどこの街を離れては暮らしていくことはできませんし……」

何とかなるじゃないですか、という言葉を口にしかけ、高見はあわてて呑《の》みこんだ。危ない。そんなことをいってしまったら、自分は本当に亜由子たち母子と運命共同体になってしまう。

いくら亜由子に惚《ほ》れているからといって、カタギのサラリーマンになってまでこの母子を食べさせている自分の姿は想像したくなかった。

そんな風になれば、み月か半年で高見は逃げだしているだろう。第一、極道の高見にそう簡単にカタギが勤まるわけがない。

――自分の立場を忘れるなよ
高見は自身にいい聞かせた。

「――しかしこのままでは確かに安心して暮らしてはいけませんね」

「あの……」

亜由子は思い詰めたような目になっていった。

「高見さんはいつまでこの街にいらっしゃるおつもりですか」

いつまでも何も、本当は今すぐにでも逃げだしたいのだ。

「いや……。別に、これと決めてはいないんです。気の向くままの旅でして」

「今は稲垣さんのところにいらっしゃるのですよね」

「ええ」

「あのう……本当にこんなことをわたしがいうと何て女だと思われてしまうかもしれないのですが、もしお嫌でなかったら、しばらくわたしたちといっしょに暮らしていただくわけにはいきませんか」

亜由子の声はだんだん小さくなっていった。高見は啞然《あぜん》とした。

亜由子は用心棒として自分を迎えいれたいといっているのだ。

「――もちろん、あの、高見さんのプライバシーはおかしません。本当に。ただの共同生活というか、いて下さるだけでけっこうなんです。おでかけになりたいときにおでかけになって下さい……」

高見の驚きを感じとり、亜由子は声をとぎらせてうつむいた。

「わたし――、恥ずかしい……。こんなあつかましいことをお願いして……」

「いや。それはちょっと、すぐには――」

高見も予想もしなかった申し入れだった。いっしょに暮らすということになれば、それは簡単に亜由子は自分のものになる。しかしそうなれば、否応《いやおう》なく洋一をめぐる争いの中心に身を置く羽目になってしまう。

逃げるに逃げられない。

「そうですよね。こんなこと無理ですよね……」

高見の当惑をどうとったか、亜由子はいった。

「いや、そうじゃなくて――」

「いいんです」

亜由子はうつむいたままかぶりをふった。そして不意に涙をこぼした。

「ごめんなさい……馬鹿みたい……」

両手で顔をおおった。

それを見て、高見は愛《いと》おしさがつきあげてくるのを感じた。成熟した大人の女が、まるで迷い子のように途方に暮れているのだ。ここまでけんめいに女手ひとつで我が子を守り、育ててきて、ついに努力の限界を感じているようにも見える。

「泣かないで」

自然に高見の腕はのびていた。待っていたかのように亜由子は体を預けてくる。

「ごめんなさい、ごめんなさい……」

いかん、手をだしたらいけない、手をだしたら抜けられなくなるぞ。

高見の頭の中で理性が叫んだ。もしここで亜由子をものにしたら、本当に明日からいっしょに暮らさなければならない羽目になる。

だが高見の手は亜由子の顔をそっと上に向けていた。亜由子も目を閉じ、自然に唇を合わせてくる。

東京駅で初めて見て以来、ずっとその虜《とりこ》になっていた、色白で知性的な美貌《びぼう》が高見の腕の中にある。唇はやわらかで、高見が合わせるとわずかに開いていた。

キスは自然に濃厚なものになった。互いの体に回した腕に力がこもり、亜由子の胸のふくらみが高見の胸に押しつけられて潰《つぶ》されるのがはっきりとわかる。

その瞬間がきてしまったことが高見にもわかった。もうあと戻りはできない。体を離すことよりも、さらに強く押しつけあう方がはるかにたやすい。

高見の腕が亜由子の体を強く抱きしめると、亜由子は胸を反らせ、わずかに喘《あえ》いだ。亜由子が求めていることを高見ははっきりと知った。そして高見自身もおさえがきかなくなりつつあった。

そのときだった。ガチャッというドアの開く音がして、亜由子がはっと息を呑んだ。高見もとっさに体を離した。

洋一が起きてきたのだった。

「ママ……」

寝呆《ねぼ》け眼でパジャマ姿の洋一が居間に現われた。

亜由子は目をみひらき、

「どうしたの？」

と洋一に駆けよった。

「ううん。まだ起きてたんだ、ママ……」

洋一は眩《まぶ》しそうに下を向いたまま、くぐもった声でいった。

「お客さまだから」

「うん」

まだ半分夢の中にいるのだろう、洋一は素直に頷いた。

「おしっこしたの、寝る前に」

「うん」

「じゃ、またほら、ベッドに戻りなさい。ママももう少ししたら寝ますから」

「うん。おやすみなさい」

「おやすみなさい」

「おやすみ、洋一くん」

高見も声をかけた。

洋一はいうと、でてきたドアの向こうに帰っていった。

「おやすみなさい」

それを見送り、亜由子は大きく息を吐いた。消え入りそうな声でいう。

「ごめんなさい」

「何をいってるんです」

いったものの、高見は内心、ほっとしていた。もし洋一が起きてこなければ、二人はいきつくところまでいってしまったろう。亜由子はきっとばつの悪い思いをしているのだろうが、高見は救われたような気分だった。

もちろん欲望が消えさったわけではない。その証拠に高見の体は、今なお未練がましく興奮を残している。

それを静めるように高見は腕時計を見た。いつのまにか十二時近くになっている。

「いけない。思ったより長居をしてしまった。そろそろ失礼しなくては」

「ごめんなさい、本当に」

「何をいってるんです。私は何も失望しちゃいない」

「お願い、高見さん。わたしを嫌いにならないで」

真剣な表情で放たれたその言葉は高見の胸につき刺さった。

思わず高見は亜由子の肩を抱きよせた。

「嫌いになるなんてことは絶対にない」

「本当に？」

「ああ。まだ心臓がどきどきしている」

「よかった」

亜由子は一瞬目を閉じ、ほっと息を吐いた。

「さっきの話に関しては、ゆっくり考えてみるから。きっと何かいい方法がある」

亜由子はこっくりと頷き、高見の目をのぞきこみいった。

「お願いだから、いつのまにか消えてしまうなんてことはしないで」

再び胸に刺さる言葉だった。

「わかった。そんなことは決してない。約束するよ」

「信じてます」

亜由子はいって微笑《ほほえ》んだ。またしても熱い気持がこみあげてくるのを感じ、高見はあわてていった。

「じゃあ、これで。戸締りだけは忘れちゃ駄目だよ」

玄関をでて、名残り惜しそうに亜由子がドアを閉めるのを見守ると、高見はほっとため息をついた。

うまくいき過ぎてしまった。これではいき過ぎだ。

エレベータに乗りこんで首を振る。亜由子の気持をつかむのにはうまく成功した。しかし余分なものまでつかんでしまった。

エレベータを降りて、高見は路上に歩みだした。停めておいた車に歩みよる。高見の車のすぐうしろに別の車が一台、ぴったりと停まっていた。

興奮が消え、頭の芯《しん》が冷たくなった。

その車のドアが開いた。やくざではない。だがいかにもや、、、りそうな体つきの若い男が二人降りたった。スーツ姿だ。

刑事か。

ちがう、と高見の勘が告げた。

「高見様ですね」

男の一人がいった。

「誰だ、お前ら」

高見の声は自然、どすのきいたものになった。高見は気づいた。同じように昨夜、高見の車のうしろに停まっていたのは、こいつらにちがいない。

「大池観光の者です。野口会長の指示で参りました。夜分たいへん遅くに申しわけありませんが、会長がお目にかかりたいと申しておりまして」

「知らないな、そんな人は」

「月岡様もお待ちです」

高見はすっと息を吸いこんだ。どういうことだ。

「お車は、私どもが責任をもって『稲垣』の方にお届けしておきます。どうかごいっしょ下さい」

「何の用だ」

「それは野口会長の方から。ご相談したいことがあるそうですので」

こいつらは自分が今の今まで亜由子といっしょにいたことを知っている。

「そこまでいうならいってやってもいいが、今夜の俺は、少し機嫌が悪いぜ」

高見は口調をかえた。

「申しわけございません。お手間をとらせたおわびはいたします」

「そうかい。その言葉に嘘《うそ》はないだろうな」

「はい」

高見は頷《うなず》き、男たちの車に乗りこんだ。黒塗りのプレジデントだった。亜由子の口紅が残っていないか気になる。そっと唇を掌《てのひら》でぬぐった。

男二人は前にすわり、プレジデントはすべるように発進した。

高見は足を組み、ラークに火をつけた。煙を吹き上げ、

「どこまでいくんだよ」

と訊ねた。

「会長のご自宅です」

「あんたたちは、その野口さんの秘書か何かか」

「大池観光の社員でございます」

「ほう。何人くらい社員はいるんだ」

「ホテル、レストラン、タクシーなどを合わせますと、八百名ほどでございます」

「立派な会社じゃないか」

「おそれいります」

車は国道を大池の方向に向けて走り、「稲垣」の前を通りすぎた。やがて大池につきあたる。

深夜の温泉街は閑散としていた。明りがついているのはホテルの建物をのぞけば、ラーメン屋やスナックなどごくわずかだ。

「静かなものだな」

黒々とした湖面にそれらの明りがうつしこまれている。

「シーズンオフでございますから」

車は大池を半周し、大山を登る道にさしかかった。そのままいけばスカイラインにつながる。

だがスカイラインに入る直前、右手に現われた側道に車は向きをかえた。側道は、簡易舗装を施された巾《はば》三メートルほどの道だった。

正面に瓦《かわら》屋根の門が出現した。分厚い木の扉が観音開きをしている。そこをくぐると、正面にまるで武家屋敷のような広大な構えの建物が出現した。白塗りの壁とつや消しの黒っぽい瓦が、邸内のそこここに立つ水銀灯に浮かびあがっている。日本庭園が囲むように広がっていた。

砂利をしきつめた車寄せには数台の車があった。

その中に稲垣のセルシオを認め、高見はぐっと奥歯をかみしめた。

プレジデントは止まり、助手席にいた男が後部席のドアを開いた。

「こちらでございます」

11

〝武家屋敷〟の玄関をくぐった高見が案内されたのは、渡り廊下を進んだ奥にある大広間だった。

開け放たれた障子からは明りに照らしだされた日本庭園が見渡せる。大広間の中央に大きな長方形の座卓があり、そこに四人の男がすわっていた。座卓の下は掘り炬燵《ごたつ》になっている。

立ち止まった高見はその四人の顔を見おろした。二人が知った顔だった。稲垣と月岡だ。

あとの二人は、ひとりが和服姿の老人で、これが野口だろうと高見は見当をつけた。年齢は七十代のどこかといった印象で、でっぷりと太りいかにも狷介《けんかい》そうな光を肉のついた頰《ほお》の上の小さな目にたたえている。

もうひとりは五十代の半ばといった印象の、髪の薄いスーツ姿の男だった。こちらも小肥りの体型で押しだしもあるのだが、かたわらの野口に比べると今ひとつ貫禄《かんろく》に欠ける。

だが、その男が高見を見返したいやらしい目つきに、高見は正体を感じとった。警官だ。それもかなりの上級職にちがいない。権力をふり回し慣れた尊大さと、高見のような稼業の人間を蔑《さげす》む独特の雰囲気がある。

高見は男から稲垣に目を移した。稲垣の顔にはあきらかに、後悔と不安があった。なぜ稲垣がここにいるのか。不快感がふくらんだ。自分がハメられたのではないかという予感だ。

「突然お呼びたてして申しわけなかった」

老人がいった。傲慢《ごうまん》な口調だった。

「あんたが野口さんか」

老人は頷いた。

「あともう一人、客を待っておる。まあ、すわりたまえ」

高見は月岡を見やった。月岡はふてぶてしい表情で煙草を吹かしている。高見はその向かいに腰をおろした。

月岡が煙草を鉄の灰皿に押しつけた。

「なんや、おもろなさそうな顔やな。ママにふられたんか」

「あんたには関係ない」

高見がそう答えたとき、和服を着けた娘が抹茶の入った碗《わん》を運んで来た。

「アルコールの方がよいかもしれんが、とりあえずのところは粗茶で我慢していただこう。顔ぶれが揃《そろ》う前に酔ってしまっては困るのでな」

野口はいった。

高見はそれを聞き流し、稲垣を見つめた。高見が口を開く前に月岡がいった。

「稲垣は全部喋《しゃべ》りよったで。お前んとこの若い衆やったそうやな」

高見は目を細めた。怒りをおさえ、いった。

「なぜそこまで話す必要があったんだ」

「稲垣くんを責めないように、高見くん。儂《わし》が彼に協力を頼んだのだ」

野口がいった。稲垣は顔をゆがめ、

「申しわけありませんでした」

とあやまった。高見はゆっくりと野口を見やった。

「あんたはそんなに偉いのか。この街では、あんたの命令に逆らえる奴《やつ》はいないってことか」

「そうではない。皆、大池の街を守ろうと思っておるにすぎん」

「大池を守る？ 何から守るんだ」

「決まっておるだろう。関西のやくざ共からだ」

「何のことだかわからんな」

高見はとぼけた。

「とぼけなさんな。皆んな知っとるで。高見、お前の正体もバレとるんや」

月岡がいった。そして野口のかたわらにすわっているスーツ姿の男をふり返った。

「署長、教えたり」

署長、と呼びかけられた男は、月岡の口調に苦虫を嚙《か》み潰《つぶ》したような顔になった。

「今日の午後、大山の山林で黒木豊《ゆたか》の死体が見つかった。黒木は昨夜遅くに自宅から電話で呼びだしをうけ、その後行方がわからなくなっていた」

「黒木なんて知らないな」

「高見さん——」

稲垣がこん願するようにいった。

「お前は黙ってろ」

高見はぴしりといった。

男は不愉快そうに稲垣と高見を見やり、咳《せき》ばらいしていった。

「私は大池警察署の署長の原《はら》だ。大池市の治安には重大な責任がある。よその土地からきた暴力団員が我がもの顔でふるまうのを見過すわけにはいかん」

「それはいったい誰のことをいってるんだ」

「わかる筈《はず》だ。君のことも現在警視庁に資料を請求している」

「ケツがかゆくなってきたか？」

月岡がいった。

「減らず口の多い野郎だな」

「いい争いは慎んでもらおう。儂が君らに集まっていただいたのは、大切な話し合いのためだ」

野口がいった。

「大切な話し合いだか何だか知らないが、俺には関係のないことだ」

野口は平然としていた。

「そうかね？　だがここにおる原署長は黒木くん殺害の重要な参考人として君に興味を感じておるようだが？」

「黒木なんて奴とは会ったこともないね」

「では訊くが、君は昨夜遅く、『大池グランドメゾン』の駐車場で何をしておったのかね」

野口の言葉に高見は息を吸いこんだ。やはり昨夜の見張りは、この爺《じい》さんの手下だったのだ。

「何のことだかわからんな」

「それならそれでかまわん。だが、この話し合いに参加することは決して君の不利益にはならん」

脅迫しておいて、何が不利益にならないだ——高見は鋭く野口をにらみつけた。だが動ずるようすもない。

やがて、渡り廊下にあわただしい足音が聞こえた。

「遅くなりまして、申しわけありません」

現われたのは四十代初めの、眼鏡をかけた色の白い優男《やさおとこ》だった。見るからにインテリ然としている。

優男は野口に平伏した。

「いや、野口会長、このたびはいろいろとご配慮いただきまして、まことにありがとうございます」

口調は馬鹿ていねいなのだが、どこかにとってつけたような節がある。いかにも、

「どうだ俺《おれ》は頭が切れるだろう」といわんばかりなのだ。

　こういうタイプは直接的な脅迫にひどく弱い。銀行の支店長などにときどきいて、何かトラブルがおきるとすぐに、一一〇番してやると金切り声をあげるものだ。

「いいからすわりたまえ。ああ、出井くんは初対面だったな。こちらは大阪府警の月岡刑事、そしてこちらが東京からお見えになっている高見さんだ」

「どうも」

　出井はおざなりに頭を下げた。野口以外は、自分より〝格下〟と踏んだようだ。出井といえば、大池市長だ。稲垣や原署長に対し、そう考えても不自然ではない。

　抹茶が運ばれ、娘が立ち去ると、野口が口を開いた。

「さて、皆さんが揃ったようなので話し合いを始めたい。まず、なぜここに月岡刑事と高見くん、そして稲垣くんがおるのか、出井くんにはわからんだろう」

「はい」

「月岡刑事は大阪からわざわざ、藤田導山と暴力団の関係を調査にこられたのだ。一方の高見くんは、稲垣くんが東京におった頃の先輩でな。昨夜、暴漢が藤田導山の倅《せがれ》を誘拐しようとしたのを未然に防いだ英雄だよ」

　出井の顔が一瞬こわばった。それはそうだろう。その誘拐劇には、出井も一枚嚙んでいたのだ。

「知っておったかね、出井くん」

野口がわざとらしくいうと、出井は赤面し首を振った。

「いえ……。原署長からも何もそのようなことは報告をうけておりませんが……」

「報告も何も、誘拐未遂があったなどという訴えはうけておりません」

原が急いでいった。野口は頷いた。

「そうだろう。儂も社員から報告をうけたのが今朝のことだ。『グランドメゾン』には、我が社の役員も住んでおって、偶然、高見くんの勇気ある行動を目撃したというわけだ」

何が勇気ある行動だ――高見はいい返したいのをこらえた。高見は覆面をしていたのだ。野口は、何か別の理由で亜由子を部下に見張らせていたにちがいない。

「――ちなみに高見くんは、東京のある広域暴力団の幹部だ。『カミソリ高見』という異名をとっておるそうだな」

高見は答えずに稲垣をにらみつけた。稲垣は顔を伏せた。

「稲垣くんを叱《しか》ってはいかんよ。稲垣くんは今後もこの大池で商売をつづけていかねばならんのだ。儂ともうまくやっていかねばつらくなる」

「なるほどね」

高見は吐き捨てた。稲垣を巻きこまないでいてやろうと、何も話さずにいた自分がひどく腹立たしい反面、最低限のことしか教えずにいてよかった、とも思った。

「とにかく稲垣くんは、今はカタギだ。誰に何を話そうと、責められる筋ではない」

「もういい」

高見はいった。野口は満足げに頷いた。

「月岡刑事と高見くんは、偶然東京のカジノバーで出会ったそうだな。高見くんがそのカジノバーを経営する暴力団の人間であることを話してくれたのは、月岡刑事だ」

「しゃあないわ」と月岡。

「月岡さん、そういう情報はまず我々に知らせていただかなければ困りますな。それにあなたの調査についても、大阪府警からは何の報告もうけておりません」

原署長が堅苦しい口調でいった。

「そらそうや。わいは誰の指図もうけんで、動いとるさかいな。わいとこの署は、極道から袖《そで》の下もろとるカスばっかりや」

原が見るからに不快そうな顔をした。

「まあいい。出井くん」

「はいっ」

野口がいうと、出井は体を固くした。

「君は山池組の黒木社長とは確か義理の兄弟だったたな」

「は、はい」

「最近、黒木くんとは会っておったかね」

「は、はあ……」

出井は焦ったように稲垣をちらりと見た。稲垣は下を向いている。あきらめたのか、出井はいった。

「先日、稲垣さんのところで――」

「ほう。その折り、何か特別な話はでたかね?」

出井はうつむいた。高見は興味を惹《ひ》かれ、野口を見つめた。いったいこの爺さんはどこまで知っているのだろう。露天風呂での密談を聞いた人間が高見以外にいたとは思えない。

「出井くん」

「はい……」

「黒木くんの身におこったことは聞いたかね?」

「は?」

原が無表情に、さっき高見に話したのと同じ言葉をくり返した。それを聞いた出井はまっ青になった。

「そんなことは、私は聞いていない……」

「だから今私が報告しております」

「しかし、家内からも何も――」

「黒木豊の遺体が見つかったことは、まだ署内でもごく少数にしか知らせておりません。治安上、事実の公開には配慮を要すると考えましたので」

なるほど、と高見は思った。大池警察署の署長は、市長よりも地元観光業界のボスに対しての忠誠心が強いようだ。地元を捨てて国会へ打って出ようという野心を抱いた〝若造〟に、古参の警察官が冷たいのは無理ないかもしれない。

この署長は地元出身の人間にちがいない。

原署長の言葉を聞き、出井は再び顔を赤くした。コケにされたと気づいたのだ。

「署長、あなたはいったいどういう感覚をしているんだ。治安上の配慮といったって、私は市長だ」

「わかっております」

原はあくまでも表情をかえない。

「まあまあ」

野口が割って入った。

「ここで、そんなことを議論しても始まらん。それよりもなぜ黒木くんが、誰に殺されたのか、だ」

「黒木豊は、建設会社山池建設の社長であると同時に、大池市一帯を縄張りとする暴力団の組長でもあります。署の資料によれば、その構成員は二十名で、ストリップ劇場や射的屋、あるいはポン引き、などで収入を得ております」

原がいうと、

「たった二十名かいな」

月岡が首を振った。

「吹けば飛ぶような組やったんやな」

「それだけ平和な街だった、ということだ」

野口がたしなめるようにいった。

「その平和な街に、関西の広域暴力団が目をつけた。そうだな？　月岡刑事」

月岡は眉《まゆ》をあげた。

「そういう話は高見の方が詳しい。そうやないか」

「何のことだかわからんといっているだろう」

「そうツンケンするもんやないで。ここにおられるのは、昔のお前の舎弟をのぞけば皆素人《しろうと》さんや。わかるように説明したりぃな」

それを聞いて原が顔をまっ赤にした。だが野口の手前をおもんぱかってか、口をひき結んだ。

高見は息を吐いた。

「このあたり一帯を仕切っていた組員が二十人というのは、それだけしか養えないってことだ。アガリがもっとあれば、組員が自然増えていくし、よその組も目をつける。旨《うま》味《み》がないから、組も小さいし縄張り争いもおきなかったのさ。そこへ西がでてくるというのはわけがある。二十年も前なら、『全国制覇』っていう旗があったろうが、今はそういう時代じゃない。奴らが動くとすれば、そこにでかい宝が埋まっているのを嗅《か》ぎつけたからだろうさ」

野口は満足げに頷いた。

「高見くんのいう、でかい宝が何であるかは、皆、わかるじゃろう。導山はじきくたばる。そのとき上手《じょうず》に立ち回った者が、『大山教』を手に入れるというわけだ」

「黒木ちゅうんは、地元の極道の親分やろ。その親分をさらってタマを奪《と》るとなりゃ、地元の人間の仕事やないわな」

「しかしなぜ黒木が今、殺されたんですか」

出井がおどおどと訊《たず》ねた。

月岡がにたっと笑った。

「それや、問題は。極道が極道殺すっちゅうんは、チンピラどうしの喧嘩《けんか》やなかったら、必ず意味があるもんや」

「月岡くん、そのことをもう少し詳しく説明してもらえんかね」

野口がいった。月岡は高見を見た。高見はそっぽを向いてやった。やくざ社会の事情をレクチャーするために呼ばれたのではないことはわかっている。

月岡は失望したそぶりもみせず、いった。

「簡単なことですわ。極道が極道を殺《や》る、ちゅうのはほとんどが身内の争いです。分け前や跡目をめぐってのトラブルいうのんが大半ですわ。何でか、いうたら〝身内〟やなかったら、それは即、組どうしの抗争につながりますやろ。いったん抗争になってしもたら、それなりの手打ちをせな、互いにおさまりがつきまへん。それやと銭もメンツもかかる。そやさかいに、よその極道を殺る、いうのには、よほどのわけがいります。鉄砲玉を飛ばすちゅうのも、いわばそのわけ作りのためですわ」

「で、黒木くんを殺したわけは？」

「本当の狙《ねら》いは大池進出でしょうな。けど、とりあえずは別のわけがあった筈《はず》ですわ」

「それは何かね」

野口の問いに月岡は高見を見やった。

「高見なら知っとりますわ」

一同の視線が高見に注がれた。ただ一人、うつむいているのが出井だった。

「知らんな」

野口はいらだつようすもなく訊ねた。

「君は導山の子を誘拐しようとした犯人を見ておる筈だ。それは黒木だったのかね」

「会ったこともない人間の見分けがつく筈がないだろう」

「筋者《すじもん》やったんか」

月岡がいった。高見はしかたなく頷いた。

「ああ」

わからない、では通じない。極道が極道を見分けられない筈がないのだ。

「西か？」

「話したわけじゃない」

月岡は不服そうな顔をした。

「ふうん」

「どういうことかね、月岡くん。説明してもらえんか」

「単純ですわ。もし誘拐を企てたんが黒木やったとしたら、地元の人間は使えません。人に見られたらすぐ山池組やとわかってしまいますさかいな。せやから、よその土地の極道を金で借りてきますんや。それが西の人間やったら、雇われたふりして入ってきよりますわ」

「なるほど」

「誘拐がうまくいったら、導山の子が手に入る。うまくいかへんかったら、黒木に『お前とこの手配が悪い』ちゅうて難くせつけられます。この場合は後者ですやろ。実行犯やった西の極道は、黒木をさらって、『わしらが失敗したんは、お前とこから情報が洩《も》れとったせいやないか、こら』ちゅうて威《おど》します。ま、威しがいきすぎて、殺されよったんとちがいますすか」

鋭い推理だった。出井はまっ青だった。

「西の奴らは、誘拐がうまくいってもいかへんでも、よかった、ちゅうわけですわ。とりあえず、黒木を殺すわけができた、と」

「それで終わりかね」

「まさか、これからです。黒木は殺される前にさんざんうたわされとりますやろな。黒木と組んどった者はおるか。それが誰か。西はそっち、いきよりますわ。わかっとるで、いうて。『お前が黒木とつるんどったんはわかっとるで。落とし前、どないしてつけるんや』いうて」

月岡はせせら笑うようにいった。その目はちらちらと出井を見ている。出井は今にも吐きそうな顔になっていた。

「その人間はどうなる」

野口も月岡の視線に気づきながら訊ねた。

「二つに一つですな、西と組むか、西に消されるか」

「三つめはないのかね」

月岡はにたっと笑った。

「全部白状して、ブタ箱入る、ちゅうんがありますな」

吐いてしまえ、高見は出井を見つめながらいった。そうすれば高見の立場が少し楽になる。

だが出井は血の気を失った顔のまま、口を固く閉ざしていた。

高見は口を開いた。

「何か握っているんだろ」

「ん？」

「ずいぶんと確信がありげじゃないか」

何かある筈だ。きのうの夜のやりとりだけでここまで断言できる筈はない。

「ほな、全部ばらすか。しゃあないわ」

月岡はいった。

「高見が導山の子の誘拐を邪魔したんは、露天風呂《ぶろ》に入っとって計画を盗み聞きしたからやったな」

出井があっという顔になった。

「それが誰と誰の話し合いやったかは、高見にはわからんかった、と。けど、稲垣に訊いたらわかる筈や。高見がこっちについた日の晩やろ。高見の部屋の風呂の隣の風呂に入ったんは誰やったか」

不意に出井が立ちあがった。足もとを見つめたまま、

「失礼します！」

と叫んで、渡り廊下にとびだした。警察署長の原が、

「市長！」

と呼びかけたがふりむきもしなかった。

「ほっておけ。こざかしい策をたてた報いだ」

野口がいった。そして高見を見た。

「それにしても高見くんは、ずいぶんとかわった人物だな」

高見は返事をせずに老人を見返した。

「君自身がやくざであるのに、別のやくざの犯罪を邪魔する。一歩まちがえば、自分がひどく危なくなるのではないかね」

「頭が悪いのさ」

高見は吐きだした。こればかりは本音だった。

「それだけではないだろう。幼い子供が誘拐されるというような悪事を見逃せない、任《にん》侠心《きょうしん》、という奴かな」

「冗談じゃない。そんなものはもっちゃいない」

「せやろな。切れる極道、ちゅうのはそういうもんや。任侠心をふりまわすんは、銭儲《ぜにもう》けに縁のない極道だけや」

「あんたは黙ってろ」

いったが月岡は黙らなかった。

「野口はん、この男が導山の子を助けたんは、導山の女に惚れたからですわ」

「導山の女？　森谷亜由子にかね」

野口は驚いたようにいった。

「こいつは女《スケ》こましのために、ガキを助けたんですわ。白馬の騎士、ちゅうわけや」

高見は切れた。すっと立ちあがる。稲垣が気づいてまっ青になった。

「高見さん！　まずいです」

「表でろ」

低い声で高見は月岡にいった。

「なんや、やるんか」

月岡は動じたようすもなく応じた。にやりと笑う。

「ええで。関東の極道がどんくらいのもんか、試したる」

「何をいっとるんだ、君たち」

原がいった。

「ここをいったいどこだと思っている!?」

「飼い犬は黙ってろ」

高見はいった。月岡の口をひき裂いてやる。

原はまっ赤になった。

「貴様、誰に向かってそんな口を――」

「待たんか」

野口がいった。

「やりたいのならいくらやってもかまわん。庭先を貸してやる。だが、話がすべて終わってからにせい」

「まだ何があるっていうんだ」

高見は立ったまま野口にいった。

「聞くところによると君は、しばらく東京には戻れない身の上らしいな」

「誰がそんなことをいった」

また月岡か——そう思ったがちがった。稲垣が泣きそうな顔で、

「高見さん、申しわけありません」

と土下座したからだった。

「お前に何がわかるんだ!?」

高見は怒鳴りつけた。稲垣にはまだ何も話していない。だが這《は》いつくばったまま稲垣はいった。

「高見さんのことが心配で、さっき、東京に電話をしたんです」

「誰に!?」

「鴨田の兄貴です。鴨田さんは話してくれました。高見さんが組の借金のせいで破門されかけてるって」

「よけいな真似するんじゃねえ!」

「勘弁して下さい! すべて高見さんのためだと思って——」

「何が俺のためなんだ、この野郎! いってみろ!」

「——儂《わし》からいおう」

野口が口を開いた。

「あんたに何の関係がある」

「簡単なことだ。黒木が死んで、この街は、やくざを束ねる者がいなくなっておる。温

泉場というのは、よかれ悪しかれ、大人の遊びを供給する人間が必要だ。しかもそういう人間が代々観光業界とうまくやっていくことも不可欠だ」

「何がいいたい」

「君が山池組を束ねたまえ」

「何だと」

高見は唖然《あぜん》とした。

「どうせ東京に戻れぬ身だ。しかも君は非常に頭が切れると聞いた。今後の『大山教』との関係しだいでは、大池温泉はさらに発展する。山池組の組長となって、その発展に乗じてはどうかね」

「あんた本気か」

「悪い話ではないだろう。借金を背負《しょ》って組を放りだされる寸前のやくざにもちかけられる話としては――」

「聞いたこともないな、こんな話は」

「君が組長になるのなら、大池警察署も、山池組の今後を大目に見るだろう。もちろん、君が組長になるのに反対する組員は別として」

「あんた生まれてくる時代をまちがえたのじゃないか。時代劇じゃあるまいし、そう簡単に組長の首をすげ替えることなんかできやしないんだ」

「やってみなければわからんだろう」

「だが俺が組長になれば、西のかわりに東が大挙してくるかもしれんぜ」

「君が破門されたとなれば、そうもいかんだろう。破門した元組員が出世したからといって、これからはうまくやろう、とはいえまい」

あきれた爺《じじ》いだった。すべてが自分に都合よく回るように手を打とうとしている。

「どうだね」

「ええ話やないか。第二の人生ってなもんや」

月岡がからかうようにいった。稲垣は拝むように高見を見ていった。

「高見さん、受けて下さい。きっと、きっと、後悔しませんから」

確かに悪い話ではない。もちろん、西をうまく撃退できればの話だ。

「条件は？」

高見は腰をおろした。野口はいった。

「まず、関西のやくざを寄せつけぬことだ。君のことは多少は、関西のやくざ共にも知られておるのだろう？」

「さあな」

「有名です。『カミソリ高見』の名は」

稲垣がいった。

「第二点は、森谷亜由子を味方につけることだ。亜由子の息子は『大山教』の教祖を継ぐ身だからな」

だが亜由子はそれに反対している。野口は高見を使って亜由子ごと息子の洋一をとりこもうとしているのだ。

高見は首を振った。

「あんた、やくざより始末が悪いぜ」

「無礼なことをいうな」

原がいった。

「かまわん。自分が欲の深いことは、儂もよくわかっておる。だが儂は儂で、この大池温泉に責任があるのだ。目の黒いうちに、その責任を果たさねばならん」

野口は悠然といった。

「返事はすぐでなくていいのだろうな」

「君はしばらくこの街を離れん。そうだろう?」

高見は必死の面持ちでこちらを見つめる稲垣を見やった。

「――ああ」

「ならばゆっくり考えてくれてけっこうだ。ただし関西のやくざ共が山池組を乗っとってしまってからでは遅すぎるぞ」

「警察は頼りにならん、ということか。いっそのこと、署長の首もすげ替えたらどうだ」

原の顔色がかわった。さすがに野口も苦い顔になった。

「口は慎むことだ。君と原くんは、これからうまくやっていかなければならない仲だ」

「野口会長の顔を立てんと、後悔するぞ」

原はすごんだ。高見は胸が悪くなった。この原という署長は、とことん番犬根性のようだ。

「話し合いはこれで終わりか」

「あとは出井の身の処し方だ」

「奴はきっと西と手を組むぞ」

高見は警告した。

「原くん」

野口はいった。

「は。なるべく早急に山池建設からの収賄容疑で、市役所と市長宅を捜索する予定です」

「ということだ」

「なるほどね」

ことはそう簡単にいくだろうか、と高見は思った。が、まだここでいっぱしの参謀役をつとめる気にはならない。

月岡が口を開いた。

「今朝がたな、おもろい奴を見つけたんで、ひっぱたいて署長のとこに連れてったった。西のチンピラや。荒井《あらい》、ちゅうて、梅島いうのの舎弟やけどな。コンビニエンスストアで、何やら食料品なんかを買い漁《あさ》っとった。だいぶ威《おど》したったけど、うたわなんだな」

これが本当の隠し玉だったのだ。

「高見、梅島は知っとるやろ。切り取りやら何やらで、よう関東の近くまできとった奴っちゃ」

どうせ稲垣が喋《しゃべ》ったにちがいない。

「ああ」

「荒井がおるっちゅうことは、梅島もでばっとる、ちゅうこっちゃ。梅島はまあ、たいした奴やないけど、梅島の兄貴分にはごついのがおるで。『ナニワのハブ』いわれた男や。酒川《さけがわ》ちゅうてな。聞いたことあるか」

「ないね」

「『大山教』をこましたろ、考えとんのは、その酒川や。梅島をいぶしたら、ハブがでてくるで」

月岡の目が光った。高見は気づいた。月岡の標的は、その酒川にちがいない。

「おもろなるで」

月岡は低い声でいった。

12

「稲垣」の離れに着くまで、高見はひと言も口をきかなかった。高見を野口の屋敷から乗せて帰ったのは稲垣だった。その稲垣は、離れで高見と二人きりになると土下座した。

「さしでた真似をして申しわけありませんでした」

高見は無言でラークを吸っていた。稲垣が自分の正体と現在の立場をぺらぺら喋ったために、抜きさしならない羽目に追いこまれている。

計算外は月岡だった。高見はどうしても月岡が苦手だった。あの男にはウラがあるような気がしてならない。月岡は、自分が狙《ねら》ったホシをつかまえるためならどんなあくどいことでも平気でやりそうに見えた。

「いったいどうしてこんなことになったんだ。説明してもらおうか」

高見はいった。

「月岡です。あいつが梅島の手下をパクったことで一気に動き始めたんです。原署長が野口会長に連絡して、集まろうということになり、会長が月岡をオブザーバーとして呼びたいといったら、月岡が、『もうひとり、オブザーバーにええのんがおるで』と、高見さんを――」

「俺《おれ》の居場所を教えたのはお前だな」

「はい。会長と話しているうちに、ぜひ高見さんにも聞いていただきたい、と思い始めたんです。高見さんにも絶対悪い話じゃないと確信できたので。会長は狸ですが、嘘《うそ》つきじゃありません。本当にこの大池の街には、高見さんが今必要なんですよ」

稲垣は心底そう思っているようだ。

「はたしてどこまで信用できるかな。野口と署長はべったりだ。奴《やつ》はその気になればいくらでも俺をパクれるんだ。用済みになったとき、そうしないとなぜいい切れる」

「それは野口会長を信用してもらう他ありません」

高見は稲垣を見やった。

「あの爺《じい》さんはそんなに信用できるのか」

「俺がこの街に帰ってきて、ここを継いだとき、最初に助けてくれたのが野口会長でした。客商売はどういうものか、そしてこの『稲垣』をどんな風に切りまわしていけばいいか、あるとき俺を呼びだして話してくれたんです」

「そのわりには初めは俺にそんなことといわなかったな」

「会長は、自分と会ったことは、あまり人にはいうな、と。特にこの『稲垣』の立場を考えるなら、観光協会寄りだと思われるのはまずいからといって」

「だがもうバレてもかまわない、ということか」

高見がいうと、稲垣はじっと見返した。

「動きだしたんです。黒木が殺《や》られて、これからはどんどん予測のつかない方向に向かっています」

「だがかんじんの『大山教』はどうなんだ。黒木が死んだことが、藤田導山にはどう影響する？」

「わかりません。導山はくたばりかけているという話ですし、西と手を組もうとしている人間が『大山教』の内部にいるとしても、それは導山本人ではないと思うんです」

「出井は西につくぞ。つかざるをえないだろう」

稲垣は頷《うなず》いた。

「おそらく、こっちの動きは『大山教』の側にもいずれ知られると思います。大池には『大山教』のスパイがいっぱいいますから」

「それは放っておけばいい。問題は、俺たちだ。梅島の名を聞いたときにお前は思いださなかったのか」

「もちろん覚えていました。浜名湖の一件でしょう」

「奴は今、大池温泉に泊まっている」

「それは昨夜までの話です。野口会長の調べでは、きのうの夕方、泊まってた『湖水《こすい》楼《ろう》』という旅館を全員でチェックアウトしています」

仕事にかかるため、行方をくらましたのだ。

「ふつうならきのうの失敗で、奴らはすぐに大阪へ戻る筈《はず》だ。それが戻らないであべこべに黒木をさらったのだとすると、えらく厄介なことになる。特に俺とお前のことを梅島が知ったら、必ず礼にくるぜ」

たとえ稲垣が足を洗っていると知っても、昨夜の邪魔が高見だとわかれば、稲垣は高見とぐるに見られてしまう。

「わかっています。俺も腹はくくりました」

「俺はここをでていった方がよさそうだ」

高見がいうと稲垣は驚いた顔になった。

「どこへいくんです？」

「用心棒を頼まれたのさ。『カシス』のママに」

「ママに!?」

「お前ももう月岡から聞いているだろうが、昨夜俺はママの息子を梅島たちから助けた。それはママを口説くためのイタズラのつもりだった。正直いやあ、ママとねんごろになれればそれでよかったのさ。それがこんなことになっちまったってわけだ」

「もうママとは――」

「何もねえ。まだな」

稲垣は驚いたようにじっと高見を見つめた。

「高見さんは本気でママのことを――」

「悪いか」

「いや……。そんな、そんなことはないに決まってますよ……」

稲垣はあわてた。

「だが彼女は俺を極道とは知らない。月岡の野郎はそれをネタに俺を威したんだ。わかってる。本当だったら相手が刑事だって威される気なんかまるでないさ。けれどもあのママには、俺はどうも本気でいかれているみたいなんだ。だからハジいてやろうかと思った月岡に、喋りたくないことまで喋る羽目になっちまった。結局、全部悪い方向に回りだしやがった」

「これをチャンスにいい方に向けて下さい！」

高見は稲垣を見つめた。稲垣が本気でそう思い、また高見の身を案じていることはわかっている。だが世の中はそれほど甘くはない。少なくとも「稲垣」という基盤が地元にある稲垣と自分とでは立場がちがいすぎる。稲垣は足を洗ってカタギでいることに比べても、自分はまだ現役のやくざだ。暴対法がある今、野口は高見を用なしと考えれば、いつでも原を使って追い払える。

そうなったら高見には選択の余地はない。組の支援をうけられないやくざは、ただの無頼の徒、いやただ以下の存在でしかないのだ。そのときになっていくら稲垣が助けようとしてくれても、客商売をしている以上限界がある。

へたをすれば、高見ひとりをかばったために「稲垣」が潰《つぶ》れてしまう可能性だってあるのだ。

今夜、稲垣が野口らに協力せざるをえなかったように、高見が追いだされるときも稲垣は何もできないだろう。

「稲垣、甘い話っていうのには必ずウラがある。特にカタギがやくざにもちかけるときはな」

高見はいった。稲垣はとまどったように訊《たず》ねた。

「じゃあ高見さんはどうするつもりなんです」

「さあな。ここはじっくりかまえてようすを見た方がいいだろうな」

黒木の死は、これからまだまだいろいろな騒ぎをおこす筈だ。ひょっとしたら寝返る奴もでてくるかもしれない。

「どいつが敵でどいつが味方なのか、まだ皆目見当がつかないだろうが。特にお前は、俺とつるんでいるように見られている。そいつはまずい」

「どうしてです?」

「俺がもし寝返ったらどうなる」

「そんな。高見さんがそんなことをする筈ないじゃないですか」

「稲垣、俺は今ドッボなんだ。ドッボの奴は、ぬけだすためなら何だってやる。あまり俺を頼りにしないことだ」

高見がいうと、稲垣は情ない顔になった。

「忘れるな。お前はカタギ、俺はやくざだ。ましてここじゃ俺はよそ者だ。甘い夢なんかとても見ようという気にはなれんな。とにかく、二、三日うちに俺はここを出ていく。誰かに俺の行く先を訊《き》かれても、知らないと答えるんだ」

高見は厳しくいい含めた。

翌日、高見はレンタカーを返すために「稲垣」をでた。出井の口から梅島に自分の話が流れている可能性がある今、大池の街をうろつくのは危険だった。高見は拳銃《けんじゅう》を呑《の》んでかけた。

レンタカーを返した高見は、公衆電話から亜由子に連絡をいれた。電話の呼びだし音を受話器を通して聞く高見の胸は高鳴った。こんな思いを味わうのは久しぶりだ。

「――はい」

亜由子の沈んだ声が応《こた》えた。

「高見です」

「ああ……」

亜由子の声にほっとしたような喜びの響きが加わるのを、高見は心地よく聞いた。

「高見さん。今、どちらですか」

「大池の駅の近くです。その後、変わりはありませんか」

「ええ。あの……よかったらお寄りになって下さい」

「坊っちゃんは？」

「幼稚園にいっております。迎えにいくのにはまだ時間がありますので――」

亜由子に今会うのは危険だった。会えば今度こそ手をだしてしまうにちがいなかった。

「いや……今日はよしましょう。ですがこのあいだの件については近いうちにお話しあいをとは思っていました」

「考えていただけるのでしょうか」

「もちろん考えています。このところあなたのことばかり考えている」

一瞬、沈黙があり、

「嬉《うれ》しい」

亜由子がいった。

「ですが、しょせん私は、この街では他所者《よそもの》です。でしゃばってかえってご迷惑をかけてはと……」

「高見さん、わたしも他所者なんです。そのことはお話しした筈です」

亜由子は強い口調でいった。

「それはそうです……」

「だったら、そんなことはおっしゃらないで下さい」

「わかりました。撤回しますよ」

「いつ、会って下さるんですか」

高見は息を吸いこんだ。

「今のところ、どんな風にしてらっしゃるんです？」

「心配なので、まだお店にはでられないのですけれど、明日か明後日《あさって》にはでようかと……」

「引っ越した方がいいと思います。それもなるべくまわりには知られないように。たとえば同じマンションの別の部屋でもかまわないんです。出かけているあいだは、洋一くんをそこにおくといい」

「わかりました。早速、手配をしてみます。わたし……藤田に電話をしてみようかとも思ったんです」

「導山氏にですか」

「ええ。あの人ならきっと洋一を守ってくれるでしょうから」

「しかしもしそうなったら洋一くんの未来は決められてしまいますよ」

「そうなんです。でも何かあったときのことを考えると、この方がいいかもしれない、と」

「連中はそうあなたに思わせるのが目的なんです」

高見がいうと、亜由子は暗い声で答えた。

「わかっています。だけど、恐くて……」

「元気をだして下さい。今夜でもうかがいますから」

高見はそういわざるをえなかった。

「本当ですか？　何時頃!?」

亜由子の声が明るくなった。

「そうですね……もし洋一くんが嫌じゃなければ夕飯でも食べましょう」

「じゃあ、わたし作ります。六時くらいにお待ちしています」

「わかりました。それじゃ」

高見は受話器をおろし、ほっとため息をついた。電話ボックスをでようとふり返ったとき、凍りついた。

すぐかたわらのガードレールに、月岡がにやつきながら腰かけていた。

「ええ度胸やのう。こないなとこ、うろついとって。梅島と出くわしたら、騒ぎやで」

「そっちこそ何をやってるんだ。俺をつけ回していたのか」

「アホいうな。そこ見てみい」

月岡は例の趣味の悪いスーツで包んだ腕をかざした。指先には「大池警察署」と掲げた建物があった。

「ちょこっと挨拶《あいさつ》にいった帰りや。でてきたら、お前がおったんで驚いたわ」

ヤキが回っている――高見は舌打ちした。車を返したレンタカー会社は、大池署のま裏にあったのだ。それにも気づかないとは、本当に亜由子に血迷っているらしい。

月岡は、高見のそんなようすにはおかまいなしでいった。

「まあええ。ええとこで会うたわ。ちょっとつきあってんか。茶でも飲もうやないけ」

まったく間が悪いときにばかり、でくわす男だ。今日も高見は拳銃を呑んでいる。

「悪いが忙しいんだ」

「冷たいこというもんやないで。何やったら、ここで番かけて、銃刀法違反のゲンタイしたってもええんやで」

高見は言葉に詰まった。月岡はにやついて高見を見つめている。番かけとは職務質問で、ゲンタイは現行犯逮捕を意味する。

「もっとるんやろが。わかるんやで。慣れとるさかいな」

月岡は嬉しそうにいった。そして目についたコーヒー専門店をさした。

「そこや。いこか」

高見の返事を待たずに歩きだす。しかたなく高見はあとを追った。

喫茶店は奥に細長い造りで、空《す》いていた。高見と月岡はいちばん奥のボックスで向かいあった。

「姐ちゃん、冷《れい》コーや」

「は？」

訊きかえすウエイトレスに、

「アイスコーヒーふたつ」

高見はいい直した。

「なんや、冷コーは通じんのかいな」

月岡はぶつぶつといった。それにはとりあわず、高見はいった。

「で、話ってのは何だ」

「お前、きのうの話、うけるんか」

「決めてないね」

月岡はにやりと笑った。

「せやろな。あないなもん真《ま》にうけるほどアホやないとは思うとった。そうは思い通りにいかんもんや。出井も今日から出張や。署長もガサ入れでけへんで弱っとったわ」

「そんなことだろうさ」

高見はいった。

「あいつら西の極道をなめとるんや。白アリやあるまいし、そないに簡単に撃退できるわけあらへん」

「だがあんたも一枚加わっていたじゃないか」

「あれは人間関係を把握するためや。誰が誰とつるんどるか、見きわめとかなあかんさかいな」

高見は喫茶店のソファにもたれかかった。

「いったい何が狙いなんだ」

「何がって何や」

「ひと口に西といったって大所帯だ。あんただってまさか自分ひとりで西の人間を全員パクるつもりじゃないだろう。例の梅島のバックにいるという男か」

「ハブか。あいつもいずれ長六四《ながむし》しょわしたろう、思うとる」

長六四とは長期刑のことだ。月岡はあっさりといい、つづけた。

「けどそれだけやない。『大山教』には前からクサいとこがあるんや」

「大阪じゃ証拠を集めきれんというわけか」

月岡は顎《あご》の先をかいた。

「妙な話やけどな、ここの土地で信用できるんは、お前だけ、いう気がするねん」

「何をいってやがる」

「考えてみ。署長にしてからがああや。あんなもん、何ぼもろうとるかわからへんで。市長は市長で、ホコリだらけの身ぃや。土地の人間は偉い奴ほど信用できん」

高見は月岡を見つめた。

「黒木は本当に梅島に殺られたのかな」

「せやろな。お前、梅島にメン割れとるんやろうが」

「ああ。以前に別件で出くわしたことがある」

「それやったらこのあいだの晩はどないしたんや。ほっかむりでもしたんか」

高見は苦笑した。

「そんなようなもんだ。お面をかぶったのさ」

「なるほどな。けど今はもう、梅島にバレとるで。まちがいのう命つけ狙われるわ」

「そんな余裕があるかな。奴は奴で仕事があるのだろう」

「その仕事の一番の邪魔がお前や」

「さらう計画をたてたのは黒木だ。梅島はそれに雇われただけ、ということもありうる」

「お前が聞いたときは、黒木はそうゆうたんか」

高見は思いだそうとした。

「ああ。黒木が完全に絵を描いてるって口調だった」

高見はいった。

「いくら雇われたふりをしていたからといっても、邪魔が入ったくらいで黒木をさらって消すか、梅島は」

高見がいうと、月岡は思案げな表情になった。

「黒木はどうやって殺されたんだ。死体を見たのか、あんたは」

「見たで」

「死因は？」

「射殺や。背中から撃たれとったわ」

「拷問のあとはあったのか」

「あらへん」

月岡は首を振った。

「だとしたら妙じゃないか。梅島が黒木をさらったのなら、誰が情報を洩《も》らしたのか、徹底的に黒木を痛めつけた筈だ。それに、小さいとはいえ、相手はれっきとした組の組長だ。殺したあと死体をそのあたりに放りだすような真似をするか」

月岡は急に嫌な目つきになった。

「お前やったらどないする？」

「埋めるね。死体は見つからんようにする。殺《や》られちまったと組員に思わせるより、逃げた、と思わせた方が、あとあと攻めやすくなる。上をとられると下は結束するもんだ。小さな組でも手こずることになる」

「なるほど」

「梅島はともかく、バックの酒川というのは、それくらいの頭は利くのじゃないか」

「そうやな。確かに酒川ならそんくらいのことは考えよるわ」

「だとしたら梅島が黒木を殺ったと考えるのはやはりおかしい」

「せやったら誰や」

高見は首を振った。

「わかるわけがないだろう。いっとくが俺じゃないぜ」

「わかっとるわ。なんぼなんでも、お前には殺る理由があらへん。あ、あるか。ママに頼まれた、ちゅう動機が」

「馬鹿な。殺しを頼むような女だったら、さっさと逃げだしている」

「ふーん」

月岡は唸《うな》って、ハイライトをくわえた。

「役者が欠けとんのやろな、たぶん」

指を折って数え始めた。

「市長の出井やろ、署長の原、野口の爺さん、梅島、お前、ママ……」

「あんたを野口にひき合わせたのは原か」

「そうや。あのボケ、わいを手なずけたろ、思うたらしいわ」

もしそうなら、確かに原はあまり賢くない。もっとも今はもう、月岡をとりこむことはあきらめただろうが。

「『大山教』で、西と強いパイプがあるのは誰なんだ。導山か」

「導山か、そやなかったら側近やな。何せ、導山に近づくんは厄介なんや。教祖さまやさかいな。簡単には会われへんわ」

「清水という男がいると聞いたが……」

「会うたことあるんか」

月岡の目が急に鋭くなった。

「いや。『大山教』の関係者には、まだ誰とも会っちゃいない」

「足らん役者はそれや。こっち来てから、『大山教』の人間とは誰とも会うとらんのや。〝本山〟や、ちゅうから、さぞかしうようよしとんのやろ、思うたら、皆めったに出歩かんらしいやないか」

「『カシス』にいったのもそのためか」

「そうや。誰ぞ、渡りつけたろ、思うたんや」

「総本山が立派なんで、街にでていかなくとも幹部はそこで暮らせるんだ。本山詣《もう》での信者たちも皆、宿泊できるようになっている。野口なんかはそれが業腹《ごうはら》なのさ。総本山を訪ねる信者を大池温泉にひっぱれれば、莫大《ばくだい》な利権になる」

「なるほど。何で、そうならんかったんや」

「聞いた話だが、野口は導山と同級生か何かでひどく仲が悪いらしい。導山をずっとイカサマ扱いしていたんで、導山の方も野口には儲《もう》けさせてたまるかと思ったのだろう」

「そらおもろいな。導山と野口は同級生か」

「黒木はあいだに入ってうまくやっていたらしい。総本山の建設にあたっても、『大山教』にとりいってだいぶ儲けたらしいからな」

「それやったら『大山教』にも黒木と親しい者がおった、ちゅうわけやな」

「当然だな」

「梅島を紹介したんは、案外、『大山教』の人間かもしれんな」

「大阪で『大山教』の人間と会ったことがあるのか」

高見は訊ねた。

「いや、ない」

月岡は首を振った。

「じゃあなぜ、『大山教』が大阪の極道とつながっているとわかったんだ」

月岡はため息をついた。

「銭や」

しかたなさそうにいう。

「銭？」

「マネーロンダリング、ちゅう奴や。極道者があくどい真似して稼いだ銭が、いったん『大山教』へ流れこんどる。〝寄進〟ちゅう格好で。それから今度は、極道がやっとる不動産屋やら何やらで、『大山教』がでかい銭使うとる。典型的なマネーロンダリングや。いろいろ調べとってな、ようやく辿《たど》りついたんや。あちこちの組から『大山教』に寄進が流れこんどる、ちゅうのを。相手は宗教法人やからな。銭の動きをわからせんさかい、苦労したで。なんで大阪の極道がいっせいに『大山教』の信者になったんか、初めは思うたわ」

「なるほど」

今度は高見が唸る番だった。

「マネーロンダリングの話決めたんが、たぶん酒川や。あいつは西の本家の財布のヒモを握っとる男なんや。頭の切れる奴やで」

「そいつを叩《たた》くのが狙《ねら》いか」

「戦争も基本は兵站《へいたん》や、いうやろ。銭の流れ潰《つぶ》したったら、コタえるやろ、思うてな」

高見は首をふった。

「まったくあきれた男だな、あんた。一人で西を潰す気か」

「ちゃうわ。警官に流す銭を少しでも減らしたろ、思うとるだけや」

高見は煙草に火をつけ、月岡を見つめた。そこまで悪徳警官を憎むのには、よほどのわけがあるにちがいない。

「あんたが大池温泉でパクったというチンピラはどうした」

「荒井か。さっきも取調べに立ち会うとったんやが、頑として口を割らん。梅島の使い走りなんやけど、たいそう根性入っとるわ」

いって、月岡は突然、切りだした。

「話は戻るけどな、きのうの晩、黒木が西に殺られた、ちゅう話にもってったんは、野口の差し金や」

「野口の？」

「野口は、出井におどしをきかしたろ、思うとったんや。出井がこそこそと『大山教』にも近づいて選挙の地盤作りしとったんが気にいらん。それでわざと露天風呂の話をもちだしたんや」

「だがあれで出井は終わりだろう」

「いや、政治家のことや。ふたまた、みまた、かけて、最後まで自分に浮きあがる目を残しとく筈や」

「野口に逐《お》われた出井はどこへ泣きつく」

「決まっとるやろ。『大山教』や」

「『大山教』、『大山教』というが、俺が見たのは、まわりで踊っている奴らばかりだ」

「心配せんでも、じきご本尊がでてくるで。わいの読みでは、出井は、導山か、導山に近い誰かのところにいきよった筈や。これまでは我関せずを決めこんどった『大山教』

も、黒木が殺されたことで、そうもいかんようになる」

「野口の狙いは『大山教』を追いだすことなのか」

「わからん。けど、あの爺《じじ》いも商売人や。『大山教』の次の教祖が組める相手なら、なんぼでも掌《てのひら》かえすやろ」

次の教祖といえば今のところ、亜由子の息子である洋一しかいない。

高見ははっとした。もし洋一を手なずけられないということになれば、野口は洋一が二代目の教祖になるのを邪魔しようとするにちがいない。逆に手なずけられるならば、どんどん教祖にしようと仕向けるだろう。つまり、野口ら観光協会側も、『大山教』の内部に協力者がいる、というわけだ。そうでなければ、次の教祖問題にまでかかわろうとする筈がない。

高見をとりこむということはすなわち、高見を通して、亜由子、洋一をとりこもうとしているのに他ならない。

月岡がいった。

「お前も気ィついたやろ。野口がお前におべっか使うとるんは、お前がママをたらしこみそうやからや。お前がママにふられよったら、ただのカスやで」

「そんなことは奴の知ったことか」

「けどな、お前がふられて、ママの倅《せがれ》が手なずけられんちゅうことになったら、あの爺《じい》さまは、ママと倅を街から追いだしよるで。あれはお前もいうた通り、相当の悪《わる》や。敵に回したらなんぼでも、ひどいことしよるわ」

高見は息を吐いた。

「野口は、『大山教』の内部にスパイを送りこんでいると思わないか」

「そら、おるやろ。どっちもこっちもスパイだらけや。そやからわいも、信用できるんはお前しかおらん、いうとるんや」

高見は月岡を見た。

「あんたは酒川をパクって、マネーロンダリングの目が潰せればそれでいいのじゃないのか」

「一応は、な」

「一応？　他に何がある」

高見が訊《たず》ねると、月岡は訊《き》き返した。

「次はいつ、ママに会うんや」

「そんなことはあんたに関係ないだろう」

「うまくいっとんのかいな、ほんまに」

「人の恋路だ、ほっといてくれ」

高見が吐きだすと、月岡は嬉《うれ》しそうに破顔した。

「ようやく、恋路や、ちゅうて認めたか」

「ああ、認めてやる。俺はママに惚《ほ》れてるよ。だが成りゆきをいちいちあんたに報告する義務はないね」

「そんな冷たいことといわんでもええやろが。わいかて、ママを助けたろ、思うとんのや」

「向こうは迷惑だというさ」

何かいい返すかと思ったが、月岡は不意に黙り、ほっとため息をついた。

「――せやろか」

あまりに寂しげないい方だったので、高見は月岡の顔を見直した。

「ほんまはな……きのうの晩は、ママのマンションの駐車場に停めた車の中で明かしたんや、あれから。梅島がまた戻ってくるかもしれん、思うてな」

「何？」

高見はあっけにとられた。

「わいかてママに頼りになる、思われたいやないか」

いって、月岡は怒ったように高見をにらんだ。

「色男は得やな、ほんま」

「あんた、ママに近づいたのは仕事のためじゃなかったのか」

「そうや。けどな、一目惚れ、ちゅうことがあるやろ」

そうだったのか。昨夜、月岡が野口たちの前でからかうようないい方をした本当の理由を、高見は悟った。

月岡も亜由子に惚れている。

だから、高見と亜由子の関係の進展が気になるのだ。それにようやく高見は気づいた。

「公私混同じゃないのか」

高見がいうと、月岡はむっとしたような顔になった。

「それがどないしたんや。やくざは女に惚れてもようて、刑事が悪いっちゅうことはないやろ」

そうならば、月岡はよく、高見がやくざであると亜由子に話さずにおいたものだ。

「なぜ、ママに俺のことをばらさなかったんだ」

高見の質問に月岡は鼻白んだ。

「わいはもてへん男やけどな、人のケツかいてまで、もてよう思わへんのや。なんぼ、ママがええ、思うても、世の中には色恋より大事なことが、ようけあるわ。それに、こういうことは、正々堂々といかなあかん」

高見は半ばあきれて月岡を見つめた。こすからくて油断もすきもないような反面、あまりに正直な部分がある。ウブ、というわけでは決してない。世の中の裏の裏までを見通す、刑事という商売の男が、何ごとに対してもウブである筈はなかった。疑い深くて利己的であっても、何の不思議はないのだ。

「なんや」

高見があまり見つめているので、月岡は尖《とが》った声をだした。

「なに、人の顔、じろじろ見とんのや」

高見は首を振った。

「本当に妙な男だな」

「ほっとけ」

高見は苦笑がこみあげてくるのを感じた。ひょっとしたら月岡は、ひねくれてはいるが、ひどく正直な人間なのかもしれない。きれいないい方をすれば「無器用」だ。だが世間一般のいわれ方なら「阿呆《あほう》」である。

だいたいが一人で、警察の浄化のために大池市まで乗りこんでくる、というのがふつうではない。しかも、知りあったばかりの、やくざとわかっている高見に憎まれ口をさんざん叩いておいて、「組もう」というのだ。

高見は初め、月岡が自分を利用する気だとばかり思っていた。刑事、あるいは捜査、という点では確かにひどく図々《ずうずう》しい男かもしれない。が、人間対人間、という面では、少なくとも月岡は公平である。亜由子との関係において自分が不利であるのを知りながら、卑怯《ひきょう》な手を使うまいとしているところが、気にいった。

「何にやにや笑うとんのや。気味悪い奴っちゃな」

「気にするな」

高見は首を振った。月岡はいった。

「かんじんなのはこれからや。お前、どないすんねん。荒井がこのまま黙しとったら、被害届けがでとるわけでもないし、じき釈放や。そうなったら、梅島はしかけてくるで」

高見はラークに火をつけ、涼しい顔で煙を月岡に吹きかけてやった。

「実はママに用心棒を頼まれてな。それも住みこみでどうだ、っていうんだ」

「住みこみ、やと――」

月岡はあんぐりと口をあけた。

「やっぱりお前……」

悲痛な表情になる。

「まだ何もないよ。指一本、触れちゃいない。いつまでこうかはわからんがな」

月岡はくやしそうに吐きだした。

「アホタレが……」

それを聞き流し、高見はいった。

「大事なのは、ママと倅を守ることだ。とりあえず俺は引っ越すようにいった。今のところにいたんじゃ、いつまた襲われるかわからんからな」

「けど、引っ越す、いうたって、不動産屋から何から、筒抜けや。すぐに新しいところにもきよるで。あかんで、それは」

「じゃあ何かいい知恵はあるのか」

月岡は唸《うな》って、腕を組んだ。

「お前に住みこみなんぞさすわけいくか。それこそ、蛇に卵の番、さすようなもんや」

考えていたが、訊ねた。

「稲垣ちゅうのは、どれくらい信用できるんや」

「人間はしっかりしている。ただ、奴もここで暮らす以上、野口には逆らえんだろう」

「お前、ヤキ入れたんか、きのうのことで」

「カタギになっている男にどうしてヤキが入れられる。奴は奴で、生きていかなけりゃならないんだ、この大池で」

「お前もけったいな奴っちゃな。極道のくせに、妙に物わかりがええ」

「よけいなお世話だ」

月岡は高見を見つめた。

「お前の資料、さっき届いたの、見たわ。そこまで物わかりがよかったら、極道は長生きできんか、腰抜け、いわれる。けど、お前はどっちでもないわな。よっぽどうまくやっとったんやな」

「そうか？」

「抜け目がない、ちゅうのは、ふつう、人のケツかくのがうまい、ちゅうことや。けどお前は稲垣をかばったったり、本部に対しても、自分だけ助かろうと思うてじたばたしとらん。おもろいで」

「俺《おれ》の話はいい。稲垣がどうしたんだ」

「ママと倅、稲垣のとこで預かってもろたら、どうなんや」

「『稲垣』で？」

「あの旅館やったら、梅島らも、簡単には入ってけえへんやろ。いっつも人がおるし」

高見は考えた。

「それで？」

「野口かて、客としておる者にとやかくはいえん。聞いたところ、稲垣は、どっちにもつかんように思われとるようやないか」

「だが今はちがう」

「それがどないした、いうねん。どのみちこれからは、何があるかわからんのや。それやったら少なくとも稲垣は信頼できるやろうが。いくら野口の息がかかっとるいうても、あの親子を、お前に無断で野口に預けたりせんやろ。それとも、昔の舎弟はよっぽどお前をなめとんのか」

むっときたのをおさえ、高見は考えた。確かに亜由子らを稲垣に預ける、というのはひとつの手かもしれない。

「それでや、あのマンションにやな、わいとお前が住むんや」

月岡はとんでもないことをいいだした。

「なんだと」

「こっそり親子を移したったら、梅島らはまたきよるで。そこをふんじばったるんや」

「そう簡単にいくかな」

「店を開けとったらあかん。お前からいって、ママを納得させるんや」

月岡の真剣な表情に、高見はふと、おかしさがこみあげてくるのを感じた。この月岡の〝作戦〟は、高見が亜由子に手をだしづらくなる、という利点をも備えている。月岡がそこまで計算したかどうかはわからないが、高見が亜由子のマンションに住みこむよりは、はるかにふたりの関係の進展に時間がかかる。

「どうや、ええ作戦やろ」

「ママが俺にいてほしかったらどうする」

「しゃあないわ。そんときは、わいも『稲垣』にいったる」

月岡の答はふるっていた。高見は笑いだした。

「何がおかしいんや」

月岡はむっとしたようにいった。

「あんたは俺とママの仲が進むのがそんなに心配なのか」

「何いうてんねん。わいはただ、ママのことを心配してるだけや」

「それだったらなぜ、俺とくっつきたがる？」

「なんやて。わいがいつ、お前とひっつきたがった」

「そうじゃないか。ママのマンションにいっしょに住もうとか、そうじゃなけりゃ『稲垣』にくるとか。ひょっとして気があるのは、俺に対してじゃないのか」

「気色《きしょく》わるいことというな！」

「ならいいけどな」

高見は笑った。

「悪いが俺はそのケはないんでね」

「わいもや」

ぶぜんとして月岡はいった。

「まあいい。今日、これからママと飯を食うことになってるんでね。訊いてみよう」

月岡はあわてた。

「ど、どこでや」

「ママの家だよ」

「ほんまか!?」

「ああ。心配するな。洋一くんもいっしょだ。子供の前で母親を口説いたりはせん」

「あたり前や」

とはいうものの、月岡は見るからに不安そうな顔になった。正直なものだ、と高見は思った。亜由子への気持を高見に告白してしまい、少なくとも亜由子に関して月岡は気持を隠せなくなっている。

「そんなことより、そっちはそっちで情報を集めてくれ。俺は『大山教』について探りを入れてみる」

「なんや。本気やないか」

「ママを守るためだ。今のところはな」

いって、高見は立ちあがった。

「コーヒーはそっちの奢《おご》りだ。うかつに金を払って、買収の容疑でもかけられちゃたまらんからな……」

月岡をテーブルに残し、高見は喫茶店をでていった。

13

月岡との〝共闘〟をうけいれるかどうかは、高見にとっては微妙な問題だった。相手が西のやくざとはいえ、警官と組んでやくざを敵に回せば、高見はもう、心情的にやくざではいられない。

月岡が地元の警官なら、〝共闘〟など考えもしなかったろう。月岡が一匹狼に近いようなはぐれ刑事で、ある種、やくざ社会における今の自分にも似た、浮いた存在であることが、高見の気持を迷わせていた。

いずれにしろ、この大池の一件は、今日明日に片づく問題ではない。たぶんこれにずっとかかわっていれば、高見は本部の破門をうけることになるだろう。そうなれば、好むと好まざるとにかかわらず、高見は足を洗わなければならなくなる。

野口はああいったが、破門をされた人間が、まったく別の組の組長になったなどという話は聞いたことがない。破門は、やくざ社会では二度と生きていけない。「解雇」を意味する。

不名誉な理由で勤め先を解雇されたサラリーマンにとって、次の就職が容易でないのと同じで、破門は、やくざとしては失格者の烙印《らくいん》に等しい。

だがその破門を、今のところ逃れる術《すべ》はない。

結局のところ、高見には、この街にとどまって成りゆきに身を任せる他、できることが何もないのだった。

この一件で、何かおいしい思いができそうだという匂《にお》いはまだない。先の展開がまるで読めないからだ。ただ、亜由子親子を守る、という行動に関してだけは、どうやら本気になって考えねばならないようだ。

流れ者の浪人が、行きついた先の藩の〝お家騒動〟に巻きこまれ、御落胤《ごらくいん》の護衛をする羽目になった。そこへ公儀隠密が〝共闘〟をもちかけてきて迷っている、というところだろうか。

そうなればやはり「藩主」の意向が気になるところだ。

西の「忍者」ならぬ、やくざを雇っているのが、「藩主」本人なのか、それとも跡目を狙《ねら》う悪家老なのか、亜由子を使ってでも情報を仕入れることが必要だった。

亜由子が用意した夕食は、ステーキとサラダ、それにブイヤベースといった洋風の献立だった。その理由を亜由子は、「稲垣」では高見が和食つづきになっているだろうからと説明した。

それは事実で、高見は久しぶりに脂こい食事を味わうことができた。現役やくざの食生活というのは、大親分クラスになれば別だが、中堅幹部あたりだと成人病へ一直線といったメニューである。懐ろに余裕があれば、とにかく、ステーキやしゃぶしゃぶ、焼肉といった肉類か、寿司、天ぷら、ふぐなどの高級料理ばかりを食いつづける。その上、酒もたらふく飲み、不規則な睡眠時間でゴルフや博打《ばくち》につっ走るのだ。慢性的な肝機能障害は、もはや職業病である。その上に刺青《いれずみ》でも彫っていようものなら、早死には決定的だ。

総刺青は、内臓をとことん痛めつける。刺青をしょった人間が、夏でも長袖《ながそで》を着るのは、人目につかないようにするためもあるが、実はひどく寒がりになるせいもある。刺青をしょうと、寒さがこたえるようになるのだ。

〝自主謹慎〟をしているあいだの高見は、こうした脂こい食事や不規則な生活とは別れを告げていた。そして大池にきてからは、懐石ふうの和食がつづいていたため、亜由子の手料理には、懐かしさすら感じた。

家政婦の姿はなく、どうやら亜由子はすべてを一人で作ったようだ。味の方は、ずばぬけてうまい、というほどではないが、決して本などを見て作ったとは思えない工夫がなされている。

亜由子の息子の洋一は、高見のことを覚えていた。亜由子の部屋を訪れ、料理の仕度が整うまでのあいだ、高見は居間で、洋一の相手をしていた。

洋一は大切にしているオモチャのロボットを見せ、ひとつひとつの性能について解説した。見たところでは、誘拐されかけた恐怖が、ひどい後遺症を残しているようすはない。

ただ、このくらいの男の子なら、もっと活発で乱暴であってもいいのだが、ひとりっ子のせいか、おとなしくてやや大人びた印象がある。

高見に対しても、完全に気を許しているとは思えないが、母親が大切にしている人間なので、なんとか親しくふるまおうと努力しているような節があった。

わずか五歳か六歳の子供でも、環境によって、そうした気配りをするようになるものかと、高見は内心、驚きを感じた。自分が独身で、周囲の人間にも子供がいなかった高見は、子供とはもっと自己中心的で、手に負えない騒々しさを見せる存在だと思っていたのだ。

食事中の会話は、当然あたりさわりのないもので、洋一の学校生活に関する話題が中心になった。亜由子も高見に対する感情を抑えているようだ。

食事が終わると、三人はゲーム器で遊んだ。洋一のもつ格闘技ソフトで、当然、洋一が最もうまい。それでも、亜由子や家政婦に比べれば、高見は歯応《はごた》えのある相手だったらしく、洋一は、「もう一回」「もう一回」をくり返して、高見を離さなかった。

やがて九時になり、亜由子は洋一に、

「もう寝なさい」

と告げた。その瞬間、母親の厳しさを漂わせている。

「ママはこれから高見さんと大切な話があるの。高見さんはあなたの相手をして下さるためにうちにお見えになったのじゃないのよ」

それを聞いた洋一の顔に寂しさにも似た曇りがよぎるのを、高見は認めた。「もう少しいいじゃありませんか」といいたいのをこらえた。

他人の子供の教育に責任をもてる身分ではない。

洋一はパジャマに着がえ、歯を磨くと、

「おやすみなさい」

と高見に告げた。

「ああ、おやすみ」

また遊ぼう、という言葉を喉《のど》もとでおさえ、高見は頷《うなず》いた。

「ちょっと失礼します」

亜由子はいい、洋一とともに子供部屋へ入っていった。

亜由子が戻るのを待つあいだ、高見は煙草を吸った。

居間のテーブルにはゲームの機械やソフトが散らばり、洋一が食べたクッキーの箱や、飲みかけのジュースのグラスがある。そして高見と亜由子が飲んでいたコーヒーのカップ。ソファにはオモチャが転がっていた。

こうした空間に身をおくことじたいが、ひどくわずらわしいものだろうと高見はずっと思ってきた。

女とは、ある種、性欲を解消するための道具であって、行為に溺《おぼ》れることによって得られる安らぎ以上のものをこれまで求めたことはない。以前の自分なら、この場にいるだけでいたたまれない気持になったろう。

香水と白粉《おしろい》の匂いをまき散らし、セクシーな衣服を身に着けた若い女だけが、高見にとっての「女」だった。それ以外の女は、存在は認めても、何の意味も見出《みいだ》さなかった。

ましてや子供など論外だった。子供がいれば、それだけで大人は子供を優先させなければならない。

高見は女といて、自分の要求以外のことを優先させた記憶がない。常に自分の今したいことを、最優先させてきた。結果、女には金をつかったが、それは〝代価〟のようなものだった。もしそこに子供が加われば、女も自分も、別のものを優先させる結果になるだろう。

子供がいても尚かつ、自分の要求を優先させることを高見は考えなかった。子供を放置してパチンコに興じたあげく、事故にあわせてしまう母親のニュースなどを知ると腹が立った。

そんな無責任な真似をするくらいなら、初めから子供を作らなければよいのだ。高見はそういう点では慎重に女に接してきた。

女が子供をもった瞬間、別の生き物に変化することはわかっている。その生き物とは無縁でいたかったのだ。

だが亜由子はどうなのだ。

亜由子を「女」として自分は見ている。しかし、今日こうしていっしょに過した亜由子は、母親であって、女ではなかった。にもかかわらず、嫌悪感も、ここから逃げだしたいという気持も生じていない。


「お待たせしました」

十分ほどして亜由子は居間に戻ってきた。その顔はまぎれもなく、母親のものだった。子供を寝かせつけ、一日の仕事を終えたという安堵《あんど》のようなものがうかがえる。

高見はじっと亜由子を見つめた。見つめることで、自分の中に何か、気持の変化が生じるのを待った。

「どうしたんです？」

亜由子は高見の視線に気づき、はにかんだような笑みを見せた。その手もとは、洋一の使った食器を片づけている。

「いや……。お母さんの顔をしているな、と思って」

高見は首を振った。恥ずかしい、と亜由子がいうかと思った。が、ちがった。

「そうですか……。そうでしょうね」

と頷いたのだ。幸せそうな笑みすら浮かべている。

その笑顔を、美しいと感じる自分に、高見は気づいた。わずかに狼狽《ろうばい》し、いった。

「おとなしいお子さんだ。あれくらいの年頃なら、もっと乱暴で不思議はないのに」

「高見さんはそうでした？」

キッチンに洋一の食器を運び、居間に戻った亜由子は高見の向かいに腰かけると、冷たくなったコーヒーカップを手に訊《たず》ねた。

「ええ。手のつけようのない子供でした」

「じゃあ、お母さんは苦労なさったでしょうね——」

「お袋は、私が十歳のときに亡くなりました。親父《おやじ》はそれをいいことに、すぐ妾《めかけ》をひっぱりこみました。私は反発しました。新しい母親とまるでうまくいかなかったんです。中学をでると私は、全寮制の高校にいって、ほとんど家に帰らなかった」

真実だった。もう二十年以上、実家とは音信がない。

「そうですか」

亜由子はさほど驚いたようすもなく、いった。

「今考えると、新しい母親はそれなりに、私とうまくやろうとしたような気もします。しかし、私はそれを受け入れず、嫌われるようなことばかりをしていた。弟や妹は、まだ小さかったせいもあるだろうけど、うまくやっていけたんです」

結局、ぐれっぱなしになったのだった。今は、それを誰かのせいにしようなどとは思わない。

　亜由子はコーヒーカップを両手で包み、高見を見つめていた。

「初めてお会いしたとき、『この人はきっと今まで、自分の思うような人生を歩いてこられたのだろうな』と思いました。それは決して、高見さんがわがままに見えたとかじゃなくて、自分のやり方にすごくこだわって生きてこられたのだろうと感じたからなんです。損をしたり苦労をするとわかっていても、自分のやり方をずっと押し通してこられたような……そんな気がして」

「買いかぶりですよ。ふらふらして生きてきました」

　高見は首を振った。

「いいえ」

　いってから、亜由子はふっと唇をほころばせた。

「どうしたんです？」

「初めてお会いしたときに感じたことがもうひとつあったのを思いだして」

「何です」

「父が事業に失敗したときのことです。わたしは高校生で、家に大勢の借金とりのような人たちが押しかけてきました。正直な話、それまでのわたしは、本当に苦労知らずの温室育ちでした。押しかけてきた人たちは、皆、父に悪意をもっているように見えて、そんな人たちを見ることすら初めてでした。

そんな中に、何人か、とても恐いのですけど、他の借金とりの人たちとはどこか違う雰囲気の男の人たちがいました」

高見は亜由子のいおうとしていることに気づいた。が、何もいわず、先をつづけさせた。

「他の人たちは皆、父の会社が潰《つぶ》れたことで被害を受け、途方に暮れ、それが怒りになってやってきたんです。でもその人たちは、ある種、冷静な印象で、修羅場といっていい、その場の状況を、まるで日常のように経験している、そんな感じでした。もちろん乱暴な言葉づかいはしますし、他の人たちもその人たちを恐がっているように見えるのですけど、わたしは他の人たちをごくふつうの人に感じたのに比べ、その人たちにすごく興味を感じて、見ていたのです。

観察していると、その人たちの中にも、いろいろなタイプの人がいることがわかりました。ひどく乱暴で、すぐに父を殺す、というようなことをいう人や、わたしにソープランドにいって働いてもらおうか、などという人――わたしはその頃、ソープランドという言葉すら知りませんでしたけど――、あるいはとても事務的に、残っていた家の財産をすべて押さえようとして、それを止めようとする別の人に容赦なく手下をさし向ける人とかがいました。まるで自分の知らない世界で生きている人たちなんだと、そのときは強く感じました」

「やくざですね」

「ええ。父のだした手形が、そういう人たちのところへ流れていたんです。結局、家族はそういう人たちから逃げるためにばらばらになりました。やがてわたしも、その人たちがやくざといわれる人たちだということを知りました。大人になってからは、やくざの人たちを見ると、恐いとか、かかわりたくない、という気持しか起きなかったのに、あのときは何かとても興味深かったんです。いったいどんなところで暮らして、どんなものを食べているのだろうって……。

ごめんなさい。怒られてしまいますけど、高見さんを初めて見たとき、すぐにその人たちのことを思いだしたんです。大人になってから知ったやくざの人たちではなく、子供のとき見た、不思議な感じのやくざの人たちを」

高見はゆっくりと深呼吸した。やはり見抜かれていた。

「やくざはやくざです」

だがそうとしかいえなかった。

「ええ」

亜由子は頷いた。高見はしかたなく、亜由子の目を見つめた。

「亜由子さんの目は正しい。私はやくざですよ」

亜由子は再び頷いた。そして小さく、

「よかった」

とつけ加えた。

「よかった？」

思わず高見は訊き返した。

「何がです？」

「高見さんがもし、ご自分がそうであることを隠そうとなすったら、わたしは困る、と思っていました。わたしたちを助けて下さったこと、わたしが高見さんに感じている気持、そういうものすべてがひょっとしたら揺らいでしまうかもしれないって……」

「隠したかったのは本当です。私はもう長いことやくざをやっています。やくざというのがどういう人種かはわかっている。もし私が、もともとの亜由子さんの友人で、こういうことをやくざがしてくれたのだけれど信じていいのだろうかと訊かれたら、絶対に信じるなと答えたでしょう。やくざは自分の利益にならないことのためには動きません。必ず、狙《ねら》っているものがあるんです。何かを人のためにするときは」

亜由子はつかのま考えた。

「じゃ、高見さんの狙いは何だったんです？」

「何でしょうね。亜由子さんの店を乗っとろうと思ったのかな」

高見ははぐらかした。

「まさか。こんな田舎の、あんな小さな店一軒乗っとったところで、何の足しにもならない」

高見はため息をついた。

「――亜由子さんの弱みにつけこむこと。それ以外にないじゃないですか」

「弱み？」

「ええ。親子二人でひどく恐い思いをしている。そこへ頼りになりそうなふりをして現われ、亜由子さんの気を惹《ひ》くんです。初めて東京駅で見たときに、なんていい女だろうと思ったんです。この女を手に入れてやりたいとね」

もうやけだった。こうなったら全部、ばらす他ない。

「それがばったり再会してみたら、この街の台風の目だということがわかった。誓っていいますが、この街にきたのは、本当に骨休めのためで、何か狙いがあってのことじゃない。そうこうしているうちに、洋一くんを誘拐しようという計画があることをたまたま聞きつけてしまったんです。こりゃいい、そう思った。それにうまくつけこんで、正義の味方を演じ、あなたにとり入ろうとね。狙いは金でもないし、洋一くんでもない。亜由子さん、あなただ。あなたの体が目当てだった」

亜由子はかすかに青ざめていた。

「……いったい、誰がそういう計画をしていたんですか」

「市長の出井と、山池組の黒木です。奴らは誰もいないと思って、『稲垣』の露天風呂で相談をしていた。ところが隣の露天風呂に、私が入っていたんです」

亜由子は深々と息を吸いこんだ。

「私がさっさと警察に届ければ、洋一くんもあんなに恐い思いはしないですんだ。それどころか、私が妙な真似をしたために、この街はもっと厄介なことになっている。黒木が殺されたんです」

「黒木社長が⁉」

亜由子は目をみひらいた。

「ええ。山池組はもう終わりでしょう。大山教を、関西のやくざが狙っている、という噂《うわさ》もある。実際、洋一くんを誘拐しようとしたのは、大阪のやくざです」

「どうして……」

「さあ。それは私にもわからない。私がカタギの市民ならともかく、やくざだったために、ひょっとしたらよけいややこしいことになってしまったのかもしれない」

「でも……高見さんは偶然だったのでしょう？」

真剣な表情で亜由子は訊ねた。

「ええ。本当に、この街とは何のかかわりもない。唯一、稲垣が――奴が昔の舎弟だったというだけで。舎弟といっても稲垣は、本物のやくざになる前に足を洗っています」

亜由子はうつむき、長いため息をついた。

「いったい、どうなるのかしら……」

「私なら、この街をでていく。これからもっと危険なことがおきるかもしれない」

「でていくのは嫌」

亜由子はいった。

「でていくのは嫌。洋一は守りたいし、恐い目にもあいたくない。でも、でていくのは嫌なんです。悪いことを何もしていないのに逃げだすなんてしたくない」

高見は亜由子を見つめた。亜由子は本気だった。

「高見さんは、もうこれ以上、かかわりたくない？」

高見はすぐには答えなかった。亜由子の目を見つめ、いった。

「いや。今のところ、ここにいるくらいしか、私にはすることがないんです。もし今夜のこの話で、亜由子さんが私にかかわってほしくないというのなら別だが――」

不意に亜由子が立ちあがった。大きく二歩踏みだすと、高見の前に立ち、見おろした。

「高見さんはわたしを好きですか」

「ええ」

見上げたまま、高見は答えた。

「今でも抱きたいと思っていて下さる？」

「ええ」

「わたしも高見さんが好きです。高見さんにそばにいてほしい。たとえこんなことがなくても。たとえ高見さんがやくざでも」

亜由子はひざまずいた。顔が同じ高さになった。

「キスして」

低い声で亜由子はいった。高見は思わず、洋一の部屋の方を見やった。ドアは閉まっている。

「キスして下さい」

亜由子がもう一度いった。高見は亜由子の体を抱きしめた。亜由子は一瞬息を詰まらせ、そして激しく抱き返してきた。唇があわさり、高見の舌は、亜由子の歯を割った。

そのとき、電話が鳴りだした。

亜由子は高見の体を離れようとはしなかった。このまま無視していたいという気持が、高見にも伝わってくる。

だが高見は、鳴りつづけるベルの音が洋一の耳に届くのではないかと恐れた。同時に、この電話は、無視してはならない相手からのものだという勘が働いた。

そっと体を離し、高見はいった。

「でなさい」

一瞬亜由子はうらめしそうな表情を浮かべた。女が惚《ほ》れた男だけに見せる表情だ。

高見は満足感がこみあげるのを感じた。

亜由子は立ちあがり、受話器をとった。

「はい」

相手の声を聞いてすぐに高見をふり返った。

「あ、はい。いらしてます。お待ち下さい」

送話口を掌でふさぎ、

「月岡さんです」

と、高見に告げた。

あの野郎――高見は腹の中で罵《ののし》った。今度は電話で邪魔をするつもりか。

「高見です」

受話器をうけとった高見はいらだちを抑え、いった。

「お楽しみんとこを悪いんやけどな、またひとり、殺《や》られよった」

月岡の声が耳に流れこんだ。

「なんだと」

「今度もチャカや。ついさっき、大山の展望台の駐車場に停めとった車ん中で発見されたんや」

「関係がありそうな奴《やつ》か」

「ある。現場の状況からやと、たぶん殺られたんは、梅島やと思う。これからいってみよ、思うんやが、お前もくるか」

「俺が――」

「誘拐未遂犯を、お前は見とんのやろ」

「それは――」

「わいの連れや、いうことにしとればええ。どうせ署長には話が通っとんのや」

「しかし県警からも人がくるだろう」

「それは大丈夫や。くるんやったら、ピックアップにいくで」

高見は息を吸いこんだ。思ったより早く事態が動きだしている。

だが殺されたのが梅島だとするなら、いったい誰が殺ったのか。

「──わかった。待っている」

高見は受話器をおいた。

「どうしたんですか」

亜由子が訊ねた。

「洋一くんを誘拐しようとしたやくざがひとり、殺されたんです」

「えっ」

亜由子は目を丸くした。

「月岡はこれから現場にいくので、私にも立ち会えと」

「高見さんに？」

「誘拐しようとした連中を、私は見ていますから」

亜由子は頷《うなず》いた。

「でも、どうしてそんな、恐しいことに……」

高見は、亜由子の目を見ていった。

「実は今日は、引っ越しの件を相談しようと思ってきたんです。新しい部屋に移っても、どこからかは情報が洩《も》れてしまう。それだったらいっそ、『稲垣』に、しばらく泊まっていてはどうかと思って」

「稲垣さんのところに……」

亜由子はつぶやいた。

「私が守るといっても、二十四時間つききりというのはやはり無理がある。その点、稲垣のところなら、住みこみの従業員もいるし、とりあえずは安全だ」

「そうですね……」

「洋一くんの幼稚園は少し遠くなるかもしれませんが、今のように送り迎えをするなら同じです」

「で、高見さんも『稲垣』に？」

「いや」

いって、高見は首を振った。

「これは月岡のアイデアなんですが、あなたと洋一くんを『稲垣』に移したあと、私がここにきます」

「高見さんが？」

「洋一くんを狙って現われる奴をつかまえようというのです」

「そんな……」

「私も正直いって、それはどうかと思うのだが、少なくともここよりは『稲垣』にいてくれる方が、私も安心できる。どうです？」

亜由子は迷ったようにうつむいた。

「考えさせて下さい」

「ええ。『稲垣』にもそれなりの受け入れ態勢をとってもらわなけりゃならないんで、今夜からとはいいません。もしここに他人が住むのが嫌だというのなら、それは別の方法を考えます」

稲垣が野口の側に立っていることを高見はいわなかった。少なくとも野口には、洋一や亜由子に危害を加える理由が今はない。

「それと――」

高見はつづけた。

「大山教がいったい、今回の事件にどうかかわっているのか、誰か信頼できる話を聞かせてくれそうな人はいますか」

亜由子は顔を上げた。

「教団の内部にですか」

「ええ」

高見は頷いた。

「これは噂なのですが、藤田導山氏が重病であるという話があるんです。たとえばそれにかこつけて、真偽を訊ねるという格好で連絡をとれる人が誰かいますか」

亜由子は考えていたが、答えた。

「わたしがお店をだすときに、いろいろと親身になって下さった方が、教団の広報センターにいらっしゃいます。その方なら……」

「連絡をとってみて下さい」

亜由子は高見の顔を見つめ、

「お役に立つんですね」

と、念を押すようにいった。

「ええ。今回の事件について、大山教の内部では何かいわれているのか。前もって幹部などに伝えられたことはなかったか。もっというなら、人が死ぬような事態になると予期していたかどうかを知りたいんです。黒木が死んだことは、今日の夕刊にはでた筈《はず》です」

「え？」

亜由子はいって、サイドボードの上に畳んでおかれたままになっていた、地元紙の夕刊を手にとった。

「お料理の準備で、まだ見てなかったんです……」

広げて、すぐに指さした。

「これだわ」

亜由子の肩ごしに高見ものぞきこんだ。あっさりと束ねられた髪から心地よい香りが漂ってくる。細いうなじと肩に、抱きしめたいという欲望が沸きあがってくるのを感じた。

が、それを抑え、紙面に目を向けた。

「山池建設社長、殺される」

社会面のいちばんの見出しだった。

「地元最大手の建設会社『山池建設』の社長、黒木豊さんが射殺体となって、大山の山林で発見された」

記事の内容は、月岡や原から聞いたものと大差ない。黒木は一昨日の夜遅くにひとりで外出し、その後、行方がわからなくなっていた。出かける直前に何者かから電話がかかっていることから、警察は犯人によって呼びだされた疑いもあると見て捜査を進めている、とある。

記事は、黒木のもうひとつの顔が、地元の暴力団の親分であることには触れていなかった。大池市の市長、出井の義理の兄であることも記していない。地元紙らしい配慮といえるだろう。

そのとき、インターホンが鳴った。インターホンにでた亜由子が、

「月岡さんです」

と告げた。

高見はドアスコープをのぞいた。珍しく、地味な紺のスーツを着た月岡が立っていた。ドアロックを解くと、のっそりと三和土《たたき》に足を踏み入れた。

「野暮《やぼ》な真似して悪かったな」

　さすがに刑事の顔になっていた。

「いや」

　答えて、高見は亜由子をふり返った。

「こんばんは」

　亜由子が頭を下げた。月岡は、焦ったような表情になった。

「いや……毎度、えろう、すんまへん」

「いいえ」

「あの……ほな……ちょっと高見はんをお預かりしてきますわ」

「はい」

　高見は亜由子をふり返った。

「じゃあ、ご馳走《ちそう》さまでした。戸締りをきちんとして、さっきの話とお願いについては、考えておいて下さい」

「はい」

　亜由子はこっくりと頷き、じっと高見の目を見つめた。

「また、ご連絡をお待ちしています」

「ええ」

　高見は頷いて、靴をはき玄関の外にでた。

ドアが閉まると、月岡はほっと息を吐いた。

「あかんわ。ママの顔見ると、胸がどきどきしてくるわ。なんや知らんけど、女神さまとおるみたいや」

そして高見をにらんだ。

「どうやったんや」

「どうもこうもない。『稲垣』に移らないかともちかけて、大山教に探りを入れるよう頼んだくらいだ」

「それ以上のことはしてへんやろな」

「ああ」

「ほなええ」

エレベータで地下駐車場まで降りた。月岡の車がハザードを点《つ》けて停まっていた。地元ナンバーのセダンだった。レンタカーではない。

「この車はどうした」

「借りもんや。いくで」

運転席に乗りこむと、月岡はいった。

14

月岡が高見を連れていったのは、以前に稲垣にセルシオで案内された高見が月岡を見かけた、大山スカイラインの展望台駐車場だった。

到着したのは午後十一時を回った時刻で、展望台もレストランも閉まっており、広大な駐車場以外は闇《やみ》に呑《の》まれている。ただし、下方には温泉街の明りがきらきらと瞬き、また反対側にはライトアップされた大山教総本山の三つの塔が見おろせた。

駐車場のほぼ中央部に、「なにわ」ナンバーのメルセデスが停められていた。あたりを警察の車が囲み、投光機が点けられて現場検証が進んでいる。動き回っている警察官は、ざっと見て二、三十名はいたろう。

さすがに高見はたじろいだ。これだけの警官の中に、堂々と入っていく度胸はなかなかつかない。

が、月岡はかまうようすもなく、現場保存のためのロープをまたいで、ずんずん入っていった。スーツのサイドポケットから白手袋をとりだし、両手にはめた。

「ご苦労はん」

写真や指紋をとっている鑑識の係員たちに声をかけ、メルセデスのサイドウインドウをのぞきこんだ。

ロープの外側で立ち止まっている高見をふり返り、

「何してんねん。はよ、こんかい」

と手招きする。

しかたなく高見はロープをまたいだ。動き回る警官たちの視線がいっせいに自分に向けられるのを高見は痛いほどに感じた。

メルセデスの運転席にいたのは、梅島だった。ヘッドレストに斜めに頭を預け、口を半ば開き、目をみひらいた格好で死んでいる。

梅島は白いシャツにノーネクタイでシルバーグレイのスーツを着こんでいた。

「どこを撃たれたんや」

シールを貼《は》った窓ガラスに額を押しあてんばかりにした月岡がいうと、作業中の鑑識係のひとりが、

「右のわき腹です。ほぼ接射に近い状態で、二発、撃たれています。即死ですね」

と告げた。

「ほな、殺ったんは顔見知りやな。助手席にすわって話しとったところを撃ったわけや」

いって月岡は、高見をふり返った。

「どうや」

高見は頷いた。

「確かに梅島だ」

「どうも妙な按配《あんばい》やな。黒木の次は梅島か。犯人が同じ奴やとしたら、何が目的やろな」

月岡は大きな顎《あご》の下をぼりぼりとかいた。

「――月岡警部補」

背後からかけられた声に、高見はぎょっとした。見知らぬ、しかしひと目で刑事とわかる男が三人、不審そうに自分を見つめていた。

声をかけたのは、その中央にいる、四十代半ばの、角刈りでジャンパーを着こんだ男だった。

「おう、こらご苦労さん」

男たちをふり返った月岡は、素早く高見に目配せした。

「ご苦労さんじゃないでしょう。勝手に現検に入ってこられちゃあ――」

男は苦々しい口調でいい、高見を見やった。

「それに、こちらは誰方《どなた》です」

「ああ、これはこれは。高見はん、こちら県警一課の目片《めかた》警部はんや」

「どうも」

他にいいようがなく、内心肝を潰《つぶ》しながら、高見はいった。月岡はいったい自分の存在をどういいくるめるつもりなのか。

ただでさえ部外者の月岡は、やくざの殺害現場に、別のやくざを連れて無断で入ったとなれば、ただではすまない。相手は野口の息のかかった大池署の刑事ではなく、県警の人間なのだ。

「だから誰方ですかと訊《き》いているでしょう」

案の定、目片は声を荒らげた。

「まあまあ、目片はん」

いいながら月岡は目片の肩を抱き、現場検証の隅に連れていった。耳もとに何かを囁《ささや》きかける。

気が気でなく、高見はそのようすを見つめていた。目片が驚いたように月岡に訊き返すのが見えた。月岡が大きく頷く。

目片はあきれたように首を振った。

二人が戻ってきた。目片がいった。

「高見さんに現場を見ていただけ」

残っていた二人の刑事が驚いたように目片の顔を見直した。

「早くしろ」

「はい」

一人の刑事が、鑑識係の許可を得て、運転席のドアを開いた。

「マル害は何者ですか」

目片が高見に訊ねた。高見は月岡を見た。月岡が頷いた。

「梅島という、大阪のやくざです。切り取りが本業ですが、金になるならかなり荒っぽいこともやります。一応、西の組員ですが、フリーでいろいろ動き回るようなこともやっていました」

「なるほど」

目片は、ほっとため息をついた。

「で、この男はいったい何のために大池くんだりまできていたのかご存知ですか」

目片はさらに高見に訊ねた。月岡はすばやくいった。

「黒木に会いにきとったんや」

「黒木？　死体が見つかった、あの黒木ですか」

「黒木はだいぶ前から、西と近づこうとしてたんや。西の傘下に入って、組、大きしようと思うとったんやないか。梅島と黒木はどっかで面識があった。せやさかい、黒木は梅島に橋渡しを頼んだんや」

月岡がいいだした話には、「誘拐」のゆの字もでてこない。だが目片はそれに反応した。

「西と組むのを嫌った人間が、黒木と梅島を殺《や》ったか」

そういう視点に立てば、二人の殺しはつながって見えなくもない。

「組内《くみうち》の仕業やな。山池組に、西の傘下に入りとうない奴《やつ》がおったんや」

月岡は断言した。

「しかし、西の人間まで殺したら、戦争をしかけたようなものでしょう」

目片は高見を見た。しかたなく高見は月岡の後押しをした。

「梅島はフリーでずいぶんやっていましたからね。橋渡しの話がどこまで西の内部にまで通じているかによるでしょう。通じていなければ、別のトラブルが原因で殺られたと西も思うのじゃないですか。梅島は直系じゃありませんから」

目片は頷《うなず》いた。

「そういう合併や吸収話というのは、やはり直系がおこなうものなんですか」

「最終的にはそうなります。もし山池組と西との話し合いがかなり進んでいたなら、梅島ではなく、もっと本家に近い筋がでてきたでしょう」

目片は腕組みをした。

「これは四課とも相談しなけりゃならんな」

「まあ、見とったらええんや。大物がでてきよったら、話が進んでたと思えばええ」

月岡があっさりいった。目片が鋭い表情になり、

「西の人間が殺したなんてことはないでしょうな」

と、月岡をにらんだ。

「ちゃうな。西の者やったら、何もここで殺らんでも、梅島を呼び戻してから殺ればええんや。殺ったのはこっちの者や」

「鉄砲玉ということもあるでしょう。梅島を送りこんでおいてわざと殺し、こっちの人間の仕業だといって兵隊を送りこむ」

目片が高見を見ていった。

「それは昔のやり方だ」

高見は答えた。

「そうや。全国制覇を考えとった頃の話や。今どき、どんな田舎者も、そんな挑発にはのらんやろ」

「じゃあ東京のやくざという線はどうです？　山池組が西とくっつくのを妨害しようとした、というのは？」

「そら、高見はんに訊いてみたらどうや。それこそ高見はんが詳しい」

「どうです？　高見さん。東京の組で、そういう動きをしているところはありませんか」

目片は高見に訊ねた。

「まあ、ないでしょう」

高見は苦しまぎれにいった。

「理由は？」

目片はたたみかけてくる。いったい、月岡は自分のことを何だといって目片に紹介したのか。高見は月岡をにらみつけながら答えた。

「バブルが弾《はじ》け、暴対法も作られ、関東の主だった組はどこもあっぷあっぷです。縄張りを増やしたところで、そこからよほどのアガリでも見こめない限り、結局は出費がかさむばかりだ。危ない橋を渡ってまで、西の縄張り拡張を阻もうという組は、東京のどこにもいません」

「戦争は銭がかかる。今どき、そんな懐ろに余裕のある組は、どこにもあらへん、ちゅうこっちゃ」

「わかりました。お二人の意見を参考に捜査をさせていただこう」

目片が頷くと、月岡がいった。

「山池にガサ入れ、かけんのやろ。山池組もこれでおしまいやな」

「どこでそんなことを聞いたんですか」

とたんに目片が鼻白んだ。

「大池署の署長からや。やる、いうとったで」

目片は舌打ちしそうな顔になった。

「そんな話まで――」

「原署長には、覚えめでたいんや」

月岡はにやつきながらいう。高見はあきれた。月岡は、大池署の署長と県警の幹部とを仲違《なかたが》いさせようとしている。

「ところで、薬莢《やっきょう》は落ちとったんかい」

「いや。車内からは見つかってない」

「それやったら、リボルバーかな。極道やったら、いちいち薬莢拾ってかんやろ」

「プロのヒットマンかもしれんでしょう」

目片がいうと、月岡はせせら笑った。

「プロのヒットマンが、こないな小物、相手にするかいな」

目片はむっとした表情になった。

「まあええ。いろいろと教えたったんやから、頑張るんやで。ほな高見はん、いこか」

月岡はけろっとした顔でいうと、その場を離れて歩きだした。目片をはじめ、地元の刑事たちはいまいましそうな表情でそれを見送った。

高見は軽く会釈すると、あとを追った。

月岡と肩を並べ、いってやった。

「何を考えてんだ」

「おもろいやろ。原の信用もガタガタや、これで」

月岡は平然といった。

「その前にあんたの信用もがたがただ」

「わいの信用なんて、ハナからあらへんわ。思いきり邪魔者扱いや」

月岡はツバを吐き、いった。

「そりゃあそうだ。他所者《よそもの》なのだからしかたがないだろう」

高見は、月岡の車に乗りこんでいった。

「好かれようと思っているのか、それで」

「思うわけないやろ。ああいう横柄ずくな刑事とは、わいはどうも反りがあわんのや」

「あんた俺のこと、何だといって紹介したんだ」

高見がいうと、

「あれか」

月岡が含み笑いした。

「本庁公安の潜入捜査官や、いうたったんや。もとは本庁の四課におって、公安の刑事に見えんのを買われてひっぱられたんや、とな。わいとはマル暴時代の知り合いで、今は大山教を内偵しにこっちへきとるところを、ばったり会うた、というたった」

「無茶なことを！」

「ええわい。相手が公安やったら、目片はウラはとらへん。下手に探り入れると、にらまれるさかいな……」

「あんたがクビにならないのが不思議だぜ」

高見はあきれていった。

「とっくにクビになってるかもしれへんで。署にでてったら、机があらへんかったりしてな……」

月岡は愉快そうにいって、車をスタートさせた。展望台の駐車場をでて、大山教の総本山の方へと下る道を進んでいく。高見はため息をついて煙草をくわえた。

刑事の中にはときおり、警官にならなければきっと犯罪者になっていたにちがいないと思える奴がいる。今夜の振舞いを見ている限り、月岡もそうだった。ルールを守ったり、同じ警察官である目片や、階級が上の原に対しての配慮をしようという気が、さらさらない。

だが反面、買収に応じる警官をとことん憎んでいる。

いったい、どういう頭脳構造をしているのか。何も考えず、したいように振舞っているとしか思えない。とてもではないが、こんな男と組むことなど、できそうもない。もう亜由子には真実を告げてしまったのだし、さっさと手を切るにこしたことはない。

高見は運転する月岡を見やった。

「でたで」

そのとき、月岡がいった。

「でた？　何がだ」

「でるやろ、思うとったんや」

月岡の目はルームミラーを注視している。高見は背後をふり返った。

車は展望台を数キロ離れた下り坂を走っている。その九十九折《つづら》りのカーブを見え隠れする、後続のヘッドライトがあった。

「尾《つ》けられているのか」

「ママの家をでてからずっとや」

「何だと」

「ママの家を監視しとった者がおったんやな――」

いったとたん、月岡は急ブレーキを踏んだ。危くフロントグラスにつっこみそうになって、高見は体を支えた。

「危ないじゃないか！」

怒鳴ったが、すぐに気づいた。観光バスが一台、道を塞《ふさ》ぐようにして停まっているのだ。カーブを越えた直後で、急ブレーキを踏まなければ横腹につっこんでいたろう。観光バスの客席は無人だった。

月岡は舌打ちした。

「用意のええ奴らや」

高見はもう一度背後をふり返った。ライトをハイビームにした後続車は、もうそこまで迫っている。

「高見」

月岡が前を見たままいった。

「何だ」

「お前、昼間のチャカ、まだもっとるか」

とぼけている場合ではないことは、月岡の切迫した口調でわかった。

「ああ」

「貸せや」

高見は内ポケットから抜いて、さしだされた月岡の掌《てのひら》にのせた。

月岡はちらりと見て、弾倉を改めた。

ふん、と月岡は鼻を鳴らした。

「ええチャカや。わいらがもらう骨董品《こっとうひん》とは大ちがいやな」

そしてズボンのベルトにさしこんだ。

「どうなってる」

高見はいった。

「さあな。殺られる理由は思いつかん」

後続車はついに、二人の乗った車のまうしろまでやってきた。ぴったりと鼻先を押しつけるようにして停止する。

月岡はミラーを見つめた。

後続車の、前の左右のドアが開いた。人影がふたつ降りたった。

高見は度胸を決めた。殺される理由は確かにないが、もし手をだしてくるようなら、とことん戦うまでだ。

車を降りたった二人は、左右からはさみこむようにして、高見らの乗る車に近づいてきた。

高見の側に歩みよってくるのは、見知らぬ若い男だった。白い作務衣《さむえ》のような上下に身を包んでいる。

高見は月岡の側を見た。そちらも同じようないでたちはしていたが、もう少し年齢がいっていて、高見と同じ年くらいの男だった。こちらの男は、まるで坊主のように頭を丸めている。

その男が運転席の窓ガラスを軽くノックした。月岡はちらりと高見を見やり、わずかに窓をおろした。

「何や」

「ちょっと事故がありまして、ご迷惑をおかけしています。バスをどけますまで、我々といらしていただきたいのですが」

男はいった。緊張感のない、落ちついた口調だった。

「おもろいこというな。何や、お前ら」

「大山教の本部の者です。すぐそこまでですので……」

「わいらが何者なんか、わかってんのか」

「もちろんです。月岡さまに、高見さまですね」

「それやったら、これが犯罪やちゅうこともわかっとんのやろな」

「とんでもございません。本当に、ご迷惑をおかけする気は毛頭ございません」

「口は便利やの。ついさいぜんも、そこで腹に二発撃ちこまれたホトケを見てきたばっかりや。ご迷惑はおかけしまへん、いうて鉛玉くらわされたら、かなわんで」

男たちは目を見かわした。

「ではどうすれば納得していただけますか」

「お前ら一人、こっちに乗れ。人質にさせてもらう」

あっさり男は頷《うなず》いた。

「わかりました。では私が乗りましょう」

すはない。

「いうとくけど、妙な真似したら、ド頭《たま》ぶち抜くど」

月岡は高見の拳銃《けんじゅう》をひき抜いて見せた。銃を見せつけられても、男には動揺したよう
「乗れ」

月岡の言葉に従って、男は後部席のドアを開いた。乗りこんでくると、作務衣にしみ
ついているらしい香の匂《にお》いが鼻についた。

外に残ったもう一人の男が手を振った。

観光バスがゆっくりと後退し始めた。

「洒落《しゃれ》た真似しよるな」

月岡がいったが、男は答えなかった。観光バスは塞いでいた道を開いた。

「ではいって下さい」

「ええやろ」

月岡はアクセルを踏みこんだ。最初のカーブを過ぎるとすぐに、大山教総本部のゲー
トが見えてきた。

「あちらへ」

月岡は無言でハンドルを切った。ゲートの遮断機は上がっていた。守衛の姿はない。

植え込みと大理石で作られた入口を、三人を乗せた車はくぐった。両側を並み木では
さまれた道がまっすぐにつづいている。

「最初の角を右にお願いいたします」

男はいった。淡々としている。

角を折れると、芝生が植えられ、水銀灯の立つ公園のような空間にでた。正面に、明りのついた背の低い横長の建物がある。「研修所」という看板が立っていた。

「研修所か。まさかわいらを教育して、信者にしたてよう、ちゅうんやないやろな」

月岡はいった。

月岡は「研修所」の前で車を停めた。道がそこで行き止まりだったからだ。他に停まっている車はない。

「どうぞお降り下さい」

男がいった。

月岡はうしろをふり返った。男の目を見ていう。

「罠《わな》やないやろな。もしそうやったら、お前を許さへんで」

「大丈夫です。決してお二人に危害は加えませんので」

男は眉《まゆ》ひとすじ動かさずにいった。

月岡は頷いた。

「ええやろ。ほな、いこか」

三人は車を降りたった。

「まっすぐにどうぞ」

男は先に立って歩きだした。

「研修所」の入口は、横長の建物のほぼ中央にある、スライド式の扉だった。男はその扉を開いた。広い三和土《たたき》と下駄箱《げたばこ》があり、一段高い上がり框《がまち》の向こうに磨きこまれた板ばりの廊下がのびている。廊下の左右は障子戸が並んでいた。道場といった雰囲気だ。

「ここで靴をお脱ぎ下さい」

男はいって、自ら、はいていた雪駄《せった》を脱いだ。

廊下にあがると、男はまっすぐ奥に向かって進んでいった。左右の障子戸は開け放たれていて冷《ひ》んやりとした人けのない広い座敷が明りに照らしだされている。

唯一、障子の閉まっているのが、廊下の最奥部右手にある部屋だった。その前までくると、男は膝《ひざ》をつき、

「失礼いたします」

と声をかけた。

「どうぞ」

老人の声が応《こた》えた。男が障子戸を引いた。

高見は月岡とともに、その部屋の中をのぞきこんだ。

そこはこれまでの部屋に比べると、狭い印象のある和室だった。正確には茶室なのかもしれない。が、茶室としては、変則的な造りをしていた。

中央に炉が切ってあって、鉄瓶が湯をたぎらせている。その炉を囲むように板ばりの

床が四方に広がっていて、畳がしかれているのが、奥のわずか四畳ほどの空間だった。その畳に、男が一人、あぐらをかいてすわっていた。

男は、年齢の見当がつかない顔立ちをしていた。長身で、陽にもよく焼けており、精悍《せいかん》さが漂っている。着ているものも、作務衣ではなく、刺し子の作業着のようなズボンに、ネルシャツと毛糸のチョッキという組みあわせだ。

老眼鏡をかけていたが、二人を見やるときにはそれを額にずりあげた。手もとには和紙をとじた古文書《こもんじょ》のような本がある。

「ご苦労だった」

声を聞くや、やはり老人特有の嗄《か》れが混じっていた。六十代初めといったところだろうか、と高見は思った。頭髪はみごとな銀髪で、オールバックになでつけられている。その髪型と鋭い眼差《まなざ》し、そして鉤鼻《かぎばな》が、男の顔に鷲《わし》のような雰囲気をかもしていた。

男は高見と月岡に目を移し、立ちあがった。

「このような形で、無理にお越しいただき、申しわけありませんでした。さ、どうぞ、お寒かったでしょう。炉のそばにおいで下さい」

「何者や、あんた」

月岡が訊《たず》ねた。男は頭を下げた。

「これは申し遅れました。藤田と申します」

高見は驚いて男を見つめた。

「あんたが藤田導山か⁉」

月岡も仰天したようにいった。

「はい」

導山は余裕のある表情で頷いた。高見はまじまじとその顔を見つめた。病気と聞いていたが、七十という実年齢より、はるかに若い。しかも、教祖というよりは、裕福な農家の主《あるじ》といったおもむきだ。それは何よりも体格のよさに起因している。立ちあがった導山は、高見や月岡よりも長身で、一八五センチは優にありそうだった。その世代では、まぎれもない「大男」だったにちがいない。

「さあ、どうぞ。座布団をおあて下さい。今、お茶を淹《い》れます」

二人を先に通した、作務衣の男が、すばやく座布団を三組、炉の周りに並べた。導山はそのひとつにあぐらをかいた。

高見と月岡は顔を見あわせ、無言で言葉に従った。

作務衣の男が茶の用意をした。だされたのは色の濃い蕎麦《そば》茶だった。男は湯呑《ゆの》みを配り終えると、部屋をでていった。高見と月岡の背後で障子戸が閉じられた。

「さ、どうぞ」

導山は自ら先に湯呑みを手にとり、いった。

「お二人にお会いする機会が得られず、やむなくこうした手だてをとってしまいました。まずそれをお許し下さい」

頭を下げた。野口とはえらいちがいだった。教祖という地位にあるにもかかわらず、ひどく腰が低い。といって、決して卑屈に見えないのはその風貌《ふうぼう》のせいだろう。裕福な農家の主、と思ったが、これで仕立てのいいスーツでも着ていれば、ゴルフ好きの、大企業の重役でも通るだろう。物腰に卑しいところがない。

「どういうご用件でしょう」

高見はいった。自然、口調はていねいになる。

「まず、亜由子と洋一を助けていただいたお礼を申しあげなければならないと思いまして――」

導山は高見を見やっていった。

「助けた？」

高見は訊《き》き返した。導山はどこまで知っているのか。

「暴漢が洋一をさらおうとしたところを防いで下さったことです」

「どなたからお聞きで？」

導山は微笑した。

「大山の信者は、あちこちにおります」

はあっと月岡がため息をついた。

「なんでもお見通し、ちゅうことでっか」

「そうじゃありません。残念ながら体の自由があまりききませんので、いろいろと目や耳になって下さる方を頼っております」

導山は月岡に目を移した。

「お二人が、亜由子の身を気遣って下さるのを誠にありがたいと思っているのです」

「ほんまは、チョッカイだすんやないかと気をもんどるのとちがいますか」

「いいえ」

いって導山は笑みを消すことなく首を振った。

「亜由子と私の関係は、もう、終わったことです。彼女は教団から自由になりたいと願い、それが私との仲の終わりを意味する結果となっても考えを変えませんでしたから」

「けど、息子さんを手離す気はない。そうですやろ」

月岡は腕組みをした。

「まあそう、話を急がないで下さい。ご理解いただきたいのですが、私は洋一を跡継ぎにしたいからと、母親との仲を裂こうとは、わずかでも考えたことはありません」

「しかし教祖を継がそうと考えていらっしゃる」

高見はいった。

「洋一に私以上の力があるのは、まちがいないのです。それを教団と、ひいては世の中のために役立ててもらえれば、とは思っています」

導山は答えた。

「それやったら、どないする気ですか」

「私が亜由子との別離に同意したときの条件はご存知ですか」

導山は訊ねた。月岡は首を振った。

「いや。知りまへん」

「――目の届くところで、洋一くんと暮らすこと」

高見は答えた。

「そうです。それ以上の要求は何もしていません。亜由子の気持も、私にはよくわかったからです」

「しかし現実にはいろいろな干渉を亜由子さんは受けています」

高見はいった。

「ええ。たいへん残念ですし、悲しいことでもありますが、洋一の行く末をめぐって、さまざまな思惑が、教団の外側ですら巡らされています。洋一をとりこめば、この『大山教』を率いる実権がすべて手に入れられると考えちがいをされる方もいらっしゃるようです」

「ちがうんでっか」

「ちがいます」

導山は首を振った。

「宗教というのは、大きな生き物なんです。ひとつを信ずる心があって、その心が数多く集まったとき、大きな力になる。しかしそのひとつというのは、決して生身の人間ではありません」

「ですが現実にはあなたは教祖です」

「私は教義を広めただけです。たまたまその教義に対し、皆が心をひとつにしたのです。ただ、多数の、さまざまな信者を抱える教団を運営するためには、民主主義は不向きなのです。運営の意思決定は、一人の人間によっておこなわれた方が円滑にいく場合の方が多い」

「ならばやはり、洋一くんが後継者になる限り、実権は洋一くんか、洋一くんを操れる人間のものになってしまう」

「洋一を操ることは誰にもできません。あれはいずれ必ず目覚めます」

「目覚める？」

　確信をもった口調に、高見は導山を見つめた。高見の知る洋一は、おとなしいという性格以外に、どこも変わった部分はない。

「はい。かつて私が目覚めたように、あの子も必ず目覚めるときがきます。そのときは、他人の意思とは関係なく、自ら教団の運営にかかわるようになるでしょう。それがわかっているからこそ、私はこれまであえて、洋一を連れ戻そうとはしなかったのです」

「今は？」

　導山は重いため息を吐いた。

「残念ですが、そうもいってはいられなくなってきています。理由はお二人もご存知だと思います。まず、洋一をめぐって、人が死んでしまった……」

「誰のことや」

「黒木社長です。黒木社長は、前々から洋一を私の手もとに戻したがっていました。私の身に何かがあったら、教団が分解してしまうと思っていたのです」

「黒木は信者やったんですか」

「いいえ。しかし彼は、義理の兄弟である出井市長とともに教団の力で大きくなろうと考えていた。市長が国会議員になり、もっと政治力を手に入れるためには、教団の後押しが不可欠だと思っていたのです」

「それは『大山教』を利用するということではありませんか」

高見は訊ねた。

「その通りです。しかし教団を運営していくためには、さまざまな許認可も必要です。あるていど互いに利用しあう面はありますから」

「なるほど」

「しかし殺人となれば別です。私の聞いたところでは、黒木社長は人を雇って洋一を誘拐し、亜由子を脅迫するつもりであったようです。怯《おび》えた亜由子が私のもとに戻ってくるように仕向けるのが狙《ねら》いだったのでしょう。それにはもちろん理由があります」

「あなたの健康問題ですね」

高見はいった。導山は頷いた。

「その通り。私は癌(がん)です」

黒木は、導山の命はあとふた月で、しかも導山はそれを知らないといっていた。高見は無言で導山を見つめた。

「ほんまですか」

月岡が低い声で訊ねた。

「本当です。これは予言ではなく、真実です。幸いなことにここまでは病状の進行がゆるやかで、日常に支障をきたすほどではありません。しかしいつ急激な悪化を辿《たど》るかはわからないと医者はいっています」

「そうなった場合、あなたに代わって教団の意思を決定するのは？」

「洋一ではまだ無理でしょうな。たとえあの子が目覚めても、荷が重すぎる」

「民主主義でっか」

「とりあえずはそういうことになるでしょう」

「あなたに万一のことがあった場合、『大山教』は分解する、そう考えている人間は、外部には多いようですね」

高見はいった。

「内部にもいます。しかしそういう者は結局、教団を離れていく。そういう信者たちは『大山教』ではなく、私の信者だから」

「それではいかんのですか」

「教祖である私が広めたいのは、教義であって、私個人への崇拝ではない」

導山は微笑《ほほえ》んだ。

「そういうもんかいな」

月岡は納得できないようにつぶやいた。

「もちろん、私にも責任がある。ご存知のように教団がこれだけの規模となった今、死んでしまったらあとのことは知らないでは無責任すぎる」

「何で、こんな話をわいらにするんですか。わいらは信者やない。せいぜいわいらにできるんは、あんたの話を亜由子さんに伝えることくらいや」

月岡の言葉に高見も同感だった。

「それが責任なんです」

「どういうこっちゃ……」

導山は表情をひき締めた。

「教団の中に寄生虫がいます」

「寄生虫？」

「そうです。何くわぬ顔をして信仰に生きているふりをしながら、本当は教団を牛耳ろうと企《たくら》んでいる。私の健康が悪化するときこそ、その寄生虫にとってチャンスです」

「それやったら追いだせばええやないですか。教祖さまなんやから」

導山は首を振った。

「証拠もなくそんなことをしたら、他の信者が動揺します。マスコミもおもしろおかしく書きたてるでしょう」

「つまり幹部というわけですね」

「ええ。長いあいだ、私に仕えてくれた人間です。私も彼がこんな人間だとは、露ほども疑ったことはなかった」

「証拠がないといいながらそこまでわかっているなら、どうして追放しないのです？」

「洋一です。もし彼を追いだしたら、彼は洋一を手にかけるかもしれない。そして私が死ぬのを待って、教団に戻ろうとするかもしれない。もちろん亜由子の身も安全ではありません」

「そうなるという証拠は？」

「もちろんありません。私の思い過しかもしれない」

「寄生虫であることは確かなのですか」

「彼は近年、関西地方でめざましい布教活動を行っています。しかしその結果、今まではいなかったような信者が増えている」

「極道でっか」

月岡の声が高くなった。

「その通り。もちろん、信者の方がそうだからといって、教団は拒みません。拒んでは、宗教の価値がなくなってしまう。どのような人間でも信仰を得られるからこそ、宗教といえるのですから」

「足を洗え、ちゅうたったらええやないですか」

導山は首を振った。

「それもまた教義から外れてしまいます。いつ、いかなる者であろうと受け入れるのが『大山教』です」

『大山教』ちゅうのは、いったい何でっか？」

訊きかけ、月岡はあわてて手を振った。

「いや、かまいまへん。抹香くさいのは苦手なんですわ。聞いたってわからしまへん、どうせ」

導山は笑った。

「けっこうです。私も今夜、ここでお二人を入信させようとは思わない」

高見はいった。

「そろそろ私たちをここに呼んだ理由を話して下さい」

導山は頷いた。

「寄生虫の化けの皮をはがす手伝いをお願いしたいのです」

「それは私たちが信者でもなく、教団と無関係だからですか」

「それだけではありません。この土地とも直接のつながりをもっていらっしゃらないからです」

「なるほど」

「好むと好まざるとにかかわらず、大山教と大池市は無関係ではいられない。これだけの規模となってしまった以上」

「にもかかわらず、地元を儲《もう》けさせていないと憤慨している人物もいるようですね」

導山はにやりと笑った。

「野口会長のことですな。お互いに子供の頃から知っている。野口は、自分を儲けさせないから腹を立てているのです。宗教という教団の性格上、そこから生まれる利益があるとしたら、それはより多くの人に還元されなければならない。野口の望んでいるのは、自分の懐ろを肥やしてくれる大山教です。だからこそ、教団がここに宿泊施設をこしらえたことに対して、怒ったのです」

「大池温泉を儲けさすいうのは公共性がない、ちゅうことでっか」

月岡が口をはさんだ。導山は頷《うなず》き、

「お二人とも、すでに野口にはお会いになった筈《はず》だ。あの男は、ガキ大将だった子供の頃からちっとも変わっていない。自分が常にお山の大将でなければ気がすまんのです。大池温泉を信者の宿泊地にしたなら、利益の大部分を自分の経営する旅館にひっぱった上にいろいろとちょっかいをだしてくることは目に見えています」

といった。

高見は月岡を見やった。

「いろいろとお見通しでんな」

月岡がいった。野口との会談も、導山の知るところとなっていたわけだ。

「まあ、驚くにはあたらんやろ。わいら他所者《よそもん》のやることは、いちいち目立つやろうからな」

「出井市長は他に何かいっていましたか」

高見はかまをかけた。導山は首を振った。

「私は何年も市長に会っていません。野口とお会いになった件を私の耳に入れたのは、市長ではありません」

「しかし市長は、野口会長に切られ、大山教にすがったのだと思っていました」

「彼が頼ったのは大山教ではなく、例の寄生虫です」

「その寄生虫の名は？」

導山は一瞬、迷ったように沈黙し、やがていった。

「清水といいます」

「やはりな」

月岡が低い声でいった。

「ご存知ですか」

「清水治平《じへい》でんな。ずっと内偵かけたろ、思うとったんですが、なかなか尻尾《しっぽ》をつかませまへんのや」

「彼は今から十七年ほど前に、突然、この土地にやってきたのです。身よりもなく、財産といえるものは何もない。それこそ着のみ着のままの状態で、まだそれほどの規模もなかった教団の道場を訪ねてきました。関西に住んでいたときに、教義を伝え聞いて、自分の信じられるものはこれしかないと感じたといっていました。住むところもないようでしたので、道場の隅をあてがい、清掃や買物などの雑事を頼むことにしたのです」

口調に苦渋がにじんだ。

「清水はよく働いてくれました。その上教義の研究に熱心でいろいろと布教に役立つアイデアなども提供してくれました。しかもそれを自分の口からでたとは決していわず、常に私が考えだしたかのように幹部たちに説いたのです」

「その結果、大山教はこれだけのものに成長した？」

「はい。私は、清水を全面的に信頼し、いつも手もとにおいていました。いろいろと、人に話せないような仕事も、清水に頼んだことがあります。彼はこれまで一度たりと、私を裏切ったことがありません。正直にいって、まだ彼が本当に寄生虫かどうかも、確信がないのです……」

ようやく高見にはわかってきた。藤田導山という〝教祖〟は、たぶん底抜けに善人なのだろう。善人であると同時に、人事のような、人を動かす作業に関しては、ほとんど無能力に近いにちがいない。

〝教祖〟はそれでよいのだ。純粋に宗教のことだけを考えていれば、役割をまっとうできる。組織を運営するのは、側近の〝切れ者〟である。

新興宗教専門の詐欺師の言葉を高見は思いだしていた。まさしく清水は、「たったひとりの利口」だったわけだ。

清水の知恵の後ろ盾によって大山教は大きくなった。ところがその清水が、見えないところで何か悪企みをしているのではないかと導山は不安をもち始めた。しかし、今まで清水の知恵をさんざん借りてきた手前、簡単には追いだすことができない、というわけだ。

「いまだに清水を、私の付き人くらいにしか思っていない人間は、教団の中にも外にも、おおぜいいます。彼はそう思われることを望みましたし、私も彼のそういう言葉にのってしまった。だから今さら、彼の正体に疑問を感じても、教団の人間には話すことができないのです。もし話して、それが清水に伝わった場合、私の疑問が正しくてもまちがっていても、必ず傷つく人間がでる、と思うからです」

「しかし私たちがそこまで信用できると、どうしてわかるのです」

「あなた方は亜由子を気遣って下さっている。そのことで充分です」

高見と月岡は顔を見合わせた。月岡もどうやら導山の性格に気づいたようだ。

「わいらがもっとワルやとは、思わんのですか」

「もしそうならば、それは私の過ちです。しかし、私にはそうは思えない。こういうときに、教団とも大池の土地とも、何のゆかりもないおふた方が現われ、亜由子と洋一の身を守って下さっている。それこそ、教義にいう、『大山のお導き』だと、私は考えているのです」

「えらいこっちゃ」

月岡が頓狂《とんきょう》な声をだした。

「わいら、神様の使いにされてもうた」

導山はしかし真剣な表情で頷いた。

「で、具体的には私たちに何をしてほしいのです？」

高見は訊ねた。

「清水の身辺を探って下さい。といっても、清水は現在、この教団施設内に住みこんでいます。ただ、月に一度、必ず大阪にでかけています。彼は教団の関西支部とは別個に、知人を介しての布教活動を大阪でおこなっているのです」

「そうか。それやったからか。わいは、『大山教』の関西支部を洗うとったんや。せやけど、何もでえへんかった。清水治平の動きは、関西支部とは別やったんや」

月岡は舌打ちした。

「まず大阪で清水がいったいどのような布教活動をおこなっているかを調べていただきたいのです」

「失礼ですが、もうそんな悠長なことをやっていられる段階ではないと思いますよ」

高見は首を振った。導山は意外そうに目をみはった。

「すでにこの大池市に、関西のやくざが入りこんできているからです。洋一くんを誘拐しようとしたのは、梅島という、大阪のやくざでした。しかも今夜、我々がこの大山にきた理由は、その梅島が展望台で殺されているのが見つかったからなんです」

「なんと」

導山は言葉を失ったようだった。さすがに、梅島が殺されたことまでは知らなかったようだ。

「清水という人が、この事件にどこまでかかわっているかはわかりませんが、大阪のやくざたちは、もうこの大池一帯まできています。証拠を探すなら、連中の居どころを見つけだして、清水氏の出入りを確認する方が早い」

「しかしそれは危険すぎます。そうならばもう、これは警察が対処すべき問題だ」

「あてにはなりまへんな」

月岡が首を振った。

「大池署の署長が野口べったりなのはご存知でっしゃろ」

導山は途方に暮れたように、大きなため息をついた。

高見はつかのまそのようすを見ていたが、口を開いた。

「お手伝いするのはいいとして、その見返りは何でしょう。私は残念ながら、お山の使いとやらではありません。食いつめて、この街に流れてきた。風来坊のような者です」

導山は目をしばたき、高見を見つめた。

「どのようにすれば――」

三十億、といいたいのを高見はこらえた。いくら大山教でも、三十億もの裏金がある筈がない。

「それはおいおい考えさせていただきます。ただ、私は宗教にはまるで興味がありません。したがって教団に何かをしてもらいたい、という気はありませんからご心配なく」

導山は月岡を見た。

「月岡さんは？」

月岡は顎《あご》をなでた。

「そうですなぁ、銭もらうわけにもいかんし……、わいも考えさせてもらいますわ」

二人が「考えさせろ」といったせいか、導山はかえって不安そうな表情になった。

「もし、清水氏が、お考えのような寄生虫であることがわかったとして、どうするおつもりです？」

「そのときは教団と縁を切ってもらうつもりです」

導山は思いきった表情になっていった。

「しかし、こういういい方は失礼ですが、あなたは清水氏にいろいろと弱みを握られているのではありませんか」

導山は頷いた。

「おっしゃる通りです。清水を切るときには、私も教祖の立場を退くつもりです。洋一にすべてを譲って」

「ちょっと待って下さい」

高見は急いでいった。

「洋一くんは、まだ教団の運営を任せるには幼すぎるとおっしゃったじゃないですか」

「しかし私が退く以上は、他に適任者がいない……」

「参ったな」

「亜由子の気持はわかっています。しかしここは、何万という信者のために——」

「あかん。あかんで、教祖はん」

月岡もいった。

「そら殺生やがな。宗教が人を救う、ちゅうもんやったら、そのために自分の子を犠牲にしてどないしまんのや」

高見も頷いた。

「洋一くんはいい子です。藤田さんがおっしゃるように、ひょっとしたら、〝教祖〟の能力をもっているかもしれない。しかしそれは、彼が決めることです。本人が望む前に、〝教祖〟の地位を譲ったら、彼の人生は大きく狂ってしまう」

いいながら、新興宗教というものが、ひとたび内部に入りこんでしまえば、どれほど食いものにしやすい組織であるかを高見は痛感していた。いったん〝教祖〟の信頼さえ得てしまえば、あとはやりたい放題が可能なのだ。

つまりは、〝教祖〟とは、それだけ純粋な人間が多い、ということだ。詐欺師がいうところの、「ひとりの利口とおおぜいの馬鹿」の理屈がここにある。詐欺を企《たくら》む人間にとって信仰に純粋に生きる人間ほど、扱いやすい「馬鹿」はいない、ということだ。

導山は再び苦悩の表情を浮かべた。

「他に〝教祖〟を譲れる人間はおらんのですか」

月岡は訊ねた。

導山は沈黙した。いても「器《うつわ》」ではないか、導山の覚えがめでたくないのだろう。

「こら、ことやな」

月岡は高見にいった。

「清水が寄生虫や、ちゅうのがはっきりしたら、いてまうのが一番かもしれん」

「何という恐しいことをおっしゃるのです」

導山は仰天したようにいった。

「冗談ですわ。わいは警官でっせ。そないなことするわけがおまへんやろ。この高見はんなら、わかりまへんけど」

「やめろ」

高見はいって、月岡をにらんだ。導山がお人好《ひとよ》しと知って、月岡はいじりにかかっているのだ。

「――とにかくその件については、お考えになっておいて下さい。お互い、〝宿題〟ということでどうですか」

「はい」

「それと、我々が野口会長からも、いろいろと申し出をうけていることはご存知ですね」

「それは一向に気にしません。野口がお二人に望んでいることは、この段階では私の気持と反しません」

導山はいった。このあたりは、善人とはいえ、さすが〝教祖〟だ。野口より器が大きい、と高見は思った。

「とにかく、お願いの件についてご協力をいただければ、私にできる限りのお礼をさせていただくつもりです」

月岡がため息をついた。

「ほんまにお人好しでんな。そんなめったなこと、いうたらあきまへんで」

「は?」

「いや、かまいまへん。ほなぼちぼちいこか」

月岡が目配せしたので高見は頷き、腰を上げた。

「高見さん――」

導山が呼びかけた。

「なんでしょう」

「亜由子を、大事にしてやって下さい。あれは、強いように見えて、弱い女ですから」

高見は釈然としないものを感じながらも、無言で頭を下げた。大事にしろといっておきながら、亜由子に監視をつけているのが気にくわない。ただ、保護が目的ならば、それもいたしかたないことではある。

「今後は、お二人をここにご案内した、辻橋《つじはし》という者がご連絡をさせていただきます」

導山はいった。

「彼は信用できるんでっか」

「はい」

導山は頷いた。

「あの者は私の甥《おい》にあたりますので」

廊下にでると、その辻橋が控えていた。

「さきほどは失礼いたしました」

「ええわい」

月岡は肩をそびやかした。

「けど、どこで習たんや、あの手を」

「本で勉強いたしました。テロリズムについて書かれた――」

「もうやめとき。それこそ生兵法《なまびょうほう》は大怪我《おおけが》のもとや」

「研修所」の前に停めておいた車に高見とともに乗りこみながら、月岡はいった。

15

翌日の午前中、高見は亜由子からの電話で起こされた。月岡は昨夜、「稲垣」に押しかけることなく、高見を落としてどこかへ去っていった。別れ際に、

「チャカはもうしばらく預かっとくで。お前よりわいがもっとった方がええからな」

と、拳銃を返す意思がないことを告げている。

高見は、月岡が「大山教」の道場をでてからは、妙に言葉少なだったことに気づいていた。藤田から聞かされた清水についての話に、いろいろと思いあたるフシがあったようだ。狙《ねら》っている「ナニワのハブ」こと酒川と清水をつなぎ、何とかひっぱれないものかと思いを巡らしていたのかもしれない。

電話にでた高見に亜由子はいった。

「まだおやすみだったんですね。ごめんなさい」

「いえ。そろそろ起きなけりゃならない時間ですから」

腕時計は午前九時をさしている。

「あれからいろいろと考えさせていただきました。稲垣さんのところにお世話になる件とかを……。でもやはり、わたしはここを動くわけにはいかないと思って——。お店のこともありますし」

亜由子はつらそうにいった。

「そうですね……。わかります」

「ご心配をして下さり、本当にありがとうございます。高見さんがそうして考えて下さっているというだけで、わたしとっても心強い気持です」

「いや。私の方こそ、勝手なことを並べてしまって……。ところで、昨夜、藤田氏に会いましたよ」

「えっ」

亜由子は驚いたように息を呑《の》んだ。高見は展望台で梅島の死体が発見されたこと、その身許《みもと》を確認しにいった帰りに、連れこまれるようにして「大山教」の道場に入り、導山と会ったことなどを告げた。

「藤田氏は、このところおこっているもろもろのできごとが大山教と無関係ではないことに気づいているようです。そして私と月岡に、手を貸してほしいといいました」

「いったい何を――」

「清水という、彼の側近をご存知ですか」

「ええ……」

怪訝《けげん》そうに亜由子はいった。亜由子にとっても、清水はとるに足らない導山の付き人ていどの存在だったようだ。

「藤田氏は、清水が、一連の事件と関係していると考えています。そして教団内に任せられる人間がいないので、我々に清水の化けの皮をはがしてほしいと頼んできましたよ」

「まあ。それで高見さんは何と？」

「結果的には、引き受ける形になるでしょう。私はただの風来坊ですが、こんなにかかわってしまったのでは知らん顔もできない。それに藤田氏は、洋一くんがさらわれそうになったことについても、知っていました」

「本当ですか」

「ええ。そこに私がいきあわせたこともね。あなたのことをよろしく頼むとまでいわれてしまいましたよ。どうやら、あなたのことを心配して、情報を今でも集めているようです」

監視させているという言葉はあえて使わなかった。導山のことを悪しざまにいってい るようには亜由子にとられたくなかったのだ。

「そうですか……。でもこれで、高見さんはしばらくこの街にいらっしゃるわけですね」

「ええ」

「いついなくなってしまうんだろうって、わたしが心配することもない？」

「何をいっているんです。初めからそんなことは考えていません」

「よかった」

亜由子はほっとしたようにいった。

「きのう、高見さんがご自分のことをやくざだとお話しして下さったので、もしかしたらこのままどこかへいってしまうのじゃないかって不安だったんです」

その言葉に高見は胸を打たれた。それほどまで亜由子は自分を思っていてくれたのだ。頬《ほお》がゆるむのをおさえられない。

「何もいわず消えるような真似は絶対にしませんから、ご心配なく」

「よくわかりました。わたしも高見さんのお役に立てるよう、今日からお店を再開して、いろいろ情報を集めてみます」

「洋一くんのことはくれぐれも気をつけてあげて下さい」

「ええ。お手伝いの美代さんと相談して、これからは美代さんの甥の大学生の男の子に も夜のあいだはいっしょにいて下さるようお願いしましたから」

「そりゃよかった。とにかく用心にこしたことはない。今夜でもまた、お店の方にうかがいます」

「お待ちしています」

電話を切ったあと、高見はだが、少し寂しい気分になった。洋一はその家政婦の甥と仲良くなるだろう。自分のことを、さほど重要な「おじさん」とは思わなくなるかもしれない。

ふと我に返った。いったい何を考えているのだろうか。

惚《ほ》れた女の子供に気にいられたいと願っている自分に、高見は啞然《あぜん》とした。大池にきてからというもの、どんどん自分が、以前の自分とは変化してきている。

やくざであることを隠したり、家庭的なものに妙に安らぎを覚えたり、そして何より、心のどこかで足を洗うことを願い始めている。

そういえば東京はどうなっているだろうか。〝本部〟の決定に対して姿を現わさず、何も反論しようとしない高見に、最高幹部連中はどんな思いでいるのか。

破門なら破門で、むしろそれを望みたい気分だ。

少し早かったが、高見は鴨田の自宅に電話をすることにした。

寝ているだろうと思ったが、意外なことに鴨田は起きていた。聞けば、昨夜遅く、ガサ入れが入るという情報がきて、その対応に大わらわだったらしい。結局、ガサ入れはなかった。

「稲垣から電話がいったらしいな」

「ええ。まさか稲垣んとこに兄貴がいっているとは思いませんでした。ご心配なく。誰にも喋《しゃべ》っちゃいません。それより、いい話があるんですよ」

あると思っていたガサ入れが流れてほっとしたせいか、鴨田の機嫌はよかった。

「実はあれから最高幹部会がまたありましてね。兄貴のことが話題になったんですよ。で、兄貴が何もいってこないことに対して、何だか同情論みたいな話になったらしくて……。特に本部長の湯浅《ゆあさ》の兄貴が、三十億をしょわせるのはあんまりじゃねえかと。これまでの兄貴の功績を無視してるっていいだしたらしいんですよ。それで、三十億についちゃ、組の方で何とか銀行屋と話をつけられねえかやってみようって方向になったってことです」

「話をつけるって？」

「たとえば金利ぶんを泣かせるだけじゃなくて、いっそ一割の三億でどうだ、とか」

「そんな簡単にいくわけはない」

高見は鼻で笑った。

「いや、それがそうでもないらしいんで。銀行屋も、ここんとこ手詰まりなんで不良債権の処分に関しちゃだいぶ思い切った手を打とうかと考えてるようです。それと、山谷の馬鹿が兄貴を襲って、あべこべにエンコを飛ばした件が銀行屋の上の方にも伝わったみたいで、相当びびってるらしいんです。あまり強硬な追い込みかけて、カチ込みでもくらったらどうしようかってね」

「なるほど」

「兄貴頼みますよ。もしいい話になりそうだったらすぐ稲垣に連絡しますから、東京に戻ってきて下さい。二億や三億なら都合つけられますよね」

導山を使えば、それくらいの金をひっぱることはできるかもしれない、高見は思った。が、不思議とやろうという気がおこらない。それより何より、ようやく風向きがかわろうとしているのに、少しも嬉《うれ》しくなかった。

「――まあ、そのときの話だ。何かあったら知らせてくれ」

高見はいって電話を切った。金を工面し、組に戻ったとしても、どうせ降格されたヒラの身分だ。鴨田のように〝兄貴〟〝兄貴〟と呼ぶ連中だって、そう長くは自分を立ててはくれないだろう。

高見は布団に寝ころがり、ぼんやりと煙草を吹かした。自分の功績が今さら最高幹部連中に認められたといっても、それがどうしたという気分だ。こういう経緯のあとでは、この先どれほど高見はがんばっても〝戦争〟でもおこらない限り、最高幹部への道はひらけない。

極道の出世は、ある意味では軍隊におけるそれと似ている。

平時は、体力よりも頭脳のある者が組織内では巾《はば》をきかす。が、いったん戦争ということになれば、後方のデスクワークを大過なくこなす者よりもやはり、前線で多くの勲功をたてた者の方が出世は早い。そういう意味では、山谷のような男に限らず、頭に自信のない極道は、出世のための〝戦争〟をどこかで願っている。

一方、高見は頭で売ってきた極道だが、その頭で致命的なしくじりを犯してしまっている。そうなっては、〝戦争〟でやはり手柄をたてる他ないわけだ。

だが今さら若い衆を率いての喧嘩《けんか》などやりたくもないし、この締めつけの中では〝戦争〟などおこりようがない。

冷静に我が身をふり返ると、高見に出世の目はないのだ。

それがわかっていて、組に復帰するメリットがどれだけあるのか。

若い頃の高見は、極道のごたぶんに洩《も》れず、自分はカタギには向かない人間だとかたく信じこんでいた。

だが極道をこれだけつづけ、なおかつそれなりの地位につくために、並みのカタギでは音《ね》をあげるような辛抱や忍耐を経験した。極道は、度胸だけではつとまらないのだ。

その経験は、カタギの世界でも通用するものがある。

今さらサラリーマンにはなれないだろうが、どうせ組に戻っても、次に何をシノギにするかチャンスを捜す日々が待っていることを思えば、カタギになっても同じことなのだ。

まあ、性急にことを決める必要はない。あちこちの出方を観察しながら、方針を決めればよいのだ。

天井に広がるラークの煙を眺めながら、高見はそう、自分に語りかけた。


昼になると、稲垣が高見の部屋を訪れた。

「さっき、野口会長のところから連絡があったのですが、梅島が殺《や》られたそうです」

「知っている。昨夜、死体を見たからな」

高見がいうと、稲垣は驚いた顔になった。

「本当ですか」

「ああ、月岡の奴《やつ》にメン割りに駆りだされた」

「無茶なことをしますね」

「まあいい」

いって高見は立ちあがった。

「ちょっと出かけるが、つきあってくれるか」

導山との会見の話は、稲垣に告げる気はない。

「ええ、どこへでも。でもどこへ？」

「梅島を殺ったのが誰だかはわからないが、こうなりゃ、梅島のバックにいた奴がでてくるのはまちがいない。そいつを捜しにいくのさ。梅島が殺られちまった以上、仕返しも心配しなくていいからな」

「そうですね。高見さんもじゃあ、ここにいてくれるんですね」

「そのつもりだ」

二人は稲垣のセルシオに乗りこんだ。

「でも捜しにいくって、どこへいくんです。梅島の一派は、奴が殺られる前に大池温泉をチェックアウトしていますよ」

「市長の出井はその後どうしてる」

「今日の午後、出張から帰ってくることになってますが――」

出井が清水の懐ろに逃げこんだのなら、当然、黒木にしたように酒川との接触を考えるだろう。

清水は酒川と連絡をとっている。

「出井を張るか――」

「市庁に張りこむんですか」

「出井の自宅はどこだ」

「市内です。駅からそう遠くない、住宅地ですけど」

高見は頭を働かせた。野口の意向を受けた署長の原は、出井に対する内偵を始めているだろう。山池組へのガサ入れで、出井の弱みを見つけようと考えた筈《はず》だ。

だが当面、出井を市長の座からひきずりおろすことは、野口も考えていない。弱みを握れば、またコントロールも可能だからだ。出井をつけ回せば、原の部下と鉢合わせする危険もある。

「出井はやめだ。山池組の事務所にやってくれ」

「わかりました」

走る道すがら、高見は稲垣に訊《たず》ねた。

「山池組のナンバー2は誰なんだ」

「もとが小さい組ですからね。黒木が死んじまった今、あとを仕切っているのは、黒木の女房らしいんです」

「黒木の女房？」

「ええ。大池温泉の元芸者で、こっちの人間じゃありません」

「その女が跡目を継ぐってのか」

「ガサ入れで潰《つぶ》されなけりゃそうなります。そうか、高見さんいよいよ、その気になってくれたんですね」

野口が高見を黒木の後釜《あとがま》にすえるといっていたのを思いだしたのか、稲垣は声を弾ませた。

それには答えず、高見は訊ねた。

「面識はあるのか」

「もちろんあります。三十四、五でしょうかね。確かにこのあたりの温泉芸者には珍しい、いい女です。気合いも入ってて、黒木が女房にした理由もわかります」

山池組の事務所は、山池建設の本社とは別の建物だった。稲垣によると、黒木の妹の旦那《だんな》である出井が市長に当選したとき、世間体をはばかってか、組事務所を大池市にある山池建設から独立させたらしい。その結果、組事務所は、大池市内ではなく、大池温泉に建てられた。

それは二階建ての、モルタル塗りの建物だった。暴対法を意識してか、組の表札と覚しいものは何も掲げられていない。

建物の前には、車数台分の駐車場があった。地元ナンバーのメルセデスが止まっている。

「黒木の葬式はどうなった」

「死に方も死に方ですし、原が締めつけていますからね。密葬して、ほとぼりがさめた頃、改めて襲名披露を兼ねてやるつもりのようです」

事務所の駐車場にセルシオを進入させ、稲垣はいった。

「このベンツが、黒木の車ですよ」

表向き、山池組の事務所は平穏な雰囲気だった。組長を殺されたばかりの事務所なら、もっと殺気だっていて不思議はない。にもかかわらず、若い衆が見張りに立つこともなく、カチ込みに備えているようすもない。

稲垣のあとにつづいて、高見は一階のガラス扉をくぐった。

「ごめん下さい」

稲垣が声をかけると、並んでいる机のひとつにすわっていた三十くらいの男がさっと立ちあがった。

「稲垣社長！　どうも」

「その後、いかがですか。お悔やみに早くうかがおうと思っていたんですが、何せああいう風だったものですから――」

稲垣はいって腰をかがめ、くる途中で買った香典袋を上着からとりだした。

「こりゃどうも、ごていねいに。今、実は姐《ねえ》さんがみえてますんで、ご案内します。どうか、おかけになって下さい――」

男はいって、奥の、ついたてで仕切られた位置にあるソファを示した。

事務所としては、本当に簡素な作りだった。一応、神棚もあり、全国各組から寄せられた祝提灯《ちょうちん》なども飾ってはあるが、調度には金がかかっていない。

一階には男の他に、三人ほど組員がいたが、のんびりとした締りのない空気が漂っている。頭を殺《と》られたという、ぴりぴりしたところはどこにもない。高見の目から見ても、この組が抗争でのしあがれるとは、とても思えなかった。敵対する組織がこれまでなかったからやってこられたとしか思えない。

高見と稲垣はソファに腰をおろした。まだ十五、六にしか見えない見習いの少年が茶を運んでくる。

やがて二階からの階段を降りる足音が聞こえ、五十がらみの白髪頭の男と、和服を着けた三十半ばの女が現われた。

女は、稲垣の言葉通り、目つきに険があるものの、なかなかの美人だった。稲垣が高見を、

「東京で世話になった方だ」

と紹介すると、二人とも正体に気づいたらしく、型通りの挨拶《あいさつ》をした。高見もしかたがなく、型通りに挨拶を返し、四人は向かいあってすわった。

白髪頭は、組長代行をつとめる沼沢《ぬまざわ》、そして黒木の妻は由加《ゆか》といった。

沼沢はいかにも気のいい田舎やくざといった男で、稲垣が持参した香典に、しきりに感謝の言葉を口にしている。

一方、黒木の妻、由加は、高見に対しては警戒心を抱いたようだ。何をしにきたか探

るような視線を向けてきた。

「高見さんがちょうどいらしているときにこんなことがあったので、変に誤解されちゃまずいと思いましてね。高見さんからもしばらくこちらで養生されるんで、一度ご挨拶をしたいといわれていたんです」

稲垣がわかるようなわからないような理由を口にすると、

「ご養生とおっしゃいますと、どこかお体が？」

由加が鋭い目を向けてくる。長い髪を櫛巻《くしまき》にしたその姿は、事務所内にいる誰よりも、極道らしい。

「いやあ、体じゃなくてここですよ」

高見は笑って、頭を指さした。

「疲れちまいましてね、極道渡世に――」

沼沢が感心したように頷《うなず》いた。

「そりゃあ高見さんのように大きな組にいらっしゃると、いろいろご心労も多いでしょうからな……」

「心労というほどのものじゃありません。サラリーマンでいう、リフレッシュ休暇ですかね。それが欲しくなったんですよ。だから、稼業には何のかかわりもない、稲垣さんを頼ってしまって……」

「そうですか――」

由加は頷いたものの、気を許してはいない目だった。

「黒木さんのところは、こちらでずっと稼業を？」

「ま、小さな温泉町ですから、たいした稼業ではございませんが、先代からそれなりに細々とやって参りました」

由加がいう。

「しかしそんな黒木さんを、いったい誰が――」

稲垣がいった。

「警察にお任せはしていますが、たぶんこちらの稼業とは関係のないことで殺されたのだろうと署長はおっしゃっていて――」

「そうでしょうね。お心当たりは？」

「いいえ、まるで。正直申しまして、どうしたものか途方に暮れてしまっております。けれど、そうもいっておれないので、とりあえず沼沢さんにあとのことはお願いして……」

「すると組長を襲名されるんで？」

稲垣がいうと、沼沢はあわてたように手を振った。

「いやいや、わたしはそんな器じゃありませんから――」

「あとのことはゆっくり考えて参ろうと思っております」

由加も頷いた。その目は疑わしげに高見を見つめている。稲垣がいった。

「ところで、市長はおみえになりましたか」

低い声だった。

由加は思わず沼沢と顔を見合わせた。きていないようだ。

「いえ……それが――」

「いろいろとお忙しいのかな。しかし――」

稲垣が言葉を濁すと、由加の目に鋭さが加わった。

「きっと恐がってらっしゃるのだと思いますわ」

「恐がる？」

「出井先生は、主人と親しくしていらっしゃいました。主人がああなったことについても、お心当たりがあるのかもしれません」

「ほう」

高見は思わず、つぶやいた。途方に暮れているという言葉とは裏腹に、由加の口調に揺らぎはない。

由加は高見に目を移した。

「自分も殺されるのではと、お考えなのではないかしら」

高見の反応をうかがうようにいった。

「すると市長は犯人を知ってらっしゃる？」

稲垣はいった。

「主人は亡くなる前の日に、誰かからの電話で呼びだされています。いくらこんな田舎の組長でも、ひとりで会いにいくとしたら、よほど心を許した方に呼びだされたのだと思います」

「なるほど」

高見はつぶやいた。

「ところで奥さんは、梅島という名前をご主人から聞いたことはありませんか？」

「いいえ。どなたでしょう」

「関西の極道です。きのう――」

「あ、新聞にでとりましたな」

沼沢が思いだしたようにいった。本当にのんびりした男だ。

ふり向いた由加に沼沢が説明した。

「――主人の知り合いだったのでしょうか」

「それはどうでしょうか」

由加の表情はかわらなかった。相当に肝がすわっている――高見は思った。

それからとりとめのない雑談を少しして、稲垣と高見は立ち上がった。

沼沢は最後まで恐縮し、由加は最後まで疑いの表情を崩さなかった。

セルシオに乗りこみ走りだすと、高見はいった。

「あのカミさんは、かなりのタマだぜ」

「ええ」

「極道の亭主を殺されたのに、組の将来を少しも気にしちゃいない。お前のいう通りひょっとしたら自分が跡目を継ぐ気かもしれん」

「でしょう」

考えていた高見はいった。

「元芸者だといったな」

「ええ。この温泉にいたんです」

「置屋はわかるかい」

「そりゃ、すぐに」

「どこからきたのか、調べられるか」

「たぶん簡単だと思います」

稲垣はセルシオのハンドルを切り、温泉町を縫う、細い道へと向けた。

大池の岸辺に沿って建つホテル群の裏手に、小さなスナックやラーメン屋、遊戯場、土産物屋などがごちゃごちゃと並んでいる。

「ああ、ここだ」

稲垣は遊戯場の入った建物の前で車を停めた。「射的」「スマートボール」という看板がでているが、店は開いてなくて、ガラス扉に白いカーテンがおりていた。

「ここの二階に、ここらでいちばんの置屋が入ってるんです。ちょっと待ってて下さい」

いって、稲垣はセルシオを降りた。建物の外についた階段を上がっていく。

高見もセルシオを降り、煙草をくわえた。温泉の歓楽街が開くにはまだ時間があるせいか、あたりは閑散としている。

ときおり走りすぎるのは、女がハンドルを握った軽自動車が多かった。出勤途中の仲居や芸者かもしれない。

温泉町で暮らすというのは、どんな人生なのだろう、と高見は思った。訪れる客の大半は、一泊だけ、一夜だけの遊びを求めてやってくる者ばかりだ。

客にとっては刺激的で思い出になる町であっても、たぶんそこで暮らす人間には、うんざりするほど変化のない、決まりきった世界だろう。

客の非日常は、暮らす者の日常だ。しかも東京などの大都市の歓楽街とちがって、こうした温泉町は、提供されるサービスの内容に決まりがある。

あまりに過激なサービスは、温泉客には好まれないだろう。ある種、〝お約束〟めいたものしか、存在を許されない。

温泉にくる客は、最先端のディスコで遊ぼうとか、大博打《おおばくち》で一夜を楽しもうなどとは考えていない。

湯につかり、刺身に始まる「定番」の食事をして、あとは緊張感を伴わない遊びを求め、宿をでていく。

そうなのだ。盛り場というのは本来、緊張感をそこで遊ぶ者に強いるからこそ、おもしろがられるのだ。しかし、温泉町の歓楽街には、それがあってはならない。浴衣《ゆかた》姿、下駄《げた》ばきで、小金を使って遊べる盛り場にすぎないのだ。お洒落《しゃれ》も、クレジットカードも、必要としない町でなければならない。暮らす者にとっては、とうてい刺激的な遊び場とはいえないのではないか。ここを縄張りにしても、決して大儲《おおもう》けをすることなど、どんなやくざにもできない。酒川にもそれはわかっている筈だ。とすれば、やはり狙《ねら》いは大山教なのか。

稲垣が階段を降りてきた。

「わかりました。ここの置屋じゃなかったんですが、調べがつきましてね」

歩みよってきて、低い声でいった。

「有馬《ありま》温泉だそうです、兵庫の――」

「兵庫？」

「しかも、その前は大阪のスナックにいたことがあると、他の芸者に話していたそうです」

「こっちで芸者をやっていたのはどのくらいだ」

「一年そこそこでしょう――」

温泉町の芸者に「常連客」は少ない。地元の人間以外はありえないからだ。その気になって黒木を狙えば、落とすのも難しくなかったろう。

黒木が落としたのではない、落とされたのだ。

「西か」

高見がつぶやくと、稲垣も、

「なんだか妙ですね」

と頷いた。

「出井の女房というのは、確か黒木の妹だったな」

高見はいった。

「ええ、腹ちがいですが」

稲垣は頷いた。

「腹ちがい？　お袋ってのは？」

「黒木の親父《おやじ》が、やはり土地の芸者に生ませたのが、出井の女房です。生まれてすぐ、黒木の遠縁に養子にやらされたって話ですが」

「遠縁てのはどこだ？」

「さあ……。そこまでは。ただ出井の女房は、東京の女子大をでていると聞いたことがあります」

「東京の親戚《しんせき》ってことか」

「かもしれません」

高見は頷いた。

セルシオに乗りこみ、訊《たず》ねた。

「で、その、芸者のお袋さんてのはどうなった？」

「さあ――」

稲垣は首をひねった。

「知っている人間はいないか」

「そうだ。うちの下足番なら何か知っているかもしれません。うちにくる前は、このあたりの老舗《しにせ》にいたこともあったようですから」

「稲垣」に戻った高見は、早速、下足番の老人を部屋に呼んだ。稲垣もそこにいる。

稲垣が質問を告げると、老人はすぐに頷いた。

「ああ、秀乃《ひでの》さんですか」

「秀乃？　そういう名の芸者だったんですか」

「ええ。売れっ子でね。先代の山池組の社長さんにひかれた方でしょう」

「今の市長さんの奥さんの生みの親なのでしょう」

「そうです、そうです」

「今でも芸者を？」

「いやいやいや――」

老人は手を振った。

「山池組さんの方から、手厚くしてもらったのですから、芸者には戻りませんでした」

「でも大池にはずっと——?」

「それがね、確か……」

老人は目を細めた。

「まあ、いろいろとしてもらったといっても、お腹を痛めた我が子をとられたのはつらかったんでしょうな。その後あれですよ、大山教に入信して——」

「大山教」

高見は稲垣と顔を見合わせた。

「まだ、今みたいに立派な宗教団体じゃあなかった頃ですわ。道場もろくにないような……。けれど熱心にやっとった筈です。山池の社長からいただいた手切れ金を、ほとんどつぎこんだのじゃなかったですかな」

稲垣が唸《うな》り声をたてた。

「大山教か。藤田導山だな」

「ええ。まだね、藤田先生も、四十くらいだったですよ。秀乃さんとあったのじゃないかって、噂《うわさ》になってねえ」

「で、今でも大山教に?」

「ええ、そりゃもう。大幹部じゃないですか。今じゃ、あの本殿のどこかに住まわっとるという話ですわ」

老人は大きく頷いた。

「生まれた娘さんは養子にやられたんですって？」

高見は訊ねた。

「そうです、そうです。社長の母方の遠縁でね、東京の、わりに大きな会社をやっとられる人のところへやられたと聞きました。市長のところへ嫁に入るときも、その家から嫁がせてもらったという話で――」

「何という家ですか」

老人は首をひねった。

「何というたかの……。そこまでは……」

「先代の社長とその奥さんは？」

「とうに亡くなっておられます」

「ふうん」

高見は腕組みをした。

下足番の老人がもういいかというように、稲垣の顔をうかがった。

「ご苦労さん」

稲垣がいって、老人を帰した。

「何か、出井の女房が気にかかるんですか」

老人を送りだし、戻った稲垣は高見の顔をのぞきこんだ。

「いや。ただ、黒木の女房がもともと大阪の女だというのがわかったら、妙にいろいろな連中の女房が気になりだしてな」

「そういや、導山の前の女房も行方不明ですしね」

「これがただの金持ちだというなら、導山が死んだあと、財産の行く末をめぐってもめるだろう。だが大山教は宗教法人だからな。女房子供があとからひょっこりでてきても、相続できるというわけじゃない」

「やっぱりそういう点じゃ、誰が教祖のあとを継ぐかってことですかね」

高見は頷《うなず》いた。

「ただ、そのために黒木や梅島が殺されたというのがよくわからない。たとえばママや洋一くんが殺されるというのならわかるが……」

部屋の電話が鳴った。受話器をとった稲垣が、相手に応《こた》えて、

「ああ、つないでくれ」

といった。送話口を掌《てのひら》で押さえ、

「すいません。俺《おれ》あてです」

頭を下げる。

高見は頷き、煙草に火をつけた。

黒木の妻、由加が大阪の出身だったというのは大きい。由加が梅島なり、酒川といった、西の極道と前からつながりがあった可能性が高い。

黒木が梅島を雇ったのも、もしかすると妻の由加の紹介ではなかったのか。組長とし

ての公の顔で、梅島を雇えば、万一のとき簡単にアシがつく。組長としてでなく、梅島を雇うには、誰かの仲介が必要だ。それが妻の由加のラインだったのではないか。

「――はい、そうなんです。どうもおかしいな……。ええ、承知しました。夜にでも……」

稲垣が神妙な口調で電話に話している。それで高見には相手の想像がついた。観光協会の野口だ。

案の定、電話を切った稲垣は、

「また野口会長です」

と高見に教えた。

「何だっていうんだ」

「梅島が殺られたっていうのに、どうなってるんだと。それと、俺らが山池組にいったのを話すと、原は何をしている、と頭にきていました」

「頭にきた？」

「ガサ入れですよ。原は、山池組をガサ入れするといって、やってないじゃないかと」

「寝返ったんじゃねえか」

高見は皮肉っぽくいった。

「寝返った？　導山にですか」

「導山かもしれないし――」

あとの言葉を高見は濁した。清水かもしれない、という部分だった。導山と会ったことを稲垣は知らない。

「それで、相談をしたいから今夜にでも高見さんを連れてきてほしいと」

「手なずけたと思っていたのが次々に裏切られて、焦っているのか」

「かもしれません。でもどうなっているんですかね。面罵《めんば》された出井はともかく、原までも裏切るってのは……」

稲垣はつぶやいた。

「いろんな奴らがいろんな思惑で動いているのさ。まだ外っかわしか動きは見えてないが、これからは真ん中の方で、どんどんという動きがあるかもしれん」

高見は首を振った。

16

その晩、夕食を終えると、高見と稲垣は野口の屋敷にでかけていった。月岡からの連絡はずっとない。

野口の屋敷にも月岡はきていなかった。案内を受けた高見と稲垣は、奥の日本間で野口と向かいあった。

「この前は、黒木くんを殺《や》った人間についていろいろと聞かせてもらったが、今度の殺しについての君の意見はどうかね」

野口は尊大な口調でいった。

「別に。俺は刑事でも探偵でもない。梅島を殺った奴は、梅島が邪魔になったから殺ったのだろう、それだけさ」

高見はぶっきら棒にいった。稲垣がはらはらした表情になった。

「なぜ、邪魔になったのかな」

「さあな」

野口は息を吐き、高見を見つめた。

「これからも、殺人は起こると思うかね」

「今度の一件が大山教の跡目争いにからんでいるなら、もちろん起こるだろうな」

「すべて同じ犯人で？」

「それはどうかな。殺し合うってこともあるだろう」

「ほう。誰と誰が」

高見は苦笑した。

「たとえば、あんたと導山だ」

「儂《わし》の知り合いに、人殺しをやりそうな人間はおらん。だが知っておいた方がいい、と思うかね」

野口はいって、高見の顔をうかがった。

「それこそ俺の知ったことじゃない。あんたは署長を手なずけていたろうが」

「原署長もどうやら、自分の頭で考え始めたらしい。儂のいいつけを少しも守るようすがないのだ」

「ほう」

「嘆かわしいことだ。皆が私利私欲に走ったら、大池の街はどうなる」

「先代の山池組の社長を知っているか」

それには答えず、高見は訊ねた。野口は一瞬、訝《いぶか》しげな顔になったがいった。

「知っとるよ。それがどうしたのかね」

「大池温泉の芸者に子を生ませた。それが出井市長の女房だそうだな」

「そうとも。出井くんがまだ市会議員の秘書をやっておった頃に結婚した。仲人《なこうど》は、儂ら夫婦だ」

野口はいった。

「東京に養子にやられていたそうだな。市長の女房というのは」

野口は頷いた。

「ああ」

「どんな家なんだ」

「先代の黒木社長の遠縁で、造園会社をやっておった。紀子《のりこ》ちゃんというのだが、紀子ちゃんが大学生のときに、乱脈経営のゴルフ場開発会社にひっかかってな。倒産してしまった。いろいろとたいへんな目にあっとるよ、紀子ちゃんも」

「たいへんな目？」

「一家離散だ。工事を発注した開発会社は、手形を乱発し、しかも会員権もべらぼうな数を売りつけておった。開発会社が倒産すると、造園会社の下請けをやっておったところが、いっせいに押しかけてきたらしい。おまけに開発会社は、ゴルフ場の開発許可を得るために、議員に金をつかませておったんだが、それも倒産と同時にバレてな。紀子ちゃんの里親もそれをかぶる羽目になった」

「いつ頃のことだ」

「もう、二十年も前かの。そんなわけだから、結婚式に両親はでてきたものの、実際の費用などは、黒木の家が負担したという話だ。まだその頃は、先代も生きておったからな」

「市長の女房はいくつだ」

「三十五、六か？」

野口は稲垣を見た。

「それくらいか、もう少し上だと……」

「出井くんも、わけありの娘だったが、黒木家とのかかわりを考えて、貰《もら》ったわけだ。おかげで市長までいけたのだ。儂もあと押ししたしな……。それを裏切りおって――」

野口はいまいましそうにつぶやいた。

「山池組だが、あんたの計画通りにはいかないようだな。黒木の女房はなかなかのタマだ。組長は、たぶんあの女房が引き継ぐぜ」

高見はいった。

「困ったことだ。原も、うまく丸めこまれたようだ」

高見は野口を見つめた。

「あんたまだ気づかないのか」

「何をだ」

野口は目をみひらき、高見を見つめた。

「あんたは、黒木や出井と、大山教の跡継ぎをどう手なずけるかという問題にかかっていた。それは藤田導山が死ぬ、という前提に立っていた」

「もちろんだ。奴は病気だ」

「あんたが死んだらどうなる？」

「儂が？」

「観光協会の会長ってのは、大池温泉じゃなかなかの大物なのだろう。あんたが死んだあとは、誰がその座を継ぐんだ？」

野口の顔色がかわった。

「出井や原が寝返ったのは、そのことを頭に吹きこまれたからじゃないか。あんたが大山教の跡継ぎを通じて、大山教を牛耳ろうと考えたように、大山教の側だって、大池の観光協会を牛耳ろうと考えておかしくない」

野口は口をぱくぱくさせた。思いもよらないことをいわれ、動転している。

「そ、そんな……」

「お互いさまだろう」

「しかしだな、導山は——」

「教祖さまはそんなことを考えちゃいないさ。だが、跡継ぎを狙っている奴にすれば、大池温泉とのつきあいは、大きな利権だぜ」

「ほ、本当か」

野口は救いを求めるように稲垣を見た。だが初めて高見の話を聞かされた稲垣もぽかんとしている。

「そうなんですか、高見さん」

「いいか、野口会長。あんたはこの一連のことを、自分と藤田導山との対決だと考えてきた。だが、あんたも導山も年寄りだ。かかわっているのは皆、あんたたちより若い、二代目の世代だ。二代目は二代目のことを考える。現にあんたは、大山教の二代目を考えていた。なのに自分の二代目のことは何も考えていないなんて妙じゃないか」

野口はわなわなと震える手で膝《ひざ》をつかんだ。

「だが儂は病気じゃない。ぴんぴんしておる」

「ぴんぴんしていたって人は死んでるさ」

「こ、殺されるというのか⁉」

「導山が死んで、誰があとを継ぐか次第だろうな。大山教の二代目は、大池温泉もうまくものにしようと考えるかもしれん」

野口は息を喘《あえ》がせた。

「どうすればよいかね……」

うまく乗った。高見はラークをくわえた。稲垣がすばやく火をつける。

「方法はいくつかある。まず、今までの考え通り、次の大山教の二代目と太いパイプを作ること」

野口は目を閉じ、大きく頷いた。

「だが、今の時点では、誰が二代目になるかはわからない。仮りに、洋一くんがなったとしても、あんたのコントロールはきかないかもしれん。だから――」

「だから？」

野口は目を開いた。

「導山と仲直りをするんだ。これまでの確執を水に流し、観光協会として、できる限りのことをすると伝える」

「し、しかし……、導山はもう――」

「もちろん、長くは保《も》たないだろう。だが裏切った連中への牽制《けんせい》にはなる。これは俺の考えだが、出井や原がついたのは、導山じゃない。導山の跡目を狙っている別の人間だ」

「だ、誰だ」

「さあな」

高見はとぼけた。

「だが、そいつが西の極道と手を組んだのだろうさ」

「じゃ何か。その人物は、大山教だけでなく、大池温泉も狙っておるというのか」

「いい線だろうな。今のままじゃ悪いが、あんたの大池温泉も、極道としちゃ、たいして魅力があるところじゃない。あんたのにらみがきいて、面白い遊びが豊富にある、というわけでもないからだ。だが大山教とのパイプがつながり、信者もひっぱれる、お遊びで一般の観光客もひっぱれるとなれば、別だ。大池温泉そのものが大変身する。しかも、警察署長や市長まで抱き込んであれば、恐いものは何もない」

「ふえっ」

野口は妙な声をたて、腰を抜かした。

「わかったろう。あんたは、そいつらにとっちゃ、うるさいだけの爺《じい》さんだ」

高見は内心、ざまぁ見やがれと思いながら、呆然《ぼうぜん》としている野口を横目に煙草を吹かした。

「た、助けてくれ」

野口がいった。

「なんとか、大池温泉を救ってくれんか」

「俺みたいな半端者には無理だね」

「そ、そんなことはないでしょう」

稲垣がいった。

「高見さんならきっとできますよ」

「いや、無理だ。他所者《よそもの》が手をだす問題じゃない」

高見は首を振った。

「何をいっとるんだ。元を正せば皆、他所者じゃないか。そうでないのは、儂と導山くらいのものだ……」

「金もかかる。工作がいろいろとあるからな」

この場に月岡がいなくてよかったと思いながら、高見はいった。

「いくらだ、いくらくらいかかる」

「それは俺にもわからん。金で転ばない奴には、別の方法を考えなけりゃならんからな」

「別の方法？」

高見は手を振った。

「知らん方がいい。観光協会の会長さまは」

野口は、むっと鼻息を荒らげた。

「君は、所属する組に見切りをつけられたのではなかったのかね」

「風向きがかわりつつあるのさ。だから本当は、東京に帰った方が、俺自身にとっちゃプラスなんだ」

「――何をすればいい」

「成功報酬でいこう。実費は別の」

「いいだろう」

野口はごくりと喉《のど》を鳴らし、いった。

「これだけだ」

高見は片手を広げた。

「五億、かね」

「そうだ」

野口は唸《うな》った。

「今の観光協会にはそんな金はない」

「だろうな。それほど稼げる温泉には見えない」

「だが方針をかえれば――」

「そうさ。新しい血を入れればいい」

高見は稲垣をふり返った。

「いっそ会長を譲っちまったらどうだ」

「ええっ」

野口は仰天したような声をだした。

「だ、誰にかね」

「稲垣あたり、いいのじゃないか」

「と、とんでもない！」

稲垣が手を振った。

「し、しかし……」

野口も口ごもった。

「いいか、導山は癌《がん》で、余命いくばくもない。が、あんたの方はぴんぴんしているとなったら、向こうさんの一派が次に考えることは――」

「わ、儂を、威《おど》す気か」

「威しじゃない。冷静な分析だ。大山教が新しい世代に交代するというのに、大池温泉の観光協会がいつまでも昔のままだというんじゃ、いろいろ具合が悪いだろう」

「儂を殺すというのかね」

「すでに誰かを殺した奴にとっちゃ、一人殺すも二人殺すも同じだろうな」

野口は信じたくないようだった。

「儂は何の関係もない」

「関係ないあんたが、大山教の二代目教祖のことで気をもんでいる。同じことさ」

野口は長いため息をついた。高見は稲垣の方を向いた。

「観光協会の会長ってのは、どうやって決めるんだ」

「協会員の選挙です。立候補した人の中から投票で選ぶんですが……。もっともこのところずっと立候補されてるのは、野口会長お一人です」

「無投票当選てことか」

「はい」

「じゃあ簡単じゃねえか。野口会長が後継者を指名して辞任すりゃいいんだろ」

「そうは簡単にいうがな、高見くん……」

高見は手を広げた。

「いや、これは単なる思いつきだ。何ごとも先手を打っておいた方がいいっていうだけでね」

野口は息を荒くしている。

「命が惜しいだけで、会長職を降りるわけにはいかん」

「命の問題じゃない。敵の思うツボにしていいか、どうかってことだ。あんたが先に会長の座を信頼できる人間に譲っておけば、向こうがどうしかけてきたって対応できるだろう。早い話、新会長の命《たま》をとられたって、あんたが返り咲けばすむ。だが会長のままのあんたが殺されちまったら、大池温泉は奴らの天下だ」

「うむ」

野口は唸った。

「はっきりいおう。俺の勘じゃ、今回の事件は、大山教のクーデターを企てている連中のあいだで起こった内ゲバだ。この内ゲバを制した奴《やつ》は必ず、大山教の実権を握ろうとしゃしゃりでてくる。しかも身内に血の雨を降らせた以上、他に対してはもっと情け容赦しねえ。あんたを殺《や》って、息のかかった者を会長にすえるくらいのことは平気でやるぜ。それとも何か、大池温泉の観光協会てのは、現会長のあんた亡きあとも方針がかわらないくらいの一枚岩かい」

稲垣が目顔で否定した。

「それは、わからん……」

「導山と腹を割ってみたらどうだ」

「導山と――」

「そうさ。クーデター派にとっちゃ、あんたと導山が手を結ぶのは、予想外だろう。出井も原も腰を抜かすし、クーデター派にはいいパンチになる」

野口は眉《まゆ》をひそめた。

「さっきから聞いておると、君はやけに導山の肩をもつのう。大山教からも何か請け負っておるのか」

「まさか。俺はこの街の人間とは、借りもなけりゃ貸しもない」

「『カシス』のママはどうなのだ」

小狡《こずる》い表情になって野口はいった。

「確かに俺は彼女に惚《ほ》れている。だがこの街にいる限り、彼女の立場はかわりようがない。特に導山が現役で、二代目が決まらない限りな」

「ではこうしよう。儂も引退するが、導山も引退する。導山が大山教の跡継ぎを決めたら、儂も会長の跡継ぎを決めよう」

野口は明るい表情になった。

「それがいい」

食えない爺《じじ》いだった。

「導山にそう話をつければいいんだな」

高見はだが、冷静にいった。

「できるかね」

野口は高見の顔をうかがった。

「やってみよう。そのときは、あんた、サシで会う心の準備をしておいてもらいたい」

「ああ。いいとも」

野口は急に鷹揚《おうよう》になって頷いた。

「よし」

高見は膝を叩《たた》いた。

「さっきの条件を呑《の》むんだな」

「とりあえず一億でどうかね。五億もの金は簡単には用意できん」

「なら、観光協会がかわったあと、何年かかけてならどうだ」

野口は唇をなめた。

「やってみなければわからんが……。新しい会長が、顧問料という形で払うことに同意するなら……」

「新しい会長には、あんたが因果を含めるんだ」

「そうなると、いろいろ事情を知っておる人間でなければ……」

「だから稲垣がいいといってるのさ。こいつなら度胸もある。鉄砲玉くらいじゃびくともしない」

「しかし稲垣くんはまだ会員としては新人だ……」

「つまり、あんたには他の会員を説得できるほどの力がないってことか」

「そうではない。時間をくれんか」

「俺はかまわんさ。ただ、この問題の決定がのびればのびるほど、クーデター派は足元を固めるし、あんたの命は危くなる。向こうは警察署長まで抱きこんでいるということを忘れるなよ」

「わかった……。一両日中には……」

「こっちは導山との会見をセッティングする。それまでに金は用意しておいてもらおう」

高見はいって、立ちあがった。

野口がすがるような目で見上げた。

「すまんが稲垣くんをおいていってもらえんか。いろいろと話したいことがあるのだ」

「けっこうだ。俺はお先に失礼する」

「車に乗っていって下さい」

稲垣がいい、キィをさしだした。

「じゃあ借りるとしよう」

高見は受けとった。そして稲垣の目を見つめ、

「お前もよく考えろよ」

といって、座敷をでていった。

17

野口の屋敷をでた高見は、尾行がついていないかどうかを確認するために、大池温泉までの道をゆっくりと走った。

尾行はなかった。

温泉街まで降りてくると、公衆電話の前で車を止めた。導山の甥《おい》の、辻橋という若者は、直通の電話番号を別れ際に高見と月岡に教えていた。その番号にかけた。

「はい、辻橋です」

三度ほど鳴らしたところで、本人と覚しい若い男の声が応《こた》えた。

「高見だ。わかるか」

「もちろんです」

「至急話したいことがある。今からでてこられるか」

高見はいった。稲垣が野口の屋敷に残ったのは好都合だった。

「大丈夫です。どちらにうかがえば――」

人目につくのはマズい。展望台の駐車場はいい場所だが、殺人があったばかりでは、パトカーが巡回している可能性もある。

ふと首をめぐらせた高見の目に「ストリップ」のネオンがとびこんできた。いかにも温泉街にふさわしい、うらぶれた佇《たたずま》いだ。

山池組の息のかかった店だろうが、少なくとも「大山教」の幹部は足を踏み入れそうにない。

「大池温泉のストリップ小屋はわかるか」

ちょうど浴衣《ゆかた》姿の一団がぞろぞろと入っていく。

「え？　ええ……」

「どぎついピンクのネオンで、スマートボール屋の隣にある」

「ええ、まあ」

辻橋はとまどったようにいった。

「今からそこにきてくれ。作務衣《さむえ》はなしだぜ。ふつうの格好だ」

「承知しました」

電話を切った高見は車を少し離れた場所に停め、ストリップ小屋に入った。入場料は千五百円とひどく安い。たぶん演《だ》しものもそれに見合った内容だろう。

黒いカーテンのかかった入口をくぐると、紫色の照明で照らしだされた、薄暗い客席があった。三分の一ほどが埋まっているが、満席でもせいぜい二十人といったところだ。

一段高くなったステージの上では、着物をつけ、カツラをかぶった女が演歌にあわせ、踊っている。

一目見て、高見は顔をそむけた。どう若く見積っても、高見より十は上だ。

最後列のシートに腰をおろし、さりげなくあたりを見回した。

小屋の関係者は、もぎりの男の他に、もうひとり、髪を染めた若い衆が出入口のカーテンわきに立っている。

浴衣姿の集団は、入っては見たものの、演しもののあまりの内容に、酔いがさめたような顔つきをしている。悪酔いする奴がでてきても不思議はない。

最初の踊り子が一部始終を見せ、しかし客の誰ひとりとしてそれを見ようとしない一幕めが終わると、大音量でロックがかかった。とたんにスポットライトが激しく動いて、無人のステージを照らしだした。

袖《そで》から現われたのは、フィリピン人のダンサーだった。これも年は若くて体つきはいいのだが、顔がひどい。これでも前座とはちがうという意識があるのか、やたらに奇声をあげ、ステージの上でとんぼを切ったりする。

高見はため息をつき、シートに浅くかけて身を低くした。この現状は、観光協会としては憂うべきだろう。

やがて背後のカーテンで人の気配がした。ふり返ると、辻橋がひどく緊張した表情で立ちすくんでいた。

高見は指で招きよせた。気づいた辻橋は、あわてて隣にやってきた。

「なかなかいいだろう」

目をステージから離せずにいる辻橋に高見は囁《ささや》いた。

「は、初めて、きました」

「おかまだ」

「ええっ」

目が丸くなる。

「嘘《うそ》だ」

辻橋は怒っていいのか笑っていいのかわからないという顔つきで高見をにらんだ。

「よし。またステージを見ていていいから、俺の話を聞け」

あわててステージに目を戻す。

「観光協会の野口を知ってるな」

「ええ」

「サシでおたくの親分に会いたいそうだ」

辻橋は驚いたように高見の方をふり向いた。

「前を向いてろ」

ちょうど、踊り子がすべてを広げた瞬間だった。指を使って、だ。辻橋の首がやや前につきだした。

「手を組みたがっているのさ。おたくと話がつくなら、引退してもいいといっている。つまり、手打ち、だ。組んで、敵にあたろうというわけさ」

「そう、お話ししてよろしいのですか」

「ああ、かまわない。親分の意向を訊《き》いてくれ」

「はい」

「それともうひとつ。耳を貸せ」

辻橋が身を寄せてきた。

「野口の家を知ってるか」

「はい」

「火炎瓶の作り方は？」

「本で読みました」

「ぶちこめ」

「ええっ」

高見はため息をついた。

「大声をだすな。怪我人《けがにん》はださんようにだ。できるか」

「でも、そんな……」

「そうすると、寄生虫がとびだしてくるんだよ」

「法律に触れるんじゃ——」

「相手は人を殺してる。このままじゃ、また人が死ぬ。そいつを防ぐためだ。いいか、塀を焦すだけでいい。絶対につかまらないようにできるか」

辻橋は生唾《なまつば》を呑んだ。

「できると、思います」

「よし。明日中だ」

「わかりました。さっきの件は——？」

「それも明日中に連絡をくれ。俺は先にでる。お前はたっぷり楽しんでこいよ。次は、当劇場のスターだそうだ」

「あ、はい」

高見は立ちあがった。カーテンをくぐり、外にでる。

停めておいた車に乗りこむと、大池の市街地めがけて走らせた。「カシス」に向かったのだった。

「いらっしゃいませ！」

高見の顔を見た亜由子が顔を輝かせた。反対に高見は渋い顔になった。客がひとりだけで、それもカウンターにいる月岡だったからだ。

「なんや、遅いおでましやな」

高見に気づいても驚いたようすはなく、月岡はいった。例の派手なスーツ姿だ。

「そっちは根が生えているように見えるぜ」

「そうやな。ぼちぼち四時間はおるわ」

腕時計をのぞき、月岡はいった。

「用心棒のつもりか」

隣に腰をおろし、高見はいった。

「何にいたしましょう」

にこにこと亜由子が訊ねる。

「このおっさんは何を？」

「ブランデーの水割りをお召し上がりです」

「安月給にしちゃ、いいものを飲んでるじゃないか」

「いっちゃん安いブランデーや」

「じゃあ一番高いブランデーをストレートで」

「嫌みなやっちゃ」

亜由子は微笑《ほほえ》みながら、ブランデーグラスにルイ十三世を注いだ。

「珍しく姿を見せなかったな」

ラークに火をつけ、高見はいった。

「大阪にとんぼ帰りや。調べたいことがあってな」

「黒木の女房か」

高見がいうと、びっくりしたように月岡はふり返った。

「なんや！　なんで知っとんのや」

「酒川の元女か」

月岡は舌打ちして、氷の解けた水割りを呷《あお》った。

「人が電車乗り継いで、やっと、つきとめてきたことを。かなわん奴《やつ》っちゃな」

「会ったのさ。あれはいいタマだな」

月岡は高見の顔を見て頷《うなず》いた。

「せやろな。黒木由加の旧姓は深水《ふかみず》や。深水由加。ミナミでスナックを経営しとったんは、二十一のときからや。そんときはもう、酒川の女やった」

「それから有馬温泉か」

「そこまで調べたんか」

「ああ」

月岡はため息をついた。

「芸者のときは、酒川とは切れた、いうことになっとったらしい。有馬温泉に二年ほどおったが、そのときに事件があってな」

「事件？」

「西の大幹部のひとりが、ホテルで変死したんや。結局、心臓発作ちゅうことになったが、そんときに、由加が座敷におった。あれは病気やのうて毒殺や、いう話があってな――」

「そうなのか」

「ようわからん。けど、その大幹部が死んだせいで、波風の立ちかけとった幹部会が丸うなったいう話や。それからしばらくして、酒川は出世したわ。なんやかやで、由加は有馬温泉にいづろうなって、大池にきたらしい」

大幹部の死が病気ではなく、殺しだとするなら、酒川が関与している可能性があるわけだ。だとすれば、酒川と由加は、切れていなかったということになる。

「どんな男なんだ」

初めて高見は訊ねた。

「切れる奴や。『ハブ』いう渾名《あだな》がついたんも、先の先まで見通して、牙《きば》をたてる、いうところからや」

「ごついのか」

「ぜんぜんちゃうで。見かけはおとなしうて、お前と同じや」

いって、月岡は気にしたように亜由子を見た。

「心配するな。もう話した」

「えっ。何やて!?」

「彼女は初めから俺が極道だとわかっていた」

月岡は啞《あ》然《ぜん》とした顔になった。

「そんなことはどうでもいい。先をつづけろ」

高見は促した。月岡は首を振り、口をへの字に曲げたが、渋々といった調子で話を再開した。

「色が白うて、男前や。苦味走っとる、ちゅう奴か。背は、そうやな、わいとお前のあいだくらいか」

「年はいくつだ」

「四十三になる筈《はず》や。もとは九州の方のぼんやったらしいが、京都の大学いっとるときにグレたんや」

「マエはあるのか」

「ない。それもお前とそっくりや。頭がええんや」

高見は煙草をくわえた。亜由子がライターの火をさしだした。

「黒木社長の奥さまなら、一、二度、ここにお見えになったことがあります」

亜由子はいった。

「とても腰が低くて、ていねいな方でした」

「いずれは女親分や」

「あんたもそう思うか」

「まちがいないやろ。それにしても、妙なんは、原のガキや。何もせんやないか」

「原は向こうについた。出井といっしょだ」

高見がいうと、月岡は目を細めた。

「やっぱりか。妙なあんばいやと思うとったわ。原はわいらを追いだしにかかるで」

「酒川と清水の関係はどうなんだ」

月岡は首を振った。

「あかん。何もでてこんのや。清水は、大阪におるときは、別の名を使っとったんやないかと思うわ。大阪での奴の動きが、もうひとつ、はっきりせんのや」

「おもしろいことを教えてやろう。出井の女房の母親は、大池温泉の元芸者で、今は導山の側近の一人だ」

「秀乃さんですか」

亜由子が口をはさんだ。

「知ってるんですか」

「ええ。藤田の昔からの支援者だった方でしょう」

「市長の奥さんの母親だというのを――」

亜由子は頷いた。

「ときおり、出井先生の奥様は、会いにみえていましたから」

「ややこしいな」

月岡は唸《うな》った。

「市長の奥さんも知っていますか」

「紀子さんですか。はい」

亜由子はいった。

「いろいろと苦労した人のようですね」

「さあ……」

亜由子は首を傾げ、微笑んだ。

「わたしはそこまでは存じません」

「せやけど、野口の爺《じい》さんは焦っとるやろな。原にケツかかれたとあっちゃ」

月岡がいった。

「ああ、今日も呼びだされた」

いって高見はブランデーをすすった。とたんに月岡の目が鋭くなった。

「なんや、ちゅうて」

「助けてほしい、とさ。殺されるかもしれんと怯《おび》えている」

その考えを吹きこんだのが自分だとはいわなかった。

「なんで殺されるんや」

「清水と酒川が手を組んでいるとすりゃ、狙《ねら》うのは大山教だけでなく、大池温泉もだ。黒木が殺られたのは、両方を手に入れたい連中には、奴が邪魔だったからじゃないか。とすりゃ、次に邪魔になるのは、大池温泉を牛耳っている野口だろう」

「なるほど」

疑わしそうに月岡がいった。

「それでお前は、何というた？」

「死にたくなけりゃ、観光協会の会長の座を退け、と」

「さてはお前、稲垣を後釜《あとがま》にすえさそう、いう気やな」

さすがに月岡は高見の狙いを見抜いた。

「まあ、そんなところだ」

煙草の煙を吹きあげ、高見はいった。

「銭になりそうなんか」

「どうかな」

「お前のことや、懐ろ刀になったる、いうて本性を見せたんやろ」

「人聞きの悪いことをいうな。野口に俺をひき会わせたのは、あんただろうが」

月岡は唇を嚙《か》んだ。

「しもうた。極道の商売を手助けしてしもた」

それにはとりあわず、高見はいった。

「野口はおもしろいことをいいだした。導山に会いたいというんだ。つまり導山が引退するなら自分も引退する。その場合、導山の跡継ぎが誰なのかをはっきりさせてほしい、とな」

「強《したた》かな爺《じじ》いやな」

「だがもし野口と導山が手を組んだら、奴《やつ》らは泡をくうぜ」

「奴らというんは、酒川と清水か」

高見は頷いた。

「大阪で酒川の所在は確認したのか」

「したで。のうのうと事務所におったわ」

「こっちにはきていないのか」

高見は眉《まゆ》をひそめた。

「そうや。由加がおるさかい、コントロールはできるとタカをくっとるんや」

「おい」

高見は月岡を見すえた。

「あんた、最初に俺と会った晩だったか、梅島のバックには酒川がいる、といったな。なぜそれがわかったんだ」

「そんなもん、『常識』や」

「そうじゃないだろう。梅島は金になるなら何にでも手をだす男だ。あんたは酒川がこの大池に手をだしてくることを初めから知っていたのじゃないか」

月岡は黙っていた。

「いえよ」

「わいの狙いはな、ハナから酒川や。あのガキをふん縛ったるんが目的や」

「休暇というのは嘘なのか」

「それはほんまや。けど、わいひとりの考えで動いとるわけやあらへん。府警本部のマル暴担当のお偉方が、酒川には神経を尖《とが》らせとるんや。あいつはいずれ天下をとるかもしれん、いうてな。そやさかい、潰《つぶ》せるうちに潰したったろ、いう狙いはある」

「なるほど」

高見は椅子《いす》の背にもたれかかった。

「するとあんたは、お偉方の特命をうけて動いていたというわけだ」

月岡は首を振った。

「そこまで大げさなもんやない。お偉方の中にもヘソ曲がりがおって、わいの後押しをしてくれる、いうだけや」

月岡は亜由子の作った水割りのお代わりを口に運んだ。

「野口と導山が手を組めば、酒川も大阪でのんびりはしていられなくなるだろうな」

「導山はうけるやろか」

月岡は亜由子を見た。

「それで平和が戻るなら、あの人はいつまでも古い関係にはこだわらないと思います」

亜由子はいった。

「さすが教祖さまや。導山には伝えたんか」

「さっき辻橋と会ったところだ。とりつぐだろう」

「清水には洩《も》れるやろな」

高見は頷いた。

「どういう手を打ってくるかや。たぶん酒川はのりだしてくるで」

「そのときが勝負だな」

「必ず、ふん縛ったるで」

月岡は決意をにじませた口調でいった。


「高見さん！　大変です！」

翌朝早く、部屋にとびこんできた稲垣は、勝手に押入からひっぱりだした布団で寝ている月岡に気づき、口をつぐんだ。

「何だ、どうしたんだ」

「野口会長の家に火炎瓶が投げこまれました」

「何やて」

月岡がはね起きた。

「いつだ」

辻橋は思いの他、早く動いたようだ。

「夜明け前です。幸い、火は消し止められて、怪我人《けがにん》もいなかったようですが、会長がすぐきてほしいと――」

いく必要などないのはわかっていたが、高見は身を起こした。

「爺さん、びびったやろな」

月岡がいうと、稲垣は頷いた。

「こんなに早く、高見さんの勘が当たるとは思ってもいなかった、と……」

それを聞いた月岡はじろりと高見をにらんだ。

「いくか」

高見は素知らぬふりでいった。

「わいもいくわ」

月岡がのっそりと立ちあがった。

火炎瓶は、野口の屋敷の外塀と表門のあたりに燃えた跡を残していた。現場検証も終わり、警戒のためか、制服巡査が二名、その場に立っている。

高見たちが応接間に案内され入っていくと、浴衣に丹前姿の野口が、原と、その部下と覚しい男二人と向かいあっていた。

「おお、やっときたか」

高見たちの姿を見て野口がそういったのに比べ、原は不愉快そうにそっぽを向いた。

「なんや、署長さん自らご出馬か。さすが大物の家やと、ボヤでもちがいまんな」

月岡がからかうようにいった。原はきっとなって、

「月岡さん、あんた、先日展望台の殺人現場に部外者を立入らせたそうですな。どういうことですか」

「気にせんとき、署長。こまいことというとると、頭薄なるで」

「何をいっとるんですか――」

「そんなことより、犯人は誰なんや」

「捜査中です」

月岡は刑事たちの方を向いて、

「目はおるんかい」

と訊ねた。

刑事たちは困ったように顔を見合わせていたが、一人がいった。

「犯人は単車を門前に乗りつけ、火炎瓶を投げてすぐ走り去っています。目はいません」

「それやったら、地元の極道、洗うたらどうや。カタギのやり方やないやろ」

月岡はいって、原をうかがった。

「そうだ。君は、山池組を解散させるといっておったじゃないか。なのに何もしとらんとはどういうことかね」

野口が勢いづいていった。原は苦しい口調になった。

「今、それについては準備を進めているところです。それより――」

高見を見て訊《たず》ねた。

「あんたはきのう、どこにいたんだ」

「きのう？　今朝じゃなくて、か」

高見はとぼけてやった。

「昨夜から今朝までのあいだだ」

「野口会長といて、そのあとは月岡警部補といっしょだ。ずっとな」

原は苦々しい顔になった。そこへお手伝いがコーヒーを運んできた。

「とにかくだ。殺人が二件、儂《わし》の家にも放火があったでは、大池警察は、いったい何をしておるのかといわれても、しかたがないぞ。原くん」

「申しわけありません」

「月岡刑事がいうように、暴力団の犯行という可能性はないのか」

「しかし山池組が会長に危害を加える理由が――」

「理由はあるだろう。儂は大池温泉の将来を憂慮し、このままではいかんと常々、いっておる」

「ガサ入れかけたりぃな」

月岡があおるようにいった。

「あんたは管轄がちがう。黙っていていただきたい」

「儂が死んでからでは遅い。それとも、儂はどうなってもいいというのかね」

「とんでもありません」

「ならば、山池組を捜索したまえ」

原は言葉に詰まった。高見はいった。

「ところで最近、出井市長にはお会いになっていますか」

原は鼻白んだ。

「あんたにそんなことを答える理由はない」

「出井とせっせと『大山詣《もう》で』しとるんやないんか」

月岡が皮肉たっぷりにいった。

「どういうことです!?」

「大山教の跡継ぎも大事だが、大池温泉の次のボスも大事でしょう」

高見はコーヒーをすすりながらいった。

「なんですと!?」

「白状しいや、署長。浮気の理由はなんや」

月岡が畳みかけた。

「警部補！　いくら警官どうしでも、それは聞き捨てならんセリフだぞ」

原はさすがにまっ赤になった。

「まあまあ」

高見はなだめるふりをしながら月岡に目配せした。ここで本当に原を怒らせると、自分も月岡も大池の街にいられなくなる。

「山池組に関しては、事件にかかわりがあるようならもちろん早急に手は打つつもりだ。地元のことは地元の人間に任せておいていただきたい」

「――ところで儂は導山と会うことにした」

野口がいった。原は仰天したように目をみひらいた。高見は舌打ちしたくなった。まだすべてのお膳立《ぜんだ》てがすんでもいないのに、野口は爆弾を入れようとしている。これでは牽制《けんせい》どころか命とりになりかねない。

「ふ、藤田導山氏とですか」

「うむ。あれからいろいろと考えてな。この大池全体の将来を思えば、いつまでも導山といがみあっている場合ではない」

「し、しかし導山氏は、関西の暴力団との関係が……」

「それは導山ではなく、導山の側近の人間の方だ、ということが高見くんらの調査で判明しておる」

このお喋《しゃべ》り爺いが――高見は腹の中で罵《ののし》った。野口は、原をもう一度寝返らせたくて、ぺらぺらと喋っているのだ。

「そんな情報をどこから入手したのかね」

原は険しい顔になって高見をにらんだ。

「蛇《じゃ》の道は蛇《へび》、ちゅう奴っちゃ。高見は極道やからな。いくらでもその筋の話は入るで」

月岡が助け船をだした。

「出井くんにも伝えた方がいいぞ。君らの乗っておる船は、ひどく危なかしいとな」

「何のことだか……」

原は陰険な目つきになって言葉を濁した。カップに残ったコーヒーをそそくさと飲み干して腰を浮かす。

「ではそろそろ署の方に戻らないと――」

「原署長」

野口が重々しい声でいった。

「はい」

「儂の命を狙《ねら》った人間が万一、山池組と関わりがあると判明した場合には、君にも責任をとってもらうぞ」

原はこわばった顔のまま頷いた。

「わかっております」

18

原をやりこめたつもりで上機嫌になった野口の屋敷を、それから一時間ほどで高見と月岡はでた。二人が帰ろうとすると、野口は一瞬不安げになったが、

「火炎瓶はたぶんただの嫌がらせです。本当に殺《や》る気だったら別の方法をとっていますよ」

と高見が告げたので、少しは安心したようだ。

「高見くん、儂も腹をくくった。早く導山との会見を用意してくれたまえ」

「手は打ってあります」

稲垣から借りたセルシオに乗りこむと、高見は吐きだした。

「あの馬鹿爺い」

「こら、ほんまに殺られよるで」

月岡もいった。

もしそうなったら、とれる金もとれなくなる。導山との話し合いのセッティングを急がねばならない。

「けど妙やな」

セルシオが走りだすと月岡は首をひねった。

「何がだ」

「あの火炎瓶や。やり口がどうもセコいで。玄人の仕事には思えんのや」

「そうか？」

「野口をびらせて得する奴は誰やろな」

月岡は嫌らしい目つきで、ハンドルを握る高見を見やった。

「さあ。誰だろうな」

「用心棒を買ってでた奴やないかな」

「何がいいたい」

「まあええわい。あの爺いがなんぼふんだくられようと、痛うも、かゆうもない」

高見は苦笑した。

「それより原がどうでるかや」

「ご注進だろうな」

「清水か……。ぼちぼち、清水もいぶりださなあかん」

月岡がつぶやいた。

「手はあるか」

「お前が潜りこむか、わいが潜りこむかやな」

「清水のところにか。出井や原もついているんだぞ」

「ふーむ」

月岡は唸《うな》って、顎《あご》の先をかいた。そのとき、高見は、清水のことを話したホステスを思いだした。

「イブ」のマコだ。

あの女を使おう。

「手はあるぞ」

高見はいった。

「稲垣」に戻った高見は、稲垣を部屋に呼び、マコの自宅の番号を調べるようにいった。稲垣は「イブ」のママとできている。ママを通せばわかる筈《はず》だ。

案の定、高見の部屋の電話を使った稲垣は、すぐに番号を調べだした。

「高見さんも余裕ですね。『カシス』のママが落ちたとなると、次は若い娘ですか」

「こう物騒がつづくとな。たまには若い女でも食ってウサ晴らしがしたくなるのさ」

かたわらの月岡は黙ってやりとりを聞いている。稲垣は、これから野口を見舞いにいくからといって、部屋をでていった。当初は三人でいきたがったのだが、それは得策ではないと、高見は制したのだ。

「そのホステスがどれほどアテになるんや」

稲垣がいなくなると、月岡が訊ねた。

「まだわからん。が、どうやら清水はこの娘を気に入っているようなのさ」

いって、高見は電話のダイヤルを回した。

四度ほどベルを鳴らしたところで、眠そうな女の声が応える。

「はい……もしもし」

「マコちゃんか。誘いがいつくるかいつくるかと待っていたんだが、あまりこないので
こちらからかけることにしたよ」

横で月岡が聞いているので、甘い声をだすのに抵抗を感じながら高見はいった。

マコはすぐに目覚めたようだった。

「高見さん⁉」

「そう」

「あたし何度か電話したんです。でもそのたびにおでかけになってますっていわれちゃって……。まさか電話下さいって頼めなくて——。稲垣さんもあれからこないし」

「そうだったのか。それは悪かった。どうだい、その後」

「あたしの方はいつでもOK。高見さんしだいよ」

あっさりマコはいった。

「じゃあ早い方がいいな。今日これからでも会わないか」

「わかった。すぐ起きて仕度するから待ってて。迎えにいく。一時間くらいかな」

「ドライブにでも連れていってもらおう」

「任せて」

電話を切ると月岡がいった。

「何やしらん、アホくさなるな。そっちはお楽しみを兼ねての情報とりかいな」

「商売のちがいだな」

「そうやないやろ。このツラのちがいや。しゃあないけどな」

「あんたは辻橋に連絡をとってくれないか。会見を急がすようにいうんだ」

「そんなもん、今電話すりゃええやろ」

「じゃ、しといてくれ。俺《おれ》は風呂《ふろ》に入る。デートの前だからな」

「やってられんわ」

高見が風呂からあがると、月岡が難しい顔になっていた。

「どうした。何かあったのか」

「導山の具合がようないらしい。さっき入院したそうや」

高見は舌打ちした。

「どこの病院だ」

「大池から電車でふた駅のところにある、大学病院やそうや。教団の施設内にある医院から救急車で運んだそうや」

「参ったな」

金儲《かねもう》けはどうやらふいになりそうだった。

「辻橋びびっとったで。自分のやったことが神さんの怒りを呼びよったんやないかとな」

辻橋は喋ってしまったようだ。

「馬鹿いうな」

「ええわい。けど、これで万一、導山がいきよったら、ことやな」

「向こうは一気にカタをつけにでてくるぞ」

「酒川をふん縛ったったらよかったな」

「おい」

高見はいった。

「もし向こうが動くとすりゃ、まず洋一くんとママが危ない」

「わかっとるわ。わいもそう思っとった。これからママんとこいってくるわ」

「おいしい役は今度はそっちだな」

「お前が若い女とデートしとるいうたったら、おもろいことになるがな」

「あんたはいわないな」

月岡はため息をついた。

「たまにはセコい手も使ったろか」

「いうのか⁉」

「いわんわい。仕事やろが。ちがうか」

「仕事か」

高見は苦笑した。どうやら本当に〝正義の味方〟になりかけている。

「仕事といいや、仕事なのだろうな」

「まあママのことは心配せんと、せいぜい楽しんでくるんやな。そのかわり、きっちり情報は仕入れてくるんやで」

「任せろ」

それが高見の答だった。

月岡がでていってほどなく、マコが「稲垣」に高見を迎えに現われた。超ミニと見まがうようなショートパンツに、タンクトップとヨットパーカといういでたちで、国産のスポーツカーに乗っている。

「いい車に乗ってるね」

「だって、こんな田舎じゃ、他にお金の使い途《みち》がないんだもん。他の子は、お金貯めて、東京やハワイなんかに遊びにいくけど、あたしは興味ないし」

「そうか」

高見は助手席に乗りこんだ。マコはすぐに車をスタートさせた。乗り慣れているらしく、運転に危なげはない。

「じゃあまあ、とりあえず大山スカイラインでもいきましょうか」

「そっちは見飽きてるな。他にどこかないかい」

高見がいうと、マコは唇を尖《とが》らせた。

「うーん。だって他にこの辺は見るところがないよ」

「もしマコちゃんが、見られちゃまずい人とお忍びで泊まりにいくとしたら、どこを選ぶ？」

「えー。高見さんておじさんだからじっくりくると思ったのに、意外にしかけるのが早いんだね」

「そうじゃない。そういうところがこの辺にあるかどうかを知りたいのさ」

高見は苦笑した。

「そうだな……。国道沿いのモーテルは意外とヤバいしね。温泉ももちろん駄目だしぃ」

マコは首をひねった。

「この辺のお金持ちがもし別荘とかをもつとしたらどこかな」

「別荘？　こんな田舎にいて別荘なんかもたないよ。あ、でも――」

マコは言葉を途切らせた。

「どうした？」

「お客さんで大山教の偉い人がいて、その人だけは、ちょっと変わってるの」

「このあいだ話してくれた人かい。君がお客さんに水割りをぶっかけたときに助けてくれたっていう――」

「そうそう」

マコの方から清水の話をもちだしてきた。

「大山教の他の人は、皆《みん》な何だか堅いのだけど、その人はちょっとちがうのよ。なんか瓢瓢《ひょうひょう》としてるって感じで」

「大阪弁を喋るっていってたね」

「大阪かどうかは知らないけれど関西弁。髪が長くて束ねてて、最初はいちばん気難しそうに見えたのだけれどちがった。その人がね、冗談みたいに、自分の別荘にこないかっていったの。『隠《かく》れ家《が》』っていい方したかな」

貴重な話だった。高見は緊張した。

『隠れ家』なんてもっているんだ」

「うん。その人もずっと、大山の教団施設の中で暮らしてるから、ときどきひとりになりたくなるんだって」

「それで？」

「ほら、大山の他に、中山、小山ってあるじゃない。その小山のてっぺん近くにキャンプ場があるの。下に沢が流れてて、春は山菜とかがとれるのよ。で、バンガローみたいなのも何軒かあって、その近くに、古い農家を買って改造した家をもってるんだって」

それだ。清水はそこで、こっそり人と会っていたにちがいない。

高見は素早く考えた。導山がさっき入院したとあっては、清水はまちがいなくつき添っている。その「隠れ家」には誰もいない可能性が高い。

「よし、その小山のキャンプ場にいってみよう」

「でも何もないよ。山と沢があるだけで」

「いいじゃないか。人がいないならいないで楽しめる」

「おじさんてやっぱり、刺激が必要なのね」

何を勘ちがいしたのか、マコはいった。

小山までの道のりは、大山を迂回《うかい》する形でいくため、意外にかかった。「稲垣」をでてから一時間といったところだ。スカイラインとちがい、頂上までの道路も、舗装はされているものの、ガードレールなどはない。だがマコは荒っぽいながらも巧みな運転でカーブをクリアしていった。

「ここよ」

キャンプ場というのは、頂上の一部をきりとったような平坦《へいたん》な、何もない空き地だった。シーズンオフのせいもあって、誰もいない。

「この先に、沢に降りられる道があるの」

「いってみよう」

本当は一刻も早く、清水の「隠れ家」を探したかったが、高見はいった。

車を停め、二人は藪《やぶ》の中にある踏み固められた道に歩き入った。それほどの大木は生えていないが、雑木林が濃く枝を重ねあわせているため、藪の中は薄暗くて、じっとりと湿っている。

かすかに水の流れる音が、下り道の先から聞こえてきた。

急斜面ではないせいで、革靴でも足をすべらせるということはない。自然にマコが手を握ってくる。手をつないだまま、二人は道を降りていった。

「こんなところに農家なんてあるのかい」

「そうね。この辺はないかな。もう少しふもとの方。お米は駄目だけど、野菜とか果物を作っているみたいよ」

「話の人の『隠れ家』もその近く？」

「そうじゃないかな。具体的な場所までは知らないもの」

沢までは、数分の下りだった。足首くらいまでの深さで、透明なせせらぎが石の間を流れている。

マコがしゃがんで水をすくった。

「冷たい！」

高見もかたわらにしゃがんだ。手を入れると、本当に冷たい。

あたりはしんと静かだった。

「誰もいないね」

マコが見回していった。

「そうだな」

マコはいたずらっぽい笑顔になった。

「しよか、高見さん」

高見は驚いてマコの顔を見つめた。

「本気かい、マコちゃん」

「うん」

勢いよく頷くと、マコはヨットパーカをたくしあげた。ノーブラとはっきりわかるタンクトップの胸が大きく盛り上がっている。

「ここなら誰かくればすぐわかるよ」

いって、沢の瀬にある大きな岩の上にヨットパーカを広げた。

積極的な娘だ。そこまで大人の男のセックスに期待を抱いているのだろうか。高見は半ばあきれてそのようすを見つめた。

岩はちょうど平らな形をしていて、横たわるのに邪魔な凹凸がない。

「あたし、何だかんだと手つづきする男は嫌なの。やるならやる、やらないならやらないで、はっきりしてるのがいいな」

その口ぶりは、今しなければ次はないと宣言されているようにも聞こえた。

マコは瞬くまにショートパンツも脱いだ。薄紫色のTバックのショーツだった。ストッキングは着けていない。

その姿でマコは岩の上に腰かけた。

「きて、高見さん」

きらきらと光る目で高見を見つめる。高見は欲望が一気に高まるのを感じた。しばらくのあいだ女に接していない。しかも、亜由子に対しては欲望を抑えることばかりだった。

「よし」

高見はつぶやいた。

マコと見つめあいながら衣服を脱いでいった。裸になるとわずかに肌寒さを感じた。しかしそれも欲望を萎《な》えさせるほどではない。

マコはそんな高見のようすに、嬉《うれ》しげな笑い声をたてた。

「まるで高校生みたいだね」

「だが高校生みたいなセックスじゃ納得できないのだろう」

脱いだシャツを畳み、枕《まくら》がわりにマコの頭の下に入れてやって高見はいった。

「うん」

当然というようにマコは頷《うなず》いた。

「いっぱい感じさせてくれなけりゃ嫌だからね」

「満足させてやる」

いって高見はマコのタンクトップをまくりあげた。大きなまっ白い乳房が露《あら》わになった。指ではさむと、すでに突起は固くなっている。マコは挑発的に高見の目を見つめながら息を喘《あえ》がせた。

「どのくらい満足したいんだ？　いってみろ」

その目を見つめ返し、高見はいった。

「うんと……」

マコがかすれ声をだし、身をよじった。快感の波に襲われ始めている証拠だった。

「うんと、感じさせて……」

大きく目をみひらいて、マコはいった。

高見が体を離したあとも、しばらくマコは動かなかった。高見がスラックスをはき、シャツを羽織る頃になって、ようやく上半身を起こした。

「――おじさんに負けたわぁ」

ため息ともつかぬ声でいった。高見は煙草に火をつけた。

マコの体は、荒々しいセックスによって開発されていた。長時間、じっくりと責められることに慣れていなかった。結果、後半に入ってからのマコは、すすり泣くようにして高見にクライマックスを求めた。高見はそれを許さず、マコだけをいく度もクライマックスに追いやった。

「体めあてでこれからもおじさんを口説くだろうな、それじゃあ」

「かもしれない」

溶けたような声をだし、マコはゆるゆるとショーツを身に着けた。

「本当に誰もこなかったな」

高見は立ちあがり、あたりを見回した。

「うん」

「前にもここでしたことがあるのか」

「上の空き地の車の中で」

「カーセックスの名所か」

「そんな感じかな。高見さんなら、妙なのがでてきても、ぜんぜん平気そうだから安心して燃えちゃった」

「どうかな。さっさと君をおいて逃げだしたかもしれん」

マコは答えず、岩の上からぴょんと跳び降りた。自分もバッグから煙草をだし、くわえる。

「さっき話してた『隠れ家』というのがどのあたりにあるか、わかるかい？」

「何となく」

「どんなところか見てみたいな。古い農家に住むっていうのに憧《あこが》れがあるんだ」

マコは肩をすくめた。

「東京の人って、皆《み》んなそんなこと考えるのね」

「ふだんが狭いところにいるからな」

マコは頷いた。

「あたし狭いところ大嫌い。今でもひとりで2LDKに住んでるもん。本当なら一軒家に引っ越したいんだ」

「君みたいな若い子でも一軒家を借りられるのか」

「お金さえだせばいっしょよ。もうじき見つかるから引っ越すんだ。犬と猫と両方飼うの」

『イブ』はそんなに給料がいいのか」

「まさか」

マコは首を振った。

「アルバイトもしてるの。ときどきね」

どんなアルバイトなのか、高見は訊《き》かなかった。この娘の割り切り方なら、何をしていたとしてもおかしくない。

「そろそろいこうか」

高見は促した。腕時計は、日没まであと一時間くらいしかない時刻をさしている。暗くなると清水の「隠れ家」探しが難しくなるかもしれない。

車に戻った二人は、マコの勘を頼りに、「隠れ家」を探すことにした。一軒の農家で作業中の老人に場所を訊《たず》ね、三十分ほどで、探しあてることに成功した。

そこは、小山の山裾《やますそ》に近い位置だった。休耕地と覚しい雑草ののびた整地と雑木林に囲まれて、比較的新しいワラ葺《ぶ》きの一軒家が建っている。電気が通っていることは、ぽつりぽつりと立った電柱で明らかだった。ひょっとしたら電話もあるかもしれない。

家には雨戸がたてられ、車も停まってはいなかった。表札らしいものは何もなかったが、マコが清水から聞いた話から判断して、そこが「隠れ家」であるのはまちがいないようだ。

高見はあたりの地形とアプローチの方法をしっかり頭に叩《たた》きこんだ。夜にでももう一度、マコ抜きで訪ねてみるつもりだった。

家の前庭は、井戸と、落ち葉を掃いた跡のあるむきだしの地面だった。その地面に、車の轍《わだち》が残っているのを高見は確認した。ここならば、清水が西の連中と密会していても、誰にも知られる気づかいがない。

庭先には、まだ小さな実をつけた柿の木があった。マコはひと目見て、

「渋柿よ」

といった。田舎育ちだけあって、わかるらしい。

十分足らずで、二人は清水の「隠れ家」を後にした。マコは今夜も出勤する以上、遅くならないうちに街に戻る必要があったのだ。

「楽しかった。またデートしようね」

「稲垣」で高見を落としたマコは、そう告げて走り去った。

無人の部屋に戻った高見は、わずかに躊躇《ちゅうちょ》したのち、亜由子の部屋に電話を入れた。電話にでたのは洋一だった。亜由子は既に店にでかけたあとだった。洋一の話では、月岡は直接には亜由子を訪ねなかったようだ。「カシス」以外では、離れた位置から母子を見守っているようだ。そういう純情が、今ではいかにも月岡らしいとすら感じる。

洋一はひとりではなく、お手伝いと、お手伝いの甥《おい》との三人だった。それならまず大丈夫だろうと高見は思った。

今度はいつ遊びにきてくれるのかと食いさがる洋一を、高見は微苦笑を交えながら、

近いうちに必ずいくと説得した。それは、高見に小さな喜びを感じさせる事態だった。

電話を切ったところへ稲垣がやってきた。野口は原を威《おど》しつけたが、内心はかなり怯《おび》えているようだ。

「高見さんに、自分のところにきて欲しいようなことをいってました」

「俺に住みこみのボディガードをやれっていうのか」

「本気で、観光協会の会長の座を降りることを考えてます」

高見は稲垣を見すえた。

「やれるか」

「こうなったら、やるしかないと思っています。けれど、本当に野口会長のタマを、西はとる気なんでしょうか」

「そいつはわからん。だが西が大山教を乗っとるなら、大池温泉だって手に入れるだろう。やりようによっちゃ、利権を生むんだ。月岡の話じゃ、酒川というのはかなり抜け目がないらしい。黒木の女房の使い方からして、俺もそんな気がするぜ」

稲垣はため息をついた。

「どっちにしても、このところの殺し二件で、うちは客足が遠のいています。温泉の方も入ってるのは、予約の団体ばかりだそうで……」

そういわれると、夕食どきであるにもかかわらず、「稲垣」の中は静かだった。

「お前は清水を見たといったな」

「導山といっしょにいるところを見かけたことがあります。腰が低くて地味な野郎だと思いましたが——」

「導山は、その清水が西と組んでいると考えてるのさ」

高見がいうと、稲垣は首をひねった。

「そんな実力者にはとうてい見えませんでしたがね」

「そういう奴ほど危ないのさ。ただし清水の名は野口には伏せておけよ。あの喋《しゃべ》くり爺《じじ》いに聞かせると、何をいいだすかわからんからな」

「はい」

稲垣は神妙に頷いた。

「それと今晩もう一度、車を貸してくれないか」

「俺も手伝えることなら——」

「いや。今夜は俺ひとりの方がいい」

そういうと稲垣は嬉しそうな顔になった。

「高見さん、大池が合ってるみたいじゃないですか。いろいろと……」

どうやら目的を女だと誤解したようだ。だがそれをあえて否定せず、高見はにやりと笑ってみせた。

「まあ、あまり派手に動いて目立つのは避けるつもりだがな」

「なんだ。今夜あたり高見さんがつきあって下さるなら『イブ』にでもでてみようかと思っていたんですよ」

稲垣は、マコが昼間高見を迎えに現われたことを知らないらしい。

「そいつは今度だな」

「マコってのは、なかなかおもしろい奴でしょう。ママがいなけりゃ、俺も、と思うところです」

「試してみたらどうだ、今度」

高見は表情を変えず、いった。稲垣は首を振った。

「高見さんの後じゃ駄目です。勝負になりません」

セルシオの鍵《かぎ》をおいて稲垣がでていくと、入れちがいに和枝が夕食を運んできた。酒の用意を断わり、高見は和枝の給仕で夕食をとった。

夕食をすませた高見は、辻橋に電話を入れた。導山の容態を知るためだった。辻橋は電話にでなかったが、留守番電話に名前だけを名乗って切ると、数分後電話がかかってきた。ポケットベルと連動しているようだ。

「その後どうだ？」

「とりあえず、すぐにどうこうということはないようです。入院した病院では主治医の先生がみて下さっていますし」

「主治医？」

「ええ。教祖の癌《がん》を発見された方です」

声が低くなった。

「教団の医者じゃないのか」

「教団の医院にはそれほどの施設がないので、今年の春、教祖が体を悪くされたときにそちらの病院で精密検査をうけられたんです」

「手術はしないのか」

「無理だろうとおっしゃって……。教祖も、残された時間をなるべく動ける体で使いたいからと――」

「なるほど。で、いつまで入院している？」

「今朝のは、立眩《たちくら》みのような症状だったので、とりあえず明日の朝まではようすを見ようと。今は安定しています」

「野口との会談の件は話したか」

「はい。明日、もし退院できるようなら、日時を決めて連絡したいとおっしゃられていました」

「清水はそこにいるのか」

「先ほど教団本部に戻られました。教祖が今日の予定をキャンセルされたので、その事後措置があるとかで」

「表面上は、まだ何ごともないんだな」

「はい。あの、例の件では――」

「心配するな。誰も気がついちゃいない」

「でも月岡さんは知っておられました」

「カマをかけられたんだ。気をつけることだな」

「は、はい……」

「会談の件は、なるべく急いだ方がいい」

「承知しました」

電話を切って、高見は浴衣《ゆかた》を着がえた。清水の「隠れ家」は、今夜のうちに探っておいた方がいい。

部屋に備え付けの懐中電灯をもってセルシオに乗りこんだ。清水の「隠れ家」で、何かが得られるという確証はなかったが、とにかく調べるに越したことはない。

小山に向かうと、途中からすれちがう車もなくなった。山の夜は暗く、ほんの宵の口が深夜のようにも感じられる。

高見は何とか道に迷うことなく、清水の「隠れ家」に辿《たど》りついた。「隠れ家」への一本道は、途中から畦道《あぜみち》のようになる。その手前で車を停め、懐中電灯を手にして降りたった。家の前までいって中に人がいたなら、気づかれるのは必至だからだ。

背ほども伸びた休耕地の雑草からは、耳を聾《ろう》するような虫の音が聞こえる。高見はセルシオのトランクを開け、非常用の道具箱からドライバーをとりだした。「隠れ家」には雨戸が立てられていた。開けるのに必要になりそうだった。

懐中電灯の明りで足もとを辿り、「隠れ家」に向かった。

畦道は舗装こそされていなかったが、しっかりと踏み固められ、車の通行にも支障がない。そこにも轍《わだち》はあって、比較的頻繁に車の往来があったことを示している。

正面の「隠れ家」は、闇《やみ》の中に沈んでいる。明りは一切見えない。

高見はまっすぐに歩いていった。

前庭に入った。庭に面した部分は、すべて雨戸が立てられている。その雨戸を回りこむようにして高見は家の玄関部分に近づいた。

玄関部分は、新たに建てかえられたことがわかった。扉が引き戸ではなく、ドアになっているのだ。

家の裏側に回った。使われていない鶏小屋が積みあげられ、雑草がのび放題の荒れ地になっている。錆《さ》びた農具や荷車も放置されていた。トイレと風呂場と覚しい小窓はあったが、そこから忍びこむのは難しいと高見は判断した。

もう一度家の正面に回り、高見は腕時計をのぞいた。午後十時を過ぎている。

もってきたドライバーを、中央部分の雨戸の下にさしこんだ。すき間をすべらせていって、雨戸の中心の下までくると、ゆっくりとこじり上げた。

わずかな抵抗があったが、無視して力を加えていくと、雨戸の下部分が宙に浮き、桟を外れるのがわかった。

ドライバーをそのままに両手で雨戸の端をつかみ、もちあげた。

あっけなく雨戸は外れた。内側はガラス戸で、その向こうが縁側だった。雨戸を別の雨戸にたてかけ、高見はガラス戸を引いた。ねじこみ式の鍵《かぎ》はかかっておらず、ガラス戸はカラカラという、思ったより大きな音をたてて開いた。

その場で靴を脱ぎ、高見は家の内部に入った。

清水の「隠れ家」は、横長の日本家屋で、縁側に面し三つの部屋があった。正面右端が玄関で、その手前に土間を改造した台所がある。

高見は三つの部屋の明りをすべてつけた。左端が寝室だった。押入を開けると畳んだ布団が数組おかれている。部屋の隅に電気スタンドと、老眼鏡の入った眼鏡立てが並んでいた。

中央の部屋には掘り炬燵《ごたつ》が切られていた。壁ぎわに書棚があり、さまざまな本が並んでいる。小説類は少なく、仏教書や宗教学、さらには法律関係の本がある。

炬燵の上に、三冊の本が積まれていた。一冊は、このあたりの地図、そしてあとの二冊は癌に関するものだった。闘病記のようなものだ。

部屋の端にファックス兼用電話があった。高見は歩みよった。オートダイヤル機構を備えていて、そのうちの一番から五番までが登録されている。手書きのプレートがあった。

一番が「本部」とあるのは、教団本部の番号だろう。二番は「事務局」で、これもたぶん教団関係だと高見は思った。

三番は「大池」と書かれている。

どこの番号だろう。ファックスには液晶表示がある。高見は三番を押した。

番号が浮かびあがった。大池市内のものだ。高見はペンをとりだしてメモをとった。

四番が「大阪」になっていた。大阪市内の番号だ。これもメモをとる。

五番は携帯電話の番号になっていた。清水のものであるわけがない。それもメモした。

電話機を調べ終わると、高見は炬燵の上にあった地図を広げた。何か書きこみのようなものがないかをチェックしたのだった。

地図は新しかった。書きこみはない。

高見は書棚に近づいた。手紙の類がないかを捜したがなかった。

部屋の中は、きちんと片づいている。

高見は立ちあがり、右側の部屋に入った。そこだけが、雑然とした印象がある。物置のようになっていて、洋服ダンスや段ボール箱などがごちゃごちゃとおかれていた。

洋服ダンスを開いた。作務衣のような教団の服に混じって、スーツが三着吊《つ》るされていた。生地も仕立ても悪くない高級品だ。そこらの安売り屋で扱っている品とはちがう。

ふと思いつき、高見は上着のネームを見た。「深水」とあった。

どういうことだ。高見は別の上着を見た。それにも「深水」とネームが入っている。

深水というのが清水の本名なのだろうか。確かに一字ちがいだ。

同時に高見は、深水という姓をどこかで耳にしたことがあるのを思いだした。どこだったかは、すぐには思いだせない。

タンスを閉め、段ボール箱に近づいた。梱包《こんぽう》に使ったガムテープがところどころはがされている。開くと、中身は古い衣類だった。宅配便で送られたと覚しい伝票が箱の側面に残っていた。

伝票は変色し、かなり古いものであることがうかがえた。高見はしゃがんでその伝票を調べた。

あて先は「大池市　大山教団道場　清水治平様」になっている。送り主は「大阪市住吉区」の「深水由加」となっていた。

その瞬間、高見は思いだした。深水は、黒木の女房の旧姓だ。

すると清水は由加と親戚《しんせき》なのか。親子かもしれない。

これでつながった。

清水の娘が由加で、由加は酒川の情婦だったことがある。その由加を女房にしたのが、殺された黒木だ。

大きな収穫だった。導山が求めている、清水をすぐに追いだす口実にはならないが、追及する糸口にはなるだろう。

高見は一瞬、その伝票をはがしてもっていこうかと思った。が、侵入者の形跡は、極力残さない方がいい。

明りを消して部屋をでた。残るふたつの部屋の明りも消し、庭に降りたった。

ガラス戸を閉め、たてかけておいた雨戸を閉める作業に入った。

雨戸を元のようにはめこむのは、外すより手間がかかったが、何とか成功した。

懐中電灯の明りで、畦道を戻り、セルシオに辿りついた。セルシオのドアに鍵をさしこんだとき、何者かに背後から頭を殴りつけられ、意識を失った。

19

気づくと、激しい頭痛と吐きけに襲われた。高見は咳《せ》きこみ、危うく戻しそうになった。

後ろ手に縛られ、土間のような場所に転がされている。

生唾《なまつば》を呑《の》み、目を閉じて痛みに耐えていた。

いったい何が起こったのか、すぐには思いだせなかった。ようやく殴られる直前までのことを思いだしたとき、自分がドジを踏んだのに気づいた。

煌々《こうこう》と明りをつけて調べるべきではなかったのだ。「隠れ家」に近づいてきた人間には、侵入者の存在を知らせていたようなものだ。

少しなめていた。その報《むく》いがこれだ。

誰かが頭のかたわらにしゃがみこむ気配があった。

「おい」

声がかけられた。

高見は痛みをこらえ、目を開いた。見知らぬ男の姿があった。スーツを着け、髪を七三に分けている。年齢は、高見と同じくらい、四十を超えたかどうかだろう。見ようによっては、サラリーマンととれなくもないが、サラリーマンであるわけがなかった。

「気ぃついたか」

男はいった。関西弁だ。酒川かもしれない。高見は芝居を打つことにした。

「どうしたんですか……何があったんです」

つらそうにいった。

「簡単なこっちゃ。お前の頭はたいて、ここまで引っぱってきたんや。おい、泥棒」

「何いってんですか……私、何もとってません」

男の声が低くなった。

「眠たいことというとんなよ。それやったら、こんな時間に人の家で何しとったんや」

「ああ——気持悪い……病院連れてって下さい。頭が割れそうです」

「上等や。斧《おの》があるさかい、ぶち割ったろか。すきっとするかもしれんで」

「勘弁して下さい……私はただ、田舎暮らしがしたくて、家を捜していただけなんです」

「こんな夜中にか。それも雨戸開けて、勝手に入りこみよって」

高見は息を吐いた。目を閉じる。

「こら」

頬《ほお》をつかまれた。

「とぼけ通せる思うとったら、大まちがいやぞ。何者や、お前」

目を開け、相手の顔を見つめた。言葉づかいは荒いが、語調はむしろ眠たげである。

「すわらせて下さい……手が痛くて」

男は無言で高見を見つめた。やがていった。

「極道やな、お前。目ぇ見たらわかるわ。ふてぶてしい目つきしとる」

「あんたもそうだろ」

しかたなく高見はいった。男はふっと苦笑いを浮かべ、高見の頬から手を離した。

「名前、何ていうんや」

「話すから、体を起こしてくれないか」

「図々《ずうずう》しい奴っちゃな。ほれ」

優しくなったように見えるが、安心はできない。もしこの男が酒川なら、十中八、九、高見に喋《しゃべ》らせたあと、息の根を止めるだろう。

男は高見の体を起こし、壁によりかからせた。

そこは清水の「隠れ家」の台所だった。かたわらに立つ男とは別に、上がり框《がまち》のところに作務衣《さむえ》姿の男がしゃがんで高見を見つめている。白髪混じりの髪をのばし、頭のうしろで結っていた。

年齢は、六十をいくつか過ぎたくらいだろう。好奇心のこもった目をしていて、よく陽に焼けている。

「ほれ」

かたわらの男がスーツのポケットからだした煙草を高見の口にさしこんだ。高見と同じラークだった。

うるし塗りのデュポンの火が近づけられた。高見は煙を吸いこんだ。

男は退いて、作務衣の男の横に腰をおろした。自分も煙草に火をつける。

「まず、名前を聞こか」

「高見」

作務衣の男が頷《うなず》いた。やはりか、という態度だった。

高見は顔をしかめ、二人を見やった。

「清水さんに――あんたは酒川さんか」

「そういうこっちゃ」

酒川は何の感情もこもらない声でいった。

「表に停まっていた車、あれは、『稲垣』の社長のものだね」

清水がいった。落ちついた口調だった。マコがいうような関西弁はカケラもない。すると酔ったときだけなのだ。

「そうだ。奴に事情を話して借りてきた」

高見は頷き、灰の長くなったラークを吐きだした。土間に転がり、煙をあげている吸いさしを、清水は無表情に見つめた。

「『稲垣』の社長は、確か東京で極道の見習いをしていたことがあったな」

「よく知っているな。俺の舎弟だった」

清水は組の名をずばりといった。高見は驚いて清水を見つめた。

「詳しいな」

「原署長から聞いたのだよ。なぜ、東京の極道が、大池市の問題に首をつっこんできたのか、とね」

「単なるいきがかりさ」

「『カミソリ高見』、いわれとるそうやな」

酒川が淡々といった。高見は酒川に目を移し、

「『ナニワのハブ』といわれているそうじゃないか」

といってやった。

酒川はおかしくもなさそうに笑った。

「お前のせいで、二人も人が死によったで」

「そいつは悪かったな。商売の邪魔をする気はなかったんだ」

「ほざけや。えらい面倒くさなったわ」

「黒木を殺《や》るのは、最初から計算済みだろうが」

「なんでそない思うんや」

酒川は指先の爪《つめ》を見つめながらいった。かむ癖があるのか、先の方がギザギザだった。

「黒木の女房は、あんたの女だ。ここに流れてきて、黒木をたらしこんだときから、とってかわるつもりだったのじゃないのか」

「こんな田舎の組に何の興味もないわ」

「今はな。だが、導山が死んで、あんたの女の親父《おやじ》が大山教のてっぺんに立ちゃ、すべてがかわるのじゃないのか」

「ほう」

清水がいった。

「私が由加の父親だと、よくわかったね」

「大阪へいくときに着ているスーツがあるだろう。ネームが深水だった。月岡が、彼女の旧姓を調べてきた」

「あのダボ！」

酒川は吐きだした。

「ほんま、しつこい奴っちゃ。人のこと目の敵にしてからに」

「あいつも俺《おれ》も、かかわった理由は同じだ」

「金かね」

清水がいった。酒川が首を振った。

「あいつに銭はきかんわ。あんなしょうもないポリは珍しいで」

「亜由子だよ」

高見はいった。

「亜由子？」

清水は意外そうにいった。

「俺も月岡も惚《ほ》れているのさ。彼女を何とか守ってやりたいと思った。初めに、梅島が洋一くんをさらおうとしているのを知って、首をつっこむ気になったんだ」

「阿呆《あほ》くさ。そんな与太《よた》信用せえちゅうんか」

酒川の言葉を無視して、高見は清水にいった。

「あんたは大山教を手に入れたいのだろ。俺は亜由子が手に入ればいいんだ」

清水は答えなかった。

「亜由子は洋一くんを教祖の跡継ぎにはしたくないんだ。だが今のままじゃあんたは、教祖を継げない。だから洋一くんにちょっかいをだしているのだろ」

「十七年だぞ」

清水がいった。

「十七年もかかって、ようやく大山教を今のものにしたんだ。それをあの女と子供にくれてやるわけにはいかんだろう」

静かな、むしろ疲れすら感じさせる口調だった。

「それで酒川をひっぱりこんだのか」

「ずっと前からの計画やったんや」

嘲《あざ》けるように酒川はいった。

「清水のおっさんの次は、由加をもぐりこませる。最後が俺や。絵図ひいて、仕掛けこさえて、さあこれから、いうときに、お前と月岡が現われよった――」

「なぜ梅島を殺ったんだ」

高見は訊《たず》ねた。どうせ殺す気なのだろう。酒川はよく喋った。

「そんなん聞いて、どないするんや」

「どうせなら知りたいじゃないか」

「おもろい奴っちゃな。人の心配する前に、自分の命、心配したらどうなんや」

「どうせ殺す気なのだろうが」

高見は腹をくくり、いった。

「殺す前にたっぷり喋らそうと思っているのじゃないか。そっちの言葉じゃ、『歌わす』というのだっけ」

酒川は笑った。独特の笑顔だった。煙たげに目を細めるのだ。

「そんなにとんがらんでもええやないか。誰が殺す、いうた。うまくやれるんやったら、やってこか、思うとるで」

まるで信用はできない。だが、

「本当か」

高見は期待するようにいってやった。

「ほんまや。西と東、いうたって、ここいらじゃどうせ他所者《よそもん》や。他所者どうし、仲良うやってもええやろ。ただ、嘘《うそ》はあかんわ。嘘つかれたら、裏切ったのといっしょや。殺らなしゃあない」

「梅島はあんたたちを裏切ったのか」

酒川はあきれたように笑い、清水をふり返った。

「ほんまに、知りたがりな奴っちゃな。え、おっさん。おもろいわ」

清水の方はむっつりとして、真面目《まじめ》な表情を崩さなかった。

「野口の用心棒を買ってでたそうだな。狙《ねら》いは何かね」

清水は抑揚のない声で訊ねた。顔の前で両方の掌を組んでいる。

「野口に関しちゃ、金さ。奴からはとれるからな」

高見は答えた。

「おう。ようやっと極道らしいことをいいだしよった」

酒川は嬉《うれ》しそうにいった。

「そうすると、女と金ちゅうわけやな」

「月岡刑事と組んだのはなぜだ」

清水がいった。高見は首を振った。

「組む気なんか最初からなかった。奴は奴で勝手にしゃしゃりでてきやがったんだ。奴の目的はあんたさ、酒川さん。あんたをパクるのが夢なんだ」

「わいがかんどるいうのを、どないして知ったんや」

「そこまでは知らないね。奴とは東京で知りあったんだ。偶然こっちでまた出会って、頼みもしないのにいろいろと話しかけてきた。その中にあんたのこともあった。奴はとにかく極道が嫌いで、チャンスがあればいつでも潰《つぶ》したいと思っているみたいだ。あんたも知っているだろう」

「そこまでの極道嫌いが、なぜ君と手を組もうと考えたのかな」

「亜由子だよ。俺は洋一くんを助けたことで、亜由子の信頼を得た。俺とつるめばそれだけ、亜由子と会う機会が増える。奴も亜由子に惚れているといったろう」

「あのダボハゼが。自分のツラを考えて女に惚れんかい」

酒川は吐きだした。

「野口からはどうやって金をひっぱる気なんだ?」

清水が訊ねた。

「奴は警察署長にも裏切られ、びびってるんだ。黒木の次は、自分がタマをとられるのじゃないかとな――」

「誰にだ」

「決まってるさ。あんたたちだよ。大山教を乗っとったら、次は大池温泉だ。ふたつをうまく転がせばでかい銭になる。それを気づかせてやったのさ」

「なるほど、切れ者や。で、それは、お前の考えか。それとも組の考えか」

酒川がいった。重大な質問だった。答えようによっては、この場で殺すことをためらうかもしれない。

高見はうんざりしたようにいった。

「何が悲しくて、こんな田舎にこなけりゃならないんだ。冗談じゃないぜ」

「組の命令だっちゅうのか」

酒川は険しい顔になった。

「元はな。亜由子がいなけりゃ、とっくにひきあげてる」

「さっきは亜由子が手に入ればいい、といわなかったかね」

清水はいった。

「そいつは本音の方さ。酒川さんもわかるだろうが、バブルが弾《はじ》けて、お巡りがきつくなって、極道はどこも今はあっぷあっぷだ。下手は打てない、だが銭は欲しい。どっかにうまい道はないかとな。そんなときに、最高幹部会の一人がたまたま、お忍びでこの大池温泉に泊まりにきた。宗教と温泉、銭になるかもしれん。爺《じじ》いの考えそうなことだろう。ちょうど俺は、抱えてる物件が全部塩漬けで手詰まりだった。しゃぶだのバクチだのは、俺には合わねえ。それならっていうんで、こっちへきたんだ。稲垣がいるというのも使えそうだったしな」

清水と酒川は顔を見合わせた。

「組には時間をくれといってある。何せ、殺しがでちまったんで、下手に動けないからな」

「わしらのことも話したんか」

酒川が妙に表情を消した声で訊ねた。どうやら一番かんじんの質問のようだ。

どういうことだ——高見はめまぐるしく頭を働かせた。酒川と清水は何を警戒しているのだろうか。かりに高見が組の命令で動いていたとしても、こんな田舎でのできごとを理由に、西と東が戦争に入る筈《はず》はないのだ。

「どうなんや」

「伝えないわけにはいかんだろう。そういうものじゃないか。ただし、ぶつかるとなったら、幹部会の判断を仰がなけりゃならん」

「梅島のときはどうだったのかね」

清水が訊ねた。

「あれは俺の一存だ。なにせ亜由子を落とすのが狙いだったからな。だからツラが割れないようにやった」

酒川は清水の顔を見つめた。

「私の聞いた話では、この男は組を破門されかけているそうだ」

清水が酒川にいった。

「かもしれん。それやったら、よけい組にええ顔せな、やばいで——」

二人は高見を無視して話しだした。

「すると別の人間がまたすぐ、くると？」

「殺された、いうのがわかったら、すぐにくるで。それだけ、おいしい、ちゅう証拠やからな。組どうしでも何かあるやろ」

酒川は苦い表情になっていた。

高見は閃《ひらめ》いた。酒川と清水のこの計画は、西の組織とは何の関係もないのだ。単純に、自分たちの金儲《かねもう》けだけのために、二人は動いている。特に酒川は、ここでひと山あてても、それを組には内緒にしておきたいと考えている。ばれれば当然、上納を要求されるからだ。

高見が組の指令でこの大池に送りこまれたのかどうかは、そうなると重要である。高見が酒川のことを組に話していたら、高見が死ねば当然、組は、西に殺されたと考える。でいりになるかどうかは別として、何らかのアクションを高見の組は起こすだろう。

そうなれば、酒川の秘密工作が西に知れてしまう。

「死体がでなければわからんのじゃないか」

清水がいった。酒川が首を振る。

「極道はそんな甘ないで。消えたちゅうことになりゃ、殺されたと考えんのがふつうや。すぐ、人をよこしよるわ。調べにな」

清水は酒川の顔を見つめ、息を吐いた。清水は高見を殺したがっている。が、酒川の方が慎重になっているようだ。

そのとき、梅島がなぜ殺されたのかに、高見は気づいた。

梅島は、酒川が組織に内緒で清水と組んでいることを知ったのだ。それを組織に報告すると酒川を威《おど》したのかもしれない。おそらく金を要求したのだろう。ひと口乗せろ、くらいのことをいって不思議ではない。

断われば、大池で進めつつある、でかい儲け話の件を、西の上層部に報告される。受けいれれば、稼ぎをはねられる。それは我慢できなかったにちがいない。

極道世界の矛盾という奴だ。

極道に憧《あこが》れる人間は、皆、どこかにロマンチックな幻想を抱いている。稲垣もそうだった。

自分が堅苦しいカタギの勤めに向かない人間だと考え、もっと個人として、男を磨ける極道になりたいと思うのだ。

が、実際の極道の世界は、企業と同じで、個人よりも組織の利益が優先される。組の方針に刃向かったり、盾つくことは、カタギのサラリーマン以上に許されない。組織に属していなければあっというまに押し潰されるし、属しているならいるで、きつい上納金を求められる。

組織の看板で潰されずにすむのだから、それは当然だというのが、上納金の理由だ。稼げば稼ぐだけもっていかれる。生まれてこのかた、一円たりとも税金を払わず、生活保護を詐取しているような連中ですら、上納金からは逃れることができない。大所帯を維持している組織であればあるほど、その締めつけは厳しい。

属しているのが大組織であればあるほど、その締めつけは厳しい。大所帯を維持していくためには、それだけ金がかかるからだ。

この矛盾は、できる極道ほど、きつく降りかかってくる。血と汗を流せば流すだけ、上は高額の上納金を要求してくるものなのだ。

酒川は、それにうんざりしているにちがいない。上納金をとられない稼ぎを狙って、大池に目をつけたのだ。カタギである清水がパートナーならば、表だって動かない限り、西の上層部に知られる気づかいはなかったからだ。

梅島は、当初秘密を守ると、酒川には思われていたのだろう。が、高見の横槍《よこやり》で仕事に失敗し、もめたにちがいない。あるいは西に応援を要請しようとして、あわてた酒川に口を塞《ふさ》がれたか。

いずれにせよ、酒川は、大池の一件を、西には知られたくないのだ。高見を殺すかどうかは、西に知られないためには、どちらが正解かにかかっている。

「殺るんだったら早く殺ってくれ」

高見はわざと大きな声でいった。

「そのかわり、あんたに殺られたっていうことは、幹部会にもすぐ知れる。今のうちは、武闘派がのしててね。それなりのことは覚悟しておいてくれ」

もちろん嘘だ。かりに高見が西に殺されたとわかっても、それが表沙汰《おもてざた》にならない限り、最高幹部会は知らぬ顔をきめこむ筈だ。だがそんなことをいえば、即座に殺されるだろう。

酒川が恐れているのは、東の仕返し以前の反応だ。東の口から、西の上層部に、大池での酒川の動きが洩《も》れることである。

「――だから殺す、とはいうとらんやないか」

酒川がいらだったように高見をふり返った。

「だが殺るかどうかの相談だろ。おたくも上の命令で動いているのだろうから、恨みはもたねえよ。これも極道渡世だ」

わざとふてくされたように、高見はいった。酒川は返事をしなかった。

「あっちで話すか」

清水がいい、頷《うなず》いた酒川は靴を脱いで座敷に上がった。

二人は高見を残し、家の奥へと姿を消した。

ひとりきりになると、高見は恐怖がじわじわと湧《わ》いてくるのを感じた。極道にはいろいろな暴力があるが、今夜のような場合、中途半端はない。

殺されるか、無傷で解放されるかだ。だが無傷で解放されるときには、それなりの誠意を要求される。

やがて酒川と清水が戻ってきた。

「結論はでたのか」

高見はいった。わずかに声がかすれている。

「間をおくことにしたわ」

酒川は淡々といった。

「いろいろ調べたいこともあるさかいな」

そのとき、家の外で車のクラクションが鳴った。

「来たようだな」

清水が頷いた。酒川がドアを開け、首だけをのぞかせて、

「こっちや」

と声をかけた。

若い男が一人入ってきた。

「ご苦労さんです」

酒川と清水に頭を下げる。ひと目で極道とわかった。酒川に呼びつけられたようだ。

清水が高見の口に手ぬぐいを押しこみ、ガムテープを貼《は》った。

「見張っとれ」

酒川は高見に顎《あご》をしゃくった。

「はい」

男は頷き、高見を見つめた。

「何者です？」

「何者でもええ。お前はいらんこと考えんと、わしにいわれた通りせんかい！」

「すんません」

「ええか。何があっても、目ぇ離すなよ。逃したら、エンコで済まさへんからな」

さすがにどすのきいた口調だった。男の顔が青ざめた。

「はい！」

直立不動になった。酒川は清水をふり返った。

「ほな、おっさん。いこか」

清水は頷いた。高見には目もくれない。

二人が家をでていくと、男はドアを閉め、鍵《かぎ》をかけた。上がり框《がまち》にどっかりと腰をおろし、無表情に高見をみつめる。

男の顔には見覚えがあった。梅島の手下だった男だ。確か一人を月岡がパクったといっていたので、もうひとりの方かもしれない。

この男は、兄貴分を酒川が殺したことを知っているのだろうか――口がきけないまま、高見は男の顔を見つめ返した。

「何見とんのや！　おう!?　あっち向かんかい！」

男が怒鳴った。高見は目をそらした。どうやら知らないようだ。根っから、頭を使うのが不得意なタイプだ。

酒川と清水が高見を残して去ったのは、いくつかの理由が考えられた。

まず二人とも、そう長時間はここにいられない、ということ。清水は教団本部に戻らなければならないだろうし、酒川に至っては、大阪にいることになっている。

次に、酒川は、高見の話がどこまで真実なのかを確かめようと考えたのだろう。東にいる知り合いを通して、高見の現在の状況を調べるにちがいない。

調べがつけば、高見の言葉がハッタリであったとすぐにばれる。酒川は戻ってきて、高見を殺すだろう。

若い男はコンビニエンスストアの袋を手にしてきていた。中から缶コーヒーをだして喉《のど》に流しこむ。煙草に火をつけ、雑誌を広げた。たとえ口を塞がれていなくとも、この男には高見の口八丁が通じそうになかった。難しい話をされると怒りだすタイプだ。こういうやくざは、一番重宝され、そして使い棄てにされる。

高見の命は、もってあと一日だった。

20

時間が過ぎていった。見張りの男に気づかれないようにそっと、縛《いまし》めが外れないかと高見は試してみた。

無駄だった。さすがに酒川は〝プロ〟だった。何度やってみても外れそうにない。

いったい今は何時頃だろうか——殴られてどのくらいのあいだ気を失っていたかはわ

からないが、真夜中はとうに過ぎているにちがいないと高見は思った。清水と酒川が帰ったところを見ると、夜明けまでもさほど時間が残っていないかもしれない。見張りの男は、酒川の威しがきいたらしく、トイレにすらいくようすがなかった。だがいずれはトイレに立つ筈《はず》だ。まさか土間でする筈もない。

そう思う高見の方も、ひどく尿意を感じていた。

トラブルがあって極道が誰かをさらったとき、人質はまずトイレにいかせてもらえない。

さらうというのは、殺してはなく脅迫が目的であることが多い。脅迫とはすなわち相手のプライドを粉々に叩き潰すことだ。トイレを我慢させ、多勢の人間の前で垂れ流させることなどほんの序の口である。高見自身、これまでいくども、他人のそういう場面を見てきた。

もっとも極道どうしや、カタギでもさらわれ慣れているような悪質な連中だと、そんなものは屁でもない。

土下座し涙を流して頭を床にこすりつけたところで、次にどこかで出会っても、「初めまして」と平気で口にしたりする。そこまでの図太さがなければ生き残れないのだ。

いよいよ我慢できなければ、高見は垂れ流すつもりだった。この場合は一対一なのだから、さして悔しいとも恥ずかしいとも思わない。

――見てみろ、小便垂れ流してやがる、きたねえ野郎だぜ。

そういう罵声《ばせい》が飛んでくることもない。

二人きりになって、一時間もたった頃だろうか。見張りの若い男が立ちあがった。のびをして、ゆっくり高見に歩みよる。

高見はこの男に対してはあまり恐怖を感じていない。酒川が与えた命令は、「見張っておけ」だ。しかもあれだけ厳しく伝えた以上、それ以外のことは一切するな、という意味も含められている。つまり、高見が余分な真似をしない限りは、男は手をだしてくることはありえないのだ。

男はひと言もいわず、高見の体を床に転がした。縛めがゆるんでいないかを確認したようだ。

それから屋内に上がった。どうやらトイレにいったようだ。

高見は玄関を見た。ドアには鍵がかかっていた。起きあがり体当りしても、簡単には開きそうもない。男が戻るまでにはとうてい逃げだせないだろう。

男も一応その懸念はもっていたようだ。五分とかからず、戻ってきた。

あとは男が眠りこむのを待つ他ない——だが眠りこんだとしても、どうやって逃げるのか。

そのときだった。家のドアが小さくノックされた。男はどきっとしたようにドアを見つめた。

ノックは小さかった。が、確かに二度くり返された。

「——誰や」

男はいった。立ちあがり、高見とドアを交互に見つめた。

返事はない。

男はジャケットの下から匕首《あいくち》を抜いた。鞘《さや》から抜いて、右手に握りしめ、ドアに歩みよった。

「誰や」

もう一度訊ねた。

返事はなかった。男の顔に不安が浮かんだ。ドアについたのぞき穴に目をあてる。

だが明りのない玄関の外側に誰がいるかは確かめられないようだ。

男は錠を外し、ドアを大きく開いた。

「誰や、いうとるやんけ!?」

虚勢を張るように大声をあげた。

だが人は誰もいない。月も隠れたのか、暗闇が広がっているだけだ。

男の顔が不意に白茶けたものになった。恐怖がこみあげてきたのだろう。

激しい勢いでドアを閉め、鍵をかける。考えてみれば、野中の一軒家であることに気づいたようだ。

おもしろいことになった、と高見は思った。まさか幽霊だとは思わないが、ノックの正体が何であるか、高見にも見当がつかない。

だが今度は、家の奥の方で、コトン、という音がした。

男は文字通り、とびあがった。

「何や⁉」

高見の方を再び見る。高見は目を合わせないようにしていた。

男は家の奥に向かい、

「誰かおるんか！」

と怒鳴った。

返事は、さらにもう一度、コトン、という音だった。

「待っとれよ、このガキ！」

男はわめいて、音のした方へあがりこんだ。恐怖を打ち消すように、わざとどすんどすんという足音をたてている。

コトンという音は、家の裏側——トイレや風呂場の方からしたのだった。

ガラガラッという、引き戸を開ける音がした。が、他は何も聞こえない。

男は戻ってきた。完全に怯《おび》えている。高見にまっすぐ歩みよってきていった。

「おい、仲間がおるんか、お前」

高見は首を振った。

「嘘ついとったら、殺すぞ、こら」

目の前に匕首の刃をつきだす。高見はわざと唸《うな》ってみせた。

「何やて、わからんわ」

恐怖に話し相手が欲しくなったのだろう。高見の猿グツワを解いた。

「いうてみい。誰かおるんか」

ここはわざと怯えてみせるに限る。

「し、知りませんよ。こんなところに、誰かくるわけないじゃないですか」

「じゃ、何や、あの音は――」

「わかるわけないでしょう。ひょっとしたら……」

「ひょっとしたら何や」

高見はわざと生唾を呑《の》んでいった。

「いや……昔、そこの藪《やぶ》に死体が捨ててあったっていう話は聞いたんですけど」

「死体ぃ！」

男は立ちあがり、玄関のドアをふりかえった。まさにその瞬間を待っていたように、ドアが再び弱々しくノックされた。そして同時に何かがドアの表面をこするような、ざぁっという音もした。

男の形相がかわった。

「誰やぁっ」

と叫びながらドアに突進した。鍵を開け、表へとびだす。

次の瞬間、ガツッという音がして、呻《うめ》き声が聞こえた。

「阿呆《あほ》」

月岡が現われた。男の襟首をひきずっている。

「あんたか」

「あんたかやないで。手間かけよってからに」

吐きだして、月岡は男を土間に放りだした。男は完全に昏倒《こんとう》していた。

「助かったぜ。よくここがわかったな」

「稲垣に感謝するんやな。あいつが『イブ』の姐《ねえ》ちゃんを捜してくれたおかげや」

月岡は高見の縛めを、男のもっていた匕首で切りながらいった。

「どういうことだ」

「『イブ』に遊びにいったんやな。そこでマコから今日、お前とドライブいったいう話を聞いたんや。そのあと『カシス』に顔だして、わいに会うたいうわけや。お前がどこや訊ねたら、知らんけど昼間、『イブ』の姐ちゃんと、山の方いっとったらしい、いうてな。ぴんときたわ。お前の報告聞いたろ思うて、ママが無事帰ったら、『稲垣』いったんや。そしたらまだ帰っとらんやないか。こりゃおかしい、思うてな。稲垣に『イブ』の姐ちゃん、捜してもろて、ここを聞いたいうわけや。稲垣の車は確かにあったが、大阪ナンバーのベンツも止まっとる。こりゃ、さらわれたか、殺されたかのどっちかや、思て、中の状況がわからんさかい試したったんや」

「この男を知ってるか」

「荒井と同じで、梅島の子分や。頭の悪いガキやで、ほんま。どないする？　ひっくくるか」

「いや。忍びこんでいたのはこっちだ。今日のところはこのまま引き上げよう。こいつは多分、何も知らない」

「何をや」

「梅島を殺ったのは、酒川だ」

「なんでや」

「会ったのさ。酒川に」

月岡の顔が変わった。

「ほんまか。今どこにおんのや」

「今頃は大阪に向かって車を飛ばしているかもしれん」

「どういうこっちゃ」

「とにかくここをでよう。清水の尻尾《しっぽ》もつかんだし」

高見はいった。月岡は納得のいかないようすで、清水の「隠れ家」をでた。

清水の家をでた高見がまずしたのは、近くで用を足すことだった。

「もう少しで洩《も》らすところだった。助かった」

月岡は車を、高見の止めた稲垣の車のかたわらに停めていた。

「どこいく？　『稲垣』か」

高見は時計を見た。じき午前五時になろうとしていた。

「病院だ」

高見はいった。

「病院？　怪我《けが》しとんのか」

「いや。導山に会いにいく。伝えたいことがあるんだ」

「まだ寝とるで」

「着く頃には起きるだろう。俺が逃げたとわかったら清水が何をするかわからんからな」

「しゃあない。いこか」

稲垣の車のドアを開けかけ、高見は訊ねた。

「そういや、幽霊の真似はどうやってやったんだ？」

「簡単なこっちゃ。便所の窓が外からも開いたさかい、小石投げこんだった。ドアは裏にあった竹ボウキでこすったんや」

「そんなことか」

「そんなことで小便洩らさずにすんだんや。感謝せんかい」

藤田導山が入院したのは、大池から二駅のところにある大学病院だった。清水の家がある小山からは、二時間近くかかる。

高見と月岡が病院に到着したのは、夜も明けた、午前七時前だった。

病院の駐車場に車を止めると月岡が降りてきていった。

「導山とこいく前に、酒川の話、聞こか」

「いいだろう。いくらなんでもまだ早いしな。俺の車に乗れよ」

高見はいった。月岡は乗りこんでくるとぼやいた。

「くたくたや、もう。ひと晩中、『カシス』の用心棒やって、その上、お前助けて……」

珍しいことだった。高見だってそういわれればへとへとだ。

「俺の話を聞けば、それなりのことはあったと思うさ。まず清水だがな、本名は深水だ。黒木の女房の父親さ」

月岡の口がぽかんと開いた。

「ほんまか、それ」

「ああ。つまり、清水と黒木の女房と酒川は、初めからグルだ」

「初めって、いつからや」

「ずっと前だろう。清水が十七年前に大山教にもぐりこんで、それから娘を呼び寄せ、最後に酒川がでてきた」

「すると黒木はたらしこまれた、ちゅうわけか」

「そういうことだな。それと、酒川は、大山教の一件を、西の本部には何も教えていない。これは、組には内緒の儲け話なんだ」

「どういう意味や」

「奴は、自分の昔の女と、その父親と組んで、大山教と大池温泉を乗っとるつもりなのさ。おそらく計画がうまくいったあかつきには、足を洗うつもりなのだろう」

「梅島を殺《や》ったのは何でや」

「これは俺の勘だが、梅島はそのことを知らなかったのだと思う。梅島は黒木に雇われた。つまり酒川は清水といっしょで、初めはなるべく自分の手を汚さずにすませるつもりだった。黒木にすべてを背負わそうと思ったんだな。ところが、俺の邪魔で、計画がねじれてしまった。しかたなく黒木をまず殺した。梅島にやらせたのかもしれない。ところが今度は梅島が、これは組の仕事ではないことに気づいた。本部に報告されるとまずいってんで、梅島を殺った」

「そこまでわかれば充分や。酒川をパクるで」

「ちょっと待て。これは全部、俺の想像だ。酒川をパクっても、奴がシラを切れば、証拠は何もない」

「そんなことはわかっとるわ」

「それに原は今のところ清水に抱きこまれている。あんたが何をいっても、酒川をパクりには動かないぞ」

「ほな、どうするんや」

月岡はいらいらしたようにいった。

「奴らは今、手詰まりだ。だがそれが妙なんだ」

高見はいった。

「どういうこっちゃ」

「いいか。今、無理な動きをしなくとも、あと何ヵ月かすれば、導山は癌《がん》で死ぬんだ。十七年も待ったにしては、洋一くんを誘拐しようとしたり、黒木を殺したりと、やけにじたばたしていると思わないか」

「それは酒川がでばってきたからやろ。極道が考えるようなことはそんなもんや」

「あんたは『ナニワのハブ』と呼ばれているといったじゃないか。そこまで単純な男だとは、俺《おれ》も思わなかったぜ」

「ほな、なんでや」

「清水の方に何か理由があるのか。それこそ清水も癌で残りが短い、とか」

「死ぬとわかっとる者が、そないな、あこぎなことするか」

「確かにな。だがそうでもなければ、奴の焦りの説明がつかない。ほんの数ヵ月をなぜ待てないのか、という」

「導山に訊《き》いてみたら、なんぞわかるかもしれんで」

月岡の言葉に高見は頷いた。

そのとき、窓にシールをはったキャデラックのリムジンが病院の入口のロータリーにすべりこんでくるのが、高見の目に入った。

作務衣を着た運転手が降りたち、後部席の扉を開く。

降りたった男の姿を見て、高見はいった。

「清水だ」

月岡はぐっと身をのりだした。

「あれが清水か……」

清水は落ちついたようすだった。リムジンのドアを開いた運転手に、ていねいに頭を下げ、病院の玄関をくぐって中に入っていった。

「導山の見舞いにきたんやな。お前が乗りこんでいったら驚きよるで――」

「どうかな。ひと筋縄じゃいかないと思うぜ」

「どないするんや。清水が帰るまで待つんか」

「今乗りこんだら、俺と導山のあいだにつながりがあることが清水にばれる。それはまずい」

「けど清水は導山を殺るかもしれんで」

「としても、今じゃない。今ここでじゃ、奴も手はだせまい」

月岡は不満そうな唸り声をたてた。

「とりあえず清水が引きあげるのを待って、導山に会いにいこう。辻橋に連絡をとり、病室に入れるように手を打ってくれ」

「また、わいか」

「俺がのこのこ病院にでかけていって、清水と鉢合わせしたらどうする」

「それもそうやな。しゃあない。ついでに清水のようすも見てきたろ」

月岡はいって、セルシオを降りた。

「怪しまれないようにな」

「わいのどこが怪しまれるっちゅうんや。どっから見ても、おとなしいおっさんやないかい」

「いってろ」

月岡が駐車場をよこぎって病院の方に歩いていくと、すれちがうようにリムジンが駐車場に入ってきた。

高見はそれを見守り、煙草に火をつけた。

清水はもう、高見が脱出したことを知っているにちがいない。が、高見と導山がつながっているとは夢にも思っていない。高見の脱出が、自分の身に危機を及ぼすとは考えていないだろう。

だがそうはいっても、清水にとって高見は不安の材料になる。いったいどんな動きをするのか予測がつかないからだ。

清水が今いちばん恐れているのは導山だ。病んでいるとはいえ、導山はいまだに大山教の絶対君主だ。いざとなれば清水を大山教から追いだすことができるのだ。

もし自分が清水なら、導山をこのまま病院に隔離しておく、と高見は思った。外部の情報がなるべく伝わらないようにして、野口との会談も遅らせる。そうしているうちに導山の病状が悪化するのを待つ。

清水が病院の医師を抱きこんでいる可能性はあるだろうか、と高見は思った。

医師を聖職者のように考えている素人は多い。が高見の経験では、医者にもかなりあくどい人間がいる。

人が職業として医師を選ぶ理由を考えてみると、これは比較的簡単にわかる。

理由の一は、病気や怪我から人を守り、救うことである。いわば表向きの理由で、子供の頃、医師になりたいと願う、その動機のようなものだ。

理由の二は、金銭的な成功である。もちろんすべての医師が金持ちになれるとは限らないが、金持ちになった医師は例外なく、自分の子供も医師にしようとする。これは医師という商売が、我が子にも継がせたいくらい、おいしいものであると考えていることを示している。

二代目になると、そのあたりは、もっと割りきられている。バブルの頃、高見はよく、六本木の高級クラブで若い医師やその卵たちと出会った。彼らにそれほど収入がある筈はない。遊ぶ金を与えているのは、彼らの親たちである。

二十《はたち》そこそこで高級外車を乗り回し、すわって何万というクラブで酒を飲む――それはすべて親から与えられたものだ。

その理由を、ある医大生の若者がこういった。

――僕ら、最初から医者になろうなんて思っちゃいないですよ。本当は絵描きやミュージシャンになりたかったり、ふつうのサラリーマンだっていいと思ってます。けど、親がそれを許しちゃくれないんです。小さな頃から、お前は医者になれっていわれてますからね。家をでない限り、職業選択の自由なんかないんです。かわりに、医者になる勉強さえするなら、こづかいはいっぱいくれるし、車も買ってもらえる。代償なんですよ

情けない話だ、と高見は思った。こんな連中が医師になって、命を預ける方はたまらない。

また、そういう連中だからこそ、誘惑には弱い。医師になるならと、子供の頃から大切にされ、我がままに育っているから、女や金で簡単に転ぶのだ。

もちろんすべての医師がそうではないだろう。だが患者に接しているときは「頼りになる先生」が、裏に回れば、「金と色の欲呆《よくぼ》け親父」であることも多いのだ。保険金詐欺や向精神薬の横流しに積極的に協力する医師を、高見は何人も知っていた。

大学病院あたりだと、勤務医としての給料は決して高くない。買収されるような人間がいても不思議はないのだ。

とはいえ、さすがに医師である以上、よほど性根の腐った人間でない限りは、殺人までは犯しはしないだろう。他の医師や看護婦の目もある。せいぜい理由をつけて、愚図愚図と退院をひきのばすくらいだ。

高見は辻橋と電話で話したときのことを思いだした。辻橋の話では、導山を今診《み》てい

るのは、主治医だという。

主治医がどんな男であるか、調べる必要はあるかもしれない。

高見は煙草をつけ、駐車場で停まっているリムジンを見つめた。

運転席には信者と覚しい、作務衣の男がすわっている。まっすぐ前を向き、微動だにしない。

あのリムジンが清水の専用車だとは思えない。ひょっとすると導山の車ではないのか。導山の病気をいいことに、導山の専用車を乗り回している――もしそうなら、教団内部における清水の力は意外に強いということになる。

そのとき、月岡が戻ってきた。セルシオに乗りこむと、荒っぽくドアを閉めた。

「辻橋と連絡ついたで。今から病院にくるそうや」

「清水のようすはどうだ」

「偉そうなもんや。医者や看護婦も、気ィ遣うてるわ。あれは何ぞあるな」

「何がある？」

「わからんけど、ただの見舞いの扱いやないで」

病院ぐるみ清水が買収しているというのだろうか。もしそうなら、導山の命は危ない。

だが、いくらなんでもそこまでは簡単にできない筈だ。

「――せやけど、ええ玉やな。清水ちゅう奴《やっ》も」

月岡はつぶやいて、ハイライトをくわえた。

「自分の娘と極道まで使うとるとはな」

高見は頷《うなず》いた。確かに只者《ただもの》ではない。

「本名は深水というんだ。調べられないか」

「下の名は何やろ」

「治平ではないな、たぶん」

「大阪か……」

月岡は顎の先をかいた。

「ずっと大阪かどうかはわからないぜ。大阪弁を使うときもあるらしいが、こっちの人間には、それが本物かどうかは聞き分けられないからな」

「せやろな――。お、でてきよった……」

病院の玄関に清水が姿を現わした。運転手が目ざとく見つけ、リムジンを駐車場からだした。

清水にかわったようすは見られなかった。落ちついた足どりでリムジンに歩みより、乗りこんだ。

「よっしゃ、いこか」

リムジンが病院のロータリーをでていくのを見送って、月岡はいった。

辻橋が病院に到着したのは、それから三十分後だった。高見と月岡は、辻橋の案内で、導山の病室に向かった。ところが、病室の前には、「面会謝絶」の札が掲げられていた。

それを見て、辻橋はまっ青になった。

「どういうこっちゃ。さっきまで清水は会うとったで——」

とりあえず三人はナースステーションに赴いた。

「あのう、藤田先生にお目にかかりにきたのですが——」

辻橋がいうと、でっぷりと太った年輩の看護婦が立ちあがった。

「藤田さんは面会謝絶です。今は、どなたともお会いになれません」

有無をいわさぬ口調だった。

「けどさっきまで人と会うとったやないか」

「そのあと急に具合が悪くなられたんです。今は鎮静剤を射《う》って、お休みになっています」

「鎮静剤？　何か発作でもおこしたのですか」

高見は訊ねた。

「そうじゃありません。担当の広永《ひろなが》先生が処方されたんです」

「広永先生とおっしゃるのが、藤田さんの主治医でらっしゃるんですね」

「そうです」

「先生とお話がしたいのですが」

「回診中です。お会いになりたいのなら外来にお越し下さい」

「外来？」

「先生は月、水の午前九時から十一時まで、外来の診察をしていらっしゃいます」

「わいらはどこも悪ないわ」

「では藤田さんの近親者でいらっしゃいますか」

「甥《おい》です」

辻橋がすかさずいった。

看護婦は意地悪げに首を振った。

「では駄目です。藤田さんとお話しになれるのは、あらかじめお届けいただいている方か、ご兄弟、あるいは奥さんやお子さんに限られます」

「そんなん誰が決めたんや!?」

「面会謝絶の場合のとりきめです」

くいつきそうな月岡を制し、高見はいった。

「あらかじめ届けた、というのは、清水さんのことですか」

「お答えできません」

「何ちゅうけったいな病院や！」

「おひきとり下さい」

看護婦はにべもなくいった。

「しかし重要な件をお話ししなけりゃならないんです」

辻橋がくいさがった。

「でしたらお届けいただいた方とお話し下さい。教団の方に問い合わせになればわかる筈《はず》です」

高見は目配せをした。押し問答をしてもらちがあかない。

病院をでて車に乗りこんだ辻橋は、途方に暮れていた。

「どうしよう……。まさかこんなことになるなんて――」

「教団のナンバー2は誰だ？」

「今の、ですか……」

「そうだ」

「表向きは……。秀鳳《しゅうおう》さまです」

「秀鳳？」

「女の方です」

「もしかして、元芸者か」

ぴんときた高見は訊ねた。

「ええ、そうです」

「知っとんのか」

月岡がいった。

「出井の女房のお袋さ。黒木の親父とのあいだに作ったのが、今の市長の女房だ」

「そうです」

「あんた以外に俺たちと導山とのことを知っているのは？」

辻橋は首を振った。

「藤田先生は、教団の人間は今は誰も信用できないからと……」

「わやや な。このままやったら導山が死ぬまで会われへんぞ。清水の奴、先手を打ちよった」

「参ったな」

高見は舌打ちした。

21

考えていた高見はいった。

「いや、まだ手はある」

「どんなんや」

「親子なら会えるのだろう」

気はすすまないがしかたがない。ここは亜由子と洋一をひっぱりだす他ない。

「そうか！　その手があったわ」

高見は時計を見た。

「大池に戻ろう。亜由子さんと会って話すんだ」

辻橋を残し、高見と月岡は病院をあとにした。辻橋をおいていったのは、会えないままでも、病院に詰めていることで、清水や、清水とつながっているかもしれない広永という医師に妙な真似をさせないよう、牽制《けんせい》をするためだ。別々に車に乗りこもうとしたとき、月岡がいった。

「まさかもう殺られとる、ということはないやろな」

「それは大丈夫だろう。たぶん麻酔漬けにしているんじゃないか。俺が逃げたんで、清水も用心をしたのさ」

「広永ちゅう医師もグルか」

「可能性はあるな。もしかすると入院させたこととじたいが、奴らの計画だったかもしれん」

「ケツに火がついてきたんやな。野口の阿呆《あほ》が導山に会う、いうたんで」

「そういうことだ」

大池の街に入ると、高見はまっすぐ亜由子の住むマンションをめざした。洋一は幼稚園にいっているだろうが、亜由子とは会える筈だ。

地下駐車場に車を止め、二人はエレベータで上にあがった。

亜由子の部屋の前まできて、インターホンを押した。

返事はなかった。

「でかけたのかな」

「妙や。なるべく出歩かんように、いうといたんやが……」

月岡がいった。不安そうな顔になっている。高見は鋭い口調で訊ねた。

「ここまで無事帰ったのだろうな、昨夜は」

「まちがいないわ。わいが送ってったんや。それからお前を捜すんで、稲垣と会うた」

高見はドアノブをつかんだ。鍵はかかっている。

そのときエレベータの扉が開いた。でてきたのは、亜由子のところへ通う家政婦だった。買物袋をさげている。

「あら！」

家政婦はいって立ちすくんだ。

「奥さまとお会いになれなかったんですか？」

高見と月岡は顔を見合わせた。

「しもた！」

月岡が呻《うめ》くようにいった。

「亜由子さんは私と会うといって、でかけたのですか」

高見は家政婦に訊ねた。

「ええ。お電話があって、高見さんが急に東京に帰られることになったからと……」

「電話をしてきたのは誰です？」

「さあ……。奥さまが電話におでになったので――。確か。高見さんの部下の方だとおっしゃったと奥さまは——」

「酒川や」

月岡がいった。

高見は頷《うなず》いた。後悔が胸を嚙《か》んでいた。自分と月岡が居残っている理由を、亜由子の存在だと、高見は酒川に告げた。そのあとで、組の命令があったと、前言をひるがえした。酒川は、高見の言葉のどこまでが真実かを、亜由子の口から確かめようとしているのだ。

「洋一くんは幼稚園ですか」

「ええ。朝、奥さまが送っていかれて——」

「どこです!?」

酒川は、洋一も誘拐するにちがいない。

家政婦はそのようすで、亜由子がさらわれたことに気づいたようだ。まっ青になって、両手を口にあてた。

「まさか奥さま……」

「落ちついて。洋一くんの幼稚園を教えて下さい。車で案内してほしいんです」

「は、はい」

セルシオに二人で乗りこみ、洋一の通う幼稚園をめざした。

遅かった。月岡が家政婦とともに職員室に向かった結果、洋一は一時間も前に、亜由子と連れの男の手で早退させられていた。

「俺のミスだ」

高見は呻いた。

「俺がやくざだと彼女に認めたばかりに、亜由子さんはかえって酒川を信用しちまったんだ」

すぐ警察に訴えようという家政婦を月岡がなだめた。今の段階では、誘拐だという確信がなく、警察は動かない。

とりあえず家政婦を連れ、二人は亜由子のマンションに戻った。リビングで呆然《ぼうぜん》と顔を見合わせた。

「酒川を甘く見た報いだ」

高見は吐きだした。

「思ったより動きが早い」

「奴が『ハブ』いわれるのもわかるやろ。嚙みつくときは早いんや」

「感心している場合じゃないぜ、くそ」

高見は吐きだし、煙草に火をつけた。

「酒川は二人をどないする気やろな」

「まず彼女から、俺の話のウラを取るつもりだろう。そのあとのでかたは、清水と相談するさ」

「もうあの家やないわな」

「別の場所を捜すさ。人里離れた家なんて、大山の周辺にはいくらでもある」

月岡は頷き、重い息を吐いた。

「まあ、奴もアホやない。すぐにママを殺《や》りよる筈はない」

「――亜由子さんをさらったのは最終の手段だ。梅島のときとちがって、威《おど》しじゃない。いうことを聞かせるか、消すかどちらかだ」

高見は血を吐くような思いでいった。

「そう心配すな。酒川かて、簡単にはカタギには手をかけんやろ。まして相手は、女、子供や」

「俺の話のウラをとるだけなら、洋一くんまで連れていく必要はないんだ。奴は一気にカタをつけようと考えているのかもしれん。導山の後釜《あとがま》に清水をすえるよう、実力行使にでたのさ」

「それには導山をうんといわせなあかんやろ。薬漬けでは無理や」

「洋一くんはそのための人質かもしれん」

そこへ家政婦がコーヒーを運んできた。高見が頼んだのだった。二人とも昨夜は一睡もしていない。ぼんやりとした頭では、何か重大な事実を見落とすかもしれない。

「――奥さまはご無事なんでしょうか」

コーヒーカップをセンターテーブルに並べた家政婦は盆を胸に抱き、不安げにいった。

「何時頃、亜由子さんはでていきました？」

「十時前だったと思います。わたしがちょうど買物にでるときでしたから」

「亜由子さんは自分でどこかへ向かったんですか」

「はい。車を運転していかれました」

高見は月岡と顔を見合わせた。

「呼び出したとするとどこかな」

「酒川はこのあたりの地理には詳しくないやろ」

「駅か。駅は人目が多い……」

「あの」

家政婦がいった。

「高見さんがお泊まりになっているのは、『稲垣』ですか」

「そうですが――？」

「そちらだと思います。奥さまは、高見さんのところへお訪ねするとおっしゃっていましたから」

高見は無言で電話に手をのばした。「稲垣」に電話をする。稲垣につないでもらうよう頼んだ。

電話にでた稲垣は、高見がかけてきたと知ると大声をだした。

「高見さん！　無事だったんですね」

「危ないところだったがな。だがもっと悪いことになっちまった。亜由子さんがさらわれた」

「えっ」

稲垣は絶句した。

「そっちで妙な動きはないか」

「そういや、今朝早く、高見さんにつないでくれっていう電話がありました」

「誰だ」

「名前は聞いてません。電話にでるのは、フロントの人間なんで……」

「亜由子さんがそっちにきた形跡はないか。十時半か十一時頃だ」

「ちょっと待って下さい。訊いてみますから」

受話器をおき、稲垣は離れた。やがて戻ってくるといった。

「高見さん。ママはきてませんが、地元ナンバーのベンツが停まっていたそうです。うちの前に」

「それだ」

酒川のことだ。大阪ナンバーの車を乗り回した梅島のような間抜けをする筈がない。

「うちの下足番が見てるんですよ。でね、そのベンツなんですが、黒木の車なんです。近づいたら知らない男が乗っていたんで、声はかけなかったっていうんですが——」

「そうか」

高見はつぶやいた。酒川は山池組の車を足にしているのだ。

「また電話する」

告げて、稲垣が何かをいう前に切った。月岡を見ていった。

「黒木のところだ」

「黒木？　死んだ黒木か」

「酒川を地元でバックアップしているのは、由加だ。元女だからな」

「山池組か」

高見は考えていた。由加ならきっと亜由子の居場所を知っている。だがどうやって訊《き》きだすか。

「由加はきっと酒川の居所を知ってるぞ。ただ簡単には喋《しゃべ》らんだろうが」

「それやったら、人質交換しよか」

月岡がいった。同じことを一瞬考えていた高見は、あきれて月岡を見つめた。

「それが一番やろ。黒木の女房さろうて、ママと交換するんや」

「あんた本当に刑事か。よくそんなことというな」

「地元のサツは頼りにならんからな。というて大ごとにしてもたら、それこそ酒川は、ママ殺りよるで」

月岡はきっぱりといった。高見は深呼吸した。

「よし。黒木の女房をさらって、亜由子さんと交換しよう。そうすれば清水も無茶はできなくなる」

「女房がどこにおるか、わかるんか」

「山池組の事務所なら知っている」

「そこにおんのやな」

「訪ねたときのようすだと、一日に一度は顔をだしているだろう」

「ほな、いくか」

月岡は立ちあがった。


大池温泉にある山池組の事務所には、案の定、前に見た黒木のベンツの姿がなかった。事務所のガラス扉は閉まっており、二階の窓にはカーテンがかかっている。少し離れたところに停めた月岡の車の中から、高見と月岡はそれを見つめた。稲垣のセルシオは、酒川にも知られていることから、途中、「稲垣」においてきていた。

「まさかあの事務所ちゅうことはないやろな」

月岡がつぶやいた。亜由子の監禁先をいっているらしい。

「それはないだろう」

やたらに愛想がよかった組長代行の沼沢を思いだしながら高見はいった。あの沼沢は、誘拐などに手を貸すタイプには見えない。それに万一のことを考えれば、山池組の人間には、亜由子や洋一を見られたくない筈だ。この場合の万一は、二人を殺すことを意味している。

「由加がいるかどうかはわからないが」

「張る他、ないな。わいでもお前でも、乗りこんでいけば、酒川とつながっとる由加は警戒するだけや。ここは一番、張りこむこっちゃ」

いうが早いか、月岡は運転席の背を倒した。

「交代で見張りや。まずわいがひと眠りさせてもらう。何ぞあったら起こしてくれ」

高見は無言で頷いた。寝ようという月岡を非情だとは思わない。心配すればきりがないが、今はとにかく体力を回復することだ。

さすがに月岡は刑事だけあって、よぶんな空想で体力を消耗しない。

ため息をつき、高見は時計を見た。午後二時を過ぎている。前に稲垣と山池組を訪ねたのは、ちょうどこのくらいの時刻だった。あのときは由加は事務所にいた。おそらく今もいるだろう。

月岡が鼾《いびき》をかき始めた。それを見やり、高見はラークに火をつけた。二十四時間前は、山奥で若い女を抱いていた。それが大昔のことのように思える。

野口は、何の連絡も高見からないのでいらだっていることだろう。三億を野口から引っぱれれば、組に無傷で戻るのも夢ではなかった。

が、そんなことよりも今は、亜由子と洋一を救いだす方が高見にとって重要だった。酒川が亜由子に手をだすことだけは、考えたくない。必要な情報を手に入れるためなら酒川は何でもするだろう。亜由子を犯すのも躊躇《ちゅうちょ》しないにちがいない。それだけは起きてほしくなかった。もしそうなったら、高見は酒川を殺すだろう。絶対に許さない。

四時になった。

山池組の事務所のガラス扉が開いた。沼沢に送られた由加が現われた。若い者を従えている。

高見は月岡をつついた。さすがに月岡はすぐ目を覚ました。

「でてきよったか」

起きあがり、目をこすっていう。ポケットのハイライトをとりだし、一本口につっこんだ。

由加は、若い衆や沼沢が腰をかがめて送る中、事務所の前に停まっていた赤のソアラに乗りこんだ。運転手はいないようだ。正式に組長を襲名していないので、運転手がつかないのだろうが、酒川との密会がある以上、付き人は由加の方で断わっているのかもしれない。

ソアラが発進した。月岡が車のエンジンをかけた。少し離れるのを待って、車をだす。

「まっすぐ帰るんかな」

「どうかな。少し尾《つ》けてみよう」

「よっしゃ」

月岡の尾行はさすがに巧みだった。ソアラが目立つせいもあるが、通行量の決して多くない温泉町を、気づかれる心配なく尾けていく。

高見は携帯電話をとりだした。しばらく持ち歩いていなかったが「稲垣」にセルシオを返したとき、もってでてきたのだ。東京からかかってくる可能性も考え、送信専門で使うつもりだ。

稲垣を呼びだして訊《たず》ねた。

「黒木の家はどこだ」

「大池の駅の上の方です。先代からですから、でかい屋敷ですよ」

「わかった」

ソアラは温泉町を抜けると、その大池の市街地方向に向かう国道に合流した。

「まっすぐ帰る気かもしれん」

月岡に黒木の家を告げ、高見はいった。

「家にはきっと手伝いやら何やらがおるで。帰られたら、さらうのは面倒や」

「わかってる。距離を少し詰めてくれ。それと俺のチャカを返してもらおう」

「しゃあないな」

月岡はため息をついて、顎《あご》でダッシュボードをさした。

「そん中や」

車のスピードが上がった。高見は手をのばし、ダッシュボードから拳銃《けんじゅう》をとりだした。

「ソアラのうしろにつくんか」

「そうだ。信号で止まったとき、おカマを掘ってくれ。俺がでていって話をつける」

「荒っぽい手ぇやな」

「家に押し入るよりましさ」

「さらってどこいくんや」

それを高見も考えていた。まさか「稲垣」へ連れていくわけにはいかない。といって、亜由子のマンションもまずい。

「そうだ。きのうの清水の『隠れ家』はどうだ」

「はあ？　本気か」

「奴らも今あそこにはいない。俺に知られているからな」

「また忍びこむんかい」

「いや。きっと由加は鍵《かぎ》をもっている。灯台もと暗しという奴さ。酒川もまさか自分たちのアジトが俺たちに使われているとは思わないだろう」

「もしいって、きのうの若い衆がおったらどないすんのや」

「そいつも人質だな」

「大胆なこと考えよるな。東京の極道は！」

「大阪の刑事《でか》よりは上品だよ」

月岡は巧みに前をいく車を追いこし、ソアラとの距離を詰めていった。山陰《やまかげ》に陽が落ち、国道は薄闇《うすやみ》に包まれている。多くの車がスモールランプを点《とも》していた。

ついにソアラのまうしろについた。この暗さなら、ミラーで自分の顔を由加に気づかれる心配はない。

「あの信号だ」

高見はいった。二台から百メートルほど前方の信号が黄色にかわっていた。

「よし。いくで」

ソアラがブレーキランプを点した。一拍おいてから、月岡がブレーキを踏んだ。それも緩やかにだ。

ずるずる、という感じで、月岡の車は滑り、ソアラに追突した。

追突の衝撃は、した側よりもされた側の方がはるかに大きく感じるものだ。衝撃がくる方向が、前方と後方という差もあるが、あらかじめ追突を予期しているのとしていないのとでは、体の緊張度にちがいがある。

月岡の追突のさせ方は絶妙だった。あまりに激しくすれば、由加が怪我《けが》を負って、あとが面倒になる。といって軽く合わせた程度では、一瞬呆然《ぼうぜん》とさせることができない。

ソアラの後部バンパーが数センチへこむ程度の衝撃で、月岡の車は追突した。

予期していなかったソアラが大きく揺れた。一瞬ブレーキから足が離れたのか、前へつんのめるように動く。幸いに、ソアラと前の車は距離が開いていたので、二重衝突は起きなかった。

運転席からふり返る白い顔が見えた。高見は助手席を降りた。月岡がハザードを返し、左に車を寄せる。

高見はソアラに近づいた。

「すいません！　大丈夫ですか⁉」

追突は、後方の車からは見えている。あくまでも事故を装うために大きな声をだした。

由加が瞬《まばた》きして、高見を見た。怒りより驚きの方が勝った表情だった。

「車を左に寄せて下さい！」

高見が叫ぶと、我にかえったように左のウインカーを点し、ハンドルを切った。ドライバーの本能が、まず周囲の車の流れを気にするのだ。

ソアラのドアはロックされていなかった。

高見は助手席のドアを開け、腰をかがめた。

「怪我はありませんか⁉」

由加は驚きのせいで、まだ高見に気づいていなかった。

「どうしちゃったの⁉」

「追突したんです」

いって高見は素早く助手席に体をすべりこませ、ドアを閉じた。ようやく由加は異常に気づいた。表情を険しくして、

「ちょっと――」

と声をだす。高見は上着の前を開け、拳銃を見せた。

「女相手に手荒な真似はしたくない。いうことを聞いてくれ」

由加ははっと息を呑《の》み、高見の顔を見つめた。左手がサイドブレーキのうしろにおかれたバッグにのびた。大きな黒のオーストリッチだ。

「やめとけ」

その手を押さえ、高見はいった。武器が入っているとは思えない。たぶん携帯電話だろう。

「あなた、稲垣が連れてきた人ね」

由加は目をみひらき、鋭い声でいった。

「こんな真似をして只《ただ》ですむと思ってるの」

「思っちゃいないが、これもいきがかりでね。車をだしてもらおうか」

「どこへいくのよ」

高見はわざと答えなかった。初めて由加の顔に恐怖が浮かんだ。

「ちょっと！　どこへ連れていく気なの!?」

「だからいったろう。いうことを聞いてくれれば、あんたを傷つける気はない」

由加は唇をひき結び、唾《つば》を呑んだ。やや険はあるが、垢抜《あかぬ》けしたいい顔立ちをしている。着ている和服にあわせ、髪を結いあげた額に汗が浮かんでいた。

「――どこなの」

「あんたの親父《おやじ》さんの『隠れ家』さ」

由加はわずかに目を広げた。

「知ってるの」

「酒川から聞かなかったのか。きのうひと晩、俺はあそこに転がされていたんだ」

由加の目がさらに広がった。

「何なの、あなたいったい——」

「見ての通りだ。早く車をだしな」

由加は顔をそむけ、前方を見つめた。どうすればいいかを懸命に考えているようすだ。

「お互い、同じ渡世だ。協力さえしてくれりゃ、悪いようにはしない。本当だ」

いいたくないセリフだったが、高見は口にした。女親分を気どっている由加にはそれがきいたようだ。

ほっと息を吐き、サイドブレーキをおろした。サイドミラーに目をやって、右のウインカーを点す。

「落とし前はつけさせるわよ」

厳しい口調で由加はいった。

清水の「隠れ家」には誰もいるようすはなかった。ソアラと月岡の車が前庭に停まったときには、日は完全に暮れていた。

由加は月岡が降りたつと、

「あんたも東京の極道なの」

運転席にすわったまま言葉を浴びせた。

「えらい気の強い姐《ねえ》さんやな。わいのこと、男から聞いてへんか」

月岡はにたっと笑った。由加は眉《まゆ》をひそめた。

「何いってるの」

「とぼけんかてええやろ。わいは酒川とは昔馴《な》染《じ》みや」

「――あんたでかね。でかがこんな真似していいと思ってるの⁉」

月岡の正体に気づいた由加は声を荒らげた。

月岡は平然としていた。

「えらいことしてしもたわ。東京の極道は、やることがキツイで、ほんま。まさか極道のあねさんをさらうとは思わへんかったわ」

「ふざけたこといわないでよ。さっさと帰さないととんでもない目にあうわよ」

「せやろな。どないしたもんかいな……」

「いい加減にしろよ」

高見はいい、由加を見つめた。

「この家の鍵をあんたもっているだろう。俺たちがあんたに頼みたいのは、ここを開けて、酒川に電話をすることだ。それがすめば解放する。指一本だって触れやしない」

「そんなもの、信用できる筈《はず》ないでしょ」

由加は吐きだすようにいった。

「信用してくれないなら、あんたが考えているようなことをするまでだ。たっぷり楽しませてもらって、それからこのあたりの藪《やぶ》の中に埋めちまう。どっちがいい」

高見は冷淡にいった。

「酒川、酒川って、昔の男の話をいつまでしてるのよ。あたしがあいつの居所なんて知るわけないじゃない」

「そいつはないやろ。姐さん。あんたら今でも仲ようやっとるやないか。黒木殺《ばら》したんも、酒川、あんたのためやいうとったで」

月岡がねちっこくいった。

「組の者に知れたら、あんたも困るだろう」

高見もいった。由加の顔がルームランプのもとで、さらに白くなった。

「だいたい、あんたと清水が親子だってことを知っている人間がこの大池にはひとりもいない。それだけでもえらい騒ぎになるぜ」

由加はぎゅっと唇の端を嚙《か》んだ。きりきりと眉が吊《つ》りあがる。

「――何が欲しいのよ」

月岡が高見を見やった。高見は芝居を打つことにした。

「組からはいろいろいわれている。だがうちとしても戦争をしたいわけじゃない」

「あたり前じゃない！　勝てると思ってるの」

「そりゃ西には勝てないかもしれんが、山池組みたいな小っちゃな組はどうってことはない。酒川だって大っぴらに西に加勢を頼める立場《おたく》じゃねえだろう」

由加は無言だった。

「だがとりあえずは、酒川がさらった人間を返してもらいたい」

「さらった？」

由加は顔をあげた。

「誰をさらったっていうの？」

「導山の妾《めかけ》とその倅《せがれ》だ」

「何よ、それ」

由加は唖然《あぜん》とした表情になった。

「何いってるの」

どうやら本当に知らないらしい。

「今朝早く、酒川は俺の名を騙《かた》って、亜由子と倅の洋一をさらったんだよ」

「嘘《うそ》！」

「ほんまや。それやから、姐さんにつきおうてもろたんや。姐さんと交換しよ、思うてな」

「そんな話聞いてないわ！」

「いろいろあったんで酒川も焦っているんだろうさ」

「いろいろ――」

「詳しい話は本人から聞け。さっ、家に入ろうぜ。鍵《かぎ》はもっているのだろ」

由加はあきらめたようにソアラのイグニションに刺さっているキィホルダーに手をのばした。

ソアラのエンジンを切って、降り立った。無言で家の玄関に歩みより、キィホルダーの中の鍵のひとつをとりだした。月岡の車のライトがついているので、鍵穴は容易に見つけられる。

先に飛びこまれ、中から鍵をかけられてはたまらない。高見は鍵が開くと素早くドアをくぐった。あとから入ってきた由加がスイッチを捜しあて、土間の明りが点った。

自分の車のエンジンを切って、月岡が最後に玄関をくぐった。

「ここへはよくくるのか、あんたも」

高見は由加に訊《たず》ねた。土間の中央に立ち、こわばった表情を浮かべていた由加は首を振った。

「めったにこないわ。虫が多いから。……苦手なの」

「なるほどな。姐さんも虫には弱いちゅうわけや」

「そんなことより、さっきの話は本当なの。酒川が亜由子をさらったっていうのは」

「会ったことがあるのか、彼女に」

「『カシス』にいったことがあるわ」

亜由子もそういっていたような気がする。高見は頷《うなず》いた。月岡が上がり框《がまち》に歩みよっていった。

「まあ、とにかく上がらせてもろて、すわろうやないか。姐さんも、手荒な真似はされんちゅうことがわかったやろ」

「まだそこまで信用してないわ」

「せやけど、ここやったら何しても、どんだけ大声だしても、誰もこんで。やるんやったら、とっくにやっとるがな」

由加は胸の前で両手を組み、月岡と高見の顔を交互ににらんでいたが、やがて大きな息を吐いた。

「今さらじたばたしても仕方がないわね」

「そういうこっちゃ」

草履を脱ぎ、座敷にあがった由加を、高見は半ば感心して見つめた。いい度胸をしている。酒川が信じて黒木をたらしこませただけのことはあった。

三人は奥の居間に入った。高見は隅におかれたファックス兼用電話をさした。

「酒川に電話してもらおうか」

「あの人を殺す気じゃないでしょうね」

「奴《やつ》が人質に何もしてなけりゃ、手をだしゃしない」

由加は頷き、電話の前にすわった。が、それ以上は動こうとしなかった。

「どないしたんや」

「やっぱりあたしにはかけられない」

「なんや。どういうこっちゃ」

由加は月岡をふり仰ぎ、いった。

「あたしは酒川の女よ。黒木の女房でいたあいだだって、ずっと酒川の女だった。酒川を売るくらいなら死んだ方がいいわ。殺すなら殺しなさい」

はっきりとした声音だった。月岡があきれたように首を振った。

「腹のすわった姐さんやな」

「奴のためならどんなことでもするというわけか」

高見はいった。あるいはこうなるのではないかと予期していたのだった。月岡の調べだと、由加は酒川のために殺しを手引きした可能性すらあるのだ。そんな女が、さらわれ、銃をつきつけられたくらいであっさり、泣きを入れてくるとは思えない。

「何とでもいいな。さあ、殺しゃいいだろ」

うってかわって口調が乱暴になった。月岡が苦い顔になった。

「こうなると、男より女の方が始末悪いで」

高見は息を吐いた。

「じゃあ俺が勝手に電話させてもらう」

由加を押しのけ、畳の上にアグラをかいた。由加が不審そうに高見を見つめた。酒川の連絡先を知っているのか、と問いたげだ。

高見は受話器をとりあげた。もしかすると、という予感があった。前に忍びこんだときに調べた、オートダイヤルの五番を押した。携帯電話の番号が登録されていた位置だ。液晶画面に十桁《けた》の番号が表示された。

由加の顔をじっと見つめ、受話器を耳に当てた。強い光を帯びた由加の目が見返してくる。

呼びだし音が耳に伝わってきた。一度、二度、三度と呼びだし、そして四度目の途中で、

「はい」

と低い男の声が応《こた》えた。

高見は黙っていた。

「はい、もしもし？」

酒川の声がいった。やはり清水は、酒川の携帯電話の番号を登録していたのだ。

高見は受話器を由加の顔の前につきだした。

「話せよ」

由加は首を振った。固く唇をひき結んでいる。意地でも口をきかない、という顔だった。高見は受話器を再び耳に当てた。

「誰や」

わずかにいらだったような酒川の声が流れこんだ。

「東京者《もん》だ」

高見はいった。

「おう。逃げたこそ泥かぁ。よう、わかったの。この番号が」

酒川は驚くようすもなくいった。

「蛇《じゃ》の道は蛇《へび》だ。あの若い衆、ひどく責められたのか」

「タンコブ作っとる者しばいたかて、しゃあないやないか。一発はたいて終わりや。そっちこそ何の用や」

「何のこっちゃ」

「預かり物をしている。そっちの預かり物と交換しようかと思ってな」

酒川はのんびりとした声をだした。

「今朝早く、そっちが連れていった人間のことだよ」

「わからんな」

「そうか。お前の元の女がこっちにいるんだがな」

「誰のことや」

「わかるだろう。お前のために殺しを手伝ったり、他の男の女房にまでなった女だよ。もっとも、今は未亡人だがな」

「ああ……。あれか」

「そうさ」

「そないな者、どうとでもしたらええがな」

淡々と酒川はいった。

「まあ、お前がそういうとは思ったがな。惚《ほ》れた男のために、命も体も投げだした女を見捨てちゃ、お前も寝覚めがわるいだろう」

「せこい手使うの、東京者は」

「先にさらったのはそっちだ。子供までな」

「知らんな」

「そうか。じゃあいい。また会おうぜ」

いって高見はフックを押した。由加は微動だにせず、高見をにらんでいる。

すぐに携帯電話のベルが鳴りだした。由加のハンドバッグの中だった。

酒川にちがいなかった。高見の話のウラをとろうと、由加の携帯電話にかけてきたのだ。

高見は由加を見つめ、無言でバッグから携帯電話を抜きとった、由加も何もいわない。

受信ボタンを押し、耳にあてた。

「――もしもし」

酒川の声がいった。

「というわけだ」

高見はいった。酒川は沈黙した。

やがていった。

「東京者はおもしろいこと考えるな」

くいしばった歯のあいだから言葉を押しだすような話し方だった。

「お互いさまだ。交換会といこうか」

「しゃあないわ」

酒川はあっさりといった。

「けど、これ一回きりやで。またやりよったら、そんときはお前、殺すで」

「そのセリフ、すっかり返すぜ。カタギをさらうのは、極道の名折れだろう」

「まったく、よぶんな奴っちゃな。なんでお前みたいのを東はよこしよったんや」

酒川はむしろ朗らかに聞こえる口調になっていった。それを無視して高見はいった。

「どこで会う」

「どこがいいんや」

お互いに今どこにいるかは決して口にできない。だが酒川も高見と同様、土地勘のないこの大池で、誘拐した人質をおいておける場所などそうはない筈《はず》だ。あるとすれば、ここのように、清水が用意した場所だ。

「駅前でどうだ」

酒川には手下がいる。妙な場所で待ちあわせてハジかれてはたまらない。高見はいった。

「ええで。ロータリーのところか」

「そうだ」

高見は時計を見た。

「八時だ。そっちは亜由子と洋一を連れてくる。こっちは由加だ」

「二対一か。損な取引やな」

「他所者《よそもん》どうしだ。地元の人間に迷惑かけるような真似はつつしもうや。何かあると、お前の女が今後いづらくなるぜ」

「――ええやろ」

酒川はゆるゆるといった。

「じゃあ後でな」

いって、高見は電話を切った。つづいて携帯電話のバッテリーを外してしまった。スキを見て由加に助けを求められてはかなわない。

由加を見やった。

「話はついた。あんたと二人を交換させてもらう」

「あなたいい度胸ね」

無言でやりとりを聞いていた由加がいった。

「あの人と対等にやりあえる人、初めて見たわ」
「ほめられても何もでないぜ」
高見はにこりともせずにいった。

22

清水の「隠れ家」をでた三人は、月岡の運転で大池駅へ向かった。酒川の口調では、亜由子と洋一は無事のように思われたが、安心はできない。

酒川のような話し方をするのは、にこにこ笑いながら、平気で人間をぶち殺すタイプに多い。敵に回すと最も陰険で危ない性格の持ち主だ。

八時少し前に、車は駅前のロータリーにすべりこんだ。ロータリーは閑散としていて、客待ちのタクシーが数台並んでいるだけだ。

これからが最も注意を払わねばならない状況だ。ちょっとしたやりとりのいきちがいで、殺し合いになりかねない。余裕を見せているとはいえ、酒川も女をさらわれて腸《はらわた》が煮えくりかえっているだろうし、高見も本当の意味で冷静だとはいえないからだ。

ロータリーにはまだ、酒川のものらしき車はなかった。くるとすれば黒木のベンツなのか、それとも別の車か。

高見は月岡にいった。

「あんたは車を降りて、離れたところにいてくれ。こじれたときのことを考えると別々の方がいい」

「何いうてんねん。どうせ、この姐《ねえ》さんはわいの顔を見とんのやで。何ぞあったら一蓮《いちれん》托生《たくしょう》や」

月岡は心外そうにいった。

「別にあんたのクビを心配しているわけじゃないんだ。一台で固まっていたら、ハジかれたときに終わりだろう」

月岡は唸《うな》った。

「酒川はそこまでアホやないで」

「血が昇るってことがある。向こうがそうならなくとも、こっちがなるかもしれん」

月岡は下唇を嚙《か》み考えていたがいった。

「わかった。側面援護ちゅうことで、その辺に隠れとるわ」

高見は頷いた。月岡は運転席のドアを開けると、人影のない駅の構内に向かって歩いていった。

高見は助手席から運転席に移動した。後部にすわっている由加は無言だった。由加のソアラは、清水の家の庭においてきたのだ。

由加をふり返り、いった。

「酒川もあんたに心底、惚《ほ》れているんだな」

由加は答えなかった。

「なぜずっといっしょにいなかったんだ」

「──あの人は今のままで終わる人じゃないわ。でも大阪にいたら、こんな世の中じゃ大きくなれない。だからわたしがきっかけを作ったのよ」

「──わかるような気がするよ。西も何かと抑えこまれてたいへんだからな」

「あなた所帯は？」

「ないね、そんなものは。所帯をしょって生きられるほどいい時代じゃないからな、今は」

高見は首をふった。

「そうね。東京もたいへんらしいじゃない。警察もだけど、外国人マフィアものさばってるって」

「いろいろかわっていくのさ。チャイニーズマフィアなんてのは、平気でいくつもの組にかけもちで入ってるからな。要は、手前が生きやすい道をどんどん選ぶ時代だ。酒川もそうしてるのだろう」

「──極道も派閥があるからね。そういう苦労はしているみたい」

由加はぽつりといった。

この女は酒川にすべてを捧《ささ》げているのだろう。いったい何がそこまでさせるのか高見にはわからない。

自分が亜由子に真剣に惚れていることはわかっている。命を張るのも苦にならない。反面、高見の性格は、他人にそこまで惚れられると、相手が女であっても男であっても、重荷になってしまう。

思いを背負うのが苦手なのだ。自分ひとりの思いで自分ひとりが馬鹿をするのは、自分の勝手である。だが他人が自分のために何か犠牲を払っている姿を想像すると我慢できない。

張り倒して、バカな真似はやめろ、といいたくなるのだ。

高見はラークに火をつけ、煙を吐きだした。由加は背をしゃんとのばし、微動だにしない。この女が山池組を束ね、裏で酒川と組んだら、確かにこの街を牛耳るだろう、と高見は思わざるをえなかった。

ルームミラーにヘッドライトの光がさしこんだ。高見はふり返った。タクシーではない乗用車がロータリーに流れこんできたところだった。

それは高見たちの乗っている車を追いこし、前にすべりこんだ。ウインドウ全面にシールを張った黒木のベンツだ。中に何人乗っているかはうかがえない。

高見は由加をふり返った。

「俺がいいというまで車をでないでくれ。分別のない真似をすると、よぶんな血が流れるぜ」

由加は光る目で高見を見つめ、頷《うなず》いた。

高見はドアを開け、降りたった。ただしいつ撃たれても車に飛びこめるよう、ドアの陰からは離れない。

ベンツは五メートルほど離れた位置で停止した。すぐには誰も降りてこない。

高見は深呼吸した。拳銃《けんじゅう》はいつでも抜ける位置にある。が、こんなところでぶっ放す羽目にだけは陥りたくなかった。交番は目と鼻の先だし、タクシーの運転手の目もある。一発でも撃ったら、刑務所入りはまちがいない。

ベンツの前のドアが両方開いた。

酒川と男が降り立った。清水の「隠れ家」にきた若いやくざだ。

高見は深々と息を吸いこんだ。

酒川は手下を車のかたわらに残し、ゆっくりと高見の方に歩みよってきた。高見は酒川と若い男の両方に目を配った。酒川に気をとられていると、撃たれるかもしれない。

酒川は高見から二メートルほど離れた位置で立ち止まった。

「ひとりか」

「今はな」

酒川は頷き、不意に夜空を見上げた。

「星がぎょうさんでとるな。東京や大阪とはえらいちがいや」

「それでここが欲しくなったのか」

酒川は答えず、上着のポケットから煙草をだしくわえた。高見は若いやくざの方を注視していた。すべてが「撃て」というサインに見える。背すじを汗が流れ落ちていた。

「――そういうこっちゃ。聞いたで。関東は、ここには何の興味もあらへん、ちゅうやないか」

「そうか？」

カマをかけてきているかもしれない。高見はとぼけた。

煙草に火をつけ、酒川はいった。

「手ぇ打たへんか。お前とわいと半分こや。どっちかが導山とこのアガリ、どっちかが温泉のシマや」

「うまそうな話だな」

「せやろ。わいも東の極道で、お前みたいなの初めて会うたで。しぶとい奴っちゃ。おるとこにはおんのやな」

「弾みって奴《やつ》さ。『ハブ』といわれるほど大物じゃない。こっちはケチな駆けだしだ」

「ご謙遜《けんそん》や。野口の爺《じじ》いなんぞとつるんどっても、何もええことないで。こっちへつかんか」

「その話は今度にしようぜ。互いにかわいい女をさらいあったあとだ。仲よくするには早すぎる」

酒川はじっと高見を見つめ、

「ふーん」

と頷いた。

「妙なもんや。シマを離れても、こうして西と東で角つきあう、いうんは」

「それだけ生きのびたいってことだ」

酒川はふん、と笑った。

「けどここで手打ちせんかったら、戦争やで」

「西と東のか。それとも、お前と俺とのか」

「どっちやろな。どっちにしても、わいは容赦せえへんぞ」

「しかたがない」

酒川は小さく頷いた。

「ほな交換しょか」

若い者に片手で合図した。男が後部席のドアを開けた。

亜由子と洋一が降りたった。亜由子は洋一をうしろからしっかりと抱きしめている。

高見は月岡の車の後部のドアを開いた。由加が降りた。

「由加、何もされへんかったかぁ」

酒川がのんびりと訊ねた。

「ええ。あたしは大丈夫よ」

由加がしっかりとした声で答えた。

「ほうか。堪忍やで。今度、この兄さんぶち殺したるさかいな」

亜由子と洋一が若い者に押しやられた。高見も由加に、

「いけ」

と告げた。

亜由子と由加はすれちがった。二人とも視線を合わそうとはしない。

「――高見さん」

車の前まできた亜由子は息を喘《あえ》がせながらいった。蒼白《そうはく》だった。

「車に乗って下さい、早く」

高見はいった。ベンツに歩みよった由加のために若い男がドアを開けた。

酒川は吸いかけの煙草をぱっと弾《はじ》いた。高見の足もとで火の粉が散った。

「おもろなるで」

酒川はいった。そしてくるりと背を向け、ベンツに歩いていった。由加の隣に酒川が乗りこむと、ベンツは猛スピードで発進し、ロータリーをでていった。

高見はほっと息を吐いた。さすがにへとへとだった。それでも車内をのぞきこみ、

「大丈夫ですか」

と亜由子に訊ねた。

亜由子は頷いた。両眼いっぱいに涙をためている。

「ありがとうございます、高見さん。助かるとは思いませんでした」

「あいつらに何かされました？」

「いえ。目隠しをされて、ずっと車の中に」

高見は頷き、顔を上げた。月岡がどこからともなく現われ、歩みよってきた。

「ようやったな。いつハジかれるか思うて見とったが――」

高見は月岡に顎《あご》でハンドルを示し、いった。

「長居は無用だ。ここを離れようぜ」


四人はとりあえず、亜由子のマンションに向かった。待っていた手伝いは、亜由子と洋一の顔を見ると、大声で泣きだした。

「どないするんや、これから」

手伝いがようやく落ちつき、洋一が亜由子のかたわらのソファで寝てしまうと、月岡がいった。

「本当なら今すぐにでも亜由子さんと洋一くんをこの街から逃したいが、そうもいかない。導山に会わなけりゃならんからな」

高見はいった。

「あの人が何か――」

亜由子が訊《たず》ねた。

「面会謝絶になっているんだ。薬漬けにされている可能性が高い」

高見はいった。

「どうして——」

「たぶん清水とその一派の陰謀だろう。連中はこのまま死ぬまで導山の自由を奪っておくつもりなんだ」

「導山に会うんは、近親者に限るちゅうて、医者もグルになっとる。そやさかい、洋一くんを奴らはさろうたんや」

「あなたと洋一くんが病院にくれば、医者も導山に会わせざるをえなくなるからな」

「なぜそんなことを？」

月岡と高見は顔を見合わせた。

「清水と、黒木の女房だった由加は実の親子なんだ。しかも由加は、あなたたちをさらった、酒川というやくざとは、黒木と結婚する前からの仲だ。三人は組んで、この大池と大山教の全部を乗っとる気でいる」

「ええっ」

亜由子は目をみひらいた。

「ほんまなら、もっと早うに導山を消したかったんやろが、洋一くんがおるさかい、そっくり実権がいってしまう可能性がある。消せんかったんはそのせいや」

「だがこれで、いつ奴らが導山を消す気になっても不思議はない、というわけだ。洋一くんには我々がついている。清水は洋一くんとあなたを思い通りにはできないとわかったのだからな」

高見はいった。

「あの人は殺されるんですか」

「その危険はぐっと増したわな」

月岡はいった。

「なるべく早よ病院にいって、導山を別のところへ移した方がええ」

高見は頷いた。その意見には賛成だった。が、その前に亜由子にいっておかなければならないことがあった。

「亜由子さん」

高見が改まった調子で呼びかけると、亜由子はふり返った。

「はい」

「はっきりさせておかなければならないことがある」

「何でしょうか」

「さっき、酒川は俺《おれ》に、手を組まないかといってきた。あなたと洋一くんが俺の思い通りになるのなら、儲《もう》けを山分けにしないかというんだ」

亜由子は、無言だった。

「奴は極道だ。同じ極道として、俺がただで今回のことにかかわっているとは思っていないんだ。それは不思議じゃない。極道というのは、『男を売る商売』だといわれている。つまり、俺という人間が誰かの側につき、何をするかで、金を払う奴もいれば、命を狙《ねら》ってくる奴もいるということだ。だが今回、俺があなたの側についているのは、金のためじゃない。本当にただのいきがかりとしかいいようのないことだ。もちろんそれを信じる人間は少ない。俺が極道だということがわかれば、皆が疑うだろう。俺があなたと洋一くんを使って、大山教を手に入れようとしているのじゃないかとね。

誓っていうが、それはちがう。それだけは信じていてほしい」

「一度だって疑ったことなんかありません」

亜由子は心外そうにいった。

「わたしは高見さんを——高見さんと月岡さんを心の底から信じています」

「ありがとう。その上で俺も、亜由子さんに訊《き》いておきたいことがある」

亜由子は高見を見つめた。

「何でしょう」

「洋一くんの将来のことだ。この子を、導山の後釜《あとがま》にすえるのかどうかで、状況はまるでかわってくる。もしあなたにも洋一くんにもその気がないのなら、導山にはっきりとそういうべきだ。大山教と洋一くんのつながりがなくなれば、これ以上のトラブルは決してやってこない」

「あの人がそれを許すかどうかだと思います。わたしは洋一に、親としての純粋なエゴでいうなら、大山教とはかかわりなく、ふつうの人生を歩んでもらいたいと思っています。でも藤田は藤田で、あとを継ぐことを願っていて、あの人もまた親である以上、一方的に自分の意見を通してしまってよいものか、悩んでいるんです。今度あの人に会うときは、きちんとそれを話しあわなければならないと思っていました」

高見は頷いた。

「ではもし、洋一くんのことを導山があきらめたなら、あとはどうなってもいいのだね」

「おい、そのいい方はちょっと酷やないか。ママは被害者やぞ。どうなるもこうなるも、皆《み》んな、清水と酒川が描いとる絵図やないか」

月岡がいった。高見は首をふった。

「いや、そうじゃない。確かに亜由子さんは洋一くんを大山教の教祖の跡継ぎにしようとは考えちゃいないかもしれないが、亜由子さんは亜由子さんなりに、洋一くんの母親という立場を利用してきた。利用というのはあんまりかもしれんが、『カシス』がこの街でやっていけたのは、やはり洋一くんの母親であり、かつては導山の愛人であったという点が大きい。それは否定できない筈だ」

亜由子の目に痛みが浮かんだ。それを見て、高見の胸も痛みを感じた。しかしいっておかねばならないことだった。

月岡が気色《けしき》ばんでいった。

「極道がなに偉そうにいうてんねん。人を利用すんのは、お前らのお家芸やないか」

「そんなことは承知の上だ」

高見は中《ちゅう》っ腹《ぱら》になっていった。

「それやったら、いわんでもええやろうが。なんや、さっきから聞いとったら恩着せがましう……。ごちゃごちゃいわんといたったらええねん」

「お前は黙ってろ！」

高見は怒鳴った。

「なんやと！　お前ひとりでママ助けた、いう気か」

月岡が怒鳴った。

「やめて。やめて下さい」

亜由子があわてて割って入った。

「高見さんのおっしゃることは本当です。わたしだって自分の立場を利用していたんですから――」

「ママは悪いことないわ。気にいらんなぁ」

月岡は吐きだした。

「極道がなに説教がましいこというてんのや。人間誰かて生きてかなしゃあないやないか。ママがやっとったんは犯罪でも何でもあらへんのや。それを、極道がいっぱしに――」

「俺はこの街じゃまだ誰も食いものにしてないぜ」

「まだやろうが、あくまでも」

月岡は下顎をつきだしていった。野口のことをいっているのだ。

「ケッタくそ悪いで、ほんま」

「月岡さん、ごめんなさい。本当に、高見さんのいっている通りなんです」

亜由子が必死にとりなした。

「ええよ、ママがそこまで気ぃ遣わんかて。ママが高見の味方するんはしゃあないわ」

「そのいい方はないだろう」

高見も顔色がかわるのがわかった。冷静なもうひとりの自分が、二人とも疲れているのだから落ちつけ、といっている。だがこみあげてくる怒りは抑えつけられなかった。

「ええ気なもんやで、ほんま。すっかり正義の味方気どりやないか」

月岡は吐きだすようにいった。

「何だとこの野郎！」

「お願いです。わたしのことで喧嘩《けんか》をしないで。お願い！」

亜由子がこん願するのを見て、高見は荒々しく息を吐いた。不毛なやりとりだというのはわかっている。

「月岡さんも、どうかわかって下さい。お願いです」

亜由子は両手をあわせんばかりだった。

「もうええわ」

月岡はいい、立ち上がった。

「お前と組むのもここまでや。最初から無理があったんや。わいが阿呆《あほ》やった、ちゅうことや。あとは勝手にさらせ。わいはわいで、酒川は仕止めたる。お前はお前で、ママのこと助けたったらええねん」

「ああ。そうさせてもらうぜ」

吸いかけのラークを強く灰皿に押しつけ、高見はいった。

月岡は鋭い目で高見をにらみ、亜由子にいった。

「ほな失礼させてもらいますわ。いろいろ気ぃつけてな」

「月岡さん――」

月岡はふり返りもせず、大またで玄関まで歩いていった。亜由子の制止もきかず、ドアを開け、でていく。

ドアが閉まった。

高見は息を吐き、新たな煙草に火をつけた。

亜由子が途方に暮れた表情でリビングに戻ってきた。

「月岡さんをあんなに怒らせてしまうなんて……」

「放っておけばいいんだ」

高見は低い声でいった。

「あの男が腹をたてた本当の理由はわかっている」

亜由子は顔を上げた。

「本当の理由?」

嫉妬《しっと》だ。何をしても、亜由子の気持は高見に傾く一方なのだ。月岡はそれがおもしろくなかったのだろう。

だが高見もそこまでは亜由子にいう気にはなれなかった。

「いいんです」

語調をかえ、高見はいった。

「それより大切なことは、あなたと洋一くんのこれからだ」

「はい」

亜由子は高見の向かいに腰かけ、うつむいた。

『カシス』は閉めなければならないでしょうね、やはり」

「その方がいいと思う。大山教と縁を切るのなら、この街をでていくのが一番だ」

亜由子はうつむいたまま小さく頷《うなず》いた。

「親子二人でふつうに暮らす。そういうことですよね」

親子二人の二人が、高見の胸につき刺さった。

「――そうだ」

しかし高見はその言葉を唇から押しだした。亜由子がはっと顔を上げた。

「高見さんは助けて下さらないんですか」

高見は唾《つば》を呑《の》みこんだ。

「俺にできることなら何でもする。でも、月岡がいったように、俺は極道だ……」

「それがいけないんですか」

瞬間、由加のことが頭をよぎった。命がけで極道に惚《ほ》れている女。

だが由加と亜由子とではちがう。ちがいすぎる。

「いけない」

乾いた口で高見はいった。

「あなた一人ならいい。だが洋一くんがいる。極道の父親をもつなんて、教祖の跡継ぎになるよりひどい」

「では、それをやめたら……」

亜由子は勇気をふり絞るような表情でいった。高見は亜由子を見つめた。光る目が見返してきた。

「もちろん、そんなことは考えている。あなたとのことがなくても、足を洗おうかという気持は、前からあったんだ。ただ……俺の場合は、そう簡単にはいかない。この街にきたのも、いろいろと、東京で煮詰まっちまっていたからなんだ」

「煮詰まる？」

「その話はいずれする。大切なのは、まずあなたたち親子だ」

高見は亜由子の問いを断つようにいった。

「いつもそうですね」

亜由子が寂しげにいった。

「何が？」

「高見さんは、わたしたちのことばかり。自分のことは何も話して下さらない」

虚をつかれた。高見は言葉を失った。

「高見さんは、まるで神様の使いのように、わたしたち親子を助けに現われて。わたしが何かを訊いても、はぐらかすばかり。わたしは、あなたにとって、ただの『おいしそうな女』だったに過ぎないんですか」

話が妙な方向にねじられている。

「そうじゃない。そんなのじゃないんだ」

「じゃ、どうしてもっとわたしに自分の話を聞かせてくれないんです」

「自慢できるようなことが何もないからだ」

「わたしが信じられないんですか。たとえ高見さんが人殺しでもわたしはかまわない。好きな人のことを知りたいと思うのは、自然な感情です」

さすがに涙こそ浮かべてないが、悲痛な響きがあった。高見は再び胸に痛みを感じた。

「――お願いです。次にわたしが高見さんのことを訊いたら、もうはぐらかさないで」

「……わかった」

高見はいった。

「約束する」

亜由子は頷いた。そしておずおずといった。

「明日の朝、一番で、藤田の病院を訪ねるんですね」

「それがいいと思う。本当は一刻を争うんだが、連中もまさか、今日の今日では、荒っぽいことはできないだろう。警察の親玉もからんでいるし」

「じゃあ寝《やす》んだ方がいいですね」

「洋一くんをベッドまで連れていこうか」

洋一はまったく目を覚ます気配がなかった。恐怖から解放され、疲れがでたにちがいない。このぶんなら、心にひどい傷を残すこともなさそうだと高見は思った。あまりにひどく怯《おび》えたのなら、眠りも浅い筈だ。

「お願いします」

亜由子の言葉に応《こた》え、高見は洋一を抱えあげた。

洋一の部屋に先に入った亜由子がスタンドの明りを点《とも》し、ベッドカバーをまくりあげた。

高見はそっとシーツの上に洋一を寝かせた。その瞬間、洋一がはっと目を開き、

「ママ！」

と泣き声をあげた。目の前の高見をそれとわからず、恐怖を感じたようだ。

「はい。ママはここにいるわよ」

洋一が本格的に泣きだす前に、亜由子がおおいかぶさった。

「大丈夫、ここにいるから。何も心配しなくていいのよ」

やさしく布団のへりを叩《たた》いていった。高見はそのようすを見守りながら、あとじさった。

「稲垣」へ帰ることは考えなかった。今夜は二人についていた方がいい。

リビングに戻り、煙草をくわえた。疲れきっていたが、簡単には眠れそうにない。

やがて亜由子が戻ってきた。

「よかったらわたしのベッドを使って下さい。わたしは洋一がまた目を覚ましたときに、そばにいてやりたいので――」

「ここでいいよ。ここの方が何かあったとき、すぐ動ける」

高見は首を振り、いった。

亜由子は何かいいたげに高見を見つめていたが、無言で頷いた。

「――それじゃ、おやすみなさい」

「おやすみ」

亜由子が洋一の部屋に入ってドアを閉めると、高見は息を吐いて、上着を脱いだ。ベルトに差していた拳銃を抜き、内ポケットにしまう。それを丸めて、枕《まくら》のかわりにした。

天井を見つめ、ふと月岡のことを思いだした。

酒が欲しくなる。

月岡のいいぶんは、いちいち正しい。だからこそ腹が立ったのだ。

それに自分は、野口の爺《じじ》いからは金をひきだすつもりだった。その金を手土産に組に戻る手も、考えていなくはなかった。屋敷への放火のことだって、月岡は気づいている。きれいごとばかりほざいている女たらしに、月岡からは見えただろう。足を洗い亜由子と洋一の面倒を見るのでない限り、結果は似たようなものだ。

高見は重いため息を吐いた。

まったくどうなっていくのだろうか。

23

熟睡を得られないまま、朝がきた。いくども腕時計をのぞき、七時を針がさしたとき、高見はあきらめてソファから起きあがった。酒を飲みすぎたわけでもないのに、後頭部に重い不快感がある。

足を忍ばせて洗面所にいき、用を足したあと顔を洗った。鏡の中には、目の赤い不機嫌そうな中年男がうつっていた。組の代紋も、いつでも使える若い衆も、いやベンツ一台もたない、くたびれた極道だ。

一匹狼といえば聞こえがいいが、今の高見にはそれほどの自由もない。自分が選んだことなのに、ひどい泥沼にはまりこみ、これから先は沈んでいくしかないようにすら思える。

手近なタオルをとり、濡《ぬ》れた顔を強くこすった。タオルからは心地よい香りがした。

このままタオルを顔にあてがって眠りに戻れたらどれほど幸せだろう。何を弱音を吐いている！　高見は自分を叱咤《しった》した。内省的になっている極道など、死にかけたゴキブリほどの迫力もない。

タオルを戻し、リビングに入った。いつのまにか亜由子がソファに腰かけていた。高見の方をふり返り、弱々しい笑みを浮かべる。

その顔を見て、亜由子も充分な睡眠をとるにはほど遠い状態だったことを高見は察した。それでも、カーテンごしの弱い光に浮かんだ亜由子の顔は美しく、抱きしめたくなる衝動を抑えるのに苦労するほどだった。

「コーヒー、いれます」

亜由子は低い声でいって立ちあがった。高見は頷き、ラークをくわえた。

やがてほっとするような芳醇《ほうじゅん》な香りがリビングにたちこめ、亜由子がカップのふたつのった盆を手に現われた。

「洋一くんは？」

「まだ寝ています。でもあれからは起きませんでしたから……」

「そりゃよかった」

高見は熱いコーヒーをすすった。ぼんやりとしていた頭が、少しずつ澄んでいくような気がする。

「――結局は、全部親のエゴなんですよね」

カップを両手で包み、亜由子はいった。

「洋一の未来は洋一が決めることなのに……」

「それはそうだ。でもこういう問題はどこの家庭にもある。ただふつうの家なら、外野の人間が子供の将来に首をつっこむようなことはしない」

高見はいってつづけた。

「俺が継母とうまくいかなくて家を飛びだした話はしたね。俺の親父《おやじ》は医者だった。俺を跡継ぎにしたくて、勉強をしろしろと、それはうるさくいわれたもんだよ。死んだお袋は、もう少し柔軟な考え方をしてくれていた。お前が他に進みたい道があるなら、母さんは反対しない、そういってね。お袋が死んで新しくきた母親は、親父と同様、俺を医者にしたがった。勉強をするのがあなたのために一番だって。俺から見ると、まるで親父におべっかを使っているようで、ひどくムカついた。親父への点数稼ぎに、俺を利用してるって。

だが、かりにそうだったとしても、それは何も悪いことなんかじゃなかったんだ。惚れた男によく思われたいという女心なのだから」

亜由子は無言だった。高見はコーヒーを飲んだ。

「たとえどれほどあなたが洋一くんのことを思っても、男の子である以上、いつか反発されるときがくる。親がけんめいであればあるほど、その反発は強く感じられるさ。でも、それは正常なことなんだ」

「そうなったとき、わたしは何を支えに生きていけばいいんです？」

「──わからない」

高見はいった。正直な答だった。

「そのときそばにいる男か、それとも趣味か……。少なくともあなたには版画がある」

「そうですね。子供だけを頼りに生きていってはいけないのですよね。わたしは少し意固地になりすぎていたのかもしれません。あの人のところへ戻ったからといって、洋一が今よりもっと不幸になるなんて証拠はないのですから」

「わからないことの連続が生きるってことなんだって、最近わかってきた。バブルの頃、いい調子で肩で風切って、浮かれていた自分と、今の自分は何もかわっちゃいないのだから。でもあの頃は、こうなるなんて思ってもみなかったし、こうなるならその前に死んじまってるだろうと考えてた」

高見は亜由子を見やり微笑《ほほえ》んだ。

「ここでこんな風にあなたと話してるなんて、まるで予想できなかった。あたり前のことだが。

洋一くんの将来は、その俺のわからなかったことの、まだ何倍も何十倍も、わからないことばかりだ」

亜由子は頷いた。

「じゃあ……」

「要は、信じてやることだ。あのやさしい子が、どんな生き方を選んでも、いい人生を送るだろう、と」

「はい」

高見は苦笑した。

「月岡が聞いたら、また怒りだすだろうな。たかが極道が、偉そうに人生論なんかたれやがってと」

亜由子は高見をじっと見つめたまま首を振った。

「そんなことありません、絶対に。月岡さんは、高見さんのことが好きなんだと思います。二人ともすごくまじめな人だから……」

「まじめ？　俺や月岡が？」

「ええ。自分が生きるっていうことに対してはすごくまじめ」

「よそう」

高見はいって首を振った。

「小さい頃から、ワルだの、外道だのといわれるのには慣れてるけど、まじめだなんていわれたら、息のしかたひとつわからなくなっちまいそうだ。かわいそうだけど、そろそろ洋一くんを起こして、病院に向かおう」

亜由子は頷《うなず》いた。

「はい」

亜由子の車に乗りこんで三人はマンションをでた。

高い青空が広がり、大山を中心とした連山の頂きには雲ひとつない。朝陽が目に痛いほどだ。ハンドルは高見が握った。

藤田導山が入院する病院に到着したのは、九時少し前だった。

高見はまず、病院の駐車場をのぞいた。清水を乗せているリムジンの姿はない。まだきていないのか、それとも今日は見舞いにはこないつもりなのか。

駐車場に車を停め、三人は病院の玄関をくぐった。前回、辻橋に案内されたので病室の位置はわかっている。

導山の病室の扉にはその朝も、「面会謝絶」の札が下がっていた。

高見はナースステーションを訪ねた。前に門前払いをくわせた太った看護婦がいた。

「藤田さんに面会にきたんだが――」

高見が告げると、立ちあがってよってきた。高見の顔をまるで忘れているようだ。

「藤田さんは面会謝絶です」

「近親者なら会えるということだったが――」

「ええ。ご家族なら――」

いいかけ、亜由子と、かたわらに立つ洋一に気づいた。

「藤田さんのお子さんだ。こちらはそのお母さん」

高見はいった。看護婦の表情がかわった。

「あの、先生に確認をしてみませんと——」

「あなたは、この前私に兄弟や親子なら会えるといわなかったか」

「いえ、それは確かにそうですが——。今、広永先生に連絡をしますので……」

「連絡はすればいい。こちらは見舞いにきたんだ。会わせてもらう」

高見はいって、亜由子をふり返った。

「いこう」

「ちょ、ちょっと、待って下さい！　ちょっと！」

看護婦はどたどたとナースステーションを走りでてきた。

「先にいって」

高見は亜由子と洋一を促し、看護婦を待ちうけた。とびだしてきた看護婦と向かいあった。

「何か問題があるのかね」

目に威圧感をこめていった。看護婦は息を呑《の》んで、立ち止まった。

「そちらの規則にこっちは従っている。何か問題があるなら聞こうじゃないか」

「い、今、担当の先生に連絡しますから、それまでお待ちいただいて——」

「藤田さんには誰かつき添っているのかね」

「当病院は完全看護ですから」

「そう。面会者の判断は誰が下している？」

「は、判断？」

「会っていい人と会っちゃいけない人だよ」

高見は急にぞんざいな口調になっていった。

「そ、それは……」

看護婦は口ごもった。

「広永先生かい？　それとも清水さんか」

「とにかく広永先生に今、ご連絡しますから……」

「どうぞ。駄目だなんてひと言もいってないぜ、こっちは」

看護婦はあとじさった。目をみひらき、高見と、導山の病室の前に立つ亜由子らを交互に見ていたが、不意にくるりと背を向けて、再び足音をたてながらナースステーションに戻っていった。

「妙だと思わないか」

高見は亜由子に歩みよるといった。

「ええ」

亜由子も頷いた。洋一は無言で、かたい表情のまま、高見と亜由子を見上げている。

高見はやさしくいった。

「さあ、お父さんに会おう」

病室のドアを軽くノックして押し開いた。

室内はカーテンがおりていて暗い。病室の中央にベッドがあって、点滴のスタンドとチューブでつながれている。

ベッドに横たわっている人間の顔は暗がりになっていて見えなかった。

高見は歩みよった。

目を閉じ、横たわっている老人の姿があった。ひどく痩《や》せ、白髪が乱れている。

「嘘《うそ》……」

亜由子が喘《あえ》いだ。

藤田導山とは、似ても似つかない別人だった。

「どういうことだ」

高見はつぶやいた。藤田導山の病室には、まるで見たこともない老人が横たわっている。

「パパじゃないよ」

洋一がいった。

そのとき、病室のドアが背後で開いた。三人はふり返った。

清水が立っていた。白衣の、医師と覚しい男と作務衣《さむえ》を着た信者二人を従えている。

「勝手に病室に入っていただいては困りますな」

さっきの看護婦に劣らずでっぷりと太り、黒縁の眼鏡をかけた医師が、横柄な口調でいった。

「何だと、この野郎」

高見はわざと低い口調でいった。医師が息を呑んだ。

「別れた奥さんと実の子が会いにきて、なんで勝手なんだよ。ふざけたこといってんじゃねえぞ。え、おい」
二、三歩踏みだした。チンピラのような口調だが、ここは正体を匂《にお》わして、相手の弱みを突くに限る。
医師は恐怖を感じたように押し黙った。高見は清水に目を移した。さすがに清水は表情をかえていない。

「どういうことだ、これは」

「何がだ？」

「ふざけるなよ」

高見は鼻で笑った。

「本物の藤田導山はどこにいる？」

「そこにいらっしゃるのが藤田先生だ」

「よせよ。俺は会ったことがあるんだ。お前の化けの皮をはがしてくれと頼まれてるんだ。どこにやった、藤田導山を!?」

清水はそれでもまったく動じなかった。ゆっくりと目を動かし、亜由子と洋一を見やった。

「清水さん、あの人はどこですか」

亜由子が訊《たず》ねた。清水は答えず、ゆっくり首を振った。

「感心しませんなぁ、奥さま。本当に感心しません」

「何がです」

怒気を含んだ声で亜由子はいった。

「この男が何者かご存知ですか」

「どういうことです？」

「この男は暴力団員です。それは藤田先生と別れられたあと、奥さまがどのような者とおつきあいされようが、私の知ったことではない。しかし教団にまで迷惑を及ぼすのは、いかがなものですか」

「迷惑？」

怒鳴りつけることもできたが高見は黙っていた。清水は何をもちだすつもりなのか。

「そうですよ。奥さまは洋一坊っちゃんを、藤田先生の跡継ぎにすえられたい。それはわかる、親子ですから――」

「何をおっしゃるの!?」

いいからというように清水は片手をあげた。

「しかし大山教はもう、巨大な宗教法人なんです。そうは簡単に私物化などできません」

「わたしがいつ私物化しようとしたというの」

亜由子の声は鋭くなった。

清水は高見に顎《あご》をしゃくった。

「この人です。東京の暴力団では知られた『乗っとり屋』だそうです。いろいろな企業を食い物にしてきたね」

「そういうお前は何だ」

高見はいった。清水は無視をしていった。

「藤田先生のご病気で、信者のあいだには動揺が広まっています。そこへつけこむような真似はよくありませんよ」

「猿芝居はやめろ！　本物の導山はどこだ。すなおに教えないと、誘拐と監禁で、県警に訴えるぜ」

清水は高見を見やった。

「やくざが警察を頼るのかね」

「悪いが俺はこの街じゃ、警察につけ回されるような真似は何もしちゃいない」

「どうかな。原署長の意見はちがうようだ」

「何だと」

「とにかく、奥さま。今日のところはお引き取り下さい」

「清水さん、あなた、こんないい方をしては失礼だけど、ずいぶん偉くなられたようね」

清水は表情をかえずにいった。

「私はずっと藤田先生にお仕えしてきましたから。先生のお考えになることは一番わかっております。したがって先生の体調が今のように思わしくないときは、代行をせよとの、先生のおいいつけで――」

亜由子が深々と息を吸いこんだ。

「おいいつけとはいうな。どこに証拠がある。藤田導山氏本人はどこにいるんだ」

高見はいった。

「だからここにいらっしゃる方が藤田先生だ。部外者の君が何をいっている」

清水はあくまでも態度をかえようとせず、いった。

「よし。そういうことなら、警察にお前を告発するぜ。覚悟はできているだろうな」

「君の訴えにとりあう者が、大池警察にはたしているかな」

「わたしの訴えならどうです」

亜由子がいった。

「さあ……」

清水は首をふった。妙だった。いくらなんでも清水に余裕がありすぎる。ハッタリだけではこうはいかない筈《はず》だ。何がこの男にそこまで自信を与えているのか。

高見はかたわらの医師を見た。

「あんたが広永先生か」

「そうです」

「あんたもこの爺《じい》さんが導山だといいはるつもりか」

「答える必要はありませんよ、先生」

清水がいった。

「黙ってろよ。俺は先生と話しているんだ」

「君は何の権利もなくこの場にいるんだ。私に指図などできない」

「──この野郎」

切れたら、清水の思うツボだった。高見がここで暴れれば、すぐさま警察が呼ばれるにちがいない。

「奥さま。もうあなたは教団とは何のゆかりもない方です。お引きとり下さい」

「お前、藤田導山に何をした？」

清水は無視をした。高見は広永に目を移した。

「医者がこういうことに手を貸していいのか。ひょっとしたら導山はもう、生きてないのじゃないか」

広永は清水に目をやった。恐怖がその目にはある。

「先生、もしそうだとしたら、あんたは本当にまずいことになりますよ」

高見は広永を揺さぶることにした。この医者は圧力に弱そうだ。

「馬鹿なことをいうな！」

清水が一喝した。

「引きとってもらおう」

作務衣の二人組が前に進みでた。

「奥さま。いくら教祖の前内妻とはいえ、これ以上、ここでの治療を妨げたら、ただではすみませんよ」

「偉そうなことをいうな。お前の正体は、彼女も知っているんだ」

「馬鹿ばかしい。さあ! 引きとって下さい」

亜由子が高見を見た。

「いきましょう、高見さん。あの人がいなければ、ここにいる必要は何もありません。警察にいくのが一番です」

高見も頷いた。

「そうしましょう」

清水の表情に変化はない。高見は清水をにらみつけ、吐きだした。

「首を洗っておけよ」

亜由子が先頭に立ち、洋一をはさんで、高見たちは病室をでた。

薬漬けは想像していたが、まさか患者そのものがすりかえられていたとまでは、高見も思ってもいなかった。

病棟の廊下は何ごともなかったように静かだった。三人がでると、病室の扉は閉ざされた。

「ねえ、パパはどこにいったの」

洋一が亜由子に訊ねた。亜由子はくやしげに唇をかんでいる。

「お父さんはきっと遠くの病院に移されたんだ」

高見はいった。

「パパ、具合悪いの？」

「ええ。パパはご病気よ。でもちゃんと会えるから心配しないで」

亜由子がいった。

駐車場には、例のリムジンが止まっていた。それに気づいて亜由子がいった。

「あれは、あの人の専用車です。どうして皆、黙っているのかしら」

あとの言葉は、清水以外の教団幹部に向けられたもののようだ。

高見は無言で車に乗りこむと、携帯電話をとりだした。辻橋のポケットベルを呼びだす。それから亜由子にいった。

「信頼のできる教団幹部を、誰か知っていますか」

「はい」

「その人に連絡をして、警察までいっしょにいってもらうといい。首実検をその人物にもさせるんだ」

亜由子は頷いた。

「でも連絡先は自宅に戻らないと――」

「わかった。じゃあ一回、市内に戻ろう」

高見は車を発進させた。

「辻橋は知っていますか。導山の甥にあたる――」

「ええ」

「彼が、私と導山の連絡役をすることになっていました」

「自衛隊に少しのあいだだけいた以外は、ずっとこの大池で育った、素朴な、いい人です」

「藤田氏には他に、ボディガードのような存在はいなかったのかな」

亜由子は首を振った。

「いませんでした。あの人は大げさなことが嫌いでしたから。いつもそばにいたのは、あの、清水だけです」

そのとき高見の携帯電話が鳴った。

「もしもし」

「た、高見さんですか!?」

辻橋だった。

「そうだ。おい! 病院にいる導山は偽者だぜ」

「ええっ」

「本物はさらわれて、どこか別の場所だ」

「本当ですか」

「ああ。俺はこれから亜由子さんといっしょに警察にいくところだ」

「警察!?」

「そうさ。清水を誘拐の罪で告発するんだ。あんたもきてくれ」

「で、でも……。高見さん、いいんですか」

「何が」

「何がって、警察は高見さんを捜しています」

「なぜ」

「知らないんですか!?」

辻橋の声がはねあがった。

「野口会長が殺されたんです」

「何だとっ」

高見は思わず叫んだ。

「いつだ」

「昨夜遅くです。警察はあなたを犯人だと思っていますよ」

「――やられたぞ」

高見は呻《うめ》いた。これが清水の見せた余裕の正体だったのだ。

「野口会長は殺される前、東京からきたやくざに脅迫されていると大池警察に相談していたって、署長が発表したんです」

酒川はあれからすぐ動いたにちがいない。

「わかった。今の話は忘れてくれ」

「でも、教祖は――」

「忘れるんだ！」

いって、高見は携帯電話を切った。

「どうしたんです？」

亜由子が訊ねた。

「観光協会の野口会長が殺されて、犯人は俺ということになっているらしい」

「えっ」

亜由子は息を呑んだ。

「そんな馬鹿な。わたしが証明します」

「そいつは今は駄目だ」

高見はいった。

「どうして!?」

「今、あなたがでていけば、東京のやくざの俺とあなたとのあいだにつながりがあると、世間に宣伝するようなものだ。そうなったら、あなたの信用はガタ落ちだ」

「そんなことかまわないわ」

「それだけじゃない。もしあなたが俺といっしょに、清水を誘拐で告発したとする。清水はそれを見こして、導山を病院に戻しておくだろう。どうなる？　あなたが俺と組んで大山教を乗っとろうとしたという、清水の作り話が本物らしく見えてしまう。あなたは俺に踊らされたことになるんだ」

「そんな……」

「それが清水の狙《ねら》いだったんだ。くそ。もしそうなったら、清水はあなたの影響力を完全に排除して、教団を自分のものにできる。洋一くんのでる幕はなくなってしまう。あなたの息子というだけで」

罠《わな》にはまった。すっぽりと首まではめられてしまった。

「俺と離れなけりゃ駄目だ。清水は、いかにもあなたを、俺の女だというように世間に思わせるだろう。やくざの情婦だと思われたら、教団にいるあなたの理解者も離れていく」

高見はめまぐるしく頭を働かせていた。

亜由子による、清水の告発を茶番にするためには、本物の導山は生きていなければならない。つまりまだ、導山は生かされてる。たぶん眠らされているのだ。

一方、自分が今つかまったらどうなるか。まずまちがいなく原は、高見に、あることないことの罪を背負わせるだろう。裁判までには、高見の無実は証明されるだろうが、その頃には導山も消され、大山教は清水のものになっている。

野口を消したのは、酒川の手配だ。清水は、きたない仕事を酒川にやらせ、自分はその間に、教団を手中にする作戦を進めていたのだ。

高見は「稲垣」の番号を押した。自分の名は告げず、稲垣本人につないでもらう。

「はい、もしもし――」

「俺だ」

高見がいうと、稲垣は息を呑んだ。

「今、話せるか」

「ええ。ついさっきまで刑事がいて、高見さんの部屋をさらっていました」

拳銃を部屋の金庫からだしておいてよかった。高見はいった。

「はめられたぞ」

「わかってます。原の野郎、裏切りやがって……」

「いいか。俺は姿を隠す。警察には協力してやるんだ」

「でも――」

「原は清水と組んだ。逆らったらお前も潰《つぶ》されるぞ」

「高見さんはどうするんです？」

「もちろんこのまま尻尾《しっぽ》をまきはしない。清水と原には思い知らせてやる」

ちらりと月岡のことを思った。月岡がこの事態を知ったら、ざまあみさらせと笑うだろう。

「俺は何をすればいいんです」

「警察はまちがいなくお前を監視している。表だった行動は控えるんだ。だがそれとは別にしてもらいたいことがある」

「何です？　いって下さい。何でもしますよ」

「野口が殺《や》られたときの状況について調べてほしい。なるべく詳しくだ」

「はい。他には何を――」

とりあえず身を隠す場所が必要だった。亜由子とは、なるべく早く離れなければならない。といって、「稲垣」に戻るわけには絶対いかない。

「あとは何とかする。こちらから連絡するまではよぶんなことはするな」

「わかりました」

高見は何かあったら連絡しろと、自分の携帯電話の番号を教え、切った。

「高見さん――」

亜由子が不安げにいった。

「ひょっとしたら、わたしたち親子を助けて下さったことで、高見さんは罠にはめられたのじゃないですか」

「それはいきがかりにすぎない。こいつはもう、俺と酒川の戦いのようなものだ。酒川と清水は何としても俺を潰したいのさ」

「高見さんはこれからどちらへ」

「何とか奴らの鼻を明かす方法を考える。市内に入ったところで、この車を降りる」

「でも、それじゃかえって目立つわ。大池は小さな街なんです。高見さんがひとりで歩いていたり、タクシーに乗ったら、かえって警察に見つけてくれというようなものだわ」

「もちろん」

確かにその通りだ。追っ手がかかっても、どこでも潜りこむ場所がある東京とでは、勝手がちがう。高見もそれは認めざるをえなかった。だからこそ清水は、酒川と密会するための「隠れ家」を用意したのだ。

高見にも「隠れ家」が必要だった。

「亜由子さん、俺はやくざだ。こういうことは本職なんだ。心配しなくていい」

高見はいった。車は大池市内にじきに入る。市内に入った高見は車のスピードを落とした。駅に近い中心部、観光客相手の土産物屋の並んだ商店街にさしかかるとブレーキを踏んだ。

「俺が降りたら、すぐに運転席に移って発進するんだ。窓を開けて声をかけたりしちゃ駄目だ。必ず連絡する」

高見は早口でいい、亜由子に何もいう暇を与えず、ドアを開いた。車を降りたつとあたりを見回すことなく、商店街の人通りにまぎれこんだ。

ふり返りたいのをがまんした。観光客と覚しい人波の流れにあわせ、歩いていく。

自分には逮捕状はでていない。それは確信がある。いくら原がはめようとしても、そうは簡単に高見を容疑者にはできない筈だ。そうならば、交番あたりの制服警官の目まで気にする必要はない。

せいぜい重要参考人止まりだろう。そうならば、交番あたりの制服警官の目まで気にする必要はない。


高見を捜しているのは大池署の刑事と県警の一課ぐらいだ。

高見は目についた公衆電話ボックスに入った。路上での携帯電話が、東京とちがって人目につくのを恐れたのだ。

十一時を少し過ぎている。

この小さな街で、高見の「隠れ家」を提供してくれる可能性がある人間を考えた。思い浮かぶのは一人しかいなかった。ホステスのマコだ。

「――もしもし」

「はい、あ、高見さん!?」

「そうだ。寝ていたかな」

「ううん。ついさっき起きたとこ」

「そうか。実は今、駅の近くにいるのだが、ぽっかり時間があいちゃってね。暇だったらつきあってもらえないかと思って電話をしたんだ」

高見はあくまでも退屈を装っていった。

「もしマコちゃんに何か用事があるならかまわない」

「え？　うーん、どうしようかな。友だちとお昼にお茶しようかって話してたのだけど

でしょう」

「いいの。待って。友だちはいつでも会えるもん。高見さんはじき東京に帰っちゃうの

「まあ、今日明日ではないけど」

「じゃあ悪かった――」

「……」

「今どこ？　迎えにいくよ」

明るい口調でマコはいった。

24

マコはそれからわずか十五分足らずで車を運転して高見を迎えに現われた。若い娘らしく、思いたったら行動に移るのが早い。ぐずぐずと化粧に時間を費やすこともしないようだ。ほとんど素顔のままで、軽く口紅をさしただけだった。

「あせったからさ、スッピンできちゃったよ。びっくりした？」

助手席に乗りこんだ高見ににっこりと笑っていった。

素顔のマコは化粧をしているときに比べると、ひどく幼く見えた。十六、七の、高校生のような雰囲気だ。

折り目のない巾《はば》のあるパンツに、タンクトップとブラウスを着ている。

「いや。決断力に感心してるのさ。いつも、こうと決めたら早いんだな」

「決める前に何も考えてないっていわれるけどね」

マコは明るい笑い声をたてた。車をスタートさせ、

「どこいく？」

と訊《き》いた。

「今日はマコちゃんに俺を助けてもらいたいんだ」

「助ける？」

マコは小首を傾げた。

「ああ」

頷いて高見は煙草に火をつけた。

「話せば長くなるが、簡単にいってしまうと、俺は罠にはめられているんだ。このままだと人殺しということにされてしまう」

マコの顔に怯《おび》えが浮かぶかどうか、観察しながらいった。もし怯えや不安が浮かぶようなら、今のは冗談だと打ち消すつもりだ。マコを「隠れ家」にするだけでなく、「協力者」にもできないかと、高見は考えていた。

マコの横顔には何の屈託もなかった。

「それって本当だったらすごくない？　大池での話？」

「そうさ。何の縁もゆかりもないこの街にきて、とんでもない騒ぎに巻きこまれちまっ

たんだ」

「何か映画みたいじゃない。ねえねえ、その話してよ」

「恐くないのか」

初めてマコは高見を見た。

「何が？」

「俺がさ。人殺しの疑いをかけられているといったろう」

「だってあたし高見さんとセックスしたもん。そんな人じゃないってわかってるから。危ない人だろうとは思ったけど、あたしを殺す人だとは思わないもの」

あっさりとマコはいった。

「そうか。じゃあ話そう。大山教の教祖は知ってるな。藤田導山という爺さんだ。俺は信者じゃないんだが、あることがあって導山に呼びだされた。そして頼みごとをされた。それは大山教を乗っとろうとしている悪い奴らがいるから、その化けの皮をはがしてくれ、という内容だった」

「清水さん？」

マコが訊ねた。

「どうしてそう思うんだ？」

「だってこの前のデートのとき、あの人の『別荘』がどこなのか、しつこく訊いていたじゃない。あ、それが狙いなんだなって思ったもん」

思ったより勘のいい娘だ。

「その通りだ。ところが俺が清水のことを調べだして間もなく、導山は体調を崩して入院してしまった。入院先は大学病院だ。そこで俺が大学病院を訪ねると、面会謝絶で誰とも会わせられない、という。そこまで急に悪くなる筈もないのに妙だ。俺は出直して、導山の息子を連れてむりやりに病室に入った。すると、そこにいたのは導山とは似ても似つかない別人だった。そして清水が現われ、警察に訴えるのなら訴えてみろとせせら笑いやがった。ところで観光協会の野口会長を知ってるか」

「――知ってるも何も」

マコはいって、ため息をついた。

「うちのママのもともとの彼氏よ」

「えっ」

「稲垣さんが知らないのは無理ないけど、野口会長は東京でも料亭とかクラブをやっていて、ママはそのお店にいたのよ。今はもう切れてるみたいだけど、会長のバックがあったから、うちのお店は大きくなったのよ」

「殺されたらしい」

さすがにマコは驚いた。

「本当!?　新聞にでてなかったよ」

「朝刊には間にあわなかったのだろうさ。だが問題なのは、警察が俺を犯人にしようとしている点だ」

「どうして」

「俺は野口会長と導山の橋渡しを頼まれていた。あの二人は犬猿の仲だったらしいが、清水が大山教だけでなしに大池温泉の観光業界まで乗っとろうとしていることを知って、手を結ぶ気になったんだ。俺は二人の会談をお膳立《ぜんだ》てする役だった。清水はそれを防ぐために導山を入院させ、今度は野口を殺した。そしてその罪を俺になすりつけたのさ」

「でもあのお爺さんが人殺しなんかする？」

「やったのは本人じゃない。清水にとっては娘婿にあたるような、酒川というやくざだ」

マコはふーん、と大きく頷いた。

「ね、高見さんてやくざ？」

「そう思うか」

「なんとなくね。やくざっぽくないけど、ふつうの人が、今話してくれたようなことをしそうにないもん」

「あたりだ。俺は東京のやくざ、酒川は大阪のやくざだ。奴は俺を潰そうと狙っている。清水と酒川の乗っとり計画には俺が邪魔なんだ」

「警察は、ぐるなの？」

「ああ」

「原署長ってさ、すっごく嫌な奴だよね。野口会長にぺこぺこしたり、清水さんにもすりよったり。きのうなんかさ、市長の出井さんとお店にきてたし」

「市長の出井さんと？」

「うん」

「本当はあの二人、仲悪い筈《はず》なんだけどなって思ってたんだ」

「仲が悪いのか」

「出井市長って、死んじゃった黒木さんと同級生だったじゃない。義理の兄弟だし。原署長はそれをねちねちいってたもん。市長とやくざが兄弟なんてどうのこうのって。でも本当は、自分が市長になりたかったんじゃないかな。警察だってじき停年だし――」

出井と原のあいだに密約が交わされたのかもしれない。

たとえば清水が大山教を乗っとった暁には、その票田をバックに出井が中央政界に打ってでる。結果、空席となった市長の座に原がすわる、といった具合だ。

野口が死んで対抗勢力が消え、大山教は今や、大池市政に影響を与える最大の存在となった。権力者どもがいっせいに清水になびきつつある。

それをひっくりかえせるのは導山くらいのものだろう。

「高見さんはどうするの？」

「本物の導山を見つけたいんだ」

「でももう殺されちゃっているかもしれないじゃない」

「いや、生きている。清水は、まだ導山に死なれちゃ困るんだ。自分が正式な教祖の跡継ぎになるためには、教祖が妙な死に方をしちゃまずい。それに教祖には息子がいる。息子を跡継ぎにしないようにするには、息子と母親の評判を落とさなけりゃならない。そのために奴は導山をすりかえたのさ」

「え、どういうこと？　息子の母親って『カシス』のママでしょ」

「そうだ。俺が息子を連れて会いにいったのは話したよな。清水はそこでわざと偽者を見せたんだ。ママが警察にいって騒ぎを起こすように、だ。警察がでばってくる頃には、本物の導山が病室に戻っている。なにせ警察と清水は今やツーカーだからな。ママは息子を大山教の跡継ぎにしたくて騒ぎを起こした、と清水はいうだろう。そうなれば、清水についちゃいない教団の幹部たちも、そういう女の息子を跡継ぎにするのは考えものだと思い始めるさ」

「すごく頭がいいわね」

「ああ。だからママが騒ぎたてるまで本物の導山を殺すわけにはいかない。どこかで薬漬けにして眠らせているのさ。担当の医者が清水とグルなんだ」

「じゃあどうやって本物の教祖を見つけるの？」

「そこにマコちゃんの協力が必要なんだ」

「教祖を見つければ、人殺しの疑いも晴れるの？」

「何とかなるのじゃないかとは思っている」

「――わかった。協力する！」

マコはきっぱりといった。

「ありがとう」

高見がいうと、マコはくすくすと笑った。

「なんか高見さんてやくざらしくないよね」

「どうして」

「だって『ありがとう』なんて、ふつういわないよ。やくざの人が。もっとすごんでいるんじゃない」

「ここが東京じゃないから、かな。ここにいると、なんだか自分がやくざだとかそういうことはどうでもよくなってくるんだ」

「ふーん」

マコはまたも大きく頷いた。

「で、これからどうするの?」

「とりあえずは、夕方まで時間を潰さなけりゃならない。といって、この前みたいにうろうろするのは考えものだ」

「だって〝逃亡者〟だものね」

「ああ」

「じゃ、うちにいこ。うちなら誰もわからないよ」

「マコちゃんのうちか」

「うん。近いもん」

マコはいってハンドルを切った。

マコの住居は、駅前の繁華街にほど近いマンションだった。さすがに亜由子の住居ほど豪華ではないが、愛人もいないホステスが住むには立派な2LDKだ。

高見は医師の広永を攻めるつもりだった。病人の導山をどこかに監禁しているのなら、医者の協力なしには考えられない。

広永が金で動いているのか、脅迫されたのか、あるいはその両方なのかはわからないが、高見が「ひょっとしたら導山はもう生きていないのじゃないか」といったとき、清水を見た目に浮かんでいた恐怖は使えると、高見は踏んでいた。

広永は人殺しにまでは加担する度胸がないのだ。おどし方次第では、うまくこちら側につけることができる。

そのためには広永がひとりになるのを待ってさらうのが一番だ。

マコはきれい好きらしく、部屋の中は片づいている。リビングのソファに腰かけた高見に、

「お腹すいてない？」

と訊《たず》ねた。

そういわれると、昨夜から食事らしい食事をまともにとっていないことを高見は思い

だした。

「減っている」

「ピザトーストくらいしかできないけど、いい？」

高見は顔をほころばした。

「ごちそうになろうか」

五分後、ピザトーストと缶ビールがテーブルに並んだ。それを食べ、二本目のビールを流しこんだ高見は、睡魔が襲ってくるのを感じた。

「眠そう、高見さん」

マコが笑いながらいった。

「ああ……。ひと眠りさせてもらえるかな」

「いいよ。あとで起こしてあげる」

高見はため息を吐き、ソファに横になった。あっというまに眠りに落ちた。

気がつくと、下半身になまあたたかい生き物がからみついていた。額にのせていた左腕をそっと動かして時計を見た。午後二時過ぎだから、二時間近く眠ったことになる。

マコの頭が高見の太腿《ふともも》の上にあった。無心に高見の体に舌を這《は》わせている。

その頭がひょいと動き、頰《ほお》ばったまま高見を見た。

「おはよう」

おひゃやう、と聞こえる声でいった。高見は苦笑しながら頷いた。

「なかなかすてきな起こし方だな」

「うん」

嬉《うれ》しそうにマコは頷《うなず》き、口を離すと、着ているものをすべて脱ぎすてた。

「そのまま仰向けでいて。何もしなくていいから」

高見の上に馬乗りになった。自分がすっぽりと包みこまれるのを高見は感じた。

マコは息を吐き、目を閉じた。目を開くと、高見と目があった。

「これこれ。病みつきになっちゃったみたい――」

にやっと笑っていう。高見は無言で腰をもちあげた。マコはすぐに息を荒らげた。

「駄目よ、おじさんは動いちゃ」

「何もしちゃいない」

「嘘《うそ》、駄目、あっ、あっ」

あとは言葉にならなかった。


シャワーを浴び、さっぱりしたところで、マコがコーヒーをいれた。

「これからどうするの？　計画を話して」

「まず大学病院だ。清水とぐるになっているのは、広永という医者だ。そいつをおどかして、導山がどこにいるのかを吐かせる」

「おどすって、殴ったりするの」

「いや。そんな必要はないな。きっとちょっと恐い顔をして見せるだけで充分だ」

実際は、もし広永がとぼけたことをいったら本気で痛めつけるつもりだった。だがマコにそれを告げるわけにはいかない。

「わたしはどうすればいいの」

「俺を車にのせて、大学病院の駐車場までいってくれないか。たぶん広永も車で通っている筈だから、奴がでてきたところで俺はそっちへ乗り移る」

「そしたら？」

「ここへ戻ってきていい。あとはこっちでやる」

「でも高見さん、他にいくところないのでしょ」

高見がそれに答えようとしたとき、高見の携帯電話が鳴りだした。

脱いでおいた上着の内ポケット、拳銃《けんじゅう》といっしょに入っている。

高見はそれをとりだした。

「――はい」

「稲垣です。例の件、わかりました」

稲垣の声は低く、早口だった。

「落ちつけよ。で、どうだって？」

「野口会長はこのところ毎朝、犬を連れて自宅の庭を散歩していました。前は外を散歩していたんですが、高見さんと会ってから恐がって、表を歩かないようにしていたんです。犯人は門を乗りこえ、庭の植え込みに隠れていて、会長が通りかかったところをハジいたんです」

「道具は？」

「その場に捨ててありました」

「ものは何だ？」

「トカレフです」

今、日本でいちばん数多く出回っている銃だ。前がなければ足もつかない。前というのは、それで他の人間を撃っていることだ。もしそうならライフルマークが警察に記録されている。

前つきの銃は値段が安い。

「一発か」

「三発です。ほぼ即死だったらしいです」

「誰か犯人を見た奴《やつ》はいないのか」

「いません。逃げていく車の音を聞いたっていうだけで」

「で、警察は俺を犯人だと決めているのか」

「原の野郎が、会長は生前、東京のやくざに脅迫されていたとぶちやがって。あいつ許せませんよ」

「落ちつけ。殺《や》ったのはたぶん、梅島の子分だ。酒川はそいつを大阪に飛ばした筈だ」

「それじゃあ高見さんの無実が証明できないじゃないですか」

「大丈夫だ。こっちも手は打つ。月岡を見かけたか」

決裂したことを稲垣は知らない。

「高見さんといっしょじゃないんですか」

「いや。わけがあって別行動だ。見かけていないのならいい」

「俺はこれからどうすればいいんです？」

「警察の監視はどうなっている」

「そりゃあ高見さんの部屋がありますから、刑事は張りついています」

「原は、昔のお前と俺の関係を知っている。妙な疑いを抱かれないようにおとなしくしているんだ」

「何かできることはありませんか」

「今はいい。東京からもし問い合わせでもあったらごまかしておいてくれ」

原は警視庁に、高見の資料を請求しているにちがいなかった。

電話を切って、高見はマコに向き直った。

「大包囲網って感じ？」

マコは興奮したように目を輝かせていた。高見は苦笑して首をふった。

「まだそこまではいかない。よし、いこう」

25

大学病院の駐車場は午後になると、外来患者の数が減るのか、めっきりと空いていた。

マコの車を、駐車場の隅の目立たない位置に止めさせ、二人は待っていた。

広永がまだ病院内にいることはわかっている。マコに電話で確かめさせたのだ。

陽が西に傾き、病棟の長い影が駐車場に及んでいる。

高見はシートの背を倒し、じっと待っていた。マコは落ちつきがなく、煙草を吸ったり、ガムをかんだりと忙しい。だがそれは怯《おび》えているからではなく、むしろ待ち遠しさの表れのようだ。

「本当に高見さんを降ろしたあとは、家に帰っちゃっていいの」

「今日も店だろう。遅くなっちゃまずいのじゃないか」

「お店どころじゃないよ。高見さんが殺人犯にされちゃうかどうかの瀬戸際じゃない」

「だからこそ、ふつうにしていてほしいんだ」

マコは肩をすくめ、ガムをかんでいた。不意に車のキィホルダーをとりあげ、鍵《かぎ》をひとつ外した。

「これ、うちのキィ。何かあったら、これで中に入って」

「これを渡したら、君が部屋に入れないじゃないか」

「大丈夫。一階に大家さんがいるから。中に入ればスペアもあるし」

「そうか。じゃあ借りておく」

高見はにっこり笑って、受けとった。

「君はすごく親切だ」

「だってこんな経験、一生に一回しかできそうにないじゃない」

「ふつうは一回だって嫌がるぞ」

「あたしはちがうもの」

「御両親だって地元なのだろ」

「母はね」

「いっしょに住んでいないのか」

「うん。再婚して隣の県にいったわ」

「お父さんは亡くなった？」

「ううん。離婚しただけ」

そのとき、病院の裏口をくぐってでてくる広永の姿が目に入った。

「きた。奴だ」

高見は指さした。白衣を脱ぎ、チェックのブレザーにボウタイを締めている。ゆったりとした足どりで駐車場に入ってきた。

「職員専用」と記されたスペースに何台かの車が止まっていたが、そのうちの一台、グレイのメルセデスCクラスに歩みよった。

「新車のベンツじゃない。大学病院の先生って、そんなに給料がいいの」

「アルバイトのお陰だろう。車をだして」

「オーケー」

マコは車をスタートさせた。駐車場の中をよこぎって、メルセデスのドアにキィをさしこもうとしている広永のかたわらで停めた。

高見はすばやく降りると、広永に走りよった。

ふり返った広永が目を丸くした。マコが車をすぐにスタートさせた。

「あ、あなた――」

恐怖に広永の顔がひきつっている。高見を恐れるということが即ち、清水とグルであることを示している。

「やあ、先生！」

高見は広永の肩を左手で強くつかんだ。

「ちょっとドライブしましょうよ。いろいろ、話すことがあるでしょう」

高見はいいながらあたりを見回した。駐車場には、他にちょうど人がいない。病院の玄関に、車椅子《いす》に乗った老婆と看護婦がいるだけだ。マコの車も、跡形もなく走り去っていた。

「いや、ちょっと私は……いそ、急ぐんで……」

「そうですか？　私も急いでるんですよ。今夜中に話がつかないと、死人がでるかもしれないので――。ねえ、先生」

広永の首をひきよせ、いった。

「車のドアを開けろよ。いっとくけど、警察は俺のことを拳銃殺人の犯人だってんで捜しているらしいぞ」

広永の口がぱくぱく動いた。

「何でそんなことになっちまったのかな。俺のチャカは、ほら、ここにあって、きれいなものなのにさ」

「ら、乱暴はやめなさい、君。暴力では何も解決しない」

「そうですね、先生。話しあいですよ」

駐車場に入ってくる人影が見えた。もうぐずぐずはできない。

「その話しあいにいきましょうや。車に乗って下さいよ。ドライブだ」

広永は怯えきっていて、とても運転ができそうもなかった。高見は助手席へとシートを移らせると、ハンドルを握った。

メルセデスをスタートさせた。

「おやおや、まだ五千キロも走っていない、ぴかぴかの新車なんですね」

病院の駐車場をスピードをあげてよこぎりながら高見はいった。

「あ、危ない、そんなにスピードをあげちゃ！」

「大丈夫、大丈夫」

タイヤが鳴るほどの速度で、駐車場からの下り坂のカーブを回りながら高見はいった。

「万一、事故っても、ほら、いい車だから」

幹線道路にぶつかる信号が赤だった。広永の手があわててシートベルトをさぐり、はめこんだ。

赤信号に向かって高見は速度を上げた。

「ち、ち、ちょっと――」

広永が両手をつっぱった。大型のトレーラーがゆっくりと正面を通過していく。直後、信号が青にかわった。高見は速度を落とさず、幹線道路に合流した。再びタイヤが鳴り、車体が沈みこんだ。

「君、無茶な運転はやめて――」

広永は言葉を呑みこんだ。付近にパトカーがいないことを確認して、高見が反対車線に飛びだしたからだった。

さっき目の前を通過したトレーラーを猛スピードで追いこした。そのまま対向車線を走りつづけ、さらに三台をごぼう抜きにした。

対向車線に車が現われた。速度計は一四〇をさしている。見る見る対向車が近づいてきた。

「やめろ、やめろ、危ない、危ない!」

間一髪、正面衝突をおこす直前、高見はハンドルを左に切った。クラクションの金切り声が右側を通過した。

広永はほっと息を吐いた。顔色が青白くなっている。高見は速度を落とし、流れに乗った。

「本物の導山はどこにいる？」

広永は無言だった。虚《うつ》ろになった目を正面に向け、肩で息をしている。

「何だったらもう一回、やろうか」

「わかった……勘弁してくれ……。私の実家にいる」

「どこなんだ」

「隣の街だ。駅前の個人病院で、広永外科という」

「見張りはついているのか」

「ああ……。関西弁を使う、ガラの悪い男が一人」

酒川の手下だ。

「ここから車でどのくらいかかるんだ」

「一時間」

「薬漬けか」

「そうだ。そうしなきゃ、どうにもならないだろう。ぴんぴんしてるんだ、あの爺《じい》さんは――」

高見は広永を見直した。

「ぴんぴんだと？」

「ああ」

「癌《がん》じゃないのか」

「癌？　風邪をこじらせただけだ」

高見は急ハンドルを切った。広永は悲鳴をあげた。メルセデスは、林道のような、落ち葉の積もった細い道につっこんだ。急ブレーキをかけるとタイヤが葉ですべり、車体が横に流れる。広永は両腕で顔をおおった。

大木にメルセデスがぶつかる寸前、高見はアクセルを踏みこんだ。タイヤが生き返り、メルセデスは尻《しり》をふりながらも、林道の奥へと体勢をたて直した。

今度は慎重に車を止めた。サイドブレーキを引き、高見は広永に向き直った。襟首をつかんで顔を上向かせた。

「先生、大事な話だ。藤田導山は、癌で余命いくばくもない――そうじゃないのか」

広永はいやいやをするように首を振った。

「あの人は、少し血圧が高いのと糖尿の軽い症状がある他はどこも悪くない」

汗が匂《にお》った。額から顎の先まで、びっしょりと汗で濡《ぬ》れている。

高見は目を細めた。

「どういうことだ？」

「どういうことだって？」

「教団の医院は導山を癌だと診断したのじゃないのか」

広永は瞬《まばた》きした。

「私は知らない。藤田さんが精密検査を受けに入院したときには、何ともなかった」

「その結果を、あんたは導山本人に話したのか」

「いや。清水さんに話せばよい、ということだった」

「清水からいくらもらった？」

広永は目を伏せた。

「五百万」

「本当にそれだけか」

「あとからもう五百万いただける約束だ」

「他に？」

「他？」

「それだけじゃないだろう。一千万の他に、何か弱みを握られているんだろうが」

広永は無言だった。そして突然、両手で顔をおおった。泣き声がそこから洩《も》れた。

「勘弁して下さいよ……。私が何をしたっていうんです……。皆《み》んなよってたかって、どうして私をいじめるんですか」

「あんたが話してくれたら、俺はあんたの力になるぜ」

「嘘《うそ》だ！　どうせまた、私をおどかして、何か悪いことをさせようとするんだ」

「先生、考えてもみろよ」

高見は広永の首をもんでやった。

「俺がしてるのは、誘拐され監禁された藤田導山を助けようってことだ。しかも導山が癌でも何でもないとなりゃ、大山教は万々歳だ。ちがうか。あんたの人生をめちゃくちゃにしようなんて思っちゃいない——」

「魔、魔がさしたんだ……。清水さんに連れていかれた酒場で会ったホステスがいて……。私の実家は、家内の実家の出資で病院を新築したんだ……。もし家内が——」

「わかった、わかった」

高見は首を振った。絵に描いたような美人局《つつもたせ》だ。苦笑が浮かんでくる。

「どこの酒場の、何というホステスだ？」

「『イブ』という店のマコです」

「何だと？」

高見は笑いをひっこめた。マコが清水の手先になって、広永をはめたというのか。

だがマコは、そんなふりはおくびにもださなかった。広永の名を聞いても、まるで知らないといったようすだった。

いったいどういうことだ。マコは清水の仲間なのか。

だがもしそうだとしたら、こうして広永を誘拐するのを手助けした理由がわからない。

高見が眠りこけているあいだに、警察や清水に知らせることができた筈《はず》だ。奇妙だった。

マコは高見の味方になっている。その証拠に、清水の「隠れ家」を教え、高見をかくまい、広永の誘拐に協力した。

一方で、清水の手助けもしている。

あの娘はいったい、何を考えているのだろうか。敵と味方を渡って、スリルを楽しんでいるのか。

だが、今ここで考えてもラチは明かない。重要なのは、藤田導山を助けだすことだ。

「マコとは何回寝た？」

「い、一回だけです。それを写真に撮られて……」

「せこい手にひっかかりやがって」

高見は思わず本音を吐きだしていた。

「よし。あんたの実家にいこう、導山を連れだすんだ」

「連れだすって、どこへ――」

「それはこっちの問題だ。助かりたかったら何もいわないで協力しろ」

「本当に助けてくれるんですね」

本音をいえば、金で患者を売る医者などどうなろうが知っちゃいない。だがとりあえずは、広永を納得させるために高見は頷いた。

「信用しろ」

「は、はい」

「じゃ、運転をかわってくれ」

高見は広永とシートをかわった。広永はようやく気をとりなおして、メルセデスのハンドルを握った。おっかなびっくりでUターンさせ、幹線道路に合流する。じれったくなるほどの安全運転だった。

「清水からは、何て指示をうけたんだ？」

「連絡があったら、たとえ何時でも藤田さんを退院させて、大学の方に戻すようにと」

やはりそうだ。清水の狙《ねら》いは、亜由子の信用を失わせることだった。

広永の実家だという病院は、まだ新しい四階建てのビルだった。周囲の街並に比べると、際だって近代的である。

正面の駐車場に広永はメルセデスをすべりこませた。すぐにでも降りようとする広永の襟首をつかみ、高見はいった。

「見張りはどこにいる」

「藤田さんの隣の個室に。ドアでつながっていて、部屋どうし行き来できるんです」

「じゃあまずそいつを何とかしなけりゃならないな」

「何とかって――」

広永は途方に暮れたようにいった。高見は素早く頭を働かせた。

「そいつを眠らせちまおう」

「眠らせる？　まさか！」

広永は目と口を大きく開けた。

「心配するな。殺そうというんじゃない。あんたなら大の男を一発で眠らせる麻酔を用意できるだろう」

「そ、そんなことをしたら、あとで何をされるか……」

「いいか。俺が現われればどのみち、あんたがばらしたと清水には知れるんだ。あんたが案内しない限り、俺はここに来ようがないのだからな」

広永はまるで女のように口もとを押さえた。見る見る顔が青ざめていく。

「どうしよう……おしまいだ……」

「おしまいになりたくなけりゃ、俺を手伝うことだ。そうすれば助かるチャンスもある」

「ほ、本当ですか」

「藤田は自分が癌で余命いくばくもないと思いこんでいる。清水がそう仕向けたんだ。薬漬けから解放されて教団に返り咲けば、清水はまちがいなく教団から放りだされる。そうなりゃ、お前にかまっている暇はないさ」

「あなたは私を助けてくれるっていったじゃないですか。あのガラの悪い奴《やつ》から私を守って下さい」

「あいつらは大阪のやくざだ」

広永は吐きそうな顔になった。

「清水は大阪のやくざの大物を仲間に引きこんだのさ。あんたにとっちゃどうでもいいことだろうが、そいつらは大池観光協会のボスの野口も殺したんだ」

「こ、こ、殺した⁉」

「そうさ。その前に地元のやくざの親分だった黒木も消されている。そっちは用ずみで邪魔になったからだ。このままいきゃ、あんたもそうなる。俺に協力しようがしまいが、消される運命だったのさ」

「け、警察に行かなきゃ――」

「そいつは無理だ。大池警察の署長は、清水の仲間なんだ」

「そんな……」

広永は泣きそうになった。

「じゃ、私はもう助からないってことなのか……」

「あんたは首までどっぷりとはまりこんでいる。わかったろう。俺に協力するか、殺されるかだってのが」

広永は口を半ば開け、虚ろな表情で考えていた。このての洗脳は、高見たち経済やくざの十八番だった。会社が倒産しかけてパニック状態の経営者を洗脳し、自分と組む他ない、と思いこませるのだ。そして残っている財産と借りられるだけ借りさせた金をいただく。通常は、神経が切れる寸前までの追いこみを周囲にかけさせておいて、あたかもそこから救出したかのごとくホテルへ連れていき、話をもちかける。

もちろん今はそんなことをしてはいられない。

「ど、どうすりゃいいんです」

「だから俺《おれ》のいうことを信じて、いわれた通り動くんだ。いいな」

広永は目をすわらせたまま頷《うなず》いた。

26

高見は腕時計をのぞいた。午後六時三十分を過ぎていた。広永が〝落ちた〟ことを信じ、賭けにでたのだ。じき、結果がでる。

四階建ての「広永外科」は、三、四階が入院病棟になっているようだった。一階の一部と二階のすべての窓がまっ暗であるのに比べ、三、四階の窓には明りが並んでいる。あの中のどれかに藤田導山が寝かされているのだ。

高見は広永の車にいた。広永がメルセデスを降り、父親が経営する病院に入っていって、じき一時間になろうとしている。

藤田導山の見張りは酒川の手下で、導山の隣の部屋に〝入院〟していると広永はいった。とすれば、食事も入院患者と同じものを食べている筈だ。

駐車場には、梅島が使っていたなにわナンバーのメルセデスが停まっていた。

「救急専用」と書かれた病院の出入口が開いた。白衣を着けた広永が姿を現わした。高見は車を降りた。

「どうだ」

「うまくいきました」

広永は開き直ったのか、落ちついた口調でいった。あるいは病院の中なら、自分の天下だと思いこめるおめでたい頭の構造をしているのかもしれない。

高見は広永とともに病院の内部に入った。

「こっちです」

照明を落とした薄暗いロビーの中を、広永が手招きした。「関係者用」と掲げられたエレベータがあった。

四階まで昇った。

夕食の時間が終わり、病棟の廊下は静かだった。

「いちばん奥の四〇一が藤田さん、手前の四〇二が、例の人です」

高見は頷き、廊下を歩いた。広永が形ばかりのノックをして、四〇二号室のドアを押し開いた。

パジャマを着たチンピラがだらしなく寝こけていた。

「さっき看護婦とベッドに移したんです。食べている最中に寝てしまったものですから」

高見は頷いた。ベッドのかたわらにロッカーがあった。開くと、中に趣味の悪いスーツがかかっていた。

懐ろを探る。携帯電話と車のキィが入っていた。車のキィをポケットに移し、

「導山は隣だな」

と広永に訊ねた。

広永は病室どうしをつなぐドアを開いた。そちらの病室は暗かった。人影のあるベッドのかたわらに点滴のスタンドが立っている。

「明りをつけろ」

高見はいった。広永がベッドに歩みより、スタンドのスイッチを入れた。

無精ヒゲがのび、やややつれたような導山の寝顔が目に入った。

「やつれてるじゃないか」

責めるように高見がいうと、広永はうつむいた。

「食事をとっていませんから。栄養剤と麻酔を点滴で流しこんでいるんです」

「そんなことをして病気にならないのか」

広永は高見と目を合わさず、頷いた。

「何日間かくらいなら、体力を少し消耗するていどですみます」

「いつ起きる？」

「麻酔は十二時間ごと、朝と夕方の二回、打つよう指示しています。今日の夕方の分はもうすでに射《う》ってありますので、明日の朝にならないと目が覚めないと思います」

「わかった。すぐに連れだしたい」

「車椅子《いす》を今、用意します」

広永はいった。でていこうとするので、高見は呼び止めた。

「隣の野郎の分もいっしょに頼む」

酒川の手下は、病院の夕食に盛られた睡眠薬で眠っているのだ。

二台の車椅子に、広永と高見は看護婦の手を借りて、導山と酒川の手下のやくざを乗せた。エレベータで一階に降り、駐車場へ運んだ。

なにわナンバーのメルセデスのところまでくると、高見は、

「ここでけっこうです」

といって看護婦を追い返した。患者の一人を車のトランクに放りこむ姿を見せるわけにはいかない。

看護婦が立ち去るのを待って、高見はやくざをトランクの中に押しこんだ。いずれ、人のこないようなところに放りだすつもりだ。金も電話ももたず、パジャマ姿では、苦労をするだろう。

導山は後部席に寝かせた。

「ようし、これでいい」

「もし清水さんから電話がかかってきたら、何といえばいいんです」

広永は再び不安そうな顔になっていった。

「酒川という男から連絡があって、こいつが導山を連れだしたといえばいい」

高見はトランクをさした。

「本当にそれで大丈夫なんですか……」

「大丈夫かどうかわからない。たぶんすっとんでくるだろう。このチンピラの荷物は処分しといた方がいいぜ」

広永は頷いた。

「導山の目が覚めれば、清水も好き勝手ができなくなる。それまでの勝負だ。なんだったら、あんたもひと晩くらい姿をくらませておくんだな」

高見はいいおいて、なにわナンバーのメルセデスの運転席に乗りこんだ。途方に暮れたように見つめる広永に排気ガスを吹きかけ、駐車場をでた。

まずは、トランクのチンピラを処分しなければならない。

広永の運転でここまでくる途中見かけた牧場を、高見は思いだした。今の季節ならパジャマ一枚でも凍死することはない。広永の話では、睡眠薬のあと、麻酔も注射しているので、十二、三時間は目覚めない、という。

牧場の外れにある雑木林まで、メルセデスを走らせた。トランクからチンピラを担ぎだし、林の中に転がした。目が覚めたら驚くことだろう。

つづいて携帯電話で辻橋を呼びだした。導山が目覚めるまで、安全な場所に自分と導山をおいておかなければならない。今、警察につかまったらそれきりだ。だから亜由子の家や「稲垣」には近づけない。

「高見さん、無事だったんですか⁉」

辻橋は驚いたようにいった。

「とっくに警察につかまったのだとばかり思っていました」

「そんなドジじゃない。それより、どこか人のこないような、安全な場所はないか」

「高見さんが隠れるんですか」

「俺だけじゃない。導山もいっしょだ」

「えっ、先生が⁉　先生もいっしょなんですか！」

「今は寝ているがな。目が覚めるまでは、誰にも居場所を知られたくないんだ」

「待って下さい……」

辻橋は考えていた。

「教団の――」

「教団関係は駄目だ」

高見はぴしゃりといった。清水がどこまで信者の抱きこみを進めているのか、見当もつかない。

「……でも、私の実家や親戚《しんせき》は、すべて信者ですし」

「どこかないのか。山小屋でも何でもいい」

「そうだ！　スカイラインの途中に、私のでた高校の山荘があります。今なら誰も使っていない筈《はず》です」

「高校の山荘？」

「ええ。百人くらい寝泊まりできる施設なんですが、管理人がいません」

「よし、そこにしよう。場所を教えてくれ」

辻橋が説明した。それによると、展望台からわりに近いところのようだ。大山教の本山とは反対側になる。

高見はメルセデスを走らせた。時間がたてば、原は検問をおこなうことを考えつくかもしれない。なにわナンバーのメルセデスでは、つかまえて下さいといっているようなものだ。

二時間後、高見はスカイラインに入った。

教えられた山荘の入口は、道路表示にしたがって、すぐに見つけることができた。舗装されていない林道を約一キロ進むと、鎖が張り渡された入口がある。

「大池第一高校、大山寮」

と鎖を留めた木杭《きぐい》には書かれている。高見はメルセデスを降りた。

辻橋がまだ到着していないのは妙だった。

ヘッドライトの明りで鎖を調べた。鎖は南京錠で固定されている。壊して壊せないことはないが、できれば荒っぽい真似はしたくない。

そのとき後方からヘッドライトがさしこんだ。バイクと覚しいひとつ目だ。まさかこの時間、オフロードライダーが入ってくるとも思えない。高見は上着の中で拳銃をつかんだ。

だが見えてきたのは、そのオフロードバイクだった。ライダーはメルセデスのうしろでバイクを停めた。革のツナギとヘルメットを着けている。

ライダーがバイクを降り、ヘルメットを脱いだ。坊主頭が現われた。辻橋だった。

高見はほっとしていった。

「バイクでくるとは思わなかったぜ」

「遅くなってすいません。車だと誰かに尾けられるかもしれないんで、実家に戻ってバイクに乗りかえてきたんです。ついでにこれも母校に寄ってとってきました」

辻橋はいって、ツナギの中から鍵束《かぎたば》をとりだした。

「大丈夫なのか」

「ええ。ワンゲル部の顧問をやっていたことがあるんで、鍵のある場所は知ってるんです」

メルセデスの中に気づき、息を呑んだ。

「藤田先生!」

「薬で眠っているだけだ、心配ない」

「でもお体の方は大丈夫なんですか」

「大丈夫らしいぜ。医者はぴんぴんしてるっていってた」

「ぴんぴん？」

「いいから中に入ろう。話はあとだ」

辻橋は頷き、木杭の鎖を留めた錠前を外した。高見はメルセデスを進入させた。

百メートルほどいったところに、木造のロッジがあった。車を止めるスペースもある。

ロッジの入口にはシャッターが降りていた。辻橋が鍵でシャッターをあけると、ガラス扉があった。その内側は広い三和土《たたき》と、左右に下駄《げた》箱だ。

三和土に立つと、カビと若者の体臭が入り混じった匂《にお》いが鼻にさしこんだ。柔道場や剣道場でよく嗅《か》いだ匂いだ。

奥は板張りの大広間と、二十畳ほどの座敷がいくつかある。

中は冷《ひ》んやりとしていた。辻橋は三和土にあったブレーカーのスイッチを入れた。明りが点る。

座敷のひとつに、押入からだした布団をしいた。二十畳もあるのだから、ひと組だけの布団というのは奇妙な眺めだった。

そこへ二人がかりで導山を運んだ。寝かして、ほっと息を吐く。

ひと晩かふた晩なら、確かに安全な隠れ家といえそうだ。

高見はあぐらをかき、煙草に火をつけた。

「いい場所を見つけたな」

辻橋が灰皿がわりの空き缶を見つけてきた。

「これからどうなるんでしょうか」

辻橋はいった。この若者を動かしているのは、導山への忠誠心だけなのだ。教団の存続よりも何よりも、導山のそばにいたい、という気持だけで、高見の求めに応じているとしか思えない。

それはたとえるなら、恋愛のようなものかもしれない、と高見は思った。導山への思いがすべての行動を正当化する。

ふと我にかえり、高見は苦笑した。考えてみれば、やくざも似たようなものだ。組のため、という考え方が、家族や法律より優先されるのだ。

サラリーマンなら、会社のため、だ。こんな「滅私奉公」に美学を感じるのは、日本人くらいのものだろう。たとえばチャイニーズマフィアの連中は、平気で組織をふたたみまたかける。少しでも自分を高く買ってくれる組織につこうとするのだ。

組織に殉じる姿を美しいと感じるのは、日本人独特のものだ。だがその日本人であっても、酒川のような人物が現われてきている。

もちろん、以前にもそういう異分子はいたろう。だが組織より個人を優先させるような者は、「無能」の扱いをうけ、実際もそれほどの仕事をしなかった。

酒川はしかし、そうではない。所属する組内でも優秀で、切れ者で通っている。そんな男が、あえて破門の危機をおかしてまで、個人としての成功をもくろんでいるのだ。

そこには、極道が、これまで通りの古いやり方で得られる〝成功〟に限界がきている、という証明がある。

やくざになる者で、野心家でない者はいない。手に職も、学歴もないからこそ、法の外側にはみでても、大物になってやろうと、やくざの世界に入ってくるのだ。

そのやくざが、やくざでは飽き足らなくなっているのが、今なのだ。

「何でもあり、だ」

高見はつぶやいた。

「え？」

辻橋が聞きとがめた。

「何です？」

「何でもありだってことさ。やくざが宗教を乗っとろうとして、警察がそれに手を貸す。人が多勢集まるところには、とにかくおいしいものが生まれる。わかるか」

高見は急に喋《しゃべ》りたくなった。辻橋は首を振った。

「わかりません」

「バブルが弾《はじ》けちまって、土地は銭にならねえ。といって、石油や金みたいな宝物を掘りだそうというのも現実的じゃない。物を造っても、造るだけじゃすまない。すぐに環境問題やPL法にひっかかる。今、もし、おいしい思いをしようと思ったら、何が一番か。

人さ。人なんだよ。とにかく多勢の人間を集めちまうことさ。銭をそいつらから集めるだけじゃない。票を集めりゃ、政治にだって首をつっこめる。重要なのは、どうやって人を集めるか、なのさ。人間は誰でも自分がかわいいから、簡単には他人のために集まらない。今どき、見返りもなしに人を集めようと思ったら、百人だって不可能だ。それを、宗教ってのは簡単にやってのける。しかも、号令一下、右向け右、だ。こんなおいしい代物《しろもの》はない」

「藤田先生はそんなことをお考えになって、『大山教』を作られたわけじゃありません」

辻橋が珍しく気色ばんだ。高見は首を振った。

「そんなことはわかってる。だからこそ、こんな羽目になったんだ」

「え？」

「たとえは悪いが、お前さんが腕いっぱいに札束を抱えて、しかも足もともろくすっぽ見ずに街中を歩いていたとする。途中で札束がぽろぽろ落っこっても気づかない。親切な人間は、札束を拾って手渡してくれるさ。だがそうじゃねえ奴は、知らん顔してポケットだ。もっと悪い野郎は、お前さんがつまずいて札束をいっぱい落っことすように、罠《わな》をしかけるだろうよ。つまりはそういうことさ」

「——高見さんは、藤田先生が不用心すぎる、とおっしゃりたいのですか」

高見は頷いた。導山の寝顔を見つめた。穏やかな、それこそ仏のような寝顔をしている。

「人がいいってのは罪じゃない。自分ひとりがだまされているうちは、な。だがこの旦《だん》那《な》があっちを向きゃ多勢もあっちを向くような立場でいて、人がいいってのは、罪なんだよ」

「清水は、先生が入院したとたん、今までが嘘《うそ》のような、やりたい放題をしています」

辻橋は憤懣《ふんまん》やる方ない、といった口調だった。

「教団の中枢にいる人たちは、誰もそれに文句をいわない。皆、清水が恐いんです」

「清水をそういう立場にもっていったのは、この旦那だ」

辻橋はうなだれた。高見は辻橋を見すえた。

「導山が癌《がん》だ、という話は、どのくらい広まっているんだ」

辻橋は瞬《まばた》きした。

「教団の主だった幹部は、皆、知っていると思います」

「なるほどな。それじゃあ、導山が入院したら浮き足だつのも無理はない」

「ええ。先生は、御子息の洋一さんを、ご自分のあとの教祖にすえられようと願っていたんですが、亜由子さんがうんとおっしゃらなくて……」

「それも人のよさの証明だな。それでもって結局、後継を決めずにいた」

辻橋は食い下がるようにいった。

「先生は、とにかく人を傷つけるのがお嫌いなんです。決して優柔不断な方なのではありません」

「だから自分が傷ついたと？　しかし死んじまった人間はどうする？　信者でもない、

黒木や野口は、そのせいもあって殺されたんだぜ」

「でも先生が殺したわけでは――」

「いったろう！　札束をむきだしで抱えて歩いてりゃ、よからぬ考えをもつ奴も現われると。それは、かっぱらおうとする奴が一番悪い。しかし二番目に悪いのは誰だ？」

辻橋は唾《つば》を呑んだ。その怯《おび》えた表情を見ていると、苦笑いがこみあげてくるのを高見は感じた。

「俺が偉そうに説教してどうなるって感じだな。安心しろよ。導山は癌なんかじゃねえんだ」

「え？」

辻橋は目を丸くした。

「さっきぴんぴんしているといったのは、その通りの意味さ。癌だってのは、清水の描いた絵だよ。奴はそれで、導山を精神的に弱らせ、うまく消そうとしていたんだ。入院して死ねば、癌のせいにできるからな。しかも教団の幹部連中には前もって手回しができる。

導山がいなくなったあと、盾つきそうな奴をいぶりだせるんだ」

「じゃあ先生は――」

「参ってるようには見えるが、すぐに死ぬことはないとさ」

「本当ですか⁉」

喜びの色が辻橋の満面にみなぎった。

「浮かれるんじゃねえよ」

高見は吐きだした。

「清水はすぐに、俺たちがそれを知っていることをつきとめる。次の手は何だかわかるか」

辻橋は首をふった。

「いえ……」

「俺たち全員が消されるってことだ。たぶん、俺がお前と導山を消したって筋書きにもっていくだろうよ。それが一番、都合がいい」

辻橋の顔が青ざめた。

「でも、いくら何でもそんなことまで――」

「清水のバックには、大阪のやくざがついている。野口や黒木を殺《や》ったのもそいつらだ」

辻橋は息を呑んだ。

「中でも、清水の娘の、元の亭主だった酒川というのは容赦がない。奴は清水と組んでこの大池全体を乗っとる気だ」

「――どうすればいいんですか」

高見は天井を仰ぎ、息を吐いた。

「どうする、どうするって、いい加減、自分たちで考えたらどうだ？　俺は昔の映画じゃないが、よそからきた流れ者なんだ。そんなに何もかもを俺に頼っちまっているんじゃ、俺が第二の清水になったとき、それこそどうするんだよ」

辻橋はうつむいた。

「とにかく――」

いって高見は立ちあがった。

「お前さんはずっと導山についてろ。何があっても離れるんじゃない。そして、導山が目を覚ましたら、俺のいったことを話してやるんだ」

「高見さんは、どこへ？」

辻橋は不安げに高見を見つめた。

「まだ解けてない謎《なぞ》があるんでね。そいつを調べにいってくる。もし何かあって、どうしても警察を頼りたいなら、大阪府警の月岡って刑事がこっちにいるから、そいつを頼れ」

「月岡さんなら最初にお目にかかっています」

「そうだったな。大池警察は、とにかくアテにしないことだ。いいな」

「はい」

「また連絡する。ここには電話があるのか」

「ピンク電話なら。番号もわかります」

辻橋がいった番号をメモし、高見はいった。

「二回鳴らして一度切り、それからかける。それ以外の電話にはでるんじゃないぞ」

「わかりました」

高見は山荘の外にでた。本当は、導山や辻橋とともに、安心できるこの隠れ家で朝まで眠りたい気分だった。

だが「イブ」のマコのことがどうしても頭にひっかかっていた。マコがいったいどちら側の人間なのかを知りたい気持はおさえられない。

この大池の地で、マコは唯一、高見と寝た女なのだ。

27

真っ暗な部屋のソファに横たわっているうちに、高見は眠りこんでしまっていた。鍵がドアにさしこまれる音で初めて、目を覚ました。

起きあがり、煙草をくわえたとき、ドアが開いて、明りが点《とも》った。

「高見さん！　本当に帰ってきたんだ」

マコは玄関で立ちすくんだ。きちんと化粧をして、派手なミニのスーツを着ている。

「ああ。一段落したんでね。お礼をいおうと思って戻ってきた」

「お礼なんて、そんな。らしくないこといわないで」

マコはにっこりと笑ってハイヒールを脱ぎ、リビングにあがってきた。酒が匂った。

高見は時計をみた。午前一時半だった。

「君がお客を連れてきたらどうしようかと思ったんだがな」

マコは高見をにらんだ。

「高見さんがいるかもしれないってのに、そんな真似するわけないでしょ。それに第一、お店のお客さんをここに連れてきたことなんか、一度もないわ」

「そいつは悪かった」

「いいわ、許してあげる」

マコはいって、ふっと笑った。高見の向かいにどすんと腰をおろし、バッグからだした煙草をくわえた。

「今日もきたわよ、原署長」

「一人でか」

「ううん」

マコは首を振った。

「稲垣さんと」

「稲垣と?」

高見は眉《まゆ》を吊《つ》りあげた。

「どういう風の吹き回しだ」

「野口会長のあと、観光協会の会長を、稲垣さんがやることになりそうなの」

「誰がそれを決めた」

「わかんないけど、市長さんじゃないかしら。だからその打ち合わせをしたいって――」

妙なことになっている。稲垣はそんな話は少しもしなかった。もし稲垣が、観光協会の会長におさまったら、酒川はどうするのか。

酒川は、稲垣を支配下におくつもりでいるのだろうか。そんな真似ができる筈はない。

「稲垣は受けるのか」

マコは頷《うなず》いた。

「じゃないの？」

誰かが、高見の描いた絵を乗っとろうとしている。それが稲垣だとは、高見には思えなかった。

「その話、本当なんだろうな」

高見がいうと、マコは驚いたような顔になった。

「やだ、そんな恐い顔して。あたしが高見さんだましてどうするの？」

広永の話がでかかるのを、高見はこらえた。マコの正体を見きわめるには、もう少し黙っていた方がいい。それにしても、広永から自分の話がでたかもしれないと不安にはならないのだろうか。

マコの表情には何の曇りもなかった。

「清水は？」

マコは首を振った。

「ぜんぜんこないよ。最近、教団の人は誰もこないみたい」

「稲垣のようすは？　嬉しそうだったか」

「別に。ふつう、かな。そういや、高見さんの話もでてたよ」

「何と？」

「原署長は、『このまま消えてくれるのが一番いい』って」

「ふざけたことを」

すべてを背負わせ、行方不明の犯人にしたてようというのだ。

「稲垣は何と？」

「複雑な顔してた。あたしのこと気にしてたみたい」

「何か訊《き》かれたか？」

「ううん」

マコは首を振った。そしてくすっと笑った。

「だって原署長はあたしに気があるのよ。あたしが高見さんと寝た、なんていったら卒倒しちゃうわ」

「イヤな奴《やつ》といったじゃないか」

「そこはそれ、水商売ですから。一応、署長といえば大物でしょう。あんまり冷たくしたら、ママに怒られちゃうもの」

「水割りはぶっかけないのか」

「あれはまた別。あのときは生理前でいらいらもしていたし……」

高見は考えこんだ。原はもしかすると、清水と出井のふたまたをかけているのではないだろうか。つまりそれは、清水の計画が、思ったほどうまくは、教団の外では進んでいないことを意味している。

そこへ導山が現われると、いったいどんな事態が生じるのか。敵味方の区別がつかないまま、どんどんややこしくなってきている。

「何を考えてるの」

マコがあどけない口調でいって、立ちあがり、高見にしなだれかかった。

「おいおい。おじさんに無理はさせるもんじゃない」

高見は体をひいていった。

「無理なんかさせないもん」

マコは口を尖《とが》らせ、いった。が、言葉とはうらはらに白い腕がのびてきて、スラックスの上から高見の下半身をまさぐっている。

「酔っているのか」

高見はあえてなすがままになりながら訊《たず》ねた。

「すこうしね。あたし酔うと、ちょっと欲しくなっちゃうんだ」

高見の顔は見ず、自分の指先に目を向けながらマコはいった。

「おじさんはひどくくたびれてるぞ」

「頭を使うからよ。あんまり頭を使うと、ここの元気がなくなるの」

そうはいわれても、当面の事態をどう利用するかが、高見には最重要事項だった。

亜由子のことがふと頭に浮かんだ。遅くとも明日の朝には、清水と酒川は導山の身が高見に奪い返されたのを知るだろう。そのとき報復をはかるとすれば、亜由子をさらうしかない。

だが今回は亜由子をさらったとしても、高見と連絡がつけられなければどうにもならない。

それでも用心に越したことはない。できれば、月岡あたりが亜由子と洋一の身を守ってくれればよいのだが、と高見は思った。

その月岡はいったいどこで何をしているのか。

まるで姿を見せない。

「食べていい？」

マコが不意にいった。指先が高見のスラックスのファスナーにかかっていた。舌なめずりせんばかりの表情で高見を見あげている。目がきらきらと光り、目もとは赤らんでいた。

「いや。お預けだ」

高見はいい、そっとマコの手をどけた。この事態を利用するアイデアを思いついたのだった。

「えーっ、つまんない」

ふくれ面を作ったマコの顎《あご》をそっとつかんだ。

「頼みがあるんだ」

「なあに？」

「原と連絡をとってくれ」

マコは驚いたようすもなく、頷いた。

「いいよ。それで？」

「奴は将来、大池の市長になる気なのだろう」

「そうよ」

マコはくすっと笑った。

「出井市長が国会議員になったら、あとを埋めるつもりなの」

「じゃあ、奴には願ってもない話だ。導山を奴に渡したい、というんだ。俺がそういっている、と」

マコが身を起こした。

「じゃあ、見つけたの？　教祖を」

「見つけた。ぴんぴんしている。どこにいるかはいえないが、導山は癌なんかじゃない。明日にも教団の仕事に復帰できるくらいさ」

マコの目がまん丸くなった。

「それ本当⁉　本当なの」

「ああ。本当さ。マコちゃんは導山が癌だって話を誰に聞いたんだい？」

高見はさりげなく訊ねた。

「え？　誰って……。皆んな知ってることだから……。署長も、市長も——」

マコは口ごもった。

「そうか。導山が癌じゃないとなれば、これまでとは風向きがかわってくるだろう——」

「待って、待って」

マコは真剣な表情になった。

「それって、署長や市長にとっては、すごく困る話なのじゃない？」

「困るかもしれないし、困らないかもしれない。困らないようにするためには、いろいろ知恵を絞らなければならないだろうな」

「高見さんは教祖とは話したの？」

「ああ。だがゆっくり話す暇はなかった。安全な場所に連れていかなけりゃならなかったのでね」

高見は嘘《うそ》をついた。

「どこなの？　それ」

「だからそれはいうわけにはいかない。マコちゃんは導山に興味があるのかい」

マコは急いで首を振った。明らかに〝急いでいる〟とわかる振り方だった。

「ないわ、別に」

「会ったことは？」

マコは目をみひらき、高見を見つめた。

「ないよ、一度も。お店にもきたことないし」

「そうか。とにかく、君が俺のパイプになって、原と話して欲しいんだ。なるべく早く」

「大丈夫。あたし署長の直通番号を知ってるから、明日の朝には連絡がつくわ」

「よし、じゃあ、俺から連絡があって、原署長に俺が導山を渡したがっている、ということ、それと導山が癌《がん》なんかじゃなくてぴんぴんしていると伝えてほしいんだ」

「それで？」

「もちろんそれには条件がある。野口会長殺しと俺が無関係だってことを公表するんだ」

「つまり高見さんを追いかけるのをやめさせるってことね」

「そうだ」

「いいわ。でもあたしと高見さんの関係を何て説明しよう」

「誘惑されたっていえば？　でも東京者には興味がないから、ふってやったと」

マコは笑った。

「そうね。それがいいかも。それであとはどうすればいいの？」

「マコちゃんが奴の返事を訊くんだ。奴はきっとすぐには返事ができないだろう。出井とも相談しなけりゃならないからな。ただし何日も、というのは駄目だ。せいぜい半日、明日の夕方までには結論をださせろ」

「それで？」

「オーケーなら、お店にきてもらえ。俺の方から店に連絡する」

「わかった」

マコはこっくりと頷いた。高見は立ちあがった。

「どこいくの？　高見さん」

マコが驚いたようにいった。

「まだまだしなけりゃならないことがあるんだ」

マコは唇をつきだした。

「泊まっていってくれると思ったのに」

とてもそんな危険はおかせない。目覚めたら、酒川に拳銃《けんじゅう》をつきつけられているかもしれない。

高見は笑って首を振った。

「ごめん。今度な」

「つまんない」

原にもちかける「取引」の話は、清水の側にもマコを通じて筒抜けになるかもしれなかった。

もしならなくても、導山がいなくなったことを知った清水は、原や出井を今までのようにはコントロールできないのに気づくだろう。

原が出井と会っているというのは、清水や酒川ら外側の連中と、原、出井という地元との関係が、一枚岩ではないことを意味している。稲垣が観光協会の会長にまつりあげられるというのが、その証拠だ。

ここをさらに攻めれば、仲間割れが起きるだろう。出井や原が欲しいのは、大山教という大票田だ。教団が清水のものにならない可能性がでてくれば、手を組むのをためらうにちがいない。

一方、清水や酒川は、もう後戻りができないところまで踏みこんでいる。殺人までおかした以上、何としても教団を我が物にしなければすまない。出井や原が裏切るような動きにでれば、いったいどんなことが起きるかが見ものだった。

マコのマンションをでた高見は、メルセデスに乗りこむと、携帯電話を使って稲垣に連絡をとった。稲垣は「イブ」のママの部屋にいた。その番号を高見はマコから聞いたのだった。

「――高見さん」

稲垣は、電話を高見からだと知ると、息を呑《の》んだ。

「どうしてここが――」

「蛇の道は蛇だって奴だろうが。楽しんでる最中だったたか」

「いえ。もう、それは……」

「尾行はついていないか」

「大丈夫です。ついてたら、こんなところこられやしませんよ」

「そうか。ちょっと会って話したいことがあるんだがな」

「俺も高見さんに相談したいことがあったんです」

「じゃあどこかで落ち合おう。いいところはないか」

「待って下さい――」

稲垣が「イブ」のママと話しあっている声が聞こえた。

「ここの近所に、朝までやってる茶漬屋があるそうです。ママの知り合いなんで信用はおけるというんですが……」

「そこでいい。場所を教えてくれ」

高見はいった。東京とちがい、大池のような田舎町では、午前零時を過ぎると、人や車の数はめっきり少なくなる。秘密を要する話しあいといっても、深夜の路上で、大の男二人が車を停めてやっていれば、かえってパトカーなどの注意をひきかねない。「イブ」のママの住居というのは、大池の繁華街とは、駅をはさんだ反対側にあった。車なら十分もかからない距離だ。

高見は教えられた通り、メルセデスを走らせた。やがて「お茶漬け」と大書された提《ちょう》灯《ちん》がぽつりと点っているのが道端に見えた。あたりは他に店らしい店はなく、よくやっていけると思うような場所だ。

店の前には稲垣のセルシオがあった。その先に高見は車を停め、曇りガラスの引き戸を開けた。十人もかければいっぱいになってしまうようなカウンターに、稲垣が一人でかけている。

「ママはどうした？」

「寝かせました」

高見は頷いて、稲垣の隣に腰をおろした。カウンターの内側には、七十を超していそうな、割烹着《かっぽうぎ》をつけた老婆が一人いるだけだ。その歳で深夜営業の茶漬屋をやっているのはつらいだろう、と高見は思った。

「ビールを」

高見がいうと、あたりめと新香とともに、冷えたビールの大壜《おおびん》がカウンターに並べられた。

高見は稲垣のグラスにもビールを注いでやり、いった。

「野口の後釜《あとがま》にすわらされるそうだな」

稲垣は、ぎょっとしたような表情になった。

「どうしてそれを――」

「狭い町のことだ。すぐに聞こえるぜ。いったい誰の肝いりなんだ」

稲垣は目を伏せた。

「原と出井です」

「いつから仲よくなった」

「そんなのじゃありません。信じて下さい。原に頼みこまれたんです。協会の他の幹部はぶるっちまって、誰も会長の跡目をつぎたがらないんです」

「そうだろうな。次の会長だって、いつタマをとられるかわからないのだから」

稲垣は頷《うなず》いた。

「腹をくくりました。きっと酒川は、今度は俺の命を狙《ねら》ってきます」

「おもしろいことを教えてやる。導山は癌なんかじゃないぞ」

「えっ」

稲垣は仰天したように叫んだ。

「本当ですか、それは」

「本当だ。いいか、そのことはすぐに、原や出井も知る。そうなれば奴らは、清水を捨てて導山に鞍《くら》がえするだろう」

「酒川が弾《はじ》けますよ」

高見は頷いた。

「それが狙いだ。心配なのは亜由子だ」

「そうですね。そういえば、月岡から今朝、電話がありました」

「何だっていうんだ」

「高見さんはもうパクられたか、と。口ぶりじゃどうやら、この街にはもういないようでした」

大阪に帰ったか。しかしあの男が簡単にひき退《さが》るとはとても思えなかった。

「それで？」

「まだだ。連絡もとっていない、といったら、そうかといって、切っちまいました」

高見は頷き、いった。

「明日の朝一番で、亜由子と洋一くんを迎えにいってほしい。そしてしばらく『稲垣』で預かってくれないか。亜由子が何かいったら、これは俺からの命令だ、といって」

稲垣は頷いた。

「わかりました。ちょうど高見さんの部屋がありますから、そこに入ってもらいます」

「それでいい。それからな、今寝ちまっているお前の女だがな。元は野口の女だぜ」

稲垣は目をみひらいた。

「本当ですか」

「昔つとめていた赤坂の店ってのは、野口のもちものだったそうだ」

「いったいどこでそんな話を聞きこんだんです」

いってから稲垣は気づいた。

「マコですね」

「そうだ。そのマコのことも、調べてもらいたい。いったいあれはどんな娘なのか」

「何があったんです？」

「マコは清水ともつながっている。清水の美人局《つつもたせ》の手伝いをした。そのくせ、俺のことも手助けした。正体がよくわからないんだ」

「ああいう子だから、おもしろけりゃいいっていう気まぐれなのじゃないですか」

「それだけじゃない。何かあると思うんだ」

「何があるっていうんです？」

高見は首をひねった。

「それがわからないのさ」

「ママに訊いてみますよ。地元の人間なら、きっと何か知っていると思います」

稲垣はいった。

「だが気をつけろ。彼女も、どこかで誰かとつながっていないとも限らない。原や出井も、店には頻繁にきているのだろう」

「ええ。あそこで謀議をこらしています。やはり出井が頭のようです」

いって、稲垣は訊《たず》ねた。

「高見さんは導山が癌じゃないと、どうやってつきとめたんです」

「医者の口を割らせたんだ」

「医者？」

「大学病院の広永という、導山の主治医だ。清水に抱きこまれていたんだ」

高見は亜由子とともに病院を訪ねたときのことを話した。稲垣は首を振った。

「やりますね、清水も」

「だが明日になれば、ケツに火がつく」

高見は答え、無言で腰かけている老婆を見やった。ビールのせいで空腹がこみあげてきたのだ。

「茶漬けをもらえるかな」

いって、高見は壁に貼《は》られた短冊を見やった。それには筆書きの達筆で、「鮭茶漬」「梅茶漬」「海苔《のり》茶漬」「おにぎり」「味噌汁《みそしる》」「新香」とある。

「梅茶漬けとお新香を」

「はい」

老婆は頷き、立ちあがった。これからの二十四時間には、いろいろなことが起こる——高見には予感があった。食べられるうちに食べておかなければ、次はいつ食べられるかはわからない。

できた茶漬けは、とりたててうまくもなければまずくもない、ふつうの味だった。が、つけあわせられたヌカの古漬けは絶品だった。高見は思わず箸《はし》を止め、

「これはお宅で漬けたのかい」

と訊ねた。

「さようです」

老婆は頷いた。

「うまいね。すごくうまい」

老婆は無言で目をしばたかせた。

それからは一気に茶漬けを平げ、高見は立ちあがった。一万円札をカウンターにおき、

「釣りはいらない」

と断わった。

「こんなうまいヌカ漬けを食わしてもらったのは、お袋が死んで以来だからな」

そして稲垣をふり返った。

「じゃ、俺は消えるぜ。ケツに火がついた清水と酒川は血眼《ちまなこ》になるだろうからな。お前もせいぜい気をつけるんだ」

「わかりました。亜由子さんの件は、早急に手を打ちます」

茶漬屋をでた高見はメルセデスに乗りこんだ。時刻はもう三時を回っている。

さすがに眠けが体を重くしていた。これから朝までは、安心して眠れる場所を確保したい。

高見は携帯電話をとりだした。こういうときは、しみじみありがたい道具だと思う。

辻橋と導山のいる大山の山荘のピンク電話を呼びだした。決めた通り、二回鳴らしたあと、一回切ってかけ直す。

辻橋は眠っていなかったらしく、すぐに電話にでてきた。

「はい」

「高見だ。これからそっちへ戻る。寝床を用意しておいてくれないか」

「承知しました」

電話を切って気づいた。茶漬屋で握り飯でも作っておいてもらえばよかった。東京とちがい、さすがにこのあたりには終夜営業のコンビニエンスストアなどはないのだ。

山荘に帰りついたときには、四時近くになっていた。

出迎えた辻橋がいった。

「あの……教祖さまと同じ部屋でよろしいでしょうか。私が使うつもりでしいた布団があるのですが……」

「かまわないよ。お前さんは寝なくていいのか」

高見はいうと、辻橋は首を振った。

「とても眠れそうにありません。あとからあとから、いろんなことが頭に浮かんできて」

導山を寝かせた大広間に、二メートルほど離れて、もう一組の布団がしかれていた。

導山はまだ眠りつづけている。

高見は衣服を脱ぎ、下着姿でもぐりこんだ。夜明けの近い山荘はひどく冷えていたが、湿ったカビ臭い布団であっても、かぶっているうちにぬくもりが生じてきた。大広間の天井にいくつもぶらさがった電灯を見あげているうちに、高見は眠りこんでいた。

28

目を開いたとき、高見はそこがどこであるか、一瞬思いだせなかった。高さのある広い板張りの天井をぼんやりと見つめていた。

やがてそこが高校の寮であることに思いあたった。はっとして、かたわらに寝かせられていた筈《はず》の導山をふり返った。

「目がさめましたか」

布団の上に正座をした導山がいた。無精ヒゲがのび、やややつれてはいるが、目にははっきりとした光があった。

高見は腕時計をのぞいた。いつのまにか、午前九時を過ぎている。

「辻橋君は？」

高見は訊ねた。

「何か食べるものを用意してくるといって、でかけました。私はよいといったのですが……」

高見は上体を起こした。夜のうちは立てられていた窓の雨戸が開かれ、そこから朝の光が流れこんでいる。大山のなだらかな斜面が見えた。

高見は導山に目を戻した。

「目がさめたらこんな場所にいるので驚いたでしょう」

「辻橋から聞きました。あなたが病院から助けだして下さったそうですね」

「お互い、そんなていねいな口のきき方はやめましょう」

導山が深々と頭を下げたので、高見は急いでいった。

「きのうの晩、俺は辻橋に、さんざんあんたの悪口をいった。もう互いにかっこをつけることはありませんよ」

導山は頷いた。

「少し、辻橋から聞きました。いろいろと厄介なことになっているようですね」

「野口が殺されたことも？」

導山は目をみひらいた。高見はため息をついた。

「どうやら病院に入れられてからすぐに薬漬けにされていたようだな。今、顔を洗ってくる。そうしたら、これまでのことを話します」

立ちあがってスラックスを着け、廊下にでた。廊下には、蛇口がずらりと並んだタイルばりの洗い場がある。

噴きだしてきた水は、身を切るほどの冷たさだった。それで顔を洗い、口をすすいだ高見は、すっきりと目がさめた。ハンカチで顔をふき、大広間に戻ると、布団の上にあぐらをかいた。

「いったいどうなっているんです？」

導山が訊ねた。

高見は煙草をくわえた。

「自分の病気のことは聞きました？」

導山は頷いた。

「それは。でも、何だか信じられない話です。私はてっきり、自分が癌だと……」

「清水にだまされていたんだ。奴はハナから、大山教を乗っとるつもりでいた」

「そんな馬鹿な。あの男は、まだ教団が本当に小さな頃にやってきたんです。たとえあの男が私をだましていたとしても、それはあとになって魔がさしてからではないのですか」

「あんたは奴のことを寄生虫といった。だがそんな生やさしいものじゃない。奴はあんたにとってかわると同時に、大池の観光事業もすべて乗っとろうとしていたのだぜ」

いって、高見は、導山が入院してから起こったできごとの数々を語った。

話し終えてもしばらくは、導山は何の言葉も発さなかった。やがてようやく、

「そんなことになっていたのですか……」

言葉をしぼりだした。

「ひと言でいやあ、あんたの読みが甘かったということになる。まあ、それ以上に、清水や酒川がワルだったということにもなるがね……」

高見はいって、煙草に火をつけた。導山は呆然《ぼうぜん》としたように、自分の手もとを見つめ

ていた。

「あんたが、後継を洋一くんにすることにこだわったのも、原因のひとつだ。そのために後継者問題が宙ぶらりんになった。そこへ奴はつけこもうとしたんだ」

「洋一は無事ですか」

「自分で確かめてみたらどうです」

高見はいって、携帯電話をとりだした。「稲垣」の番号を押す。交換に、高見は自分の部屋につなぐよう告げた。

呼びだし音が鳴り、二度目の途中で受話器がもちあがった。

「――はい」

亜由子の声だった。高見はほっとした。口もとにこみあげそうになる笑みを抑えた。

「高見です」

「高見さん！　無事なんですね」

亜由子の声が大きくなった。

「ええ。洋一くんもそこに？」

「おります。今朝早く、稲垣さんが迎えにこられて……」

「ちょっと待って下さい」

いって、高見は導山に携帯電話をさしだした。

「ここがどこかはいわないように」

導山は頷いて、受けとった電話を耳にあてた。

「もしもし……。私だ。いろいろと迷惑をかけたようだね。申しわけない」

高見はそれを見やり、息を吐いた。とりあえず、亜由子が無事でいるのは何よりだった。酒川は今頃、高見を殺そうと躍起だろう。

「――そうだ。また改めて連絡をするが、それまでは、高見さんの指示にしたがって、安全にしておいてくれ」

導山が返してよこした電話に、高見はいった。

「もうすぐ終わります。不便だろうけど、そこにいて下さい」

「終わるというのは――」

「私の身の潔白も証明されるということです。それに悪い奴らもこの街をでていく」

「そんなことより、わたし、早く高見さんにお会いしたい」

その言葉を聞き、高見の胸は熱くなった。

「もう少しです。あと少しだけ、待って下さい」

電話を切って、高見は導山と向かいあった。

「私はこれからどうすればよいのです？」

導山は訊ねた。

「今考えているのは、一刻も早く、清水に教団からでていってもらうことだけなのですが……」

「もちろんそれも大事だ。だがその前にきっと奴らは仲間割れをおこす。そこで、出井や原を味方につけてからでも遅くはない」

「あの連中は結局、自分の利益しか考えていないのですね」

導山は悲しげにいった。

「それがふつうの人間なんだ。別に人を信じるなとはいわないが、そんなことを悲しんでいたら、とてもやっていけないぜ」

「私が甘かった。それは認めます」

導山は目を閉じ、いった。

「うまくいけば、今夜中に、あんたは、出井市長や原署長と会うことになる。そのときに、なるべくぴんぴんしているところを見せて、教団の改革に乗りだすとか何とか、告げた方がいい」

「彼らを寝返らせる？」

高見は頷《うなず》いた。

「連中が手を組みたいのは、大山教の票をくれる人間です。それをちらつかせてやれば、一も二もなく、飛びついてくる」

「それでどうなるのです？」

「清水と酒川は糸を切られる。孤立して弾《はじ》けて、警察につかまる」

「また誰かが死ぬのですか」

「死ぬかもしれない。特に頭にきた酒川は、誰かを殺《や》らなけりゃ気がすまないだろうな」

「いけない！　それは」

導山はいった。

「かりにも私は宗教家です。私の進退が原因で人が死ぬことなど、許されない」

「そんなことをいっても、奴《やつ》らはハナからあんたを消すつもりだったのだぜ」

「そうとしても、これ以上、人殺しはあってはならない」

「じゃあどうする？」

導山は深呼吸し、考えていた。

「私が清水に会いましょう。彼を諭します」

「いつ？」

「今すぐでも」

「それはやめた方がいい。酒川に殺されるのがオチだ」

「じゃ、いつならばいいんです」

「原と出井が、あんたのもとに降《くだ》ったあとがいい。少なくとも明日以降。なぜなら、それからなら、あんたには警察の護衛がつきます」

「警察の護衛……」

「酒川には手下がいる。そいつらを鉄砲玉にすれば、いつだってあんたの命はとれるんです」

導山は無言だった。

「一度は裏切った原を味方につけるのは癪《しゃく》でしょうが、警察というのは、その気になればかなりのことができるんです。敵に回したままにしておかない方がいい」

「――わかりました」

導山はいった。

「野口の死も、私に責任がある。そうですね？」

「俺にもある。あんたとの会談をセッティングしようとしたのは、俺だからな」

高見はいった。

そこへ辻橋が帰ってきた。新聞と食料品の入った袋をさげている。

「起きていたんですか。買物のとき、ちょっと教団本部に電話を入れてみたんです。清水代行がどんなようすかと思って――」

「代行？　代行というのは何だ？」

導山が訊ねた。辻橋は言葉を詰まらせた。

「教祖の代行です。最高幹部会で決定されて……」

導山はきっとなった。

「最高幹部会で？　いったい誰と誰が、そんなことに賛成したんだ」

「そんな話はあとだ」

高見は割って入った。

「で、清水はどうしてた？」

「七時頃電話が入って、でかけたそうです。かなりあたふたしていたと……」

「あんたが病院からいなくなったことを知らせる電話だったんだ」

高見は導山を見ていった。導山は頷いた。そして高見を見つめ返した。

「高見さん、あの者と連絡をつけることは可能でしょうか」

「だから会うのは利口じゃないと……」

「会わなくともいいのです。電話で話すだけでもいい」

「話してどうする」

「彼の方から自発的に教団から退いてもらいます。もし私がでていって、追いだすようなことをすれば、他の幹部たちも粛清を受けるのではないかと思うでしょう。そんな政治的なことで、教団の中枢部がおかしくなってしまうのを避けたいのです。もし清水が自ら教団と縁を切ってくれるのなら、彼以外の幹部の責任は問わないでいたいのです」

「教団のためにか」

導山は重々しく頷いた。

「私は大山教を、密告や裏切りの横行するような宗教団体にしたくはありません」

高見はため息をついた。導山の立場なら、無理からぬ考えだ。あいかわらずお人好《ひとよ》しだが、その決意には、心を動かされるものがあった。

「わかった、やってみよう」

〝隠れ家〟で知った電話番号のことが頭にあった。酒川に連絡をつけさえすれば、清水にはつながる。あるいは、今この瞬間、清水と酒川は、〝隠れ家〟で善後策を練っているかもしれない。

高見は手帳をとりだした。そこには、清水の〝隠れ家〟で知った三つの電話番号が記されている。ひとつは、酒川の携帯電話のものだ。あとのふたつには、それぞれ「大池」と「大阪」というプレートがついていた。

「大池」については、高見はあるていど想像がついていた。清水が〝隠れ家〟から秘《ひそ》かに連絡をとる相手が大池市内にいるとすれば、これは娘の由加以外、考えられない。

高見は携帯電話でその番号を押した。

「――はい」

数度の呼びだし音ののち、女の声が応《こた》えた。やはりそうだった。

「高見です。その節は失礼しました」

高見はいった。はっと息を呑《の》む気配があった。やがて、由加はいった。

「まだ生きていたのね。とっくに殺されるか、つかまるか、したと思ったのに」

「残念ながらぴんぴんしている。それどころか、あんたの親父《おやじ》さんを何とかしてやろうとまで思っているんだ」

「ふざけたこといわないでよ。どこからそんな寝言みたいな電話をかけているの」

「そいつは教えられない。教えれば、あんたの元亭主の鉄砲玉が飛んでくるからな」

「ふん」

由加は鼻で笑った。気の強いのは、少しも変化していない。

「ところで、ここにあんたの親父さんとどうしても話したがっている人がいる。誰かはわかるな」

「わからないわ」

「そうか？　なら親父さんに訊くといい」

「あの人がどこにいるかなんて、知る筈がないでしょう」

「よせよ。他人ばかりの土地で、あんたらが連絡を絶やすわけはない」

「いったいあたしに何をさせたいの？」

「親父さんと話したいんだ」

「何のために」

「大山教の平和をとり戻すために」

「平和ね。はっ」

由加は笑った。そして、

「二度と電話してこないで」

というなり、叩《たた》き切った。

高見は苦い表情で携帯電話を見つめた。

「どうしました？」

導山が訊ねた。高見は無言で首を振り、今度は酒川の携帯電話の番号を押した。

「――はい」

雑音の混じった中で、酒川の声が答えた。

「高見だ。広永病院には見舞いにいったか」

「ええ根性やな。今、大阪からも人が向こうとる最中や。お前を殺ったろ思うてな、十五人ばかり、加勢頼んだわ」

「ハッタリはよせ。お前がここでやっていることは、本家には内緒のアルバイトだろうが」

「それがどないしたいうんや。わいがいや、動く兵隊はなんぼでもおるんじゃ。いいわけなんぞ、あとからいくらでも考えたるわ」

怒気のにじんだ声で酒川はいった。高見はため息を吐き、いった。

「ハブといわれた男が、そんなにカッカしていると、男を下げるぞ」

「やかましいわ！　きっちりケジメとったるからな。覚悟せいよ」

高見はもう相手にせず、いった。

「そこに清水はいるか」

「何の用じゃ」

「清水と話したがっている人がいるんだよ。誰かはわかっているだろう」

「そっちの番号いえ。こっちからかけるわ」

頭に血が昇ってもさすがに、酒川は馬鹿ではなかった。高見の連絡先を知ろうといってきた。

「そいつは駄目だ。教えられない」

高見は即座にいった。

「何でや」

「何でもだ」

高見は連絡がつくとなれば、酒川は、どんなきたない手を用いて、〝取引〟を強要してくるか想像もつかない。逆の立場であれば、高見ならそうする。

「それやったら、話せへんな」

「そうか。ならいい。清水にも決して損な話じゃないんだが――」

「たわけたことほざくな。お前も藤田も、まとめてタマとったるからな。ええな！」

酒川は電話を切った。

高見は導山をふり返った。

「向こうの連中はかなりカッカきてますね。簡単には清水と話せそうにありません。もうこうなれば、あんたと俺を殺すことしか考えていない」

導山は無言だった。

「とにかく夜になるのを待とう。夜になればまた、新しい動きがあるかもしれない」

高見はいった。

29

それから夜までの時間を、高見と導山、辻橋は、山荘で過した。高見は気をきかせ、導山と辻橋を二人きりにしてやった。

導山は、入院してから起こったできごとの数々を、辻橋の口からも聞きたくてたまらないようだった。

高見は別の広間の雨戸を開け、その窓辺に腰かけて、ぼんやりと煙草を吹かしていた。

原と出井がこちらに寝返れば、勝負は勝ったも同然だ。何より、導山が癌《がん》ではなかったという事実が大きい。

導山に警察の護衛がつけば、あとはさっさと清水を切り捨てるだけだ。清水もいったん教団から切られてしまえば、反撃のしようがない。

そうなったら、高見はどうするのか。

もし導山に礼をする気があるのなら、それなりの報酬をもらうのも悪くはない。

そしてその金を手土産に、組に返り咲くのか？

高見は、大山の緑に向かって首を振った。たち昇る煙が青空に溶けこんでいく。

この街にきてから、まだひと月とたってはいない。なのにひどく長い時間を過したような気がする。そしてその時間の中で、確実に自分の中のやくざの部分が風化していた。

東京がまるで恋しくない。

以前とはそこがちがう。以前なら、〝急ぎ旅〟であろうとなかろうと、一週間も東京を離れれば、帰りたい気持がふくらんだ。酒場や女たち、活気のある事務所を恋しいとすら思った。

今の高見には、それがまるでない。

ひとつには、こちらでの生活に緊張感があるせいだろう。静養のつもりが、殺すという脅迫をうけたり、荒っぽい仕事もこなすような展開になっている。

もし何も起こらず、「稲垣」でぼんやりと半月も過していたら、とうに東京に帰ろうと思っていたかもしれない。

だが皮肉な話だが、何も起こらなければ、東京には帰れなかった。この騒ぎがあったからこそ、高見はその気になれば、手土産を手に入れることができるのだ。

高見は灰皿がわりの空き缶にラークを落としこんだ。

どちらにしても大池の街はでていかざるをえないだろう。酒川は、警察につかまらない限り、高見の命を狙《ねら》いつづける。

あとは亜由子との問題だ。導山の復帰さえうまく演出できれば、高見と亜由子のあいだを邪魔するものはなくなる。洋一を後継にしようという導山の決意が揺らぎ始めているのを、高見は感じていた。

すると自分は、亜由子と洋一と三人で暮らすことになるのか。

それも悪くはない。

ふっと思った。このやくざな自分の血をひいた子を育てるのなら厄介だが、洋一ならばそれはしなくてすむ。

足を洗い、〝家族〟として、三人どこかで暮らす。

できるだろうか。

わからなかった。亜由子だって、そこまでの覚悟はあるかどうか。

たてつづけに煙を吹きあげながら、高見はぼんやりとそんなことを考えていた。


夜になった。幸い、この場所は、誰にも嗅《か》ぎつけられずにすんでいるようだった。襲ってくる者もなく、大山に夜の帳《とばり》が降りた。昨夜は気づかなかったが、窓からは大池市街の灯が瞬いているのを見おろせる。

八時になるのを待って、高見は「イブ」に電話を入れた。

応答したボーイにマコを呼んでもらう。

「――はい、もしもし、お電話かわりましたけど……」

マコがでると告げた。

「高見だ。どうした？」

「きてるよーん。市長と署長がそろって」

マコは楽しそうにいった。

「そうか。じゃあ署長にかわってもらおう」

高見のやりとりを、辻橋と導山が見つめている。

「待って」

マコがいい、やがて原の尊大な口調が耳に流れ込んだ。

「もしもし」

「久しぶりですな、原署長」

「まったくだ」

「いろいろと楽しい噂《うわさ》を流してくれてありがとう」

「何のことかね」

「俺は殺人犯らしいじゃないか」

「ほう。認めるのか」

蛙のツラに小便とはこのことだ。怒り狂っている酒川の方が、まだかわいげがある。

「ふざけるな。そっちこそ、清水とふたまたかけていたことを認めるんだな。野口が死んだのは、あんたの責任だぜ」

「馬鹿馬鹿しい！　あれは暴力団の犯行だ。決まっているだろうが」

「あんたの頭には、俺以外のやくざはいないのか」

「そんな下らんことよりも、先生は本当にそこにいるのか」

「いるぜ」

いって、高見は導山に電話をさしだした。打ち合わせはしてある。導山は受けとるといった。

「もしもし。藤田です」

向こうの声に耳を傾け、

「ええ。まちがいなく、本人ですよ、署長さん。ぴんぴんしています。私は自分の意志でここにいます」

そしてすぐに電話を高見に返してよこした。電話の中では、まだ原が喋《しゃべ》っていた。

「――場所をおっしゃってくだされば、すぐに保護の者をさし向けますので……」

「俺といっしょじゃ危険だとでもいいたいのか」

高見がいってやると、絶句した。高見はさらにいった。

「藤田さんはそっちの考えはすべてお見通しだ。お前らが清水と手を組んで、大山教を票田にするつもりだったことも知っている。その上で、お前らのその計画のあと押しをしてやろうともいわれている」

「何のことだ」

「そうか。じゃあ、この電話は切って、県警の本部長のところへでもかけ直すことにするか」

「脅迫する気かね」

「語るに落ちる、だな。弱みがあるから脅迫されると思うのだろう」

高見はせせら笑ってやった。原は黙りこんだ。

「とにかく、こっちの指図に従うか従わないかどっちなんだ」

「君の指図というのは何だ」

「俺への容疑をとり消すこと」

「それから？」

「信頼できる刑事を二人よこしてもらいたい。俺をパクりにじゃないぜ。藤田さんのボディガードにだ」

「先生と話す必要がある。電話じゃなく」

「わかっている。梅島が見つかった展望台を覚えているか」

「もちろんだ。君より私の方がこの土地には詳しいのだ」

さすがに原は声を荒らげた。

「けっこうだ。そこに市長と、刑事といっしょにきてもらおうか」

「いつだ」

「今からだ」

「――わかった。手配するのに少し時間がかかるが、十時までには着けると思う」

「けっこうだ」

高見はいって、電話を切った。

「本当に署長と市長はきますか」

辻橋がいった。

「こなければ完全に清水についている、ということさ。俺たち三人は、酒川の的にかけられる。奴は本気で兵隊を動員してくるだろう。もっともその情況は、今も同じだがな」

「私が殺されるとすれば、それは結局、私の不徳が招いたことです。しかし、あなたや辻橋を巻きこむわけにはいかない」

導山がいった。

「そんなきれいごとをいってる場合じゃないぜ。あんたが殺されりゃ、大山教は食い放題、食いものにされるだけだ。責任てのは、そいつを防ぐことじゃないのか」

高見は厳しい口調でいった。そして「稲垣」に電話を入れた。

「俺だ。その後、何かあったか」

「いえ、こっちの方は平和なものです。誰もやってはきません」

「マコについて何かわかったか」

「母親はこの土地の出身らしいんですが、父親についてはわからないんです。マコ自身は、育ったのはどうもこのあたりじゃないってことです」

「どういうことだ？」

「どうも生まれてすぐ、親が離婚して、母親はマコを別の土地の親戚《しんせき》に預けていたらしいんです」

「で、母親は今も大池にいるのか」

「いえ。大池にいるのは、マコだけのようです」

ふと、ある予感が高見の頭をよぎった。だがまさかそんなことはありえないと思う。

「わかった。ひきつづき用心していてくれ」

電話を切った高見は、導山に向き直った。

「あんたは昔、結婚していたことがあったそうだな」

導山は頷いた。

「家内は、私が宗教家になるのが反対で、でていってしまいました」

「お子さんは？」

「娘が一人いました」

「いくつだ？」

「生まれたばかりだったので、今は二十三になる筈《はず》です」

「名前は何という？」

「エリ子です」

「その後会っているのか」

「いえ。一度も。家内とも娘とも、ずっと音信不通でした」

それでは、マコがエリ子かどうかは確かめようがない。

「奥さんの名は？」

「ユリ子です。旧姓は、室田《むろた》」

室田ユリ子、と高見は口の中でつぶやいた。次に会うとき、この名前をぶつけてみよう。

「署長と会ったら、私は何を？」

「刑事の保護を受けて、教団本部に戻ってもらってけっこうだ」

高見は腕時計をのぞいた。

「そろそろ、いくか」

展望台に到着したのは、十時少し前だった。駐車場にはパトカーと乗用車が一台ずつ止まっている。パトカーの点灯した赤いランプを見て、高見の胃は重くなった。自分が追われる身ではないとわかっていても、パトカーの灯は気分のいいものではない。

高見は二台の車と向かいあうような形でメルセデスを止めた。

パトカーのドアが開き、スーツを着た男が一人降りたった。見知らぬ顔だった。メルセデスに歩みよってくると、運転席をのぞきこんだ。高見は窓をおろした。

「高見だな」

「そうだ」

男はさらにメルセデスの助手席にすわる辻橋と後部席の導山にも目を向けた。顔を確かめるのが目的だったようだ。

男が乗用車の方をふり返って、片手をあげた。乗用車のドアが開いて、原が降りたった。

高見はメルセデスのエンジンを切った。

原はメルセデスに歩みよってくると、スーツの男と肩を並べるようにして立ち止まった。そのまま無言でこちらを見つめている。

高見はメルセデスを降りた。

「ご苦労だったな」

尊大な口調で原がいった。かたわらの男は、部下の刑事のようだ。

「約束は守ったのだろうな」

高見はいった。

「野口会長の件なら、とっくにお前は重参を外している。ただし——」

「医師の広永信治殺害容疑に関しては別だ」

「何⁉」

「大学病院の広永医師の射殺死体が夕方、道端に乗り捨てられた広永の車の中で見つかった。昨日の夕方、お前が彼の車に乗りこむところを大学病院の駐車場で見た者がいる」

広永はやはり殺されたのだ。高見は深々と息を吸いこんだ。

「奴とは、きのうのうちに奴の実家の病院で別れた」

「それは取調室で聞こう」

原は無表情でいった。

やられた。

「我々は藤田先生を保護し、お前を同行する」

「どうしても俺に殺しを背負わせたいらしいな」

高見は歯がみしながらいった。

「誰もまだ逮捕するとはいってはおらんよ。これは任意同行だ」

原は眉ひとつ動かさずにいった。任意とはいえ、断われば、何か別の容疑をかけて現行犯逮捕してくるのはまちがいない。

「酒川は野放しか、え？　全部を俺にかぶせて」

「関西のやくざが入りこんでいるというお前の話には、根拠がない。お前が酒川というやくざの存在をでっちあげ、すべてそのせいにしたとも考えられる。カミソリといわれるほど頭のいいお前だったら、それくらいはするだろう」

「なるほどな」

そのとき導山と辻橋がメルセデスを降りたった。

「私の証言はどうなるんです？　私はずっと関西弁を喋るやくざに監禁されていた」

「しかしその男が高見の手下でないと証明することができますか。高見は自分を味方だと先生に思わせるために、わざと関西弁を喋るやくざを使っていたのかもしれません——」

「いい加減にしろ！」

高見は爆発した。

「お前は自分が清水に抱きこまれたり寝返ったりと、薄ぎたない計算で動いていたのをごまかすために、俺《おれ》に全部をおおいかぶそうとしているんだ。第一俺がそんな真似をして、何の得がある⁉」

「お前は東京の組本部に三十億の借金がある。それを返さなければ破門される上に命が危い。大山教にとりいることで、金を作ろうと考えたのだろう」

高見は絶句した。原はそこまで情報をつかんでいたのだ。

導山が驚いたように高見を見た。導山にしてみれば監禁されていた時間の大部分は薬漬けで、原の言葉を否定できる材料はさほどない。

「じゃあいったい、清水は何なんだ。お前はあの男のやったこともすべて俺のしたことにするつもりなのか」

高見は歯をくいしばり、いった。原は動ずるようすもなく、いった。

「藤田先生と清水代行とのことは、大山教内部の問題で、警察は関知しない。私が関心をもっているのは、この大池で起こっている殺人事件だ」

とんだピエロだ、高見は思った。原は結局、都合の悪いことはすべて高見に押しつけるつもりなのだ。

突然、パチパチパチ、という拍手が聞こえた。止まっている三台の車から少し離れた暗闇《くらやみ》の中からだった。

全員がぎょっとしてそちらを見やった。やがて拍手の主がヘッドライトで作られた光の中に姿を現わした。

「――いやあ、立派なこっちゃ。それくらいでないと、警察署長いうんは、務まらんわな……」

月岡だった。原の顔が驚きと不快感の入り混じった表情に一変した。

「月岡警部補！」

「それに比べりゃ、極道はしょせんアホや。カミソリや、何やと、おだてられても、結局はのこのこガン首さらしよる」

月岡はせせら笑うように高見を見やった。高見はまたもかっとなった。

「いったい何の用だ」

「何をムクれとんのや。お前がこの腐れ外道に、やってもおらん殺しの罪しょわされかけとんのを助けにでてきたったんやないか」

月岡はにやにや笑いながらいった。原の顔が怒りでまっ赤になった。

「警部補！　今の発言はどういうつもりかね!?」

月岡はとりあわなかった。原を軽蔑《けいべつ》しきった表情で見つめ、吐きだした。

「よう、まあ、こんだけ根性の腐ったたんが、署長にまで出世できたもんやな」

「いっておくが月岡警部補、ここは君の管轄外だ。君にはここでは何の職務権限もない」

原が厳しい声でいった。月岡はいった。

「アホくさ。それやったら、大池署の署長が、なんで一年に二へんも三べんも、大阪きて、ミナミで豪遊しとったんか、わけ聞かせてもらおか。それも決まって、深水ちゅう、正体不明の男とな」

原の顔が凍りついた。

「深水いうんは、清水の本名やったな。詐欺罪で昔、パクられとるわ。もう二十五年も前に。パクったんは、県警二課におった原ちゅう巡査部長や。つまり、長いつきあい、ちゅうわけやな。深水は、もともと大阪の人間やない。この近くの者や。それがあんたにパクられて地元におられんようになって、大阪へ逃げよった。けどほとぼりがさめたんで、もう一回戻ってきて、今度は大山教に潜りこんだ。そんときから、あんじょうしとったんやろな。え、署長」

「いったい何の話だ――」

「ナメたらあかんぞ、こら！」

月岡がどすのきいた大声をだした。

「ここんとこおらんかったんは、大阪帰って、清水の正体を割っとったからや。あれは生まれつきの詐欺師や。お前はそれに抱きこまれとったんや。それどころやない。高見、黒木殺ったんは酒川やない。酒川にはアリバイがあるわ」

「――何をいっとるんだ……」

原は蒼白《そうはく》になった。かまわず月岡はつづけた。

「黒木は、女房を疑うとったんや。大阪で私立探偵雇ってな、昔の亭主のこと、調べさせとった。そこででてきたんが、酒川と清水、このおっさんのこっちゃ。黒木は、原が西の極道と手ぇ組んどると気づいた。それで消されたんや」

「君は私が人を殺したというのか⁉」

原は目をみひらいた。

「自分で手を下すほどのアホやないやろ。けど酒川でもない。梅島か、誰かにやらしたんやろな。危ない、思て」

「ずいぶんとひどい話だな」

高見は吐きだした。

「腐っとるわな」

月岡は無表情にいった。

「何の根拠もない、いいがかりだ。そういう君こそ、高見に買収されたのじゃないか」

「眠たいことというとんなよ、この期《ご》に及んで。お前のことはな、警察庁《サッチョウ》を通じて県警本部に報告ずみや。明日にでも首が飛ぶで」

月岡はいって煙草に火をつけた。体を硬直させた原の顔に煙を吹きつける。

そして導山を見やった。

「そういうわけや、藤田はん。もうこんなんに肩入れしてもしゃあないで。そういや、市長の姿が見えんようだけど、どないしたんや」

誰も答えなかった。

「こなかったのか」

高見は原にいった。無言の肯定が返ってきた。

「さすがに切れ者やな。危ないところには顔をださんようにしとるっちゅうわけや。案外、市長には、県警から前もって知らせがいっとったんかもしれん」

月岡がいうと、原は歯がみするように吐きだした。

「あの、若造が……」

「どうしてここがわかったんだ」

高見は月岡に訊《たず》ねた。

「どうっちゅうことないわ。県警二課と、このダボを見張っとったんよ」

闇の中でヘッドライトが点った。二台の覆面パトカーが駐車場の外れに姿を現わした。

ドアが開き、四名の私服刑事が降りたつ。

月岡が嬉しそうに原に告げた。

「任意同行や、原警視どの」

原は無言で、月岡や高見、導山の顔をにらみつけた。そして刑事たちの方へ歩いていった。

「酒川はどうした」

高見は月岡に訊ねた。

「そう、何もかもっちゅうわけにはいくかい。あれについちゃ、これからや」

原が一台の覆面パトカーに乗りこむと、残った二名の刑事たちが歩みよってきた。

「藤田はん、あんたのボディガードや。原の連れてきたんは、アテにならんからな」

「ご同行させていただきます。できれば明日にでも、事情を少しうかがわせていただきたいのですが」

刑事の一人がいった。導山は高見を見た。高見は無言で頷《うなず》いた。

「わかりました」

息を吐き、導山はいった。そして途方に暮れたように、訊ねた。

「でも私はいったい、どこへいったらいいんでしょう」

高見は辻橋を見やった。辻橋が導山に歩みより、やさしくいった。

「本山に帰りましょう、教祖さま。私たちの帰るところは、あそこしかありません……」

導山と辻橋がボディガードの刑事たちにはさまれて覆面パトカーに乗りこみ走りさるのを、高見は見送った。

ふり返ると、月岡のかたわらに目片が立っていた。梅島の死体が見つかったときにこの駐車場で会った、県警捜査一課の警部だった。高見はぎょっとした。あのとき目片は、高見が公安の潜入捜査官だという月岡の与太《よた》を不承ぶしょう受け入れた筈《はず》だ。

案の定、目片はいった。

「今日はつきあってもらうぞ」

ここで会ったが百年目という顔をしている。

「しゃあないわな」

月岡は吐きだした。

「広永殺しに関しちゃ、お前も何も知りませんでしたでは通らん」

「そんなことはわかってる。だがいっておくが俺は、官名詐称は認めないぞ。あれはこの月岡が勝手に――」

「そんなことはわかってる!」

目片は苦虫を嚙《か》みつぶした顔になっていった。

「あんなケチなことを今さらがたがたいいはしない。あんたが藤田導山をどうやって見つけたかについて訊《き》きたい」

「しかたないな」

高見は息を吐いた。

「今夜はひと晩泊まってもらって、明日の朝から話を聞く」

目片はいった。そして高見の乗ってきたメルセデスを顎《あご》で示した。

「それからこの車も預からせてもらう。あんたの車じゃない筈だ」

高見は頷いた。

「じゃ、いこう」

目片はいった。

30

本来なら大池署の留置場に泊められる筈だったが、高見は、車で一時間半ほどかかる県警本部にまで運ばれた。

そこに一泊させられ、取調べが翌朝から始まった。取調べは主に、高見が大池にきた理由と、大山教とのかかわり、そして広永に対する脅迫の有無だった。そしてその日の午後、メルセデスの車内から拳銃《けんじゅう》が発見された。高見の銃だった。

が、あくまでも高見は、その銃は自分のものではないといいはった。拳銃不法所持の罪を問われるなら、自動車の窃盗の方が罪は軽い。拳銃はもともと車内にあったもので、触るには触ったが誰に対しても使用はしていない、とがんばるしかない。

だが拳銃が見つかったことにより、拘留《こうりゅう》が延長された。

取調べには、月岡はまったく立ち会わなかった。高見は拳銃と野口邸への放火の件を除けば、ほとんど真実に近いことを目片に告げた。嘘《うそ》は少なければ少ない方がいい。だが、たとえ殺人罪を背負わせられなくとも、目片がその気になれば、実刑は免れられない。やくざであるというのは、その点では一般市民よりは、はるかに不利なのだ。

月岡が現われたのは、二日目の昼だった。取調べの休憩時間に、高見の旅行鞄《かばん》をもって現われたのだ。

「着替えも何もなしで不便やろ。『稲垣』いって、とってきたったわ」

月岡が現われると、気をきかせたのか、監視の警官は取調室をでていった。

「さすがにくたびれた顔しとるな。キツいか、目片は」

月岡は向かいの椅子に腰をおろした。

「別に」

高見は吐きだした。

「何、怒っとんのや。心配せんでもええ。たぶんお前はお咎《とが》めなしや」

月岡は朗らかな口調でいった。高見はむっとしていった。

「お前はどうなんだ。俺とお前はある時期までほとんど行動を共にしていたんだぞ。なのにお前は大手をふって歩いてやがる。いくら俺がやくざで、お前が刑事でも、これじゃ不公平過ぎる」

高見は吐きだした。

「しゃあないやろ。目片には目片のメンツがあるさかいな」

「お前のぶんまで俺が絞られているようなもんだ。覚えてろよ」

月岡は笑い声をたてた。蛙のツラに小便だった。ハイライトに火をつけ、煙を吹きあげる。

しかたなく高見は訊ねた。

「外はいったいどうなってる？」

「原はだんまりつづき、清水と酒川は行方不明や。黒木の女房に監視をつけてるが動きはない」

「亜由子と洋一くんは無事か」

「『稲垣』におるで。あの人が狙《ねら》われるとすれば、お前がシャバにでてからやろな」

「俺がいないあいだに何かあったらあんたのせいだぞ。早く酒川をパクれ」

「証拠がないいんや。お前が牧場でほかした若い者も行方が知れん」

「梅島の手下がいるだろう」

「原がとうに釈放してしもた。これも行方知れずや」

「大阪じゃないのか」

月岡は顔をしかめた。

「それやったらわいの耳に入らん筈あるかい。奴らはまだこのあたりにおるわ」

「くそ」

高見は歯がみした。

「まあ焦らんこっちゃ。藤田は幹部会を招集して、清水を教団から破門する、ちゅうたそうや。そのうち奴らの方から悪あがきしてでてくるやろ」

高見は息を吐いた。その通りだった。だが何を連中が起こすのか、知らない土地だけに予測が立たない。

やくざというのは、縄張りが命なのだ。縄張り内に限っては、次にいつ誰が何を起こすのかは、ほぼ正確に予測できる。それができないようでは、縄張りを預かる資格がない。

だが大池の土地は、高見にとってはまるで知らないのも同じだ。酒川にもそれは同様だが、向こうには清水がついている。

酒川が噂通りの切れ者だとしても、今度ばかりは何もせずに手を引くとは、高見には思えなかった。

手を引くことは、高見との勝負での負けを意味する。酒川は必ず、何かをしかけてくる。そしてそれは、高見への復讐《ふくしゅう》も兼ねた行為であるにちがいなかった。

翌朝早くだった。県警本部の動きがあわただしくなるのを、高見は気配で感じた。

何かが起こった――高見は直感で悟った。

案の定、八時前だというのに、留置場に迎えの警官が現われた。朝食もそこそこに、高見は取調室にひっぱりだされた。

そこには厳しい顔の目片が待っていた。

「何があった？」

高見は訊ねた。

「何のことだ？」

目片はとぼけようとした。が、無駄だと悟ったのか吐きだした。

「ベテランの極道に隠してもしようがないか。出井が撃たれた。意識不明の重態だ」

やはりか、という思いだった。

「犯人はつかまったのか」

高見は訊《たず》ねた。目片は首を振った。

「野口のときと同じ手口だ。家の庭にいるところを撃たれた」

「じゃ俺が無関係だというのは証明されたな」

「初めからお前を疑っちゃいない。酒川のいどころに心当たりはないか」

「黒木の女房はどうしてる」

目片は苦い顔になった。

「昨夜のうちにいなくなった」

とすると監視はまかれたのだ。あの女ならやりそうだった。

「で、俺は釈放か」

高見はいってみた。

驚いたことにその通りだった。目片はいった。

「ああ。でていっていい。だがあまり調子に乗らないことだ。拳銃《チャカ》からでた指紋《モン》はこっちにある。何かあったらそいつが物をいうぜ」

「原みたいなことをいうな。奴はどうした？　小便を洩らしたのじゃないか」

「やかましい。いっておくが、まだ大池署の署長を罷免されたわけじゃないんだ。よけ

断したのだろう。
いな口を叩《たた》いてると痛い目にあうぞ」

原も馬鹿ではない。自分が口を閉ざしていれば、清水がつかまらない限り安全だと判

県警本部をでてきた高見を、月岡が待っていた。

「お疲れさんやったな」

月岡は自分の車のボンネットによりかかり、煙草を吹かしていた。高見はにらんだ。

「その顔も見飽きたぜ」

「しゃあないわ。お互いここじゃ嫌われ者どうしや。いきつくところは同じや」

高見はそっぽを向いた。月岡が助手席のドアを開いた。

「とりあえず大池まで乗せてったるわ」

高見は無言で月岡の車に乗りこんだ。月岡は車をスタートさせ、しばらく走らせると

バックミラーをのぞいていった。

「おお、おるおる。三台も駆りだしよった」

「尾行か」

「そうや。出井が殺られて、お前が釈放されるんは読めとった。酒川をひっぱりだすに

は、一番のエサやからな」

「なるほど。そういう腹か」

高見はラークに火をつけ、深々と煙を吸いこんでいった。

「当然やな。お前も酒川も他所者どうし、しかも極道や。互いにやりおうたらええ、ちゅうこっちゃろう」

「で、あんたの腹は何だ」

高見が訊ねると、月岡は横目で見た。

「決まっとるやろ。同《おな》んなじや。酒川をパクりたいんや」

月岡が運転する車は「稲垣」には向かわず、大山スカイラインに入った。

「どこへいくつもりだ」

「大山教の本部や。教団にはまだ清水のスパイがおる筈や。お前がでてきたちゅうのを、奴に教えてやらんとな」

本山の入口にあるゲートの前で、月岡は車を停めた。制服を着た警備員が詰所から現われた。

「月岡と高見がきた、ちゅうて教祖さんに伝えたってや」

不審の表情を露《あら》わにしながらも、警備員は内線電話をとりあげた。ほどなくゲートが開き、
警備員はいった。

「車は駐車場に入れて、研修所にお越し下さい」

前回、辻橋に連れこまれたときとちがい、本山の敷地内には大勢の信者がいきかっていた。作務衣《さむえ》を着ているのは、本山内で起居している者、そうでない通常の衣服を着け

ているのは一般信者だろう。

二人の姿はその中に混じると、まるで目立たない。ゲートをくぐってからは誰からも怪しまれることなく、二人は研修所に徒歩で向かった。

扉の前に、辻橋とあと二名の作務衣の信者がいた。

「高見さん！」

辻橋は高見の姿を見ると、嬉《うれ》しそうに声をかけてきた。

「教祖さまが奥でお待ちです」

二人は以前に導山と会った、炉を切った部屋へと案内された。

そこでは導山が、秘書と覚しい二人の信者に、細かな指示を下している最中だった。

一人は作務衣姿だが、もう一人はダークスーツにネクタイを締めている。

「元気そうでんな」

月岡がいった。

「あれから、信頼のできる先生に診てもらいました。私の体は、まだまだ使えるそうです」

導山はいった。書類を読むのに必要なのか、老眼鏡をかけている。

「教団の医者はどうしました？」

高見は訊ねた。導山は首をふった。

「清水と同じで行方不明です。もともとあの男が連れてきた人間で、今となっては、本物の医者だったかどうかも怪しいものです」

　そして膝《ひざ》を正した。

「このたびはお二人には本当にお世話になりました。どうお礼を申しあげてよいものやら——」

「まだ問題は解決してませんわ。市長の出井が撃たれましたで」

　導山は目をみひらいた。

「いつです？」

「今朝早く、ですわ。手口は、野口のときとまるきりいっしょです」

　導山は息を吐いた。

「市長とは昨夜会ったばかりです。市長の方からここをお訪ねになった……」

「そのせいやな。撃たれたんは。何を話したんです？」

「市政の原点にかえるので、もう一度、自分を応援してほしい、ということでした。考えさせていただきたいと申しあげたのですが」

　月岡は高見を見た。

「酒川は、裏切られたんに気づいたんや」

「清水は破門されたのですか」

　高見は訊ねた。導山は首を振った。

「まだです。明後日に、教団の理事会が開かれることになっています。その席上で、私の口から発表しようと思っています」

「そのことはもう、あちこちで話しましたか？」

「本山内にいる理事には、それとなく」

その中には、出井の妻の母親も含まれている筈だ。月岡は顎《あご》をなでた。

「護衛の刑事はどこでっか？」

「隣の部屋です。いつもつききりでいて下さいます」

月岡は高見を見た。

「大丈夫やろか」

「この中までは簡単には入ってこられないだろう。たとえ、きてヤマを踏んでも、逃げるのが難しい」

高見はいった。ここにいる限りは、導山の身は安全だ。

「亜由子のことが心配なのですが。彼女は安全でしょうか」

「今のとこは」

高見が答えるより早く、月岡がいった。それを聞いて高見は不安になった。高見が拘《こう》留《りゅう》されているのをいいことに、月岡は亜由子のもとへ足繁《あししげ》く通ったのではないか。いないときには、いて亜由子の身を守ってほしいと思ったが、いるとなるとこの大阪の刑事は目障りだった。

「それなら安心です」

導山は頷《うなず》いた。

「とにかく、一日も早う、清水を切った方がええ」

「まだ話したいという考えを？」

高見は訊ねた。

「ええ、できれば。あのあと何とか連絡をとろうとしたのですが、ここをでていったきり、足どりがつかめなくて」

「ひとつ訊きたいことがあるんですわ」

月岡がいった。

「何でしょう」

「教祖さんは今でも洋一くんを跡継ぎにと考えているんでっか」

高見は月岡を見た。なぜこんな質問をするのだ。だが答は、高見にも興味のあるものだった。

「それはあきらめました。もう、教団を個人の手に委《ゆだ》ねるのは危険すぎます。今後は評議会のようなものを作り、そこでの合議制で教団の方針を決定していこうと思っています。その結果、信者を失うことになったとしても、それはそれで、しかたがない」

「賢明でっしゃろな。そのことは、亜由子はんには伝えたんでっか」

「これも一応、理事会を通した上でないと……。あれからつくづく考えて、私の判断の軽率さがこの事態を引き起こしてしまったと思いました。高見さんのおっしゃった通りです」

月岡は何かいいたげに高見を見た。極道ごときが偉そうに、という表情だった。が、口は閉ざしていた。

「後継者問題が固まれば、もう清水には何もできないと思います」

導山はいった。

「奴にとっては、それまでが勝負や。今頃は、なんでもっと早うに教祖はんを殺《や》らなんだか、とホゾをかんどるとこでっしゃろ」

高見は無言だった。これだけの時間と労力をかけてきた計画が水泡に帰すのを、そう簡単にあきらめられるだろうか。特に酒川は、何かをしかけてくるにちがいない。

だが、その対象が何であるか。亜由子と洋一を除けば、思い浮かぶ人間はない。

そう考えると、一刻も早く「稲垣」に戻り、亜由子の顔を見たくなった。

「高見さん」

導山が口を開いた。

「私は、いや、私だけでなく、教団としても、あなたにお礼をしなければならない。どうすればよいか、おっしゃっていただけませんか」

「ほうれ、きたで。よかったやないか」

月岡が口もとをほころばした。

「もしお金が必要ならおっしゃって下さい。何十億というのは難しいかもしれませんが、その何分の一かであれば、ご用立てすることは可能です」

「その話は少し考えさせて下さい」

「どうした？　らしゅうないやないか。儲《もう》け話を目の前にして――」

高見は月岡をにらんだ。

「少し黙ってられないのか。お前には関係ないだろう」

「おお恐《こわ》」

月岡は肩をすくめた。そして導山を見やった。

「教祖はん、わいはいろんな極道を見てきましたが、この高見っちゅう男は、特別ですわ。こいつはけっこう筋を通す奴でっせ。まあ、何ちゅうか、今の極道には不向きなキャラクターかもしれまへん。この男やったら、なんぼ銭用立てたっても、無駄んなるちゅうことはおまへんやろ」

高見は驚いて月岡を見た。月岡の表情は真面目《まじめ》だった。

「わいもいろいろいうてますが、こいつだけは信じられる、ちゅう気がします」

「それはわかりますよ。月岡さんは、男として高見さんのことがお好きなのでしょう」

「まあ、そういう気色《きしよく》悪い話はやめときましょう。けど、銭くらいで駄目になる男とはちゃいますわ」

「もうやめてくれ」

高見は唸《うな》った。

「平気で人をエサにしたくせに、何をいってやがる」

「それはそれや」

いって、月岡はにたっと笑った。

「月岡さんへのお礼は――」

導山がいいかけると、月岡はかぶりをふった。

「わいはこれでも公務員です。そういうのはやめときましょう」

そして立ちあがった。

「ぼちぼちいこか。県警の連中が表でやきもきしてるわ」

高見も頷いた。そして辻橋にいった。

「『稲垣』にいる。何かあったら連絡をしてくれ」

二人して研修所をでた。月岡がいった。

「『稲垣』で落としたらええんやな」

月岡の運転する車が走り出してすぐ、高見は訊《たず》ねた。

「この二日間、『稲垣』にいっていたのか」

「亜由子さんは、お前のことをえろう心配してな。お前の身の証しを立てるために何ぞできることはないんかちゅうて、相談されたんや。年季の入った極道に、いらん心配や、ちゅうたったんやがな」

月岡はやはり亜由子と会っていたのだ。だがそれは一方で、亜由子を守る目的もあったのだろう。

「亜由子さんは、お前の話ばっかりや。しゃあない、わいもつきおうて、悪口しこたまいったったわ。嫌われたかもしれへんなあ」

月岡の運転する車は大池温泉へと下った。

「清水についてわかったことを教えてくれ」

高見はいった。月岡はあきれたような声をだした。

「お前も熱心やなぁ。しゃばにでてきたばかりで……。今日はええやろ、思うたが——

——」

「奴と酒川がそう簡単にあきらめると思うか。奴らはもう何人も殺ってるんだ。必ず何かしかけてくるぞ」

「わかっとるわ。酒川のことは、わいがいちばんよう知っとる。まずお前を八ツ裂きにせな、気がすまん筈《はず》や」

「奴は今度のことを、途中から俺との勝負だと考え始めていたからな」

「せやろな。負けっぱなしではおられん男や。どんな手ぇ使うても勝ちにきよるで」

「それをずっと考えているのさ」

酒川にとっていちばんたやすいのは、西の組織を動かし、高見を潰《つぶ》しにかかることだ。

それならば自分の手をよごさずにすむ。

だが、酒川も西に今回の動きを知られたくない以上、別のいいわけを考えねばならず、そうなると時間がかかりすぎる。

「原がどうでるかや」

月岡がぽつりといった。

「奴はまだ署長をやめてないそうだな」

「わいが調べたことのウラをとるためには、清水の身柄が必要や。清水さえつかまらな、奴はしばらく署長にいすわるで」

吐きすてるように月岡はいった。

「黒木殺しに原がかんでいるとあんたはいってたな」

「あれはあてずっぽうや。けど、原の反応からすると、ありそうや」

高見はあきれた。

「あれがあてずっぽうだと？」

「考えてみ。梅島を最初にひっぱってきたんは、黒木、ちゅうことになっとる。が、その黒木が最初に殺されて、清水や酒川は、前よりむしろ仕事がやりやすうなった。つまり地元にも、もとから絵図を描いとる奴がおった、ちゅうこっちゃ。すると残るは、出井か原や。わいが調べたところ、清水はもともとは、口先だけの詐欺師でしかない。人を殺せるような度胸はないんや。酒川と組んどるのもそのためや。けど、知らん土地で、酒川も、そう絵図をひきようがないやろ。極道ちゅうもんは、土地につくもんやからな」

高見も同じことを考えていた。ただ高見は、清水をこの土地の人間としてとらえていた。

「すると、今度のことのすべての黒幕が原かもしれないというのか」

「もし奴が、ほんまもんのワルやったら、ありえるわ。導山の足もとをかっぱらい、出井をかつぎあげての、で、この街を全部牛耳ろうと考えたかもしれん。実は黒木も清水も、奴に踊らされとったと――」

「酒川はどうなる」

「奴はわからん。極道と警官いうんは、思考回路が似てるさかいな。早うに、それに気づいてたかもしれん」

「すると――？」

「清水と酒川は、義理の親子のようなもんや。情でつながってるわな。原とは欲や。こうなった以上、清水と酒川が最後まで運命を共にするかどうかや」

月岡は難しい顔になっていった。

いつのまにか車は大池の温泉街をとうに抜け、国道沿いの「稲垣」の近くまできていた。

「ま、今日のとこは、留置場の垢《あか》を流して、亜由子さんと積もる話をするんやな」

月岡はハザードを点け、車を左に寄せていった。

「あんたはどこにいくんだ」

「わいはまだ、調べたいことがある。原の息の根を止めんうちは、酒川をパクっても、気がすまんからな」

「奴はここを襲ってくるかもしれんぜ」

「大丈夫や。県警の張りこみがばっちりやからな。キャーとでも騒いでやれば、すぐに踏みこんでくるわ。散歩にだけは、気ぃつけることや。どれかはわからんが、酒川の連れとる者の中に、チャカのえらいうまいのが一人はおるぞ」

「ああ。そいつはわかってる」

高見は助手席のドアを開け、うしろをふり返りながらいった。県警の覆面パトカーは三台、しっかりとついてきていた。

「そうだ」

高見は思いつき、上着のポケットを探った。携帯電話をとりだしていった。

「こいつをあんたに渡しておこう。もし酒川から呼びだしがあったら知らせる」

月岡は少し驚いたような表情になった。

「極道が、でかの力、借りるんかい」

「もう、その極道の足を洗おうと思ってな」

月岡の表情が、より大きな驚きにかわるのを見とどけて、高見は車を降りた。

31

「稲垣」に戻るのは、ひどく久しぶりの気分だった。

「お帰りなさいませ！」

高見が玄関をくぐって入ると、下足番の老人が驚いたように大声をだした。すぐに稲垣と部屋係りの和枝が呼ばれた。

「高見さん！」

稲垣もあわてたようにとびだしてきた。

「よう。いろいろ厄介かけたな」

「何いってるんです。いっていただけたら迎えにいきましたよ」

稲垣はいった。そして声を落とし、

「もう……いいんですか」

と訊ねた。

「ああ。疑いは晴れたらしいぜ。焦った野郎がじたばたしてくれたおかげでな」

高見は答えた。そして和枝を見やった。

「お客さんを押しつけて悪かったね」

「とんでもございません」

「部屋にいきましょう。ママが喜びますよ」

稲垣は、離れの方角を示していった。高見は頷《うなず》き、歩きだした。

離れの前までくると、稲垣はドアをノックした。

「ママ、失礼します」

「――はい」

高見はドアを開いた。一階の座卓に、亜由子と洋一がいた。本を読んでやっていたようだ。

「高見さん――」

亜由子が息を呑《の》んだ。

「今、帰ってこられたんですよ。ひょっこり……」

稲垣が嬉《うれ》しそうにいった。

「あ、おじさん」

洋一も声をあげた。亜由子が立ちあがった。高見と亜由子は見つめあった。

「無事だったんですね」

亜由子は声を詰まらせた。

「もちろん」

高見は頷いた。

「よかった……」

「──洋一くん」

稲垣がいった。

「おじさんと裏の山に探検にいかないか。どんぐりの大きい奴《やつ》がいっぱい落ちてるんだ」

気をきかせたようだ。

「ママ、いい？」

洋一は亜由子を見やった。

「ええ。気をつけていってきてね」

「じゃあちょっとお預かりします」

稲垣は高見に目配せをしていった。二人はでていき、ドアが閉まった。

亜由子が我にかえったようにいった。

「ごめんなさい、ぼんやりしていて。今、お茶をいれます」

上座《かみざ》の座布団を高見に勧めた。

「ありがとう」

高見はあぐらをかいた。

「いろいろ不便だったでしょう。すまない」

「とんでもありません。こんなにまでして守っていただいて……」

亜由子は備えつけのポットから急須《きゅうす》に湯を注ぎながら首を振った。高見は広げられた本を見やった。

「洋一くんの幼稚園まで休ませてしまった」

「やめて下さい」

亜由子は湯呑みを押しやりながらいった。

「高見さんがいらっしゃらなかったら、本当にどうしてよいかわからなかった……」

「藤田氏と話しました」

高見は湯呑みをひきよせながら告げた。

亜由子は顔をあげた。

「あの人を助けて下さったのでしょう」

「なりゆきで。連中は、焦って自滅しかけている」

「あの人の体はどうなのでしょうか」

「心配することはありません。藤田氏はぴんぴんしている。癌《がん》だというのは、清水が仕組んだ芝居だったんです」

「え？」

亜由子は目をみひらいた。

「清水は教団を乗っとるために、ありとあらゆる手を使った。ただ、どうしても藤田氏は殺せなかった。いろいろな憶測をされるのが恐かったのか、他の幹部の支持を失うと思ったのか。だから藤田氏を癌だと思わせる芝居を打った。たぶんそうすることで、後継者問題の答も見きわめられると思ったのでしょう」

「じゃ、あの人は今は病院にはいないのですか」

「本山にいますよ。刑事に護衛されてね」

「清水さんは？」

「行方不明です。連中は、別の病院に藤田氏を閉じこめていました。藤田氏が私に連れだされたのを知って、協力していた例の広永という医者を殺し、姿を消した」

「恐しい……。本当ですか」

高見は頷いた。

「藤田氏は解放され、癌ではなかったことが知れると、市長の出井も藤田氏にすり寄ってきた。今までは清水と組んでいたんです。そこで出井も、今朝早く、銃撃されました」

亜由子は息を呑んだ。

「連中は終わりです。捜査には県警が乗りだしている。署長の原の首も、清水がつかまるまでだ」

「いったいなぜそんなことに……」

「人ですよ。人が大勢集まっている。大山教を信じない者にとっては、教義よりも何よりも、多くの人を動かせるという事実そのものが魅力なんです。数は力だ。大山教がバックにつけば、選挙に勝てる。選挙に勝てば、いろいろなことが思い通りになる。藤田氏は自分にそういう力があるのを知りながら、無防備すぎた」

亜由子は頷き、ため息を吐いた。

「あの人はそういうところがあります」

「これからはちがうでしょう。洋一くんを後継者にする考えを捨てましたし」

「えっ。彼がそういったのですか」

亜由子は声をあげた。

「ええ。これからは合議制で教団の運営をはかっていくそうです。つきつめていけば、今回の騒動の原因は自分にあったと思いいたったようです」

亜由子は目を閉じた。

「よかった……。ではこれでもう、洋一やわたしが恐しい目にあうことはないんですね」

「そのことが公になれば。心配なのは、清水と酒川の報復です。特に酒川は、俺《おれ》を恨んでいる」

亜由子は目を開いた。

「高見さん、この街をでましょう。もし高見さんさえよければ、東京でもどこでも、やり直せる場所に、いっしょにいきたい。わたし、やくざの女になってもかまいません。高見さんがいっしょにいて下さるなら……」

「やくざはやめるつもりです」

高見はきっぱりといった。

「足を洗うと決めました。もう組織だの何だのはうんざりです」

「わたしたちのために？」

「いいや。自分のためです。ただ、酒川が俺をつけ狙《ねら》ってくるのは、やくざの足を洗おうが何をしようが関係ない。そのことからは逃げられないと思っています」

「この街をでても駄目なのですか」

「もともと、奴も俺もこの街の人間じゃありません。奴にしてみれば、前々から準備を進めて、やっとおいしい思いができそうになったところを横合いから邪魔に入ったのが俺なんです。しかも、俺が奴と同じように〝ビジネス〟のためにそうしたのなら、それは恨みっこなしになるのでしょうが、俺の方は、まったくの遊びというか、動機が別ですから。奴にして見れば、なおさら許せない」

「――高見さんを殺す、と……」

「殺さなければ、気はすまないでしょう。ここにくるまで、何人かを殺してしまいましたから。やくざにとっても、人を殺すというのは、それなりに覚悟がいることなんです。たとえ自ら手を下さなくてもね」

　亜由子は目を伏せた。

「恐しい世界」

「本音をいえば、俺だって恐いし、嫌だ。誰かに殺したいほど恨まれるというのは、たとえ逆恨みであっても、気分のいいものじゃない。けれど、ここのところは何とかしのがない限り、先の人生がない。やってみるしかないでしょう」

「やってみる、とは？」

「酒川の出かたを予想して、迎え撃つんです。奴が今のところ狙いをつけるとすれば、俺の他にはあなたたち親子しかいない。俺にとっての泣きどころだというのを、知っていますからね。間抜けにも俺は、あなたのために奴の仕事を邪魔したのだと喋《しゃべ》ってしまった」

「それでわたしたちをここに――」

「ええ。つまりは俺のせいです」

高見は頷いた。亜由子が不意に立ちあがった。ニットのワンピースに包まれた美しい姿態が高見のかたわらを歩きすぎる。

高見は無言で見あげた。亜由子は、意を決したような表情で、部屋のドアまでいき、鍵《かぎ》をかけた。

そして高見をふり返った。肩で息をしている。

「――悪い母親だわ」

つぶやいた。顔をあげ、いった。

「今すぐ抱いて」

「亜由子さん」

「早く。あの子たちが戻ってこないうちに」

高見は言葉を失った。抱きたいのは抱きたい。だが急すぎる。洋一のことが気になってもいる。

しかしそれを言葉にするより早く、亜由子の体がおおいかぶさってきた。唇が唇を捜し、二人は互いに全力で抱きあっていた。

高見の唇が亜由子の口もとを離れ、うなじに達した。亜由子の体にわななきが走り、こらえきれないような喘《あえ》ぎ声が洩《も》れた。それを聞き、高見も自分を抑えられなくなった。

亜由子が仰向けに横たわった。肩で息をしながら、目をみひらいて高見を見あげる。その目は輝いていた。

高見はおおいかぶさった。亜由子の手がもどかしげにシャツの裾《すそ》をまさぐる。高見の胸の下で亜由子のふくらみが潰《つぶ》れ、亜由子の喘ぎはいっそう大きくなった。

そのとき電話が鳴り始めた。高見は首をもたげた。

「いや。でないで――」

亜由子が小声でいった。

「洋一くんかもしれない」

高見がいうと、亜由子の腕から力が抜けた。高見は立ちあがると、床の間におかれた電話の受話器をとった。

「――はい」

「高見さん!?」

若い女の声が耳に流れこんだ。マコだった。高見は一瞬、言葉を失った。

「――そうだ」

「よかった、いてくれて！　わたし高見さんに話さなけりゃいけないことがあるの」

マコは早口でいった。その口調がどこか切迫していることに高見は気づいた。

「俺も訊《き》きたいと思っていることがあった」

「それね、わたしの――」

不意に受話器がもぎとられるような物音がした。マコの小さな悲鳴が聞こえた。

「わいも話したいことがあるんや」

男の声が耳に流れこんだ。高見は身をこわばらせた。酒川だった。

「いろいろとやってくれたのう。けど、まだ切り札はこっちにある、ちゅうこっちゃ」

「切り札だと、何の話だ」

高見の声の変化に、はっと亜由子が身を起こした。

「わかっとるんやないのか。導山の娘や」

高見は息を吸いこんだ。やはりそうだったのだ。酒川はマコを導山の娘と知って、美人局《つつもたせ》の片棒をかつがせたのだ。

「今さら関係ないだろう」

高見はつとめて冷静にいった。

「阿呆《あほ》ぬかせ。こんなんで決着つく、思うとったんか。ええか、二時間以内にお前が導山を連れて例の家にくるんや。さもないとこの姐《ねえ》さんは死ぬで。いうとくけど、刑事《でか》をひとりでも連れてきたら終わりや」

「導山に何の用があるんだ」

「それはお前の知ったことやない」

「悪あがきもいい加減にしろ。お前らはもう終わったんだよ」

「悪いなあ。勝負は、下駄《げた》はくまでわからんもんや」

電話は切られた。

「――くそっ」

高見は吐きだした。亜由子と洋一に気をとられ、導山のもうひとつの弱みを忘れていた。

今度は人質交換というわけにはいかない。酒川のもくろみははっきりしている。高見と導山をまとめて始末しようというのだ。導山が今死ねば、清水は返り咲くチャンスがあると連中は思っているのだ。

「どうしたの――」

亜由子が不安そうに訊《たず》ねた。

「酒川です。奴は、藤田氏の娘を人質にとった」

「えっ――」

酒川は、高見の性格を読んでいる。自分を助けてくれたマコを、高見が見殺しにできないとわかってこの手を使ってきたのだ。

いちかばちかの最後の勝負だ。その点では、酒川の言葉が威《おど》しではないと高見にもわかっていた。刑事を同行すれば、マコは確実に死ぬだろう。

だが今この瞬間、高見にも導山にも県警の見張りがついている。それをまかない限り、酒川には会いにいけない。

ぐずぐずしている時間はなかった。高見は大山教の本部に電話をかけた。辻橋につないでもらうようにいう。電話が辻橋につながると、高見はいった。

「まずいことになった。導山にかわってくれ」

「はい、お待ち下さい」

電話が導山につながるまでの間、高見は亜由子を見つめた。亜由子も瞬《まばた》きもせず見返してくる。

「――はい、藤田です」

やがて導山の声が耳に流れこんだ。高見は息を深々と吸った。

「高見です。悪い知らせです。酒川は、あなたと生き別れになっていたお嬢さんを人質にとったようだ」

「なんですと!?」

導山は声をあげた。

「彼女はマコという名で、この大池市内でホステスとして働いていた。清水ともそれでつきあいがあった。酒川はどうやら初めから切り札のつもりで彼女のことを考えていたようだ」

　導山は絶句した。

「……エリ子が……そんな近くにいたとは……」

「多分、彼女は彼女なりの考えがあって一人でこの街に戻ってきていたのでしょう。とにかく、清水と話したいといっていたあなたの考えが実現することになる」

「どこへいけばいいんです」

　導山は冷静さをとり戻し、いった。

「その前に、辻橋くんは近くにいますか」

「ここにいます」

「ちょっとかわって下さい」

　導山をあの家へ連れていくには、護衛の刑事を導山からひき離さなければならない。その点は高見にとっても同様だった。

　真実を県警の目片に話したところで納得する筈《はず》はない。かえって大量の刑事が動員されるのがオチだ。

　辻橋がでると高見はいった。

「これからそっちへいく。それまでに護衛の刑事を導山からひき離しておいてもらえないか」

「え？」

辻橋は事態が呑《の》みこめないようにいった。

「とにかくどんな手を使ってもいい。刑事を閉じこめるなりなんなりして、俺が迎えにいくまでに、導山が自由に動けるようにしておいてくれ……」

「いいんですか、そんなことをして……」

「導山に聞け」

いって、高見は電話を切った。一瞬の躊躇《ちゅうちょ》もなかった。月岡に渡した携帯電話の番号を押した。

「――はい」

月岡の不機嫌そうな声が応《こた》えた。

「どうした？」

高見は訊ねた。酒川は月岡にも何かをしかけてきたのだろうか。

「おう、高見か。どないもこないもあるかい。お前から預かったこの電話な、電源を入れたとたんに、お前とこの組の連中からやいのやいのかかってくるで。あげくに、期限が近いんや、どうなっとる、いうてうるそうてかなわん。わいが高見やなくて代理の者やいうたっても、ほなら高見はどこや、お前は誰や、いうてしつこいで。頭きたからゆうたったんや。じゃかましい！　わいは大阪府警の刑事や。高見はパクったったわ、ちゅうてな。肝潰したみたいな声だしよったで」

高見は思わず苦笑を浮かべた。少し前までなら、何ということをしてくれたんだと月岡にくってかかったろう。だが今は、むしろよくやってくれたという気分の方が強い。東京も、嘘《うそ》か本当かはすぐには確かめられず、右往左往するだろう。そのうち鴨田あたりが拳銃を高見に用意したことを喋り、本気にする者もでてくるかもしれない。

むしろそれが愉快だった。

「そいつは助かった。だが、こっちは笑ってばかりもいられなくなった。酒川がマコを誘拐した」

「マコ？　なんでや。ただのホステスやないか」

「導山の生き別れた娘だったんだ」

「なんやと！」

「俺に導山を連れて、例の〝隠れ家〟にこいといってきた。今、導山にも知らせたところだ」

「あのガキ……。悪あがきしくさって――」

「俺と導山が殺《や》られたら、悪あがきじゃすまない」

「目片には知らせたんか」

「駄目だ。刑事《でか》がでてきたらマコは死ぬ。酒川は本気だ」

「わいも刑事やど」

「あんたは俺の友だちだ」

高見はいった。一瞬、月岡は沈黙した。そしていった。

「わいに刑事を捨てろ、ちゅうんか」

「いや。もっとでかい獲物をひっかけるチャンスだといっているのさ」

「原やな」

「このなりゆきを原が知らない筈はない。奴のでかたを見張ってくれ」

「お前、ひとりでいく気か」

「酒川にとっちゃ、あんたも刑事だ」

「殺られるで」

「何とかしのぐさ。どのみち酒川と一度はやらなけりゃならないんだ」

「アホか。極道やめるいうた者が、何いうとんのや！」

月岡は大声をだした。高見は微笑《ほほえ》んだ。

「足を洗うのは、この一件が結着してからだ。原を逃がすなよ」

「わかっとるわ。いうたやろ。わいは極道も嫌いやが、極道から銭もろうとるお巡りは、もっと嫌いや」

月岡は吐きだすようにいった。

「よし。じゃあな――」

「待て、おい――」

高見は電話を切った。そこへ部屋のドアがノックされた。亜由子が弾《はじ》かれたように立ちあがり、鍵《かぎ》を開いた。

両手にいっぱいのドングリを手にした洋一と稲垣が戻ってきたのだ。

「どうしました？」

亜由子の表情で何かを感じとったのか、稲垣は眉《まゆ》をひそめた。

「稲垣、俺をここから連れだしてくれ。お前の車のトランクに隠して」

高見はいった。

「何ですって――」

「ここは刑事に見張られている。俺はこれから酒川に会いにいかなけりゃならない」

「高見さん！」

「わけはあとだ。時間がない。やってくれるな」

稲垣は唇をかんだ。

「ええ……。高見さんにやれといわれれば……」

「おじさん、またいっちゃうの」

洋一が口を尖《とが》らせた。高見は微笑んで洋一の頭をなでた。

「これが最後だよ。それで帰ってきたら、あとはもう、ずうっと洋一くんと遊べる」

「本当に⁉」

「ああ。約束しよう。キャッチボールも、自転車も、ぜんぶおじさんが教えてやる」

「高見さん――」

亜由子が口もとを押さえた。涙をこらえているのがわかる。

「じゃあ亜由子さん、いってきます。晩飯はいっしょに食いましょう」

高見は明るくいった。そして稲垣を促した。

32

「稲垣」をセルシオのトランクに隠れて抜けだした高見は、人目につかないところまでくると運転席に移った。稲垣は夕方まで「イブ」のママの部屋を訪ねる、といった。

稲垣を国道で落とし、高見は大山教の教団総本部に向かった。

「研修所」では、導山と辻橋が待っていた。

「護衛の刑事は？」

辻橋がため息をついた。

「きっとあとで僕はつかまりますよ。刑事さんたちが待機していた部屋は、外からも鍵をかけられるんで、閉じこめてしまったんです」

「教祖さえ無事に戻ってくれれば大丈夫だ」

高見はいった。

「エリ子が彼らにつかまったというのは本当なのですか」

導山が訊ねた。高見は頷《うなず》いた。

「ええ。ところで現金を今すぐなら、いくら用意できますか」

「今すぐ、ですか」

導山はとまどったようにいい、辻橋を見た。

「二、三億円くらいなら、教団の金庫にありますが」

「段ボール箱にでも詰めてもってきて下さい。それと灯油を壜《びん》に詰めたのを一本」

高見はいった。このまま二人で〝隠れ家〟にでかけても、殺してくれというようなものだ。活路をひらくには、ありったけの道具と知恵を絞る必要があった。

「わかりました。用意しなさい」

「はい」

辻橋が走った。高見は腕時計を見た。約束の二時間まで、あと一時間を切っている。

「そのお金をどうするつもりなんです？」

導山が訊ねた。

「これで我々の命を買うんです。もし奴らが売ってくれるならね」

高見の言葉に導山は驚いた顔をした。だが何もいわなかった。

清水の返り咲きを不可能にする手を打った、といえば、連中はこの金をもって逃げる他、なくなる。それによって、導山やマコの命は助かるかもしれない。が、高見は別だ。高見については酒川は、何度ぶち殺しても飽き足らない気分だろう。

金が集められた。三億以上、四億近くの現金を詰めた段ボール箱がセルシオのトランクに積みこまれた。一瞬高見は、これをもって逃げることを考えた。

できない。マコを見殺しにできないし、亜由子を失うことになる。灯油の方は、ペットボトルに詰めたものが用意された。高見はそれも段ボール箱に入れた。

導山を見やった。

「いきましょうか」

導山の顔は落ちついていた。癌《がん》でないことがわかって長生きできる寿命を、これから縮めるかもしれないというのに、動揺はない。

「ええ。久しぶりに娘に会えるのが楽しみです。話さなければならないことがたくさんある」

導山は静かな声でいった。その一瞬、高見は、確かにこの男はひとかどの人物だ、と認めざるをえなかった。

セルシオに乗りこみ、発進した。走りだしてまもなく、導山がいった。

「何の関係もなかった高見さんを、私と大山教のためにこうして何度も危険にさらし、本当に申しわけなく思っています」

「半分は好きで首をつっこんだようなものです。あとの半分はなりゆきで」

「私たちは殺されるのでしょう？」

「可能性は半々です。向こうのでかた次第だ。そのあたりは、私のいうことに従って下さい」

高見はいった。そしてこれから起こるであろうことを説明した。導山は淡々と聞いていた。

33

高見が清水の「隠れ家」に到着したのは、酒川の電話からきっかり二時間後だった。「隠れ家」の前庭には、初めて見るワゴン車とマコのスポーツカーが止まっていた。ワゴン車は、酒川が逃走用に手配したものだろう。地元ナンバーがついている。

高見はセルシオをそのワゴン車の横に止め、降りたった。

「隠れ家」の窓には雨戸が立てられ、家の周辺は静かだった。

「酒川！　清水！　でてこい！」

セルシオのかたわらから高見は声をかけた。のこのこ歩いていけば、いきなり弾丸を浴びせられるかもしれない。酒川の手下には拳銃《けんじゅう》の名人がいる。

高見はセルシオのドアを盾にして佇《たたず》んでいた。背中が汗ばんでいる。恐怖による冷汗だった。

やがて家の玄関の戸が開いた。前にここで高見の見張りをしたチンピラがのっそりと姿を現わした。

「中に入れや」

高見を見つめ、いった。高見は首を振った。

「酒川にでてこいといえ」

「何ぬかしとんのや――」

「やかましい！　チンピラの指図は受けん！　早く酒川を連れてこい！」

高見は表情を変え、声を飛ばした。チンピラは息を呑んだ。このていどのチンピラとは格がちがうのだということは、はっきりさせておかなければならない。

チンピラは無言で屋内に入った。次に戸が開いたときは、酒川が先頭に立っていた。

「威勢がええのう」

その目が高見とセルシオに注がれ、細められた。

「導山はどないしたんや」

セルシオには誰も乗っていなかった。

「のこのこ二人でガン首並べてくると思っていたのか」

「二人でこい、いうた筈《はず》や」

「途中までは二人だったさ。だが考えてみれば、何も二人揃《そろ》って殺されることはない。そこで途中下車してもらった」

「娘殺されてもええ、いうんか」

酒川の目に怒りが浮かんだ。

「いや。交渉を任された」

「何の交渉や。お前ぶち殺して、娘自由にせい、いうのんか」

酒川は歯のすき間から言葉を押しだすようにして喋《しゃべ》った。高見は聞き流した。

「それもいいだろう。お前は気がすむ筈だ。だが一文にもならんぜ」

「銭か」

酒川は頬《ほお》を歪《ゆが》めた。

「だとしたら、えろう用意したんやろな。大池の街全部と同じ値段やで」

「大きくでたな」

「わいはな、このヤマに極道としての自分を賭《か》けとったんや。惚《ほ》れた女、他人に嫁がせてまでや。それをぶち壊しくさってからに。なまじの銭で、気がすむと思うとんのか」

「そうだろうな。だが俺を殺して逃《ふ》けても、結局、お前は損をする。清水もそうだろう。ここは煮えた腹をおさめて、金を受けとったらどうだ」

「もういっこ、手があるで。お前をぶち殺して銭をもらうんや。導山の娘は解放したる」

「それじゃあ俺に不公平だ。金は運ばされるわ、殺されるわ、じゃな」

酒川は薄く笑った。

「ええやないか。世の中、不公平なもんや」

次の瞬間、上着の内側から拳銃をひき抜き、高見に向けてかまえていた。

「銭は車か」

高見は首を振った。酒川の笑みが消えた。

「またハッタリ、かます気か、このガキは」

「いったろう。俺を殺したら損をする、と」

酒川は深々と息を吸いこんだ。

「いうてみいや」

「金は全部で三億八千万ある。教団の本部にある現金をありったけかき集めたんだ。印はついてない。ただし――」

高見はセルシオの車内に片手を入れ、空のペットボトルをほおった。いびつな音をたてて、ペットボトルは酒川の足もとに転がった。

「何や、これ」

酒川は眉《まゆ》も動かさず、いった。

「匂《にお》いをかいでみろ」

酒川は空いている左手を動かした。控えていたチンピラが拾いあげ、キャップを外して鼻を近づけた。

「灯油ですわ」

「どういうこっちゃ」

「金を詰めた段ボールにぶっかけてある。俺が戻らなけりゃ、導山が火をつける」

酒川がかっと目を広げた。

「なんやと……」

「どうせ死んだら使えねえ金だ。殺されるくらいなら燃しちまえと導山にいったのさ」

突然、酒川は笑いだした。

「まったく……。愚にもつかんペテンを考えるやっちゃ。どこにそんな銭があんのや。空のペットボトルいっこで、どないせいっちゅうんじゃ」

高見は落ちついていた。

「お前がそういうだろうとは思った。だから金を確かめさせてやる」

酒川は笑い止んだ。

「どないして」

「清水を連れていく。俺《おれ》が、だ。そこで金を拝ませ、ここに連れて帰ってくる。俺の話が本当だと納得したら、今度は俺がマコを連れて、お前らをそこへ案内する」

酒川は黙って聞いていた。

「どうだ」

「刑事《でか》が待っとる、ちゅうわけか」

「刑事が嚙《か》んでいるなら、ハナからこんな面倒な手間はかけない。俺のうしろにぞろぞろついてくるさ。第一、俺がのこのこ一人でくると思うか」

酒川は息を吸いこんだ。

「信用でけんな」

高見は我慢強くくり返した。

「いいか。この取引に俺は命を張ってる。お前が蹴《け》って、俺を撃てばそれまでなんだ。お前には若い衆がいる。俺は一人だ。何をびびってやがるんだ」

「お前は信用でけん。東京者は賢いさかいな……。背中を見せると、何されるかわからへん」

高見は息を吐いた。

「俺を殺《や》って、殺しの罪をひとつ余分にしょうか、三億八千万の金をもってこの街をでていくか、二つに一つだ」

「導山と銭を迎えにやる、ちゅう手もある」

「俺が喋ると思うか？」

高見は訊《き》き返した。

「導山の娘、嬲《なぶ》りもんにしたる」

「いくら俺がお人好《ひとよ》しでもな、手前の命と引きかえると思ってんのか」

高見はため息を吐き、いった。酒川は無言だった。

そのとき、「隠れ家」の戸が開いた。

「私ならいくぞ」

清水だった。やりとりに耳をすませていたようだ。緊張と不安の混じった表情を浮かべている。

「中、入ってろ、いうたやろ！」

ふりむきもせず、酒川は怒鳴った。高見は清水と酒川を見比べた。

「俺を殺ったら、お前はまだ気がすむ。だがこのおっさんはそうはいかないだろうが」

「やかましい。もともとの話は、あの親爺《おやじ》がもってきたんや」

酒川は高見をにらんだ。高見はいった。

「もうひとついいことを教えてやろう。このヤマが片付いたら、俺は足を洗うつもりだ。もちろん大山教とは二度とかかわる気はない。お前がどれほど俺にムカついても、俺とツラをあわせることは永久にない」

「――命が惜しいんか」

低い声で酒川はいった。憎悪のみなぎった顔だった。

「惜しくない奴《やつ》がいるのか」

高見は答えた。酒川の粘りつくような視線を受けとめていた。酒川が引き金をひきたくてうずうずしているのを感じていた。震えがくるほどの恐怖がある。

不意に酒川の顔から表情が消えた。

「ええやろ。ハメられついでに、もう一回、ハマったろやないか。おっさん、いったれや。けど、一時間以内に戻ってこんかったら、娘は死ぬで」

金を奪い、最後には高見を殺す気だ――高見は悟った。どうひっくり返っても、酒川が高見の命をあきらめる筈はなかった。

「――いうとくけど、このおっさんは人質にはならんで。サツに渡そうが何しようが、わいはいっこうにかまへんさかいな」

「わかっている」

高見は頷《うなず》いた。酒川がにたっと笑った。

「一時間だけ、長生きさせたるわ」

やはり思った通りだ。

清水が近づいてきた。酒川がくるりとふり返り、何ごとかを小声で囁《ささや》いた。清水はひと言ひと言に頷いている。

やがて酒川は高見には目もくれず、歩きだした。「隠れ家」の方へ戻っていく。

酒川は何か、高見の裏をかく手を考えついたのだ。だからあえて取引にのってきた。

清水は無言でセルシオの助手席に乗りこんだ。高見は運転席にすわり、ドアを閉じた。つっ立ったままのチンピラが鋭い視線を飛ばしてきている。格負けしたのがくやしくてたまらないようだ。

高見はセルシオを発進させた。ルームミラーの中をチンピラの姿が遠ざかり、ほっとため息がでた。

「マコは無事なのだろうな」

〝隠れ家〟が見えなくなると、高見は清水に訊ねた。

「ああ。無事だとも。今はまだ、な」

清水はむっつりと答えた。今日は作務衣《さむえ》ではなく、コーデュロイのスーツを着ている。

「あんたのことを調べた刑事がいってたぜ。殺しをやるような奴じゃない、とな」

高見はいった。セルシオは、大山高校の山荘に向かっている。

「たとえどんな人間だろうと、自分の人生の何十年間かをかけたものが無駄になりそうなときは、人を殺《あや》めることへのためらいは薄れるものだ」

「今までの何が気に入らなかったんだ」

高見はハンドルを操りながらいった。

「何もかもだ。宗教なんてものはしょせん、教祖がすべてなんだ。教祖になれなけりゃ、どれだけ出世しようと自由になるものは何ひとつありゃせん。金も人も、全部、教団のものは教祖のもちものよ」

「死ぬまで待ちゃよかったんだ」

「――もう充分、待った。あんなに長生きするとは思わなかった」

清水はつぶやいた。

「あんたは導山の教えとかを信じていたのか」

高見は清水を見やった。病院で会ったときよりひと回り小さくなったように見える。白髪を束ねた痩身《そうしん》は、導山とさして歳がちがわないようにも思われた。

「まるで信じなければ十何年もやってこられんかったさ」

清水は高見を見返した。

「なのに弓をひいたわけか」

清水はすぐには答えなかった。

やがていった。

「欲から逃れられる者などおらんて」


高見が山荘に到着したのは二十分後だった。車を降りた高見は、

「大丈夫です！」

と声をかけた。山荘の開き戸が動き、緊張した表情の導山が姿を現わした。右手に高見が渡したライターを握りしめている。

「清水――」

導山は助手席のドアを開いた清水に、思わず絶句した。清水は無言のまま、導山と目を合わそうとはしなかった。

「いったいどういうことなんだ」

導山はいった。険しい声音だった。だが清水はそれには答えず、

「金を見せてもらいましょう」

とだけいった。

導山はしかし、その言葉が聞こえていなかった。

「なぜ裏切った」

と訊《たず》ねた。初めて清水が導山を見た。

「――裏切ったわけではない。最初からそのつもりだったんだ。いつ食ってやろう、いつ食ってやろうと思っていた。どんどん教団が大きくなり、それがおもしろくて、食うのを忘れていた。気づいたら、あんたも俺も老いぼれて、もうたいして時間が残っちゃいなかったのさ」

導山は信じられないというように目をみひらいた。

「それでもあんたは、自分の倅《せがれ》に教団を継がすことしか頭になかった。ここまで大きくしてやった俺は、いつまでたっても下僕扱いでな。あんたは大馬鹿野郎だ。奇跡だか予言をおこせたのは大昔のことなんだ。今はただの爺《じじ》いだっていうのに、ちっとも自分の足もとのことは考えなかった。だからだ」

導山の頭が、がっくりと下がった。

「金を見せろ」

清水は冷ややかにいった。

「こっちだ」

高見はいった。呆然《ぼうぜん》と立ちつくしている導山をおいて、清水は山荘の入口をくぐった。広い三和土《たたき》に段ボール箱はすえられていた。灯油の匂《にお》いが鼻をつく。

清水は立ち止まり、現金を見おろした。やがて片手で札束のいくつかをひっくり返した。

「ペテンじゃないとわかったろう」

高見はいった。清水はゆっくりと高見をふり返った。

「ああ。だが教団にとっては端金《はしたがね》だ」

「だとしても、お前はもう教団には戻れんのだ！」

いつのまにか戸口に戻っていた導山が叫んだ。

「お前は、大山教から、永久に追放される。たとえどれほど償っても、絶対に許さん。二度と私の目の前に現われるな！」

導山は肩で息をしながらいった。

清水は答えなかった。

「清水！　答えよ！」

導山は怒鳴った。迫力のある大音声《だいおんじょう》だった。

清水は導山に目を向けた。虚《うつ》ろな目だった。

「あんたはいつもそうだ。時代がかわっても、何ひとつかえようとしない。宗教というのは、ここまででかくなったらビジネスなんだよ」

「だとしたら私は最初から宗教など始めなかった」

清水は首を振った。低い声だった。

「オモチャじゃないんだ。信者はあんたのオモチャじゃない」

やりとりを聞いている限り、清水の言葉にも分があるように、高見には思えた。が、これ以上無駄な時間を費やすわけにはいかなかった。

「そこまでだ、二人とも」

高見は割って入った。

清水は口を閉じた。だが導山はおさまりがつかないようだった。清水を指さし、いった。

「私の娘を、どこでかどわかした」

「かどわかした？　冗談はやめてくれ。あんたが棄てたのじゃないか」

高見は導山を黙らそうと口を開きかけた。が、話題がマコのことに及んだのでそのまま話させることにした。

清水はつづけた。

「あんたの別れた女房は、ハナからあんたに教祖が長くつづけられやしないことがわかっていた。だから反対していたのじゃないか。なのにあんたはやめなかった。それであんたから逃げだしたのさ。あんたの正体を知っていたからだ」

「私の正体だと。私を詐欺師呼ばわりするのか!?」

清水は首を振った。

「詐欺師ってのは、もっと要領がいいものだよ。あんたはお人好しの間抜けだ。わかってないな。偶然なんだ。競馬や競輪で、たまたまつづけて読みが当たっちまうことがある。あんたの予言はそれといっしょだったたんだ。実際に当たったことなど数えるほどしかない。あとは俺が、いかにも当たっていたようにごまかしてきたんだ。なのにあんたまでが、それを本気にしちまった。あんたの女房は、あんたがただの人間だと初めから知っていた。今だって後悔しちゃいないだろうよ、あんたから逃げたことを。だが娘は、あんたのことがよくわからなかった。あんたが本物の教祖さまで、奇跡がおこせるかもしれないと思っていたんだ。それでわざと名前をかえてこの街に戻ってきた。あんたが本物なら、自分を見つけてもらえるだろうと――」

導山は絶句していた。高見はいった。

「マコを使って医者の広永をはめたろう」

「あの娘が望んだんだ。おもしろがってな。あの娘は楽しんでいたんだよ。実は導山の娘なのに、それを誰も知らない。この街にきて、大山教にいろんな奴が食いつこうとしてるのを知り、それを調べてやろうとでも思ったのだろう。父親に会えたときに、教えてやりたかったのかもしれん」

「あんたはハナから知っていたのか」

清水は頷いた。

「もちろんだ。小さな頃、母親に連れられて道場にきたところを見ているからな。向こうは子供だから覚えちゃいなかったが、こっちはしっかりと覚えていた」

高見は導山を見た。導山は無表情になっていた。高見はいった。

「もういい。あんたを連れて帰る。金があることはわかったのだから、マコを放してやるんだ」

だが清水の答に、高見は唖然《あぜん》とした。

「私は帰らん」

清水はいった。

「何だと」

「私は帰らん。酒川とは縁を切る。もうたくさんだ。奴は頭に血が昇って、見境いがなくなっている。これ以上人殺しの片棒をかつがされるのはまっぴらだ」

「ちょっと待て――」

「この金の半分、いや一億でいい。それをもって逃げることにする」

「馬鹿なことをいうな。酒川が信じると思っているのか」

「私から電話をする」

いうが早いか、清水は懐ろから携帯電話をとりだした。

「ふざけるな」

いって、高見はその携帯電話をもぎとった。

「何を考えてやがる。そんなことをされてたまるか」

そのとき奪った携帯電話が鳴りだした。清水がいった。

「酒川だ。私がでなければ、罠《わな》だと思われるぞ」

その通りだった。高見は歯がみしながら電話をさしだした。どうしてこうややこしいことになるのか。

「――私だ」

電話を受けとった清水は悠然と応《こた》えた。

「そうだ。いっしょにいる。嘘《うそ》じゃない。金もあった。ああ……」

そして高見と導山を見た。

「他には誰もいないようだ」

「貸せ！」

高見はいった。が、清水は渡さずに喋《しゃべ》り始めた。

「ところで私はここで降ろさせてもらう。金は確かに三億以上ある。一億だけもらって、消えるからな――」

言葉が途切れたのは、酒川が怒号をあげたからだろう。だが清水は辛抱強く耳を傾け、やがていった。

「お互い、もうここいらが限界だ。私は殺すの殺されるのという話は好かんからな」

そして不意に高見に電話をさしだした。

「あとはそっちで話をつけてくれ」

ひどく疲れたような顔だった。高見は清水をにらみつけながら受けとった。

「お前、どういうつもりや」

酒川の妙に低い声が耳に流れこんできた。

「どうもこうもあるか。そっちの仲間割れだろうが」

「何をそそのかしたんや、あの親爺《おやじ》に」

「何もいっちゃいない」

「嘘をつけ。ほんまにせこいこと考える奴っちゃな」

「待て、本当だ！」

「ええか、銭は一文も渡すんやないど。それでも逃げる、ちゅうんなら、ぶち殺したる。わかっとるやろな、女の命がかかっとんのやぞ」

「わかっている」

「よっしゃ。ほなら、銭と導山をこっちへもってこんかい」

「待てよ。清水が降りるといっている以上、導山は必要ないだろう」

「やかましい！　連れてこい、ちゅうたら連れてくるんや！　急がんと女が死ぬで」

酒川は怒鳴った。

「落ちつけ。金はちゃんとあるんだ。サツも動いちゃいない。あんたがカリカリしたら、まとまるものもまとまらなくなるぜ」

酒川は無言だった。頭を冷やそうとしているのがよくわかる。高見もそうだが、酒川も清水の思わぬ裏切りで計画が狂いだしているのだ。

やがて酒川がいった。

「今、どこにおんのや」

高見は息を吸いこんだ。この状況を打開するためには、酒川を動かした方がいい。

「大山高校の山荘だ」

「清水をつかまえとけや。わいがそっちいったるわ」

「マコもいっしょか」

「アホか。そないなもん連れてうろうろできるか。銭を見にいくんや。待っとれよ」

電話は切られた。高見は清水を見た。

「奴《やつ》がこっちへ来る。あんたを逃すなといわれた」

清水の顔に初めて恐怖が浮かんだ。

「かんべんしてくれ。酒川がきたら私は殺される。金はいらないから逃してくれ」

「何をいっとるんだ」

黙っていた導山が声をあげた。

「お前一人を逃しはせんぞ。お前が逃げたらエリ子は殺されるかもしれんのだ」

「自分で見棄てておいて何をいっている。な、頼む、高見。金はもういい。私を逃してくれ」

「ならん！」

「あんたは黙っててくれ」

「貴様、誰に向かって口をきいている」

清水は無視し、高見にすがりついてきた。

「いいか、私はこのままでは殺されるんだ。酒川以外にも、私が死ねばいいと思っている人間がいる——」

高見は深呼吸した。清水の腕をつかみ、袖《そで》からひきはがし、いった。

「もうこうなっちまったものをじたばたしたって始まらないだろうが！　なるようにしかならないんだよ！」

清水は目をみひらき、高見を見つめていたが、急にくたくたとひざまずいた。大きく息を吐く。

「私が馬鹿だったんだ……。やくざを仲間にひっぱりこんだばっかりに……」

つぶやいた。

高見は無言で上がり框《がまち》に腰をおろした。ラークに火をつける。酒川がここに乗りこんでくるとなれば、対決は避けられない。マコを部下に見張らせ、高見と清水、それに導山の命を奪う気だ。

「そうだ、一一〇番すれば——」

清水がいった。高見の手にある携帯電話に目を向けた。

「サツがでてくれば、マコが死ぬ。駄目だ」

高見は首を振った。

「このままじゃ皆、殺される！」

「まだ手はある」

高見はいった。

「どんな手だ」

高見は清水を見やり、冷ややかに首を振った。

「教えるわけにはいかない」

34

三十分が経過した。表の砂利道をタイヤが嚙《か》む音に、高見は顔を上げた。

マコのスポーツカーが山荘の車寄せに入ってきたのだった。酒川と部下が、二人で乗っている。

「ようもこんな場所、見つけたのう」

酒川は降り立つといった。踏みだそうとする。高見は鋭くいった。

「そこまでだ！」

「何？」

「俺のうしろを見てみろ」

酒川は腰をかがめ、山荘の内部をのぞきこんだ。広間の中央に段ボール箱をすえ、導山と清水がはさむようにしてにらみあっている。導山の手にはライターがあった。

「それ以上近づくと、銭を燃すぜ。チャカを捨てろ」

「阿呆《あほ》抜かせ。捨てたら、お前のもんや。わいら何も手に入らん」

酒川はせせら笑った。目がギラついている。

「こっちに渡せとはいわん。そこから見える崖《がけ》の向こうに投げりゃいい」

山荘の反対側の斜面を示して高見はいった。酒川の顔がこわばった。

「どうする」

「ええやろ」

酒川は上着の前を開いた。拳銃をひき抜き、斜面の方へ投げた。ドサッという音が聞こえた。

「若い者もだ。一挺《ちょう》だけということはないだろう」

酒川は無言だったが、やがて、

「おう」

と命じた。助手席から上半身をだしていた男が、酒川にならって銃を投げた。

「ようし。こっちへきていいぞ」

酒川と部下はゆっくりと山荘の中に入ってきた。清水が立ちあがった。

「約束通り、私はここまでだ。逃げさせてもらう！」

上ずった声でいった。

「爺《じじ》い……。ふざけやがって……」

歯ぎしりするように酒川はいった。

「お前はムチャクチャだ。何でもかんでも殺せばいいってものじゃない」

清水は酒川を指さし、いった。酒川は黙っていた。

「もう金輪際《こんりんざい》、お前とはかかわりあわん！」

酒川と部下をよけるようにして、三和土《たたき》に降りた。

「このガキ――」

酒川の部下が唸《うな》り声をたてた。

「ほっとけ」

酒川はいった。目は魅せられたように、導山と金の詰まった段ボール箱に向けられている。

清水が駆けだした。森の中を抜ける道へと走りこんでいく。

「銭、見せてもらうで」

酒川はいって、あがりこんだ。導山を無視して歩みより、のぞきこむ。しばらく無言で見おろしていたがいった。

「しゃあないな。これで手ぇ打つか」

「マコを放してもらおう」

高見はいった。

「ええで」

酒川はふり返り、にやりと笑った。

「お前とこのおっさん殺したら、用ないわ」

「清水が逃げたんだ。これ以上、殺生を重ねても、得はしないのじゃないか」

酒川は首を振った。

「逃げられやせんわ」

じりじり、という音が再び聞こえた。もう一台の清水の車であるワゴンが、山荘の前に入ってくるところだった。

スライドドアが開いた。つきとばされるようにして、内部から清水が転げ落ちた。

高見はため息をついた。

「お前もそうとう馬鹿だな。この上、人を殺してどうやって逃げるつもりだ」

だが酒川は怒ることもなくいった。

「このおっさんとお前に全部、罪をかぶってもらうわ」

酒川は顎《あご》の《の》でワゴンをさした。清水につづき、男がひとり降りたった。その姿を見て高見は息を呑んだ。

県警捜査一課の目片だった。

「目片！」

酒川が笑った。

「驚いたか。原みたいな田舎署長にあんな絵図が描けると思うとったんか。原は木偶《でく》や。わいが手《て》ぇ組んどったのはハナから目片やったんや」

高見は呆然《ぼうぜん》と目片を見つめ、いった。

「なんで、あんたが……」

だが目片はむっつりとして、答えなかった。嘲《あざ》けるように酒川はいった。

「別に驚くことはないで。銭が欲しいのは誰でもいっしょや。わいの手下を月岡のボケがパクってくれたおかげで生まれた縁や。ちょうど原の阿呆と手を組むのもうんざりしとったさかいな……」

「もういい。早く片づけよう」

目片はいった。

「こうなりゃ、現金が物をいうっちゅうわけや。清水が死にゃあ、原のクソガキも大喜びやろな」

酒川はいい、ワゴンの運転席を降りてきたもうひとりのやくざに顎《あご》をしゃくった。すわりこんでいた清水が血相をかえ、走りだそうとした。が、やくざがブルゾンの内側からひき抜いた拳銃が乾いた銃声を発し、崩れ落ちた。

酒川はぽりぽりと頭をかいた。

「大山教はあかんかったが、原の弱みを握りゃあ、大池温泉はこっちのもんや。お前ら皆《み》んな死んでしもたら、どのみち文句いう者もおらん、ちゅうこっちゃ」

高見は息を吐いた。

裏をかかれた。とりこまれた警官が原までだと思いこんでいた。まさか県警にまで、酒川が手をのばしているとは思わなかった。

そのときだった。

「何すんの!?」

悲鳴のような叫びが聞こえ、ワゴンの内部から女が走りでてきた。倒れたまま動かない清水にとりすがる。

黒木の妻だった由加だった。

「お父ちゃん！」

それを見ていた酒川がいった。

「由加、カンニンやで。お前の父ちゃん、わいらのこと裏切ろうとしたんや。しゃあないやろ……」

そのとってつけたように申しわけなさげな口調は、どこか背筋をぞくぞくさせるような響きがあった。高見は酒川を見つめた。酒川の口もとには薄ら笑いが浮かんでいた。

こいつはまともじゃない――高見は思った。

由加がきっと酒川をふり返った。

「殺さんかてええやないの！」

関西弁になっている。

「お父ちゃんがあんたに何した、いうの!?　逃げようとしただけやんか」

「裏切りは裏切りや」

「裏切り、裏切りって、もとはお父ちゃんがもってきた話やないの。あんたは最後にこっちへきたんや。お父ちゃんやうちが一生懸命準備したんを――」

「やかましい！　ごちゃごちゃぬかすな！　それ以上ぬかすと、お前も死ぬで」

由加は蒼白《そうはく》になり、口を閉じた。恐怖と憎しみで顔がこわばっている。

酒川はゆっくりと高見に向き直った。

「高見よ、極道は、最後は力や。お前みたいに頭ばっかしで上手に世渡りしよう思とる奴は、最後は潰《つぶ》されるんや。ほんま、アホやで」

「――上等だな」

高見は覚悟を決めた。酒川との間合いをはかる。どうせぶち殺されるのなら、酒川を道連れにしてやる。

「チャカ貸せ。このアホは、わいが殺《や》ったる」

酒川が手下に右手をさしだした。その瞬間を見逃さず、高見は酒川にとびかかった。

最後はこうなる――高見は頭のどこかでそう思っていた。酒川のいいぐさではないが、極道はしょせん極道だ。手を血でよごすことなく生きていくことなどできない。

高見の肩が酒川の胸につきあたり、ふたりはひとかたまりになって地面に倒れた。

「――のガキ！」

酒川の手下が叫ぶのが聞こえた。酒川の両手が高見の髪をつかんだ。それをふりはらい、高見は酒川の喉《のど》に手を回した。

酒川の拳《こぶし》が高見の顔にふりおろされた。鈍い響きが頭の芯《しん》まで抜ける。それでも高見は酒川の喉を離さなかった。

　ふたりはぐるぐると転がった。酒川の上に高見は馬乗りになった。酒川の顔はまっ赤だった。高見は鼻と鼻をつきあわすようにしてのしかかった。酒川が指を曲げ、高見の目をひっかこうとする。酒川の顔に血がとび散った。高見の顔から滴る血だった。

　肩を激しく殴りつけられた。酒川の手下が二人がかりで高見をひき離そうとしているのだった。

「このガキ！　離れんかい！」

　蹴《け》りが肩にわき腹に食いこんでくる。高見の体は揺れた。それでも手は離さない。酒川は絞められまいと必死に顎をひきつけている。

「――て」

　その酒川が苦しげにいった。

「撃て……撃つんや……」

　手下が拳銃をとりだした。高見のこめかみに押しつける。高見は観念した。この距離では外れようがない。

　そのとき、パーンという銃声が響いた。耳もとで発射されたのではなかった。

「そこまでや！」

　聞き慣れた大声が響いた。

「チャカを捨てんかい！　高見、離したれや」

高見は首を曲げた。警官隊と、拳銃を手にした月岡が周囲をかこんでいた。

高見は驚きに呆然とした。腕から自然に力が抜ける。それでも酒川の首から両手が離せなかった。

酒川が激しく咳《せ》きこみ、ぜいぜいと喉を鳴らした。高見の下敷きになったまま、首を動かし、あたりを見あげた。

その目がかっとみひらかれた。

月岡が近づいてきた。目片や酒川の手下が次々に制服警官に拘束された。

「まだ絞めとんのか。死んでまうで」

のぞきこむようにしていった。

「手が……離れないんだ……」

高見は荒々しく吐きだした。

月岡は舌打ちして拳銃をしまい、手をのばした。高見の指を一本ずつ酒川の喉から外す。ようやく十本全部が離れ、高見はよろよろと立ちあがった。

酒川はあおむけによこたわったままだ。月岡がかたわらにしゃがみこんだ。

「よう。久しぶりやな」

月岡はいった。

酒川は大きく胸を上下させながらその顔を見あげた。何もいわない。

「何とかいうたらどうや。なんでここがわかった、とか――」

月岡はにたにた笑いながらいった。高見は酒川に負けず劣らず、荒い息をしながら訊《たず》ねた。

「どうやって……ここにきた……」

「目片やがな」

月岡はいって、パトカーに連れていかれる目片を顎でさした。

「原を見張ってたのじゃないのか」

「見張ってたがな。けど、目片のことも見張っとったんや。いうたやろ。警察の上の方は、わいの味方もおるって。上は、県警と西のつながりも疑うとったんや。原のことはみえみえやからな。他にも誰かおる筈《はず》や、ちゅうて――」

「俺にはいわなかったじゃないか」

「そらそうや。いうてしもたら、潜ってまうやないか」

「ハナからそのつもりだったってことか」

「そうや」

けろっとした顔で月岡は答えた。

「県警本部長に頼まれて、調べとったんや。ここの本部長な、前大阪府警の次長やった。その時分からの仲や」

「この野郎……」

高見はつぶやいた。だがその口調には、力がなかった。

高見と月岡、導山は、警察が運転するパトカーに乗って、清水の「隠れ家」に向かっていた。目片が乗ってきたバンには、マコの姿がなかったからだ。「隠れ家」にマコはいた。中央の居間で縛られ、目かくしをされた上で、胸を打ち抜かれていた。

マコの死体を見つけたとたん、高見は全身から力が抜けるのを感じた。

「おお……」

導山はつぶやき、ひざまずいた。

「エリ子……かわいそうに……こんな姿になって……」

「娘さんですか」

高見はつぶやいた。導山は目を大きくひらき、高見を見あげると頷《うなず》いた。その目から涙が溢《あふ》れだした。

「あの、くされ外道が……」

月岡は低い声で吐きだした。

35

高見と月岡は「カシス」にいた。大山高校の山荘での騒ぎから二日が過ぎていた。高見はその日の朝、県警本部の取調べから解放されたばかりだった。

「カシス」には導山と辻橋もいた。そしてカウンターの内側に亜由子が立っている。

「とりあえず乾杯や」

月岡がいった。

「そんな気にはなれねえな」

高見は吐きだした。

「マコを巻きこんだのは俺だ」

「それはちゃうやろ。あの子は、自分で首をつっこんだんや」

「私がいちばん悪いのだ」

導山がいった。

「あの子と母親を棄てたばかりにこんなことになってしまった。もう大山教は、解散する他ないと思っている」

導山は、娘の死と清水からいわれた言葉が徹《こた》えているようだった。

「まあ、それも手やろな」

月岡がぽつりといった。

「俺は反対だ」

高見はいった。

「なんでや」

「確かに藤田さんは教祖を引退すべきかもしれん。だが教団を解散するのはどうかな」

「藤田はんがやめたら、大山教の意味はないやないか」

「そうかな。俺は何の宗教も信じちゃいないが、信じている人間たちにとっては、教祖が超能力者かどうかより、信じているものの存在じたいの方が大きいのじゃないか。大山教が、何か特別に世の中の向きとちがうことをしているのならともかく、存在そのものによって助けられている人間がいるのなら、簡単に解散しちまうべきじゃないのじゃないか」

高見はそういって、月岡から導山に目を移した。また月岡が「極道のくせに偉そうに」というかと思った。だが何もいわない。

導山は無言だった。

「宗教を必要としている人間にとっては、大切なのは教義よりもむしろ信仰じゃないかって気がするんだ。だから大山教がなくなれば、そういう連中はよそへいく。もっとインチキでもっといい加減な新興宗教もあるかもしれん」

導山は小さく頷いた。

「考えてみよう」

「とにかく何か、召しあがって下さい。今日で『カシス』は終わりですから」

亜由子が口を開いた。導山はその顔を見つめた。

「いってしまうのかね」

寂しげな口調だった。

亜由子はうつむいた。

「いろいろありましたし……」

「もう洋一を無理に跡継ぎにしようとはしない」

導山は初めて会ったときに比べると、ひどく老けたように見えた。

「わかっています。でも……」

その目が高見を見た。高見は息を吸いこんだ。

「亜由子さん、もうしばらくこの街にいてくれないか」

「——え？」

亜由子の目が広がった。高見は考えていたことを喋《しゃべ》った。

「俺は一回、東京に戻る。組とのいろいろなことを片づけなけりゃならない。足を洗うといっても、今日の明日というわけにはいかない。いろいろと面倒もある。そいつを片づけたら、また戻ってくる。それまではここにいてほしいんだ。藤田さんのそばについてやって——」

娘を失くし、この上、亜由子や洋一にも去られては、導山があまりに哀れだった。いくら原因が彼の教団経営にあったとはいえ、導山自身が誰かを傷つけたわけではない。

亜由子はとまどったように目を伏せた。

「藤田さんは若くはない。今度のことは応えている筈だ。教祖を退けば、いろいろと支えになってくれる人間が別に必要になる」

「わたしは……」

高見を見た亜由子に首を振ってみせた。

「逃げだそうってわけじゃない。ただ、俺は自分をきちんとしたいんだ」

亜由子は深々と息を吸いこんだ。

「わかりました。その言葉を信じて待ちます」

高見は頷いた。


一時間後、「稲垣」に戻るから、といって高見は「カシス」をでた。そのあとを月岡と辻橋が追ってきた。

「高見さん――」

高見はふり返った。辻橋が月岡を気にしながら走りよってきた。

「教祖さまが、高見さんにお渡ししたいものがあると……。預かっています」

「何だ」

「あのときの段ボール箱です」

辻橋は店の表に止めたリムジンをふり返っていった。

段ボール箱――訊《き》きかけ、高見は気づいた。三億八千万だ。

月岡も何のことだか気づいたようだ。だが無言で高見と辻橋を見比べている。

高見は息を吐いた。

「預けとく」

「え？」

「とりあえず預けとく。いずれもらいにいくさ」

「でも――」

「いったろう。預けとくって！」

高見は鋭い声をだした。辻橋は立ちすくんだ。

高見は無言で歩きだした。月岡があとを追ってきた。

「ええのんか」

「何がだ」

「いや、何でもないわ」

肩を並べて歩きながら、月岡はハイライトに火をつけた。やがていった。

「――お前、このまんま東京、いくつもりやろ」

高見は驚いて月岡を見た。図星だった。

月岡はにやりと笑った。

「やっぱりの」

「――いつ大阪に戻るんだ」

高見はしかし認めずに訊ねた。

「わいも二、三日うちや。こっちの仕事はもう、片づいたさかいの。羽のばしとる大阪の極道ども、いわしたらなあかん」

「まったく……」

高見は苦笑いを浮かべた。

「刑事の仕事が好きだな」

「天職や」

「そらけっこうなこった」

高見はいって、ラークをくわえた。月岡が火をさしだした。

「――極道はお前にとって天職やなかった、ちゅうわけや」

月岡がいった。

「天職だと思った時代もある。今はかわった」

月岡は首を傾げ、そして頷いた。

「それやったら、何を天職にする」

「わからん。ラーメン屋でも開くか、ふつうのサラリーマンになるか。なれれば、だが」

「商売を始めりゃええんや。もとではあるやろ」

「あの金か」

「何の金や。わいは知らん」

月岡はとぼけた。高見はふんと笑った。たたみこむように月岡がいった。

「商売やるんやったら手ぇ貸すで。いろいろコネはあるんや」

「刑事《でか》がそういう副業をしていいのか」

「別に銭もろて極道見逃すわけやない。天職は天職やが、給料の安いんが、タマにキズなんや」

すました顔で月岡はいった。高見は笑いだした。

「お前、本当に眠たいことというおっさんだな」

月岡は徹えたようすもなく、つるりと額をなでた。

「わいはの、いっつも眠たいんや。知らんかったか」

道の先に駅の建物が見えてきた。

解説

井家上　隆幸

最近活躍している作家の多くは読書家でもある。マーケット・リサーチ的なめくばりも当然あるだろうが、それよりも勉強するといったニュアンスのほうが強いように見える。大沢在昌もじつによく読んでいる。それもほかの作家のものだけではなくて新人賞に応募したナマ原稿まで読んでいるのだから、読むのが好きだとはいえ、その読書量はハンパではない。想像力にとぼしい小生なんぞは、そんなにひとの小説を読んでいると、自分が書くときに影響されはしないかと思うのだが、そんなにヤワな精神ではないらしい。勉強は勉強、そのことと自分の小説を書くこととは関係ない、誰がなにをいい、なにを書こうと自分は自分だという強烈な自負と自信があるようである。

大沢在昌という作家が、デビューして二十一年というのに、エンターテインメント小説の第一線を走りつづけているのは、その〝勉強〟と自負があればこそなのだろう。ひとの小説を読むことでつくりあげた批評眼は、そのまま自分の作品にもそそがれる。作家としての自分を批評するもうひとりの自分の批評が、大沢在昌の場合、他のいかなる批評よりも厳しくあるだろうことは想像に難くない。作家・大沢在昌は、批評家・大沢在昌とつねに対決し、後者をねじふせようとする。その一つの武器は、作家としての好奇心の旺盛《おうせい》さと幅だ。それがあるから大沢在昌は、小生の知っているかぎり、だれからも「マンネリズム」といわれることがないのである。

その好奇心の幅の広さを、小生はたとえば『走らなあかん、夜明けまで』や本書『眠たい奴ら』で自在に駆使している大阪弁に見る。名古屋出身の大沢在昌にとっては、あるいは大阪弁はなじみのある言葉かもしれないが、それにしても東京に根をおろして二十年、大阪とはほとんど縁がなかっただろう大沢在昌が、『走らなあかん、夜明けまで』は大阪弁のもつ独特のニュアンスをみごとに活写していて、大阪在住の作家黒川博行のそれにひけをとらないのに、小生は驚いたものだった。この人の勉強好きは承知だが、しかしこんな大阪弁をいつどこで？　と不思議でもあった。

その驚きと不思議をもう一度実感させてくれたのが、本書『眠たい奴ら』である。〔ねむたい〕あるいは〔ねぶたい〕いずれにしろ、辞書には生理的に〔ねむい〕という意味しかないが、大阪弁となると「とぼけたこと」「したたかなこと」あるいは「アホなこと」といったニュアンスをもった奥行きのある言葉となる。

主人公の高見良一は、やくざからも警察からも嫌われたやくざ、傍役筆頭の月岡は警察にもやくざにも嫌われる刑事。どちらも組織からはみだした一匹狼で、したたかでとぼけていて、ときにアホなこともする。そんなふたりを「眠たい奴」とは、じつにいいえて妙ではないか。

その「眠たい奴」ふたりの向こうにまわるのが、新興宗教の教祖の跡目相続争いを〝演出〟して教団を乗っ取ろうと企《たくら》む男と関西やくざの切れ者。それに地元やくざと市長と警察署長、観光業者。

たとえば黒沢明の『用心棒』の舞台となった宿場街を想わせるといったらいいか、あれはやくざが街を二分していたが、こちらは新興宗教と観光業者が街を二分している地方都市。そこに、組織に莫大《ばくだい》な借金を背負わせて東京から逃げてきたやくざが、雷撃の恋の相手のピンチを救おうとしたのが発端で、対立するふたつの勢力とそれにからんだやくざをすべて潰《つぶ》してしまおうと動く。大阪からのりこんできた刑事も、やくざの気っぷに惚《ほ》れ、その惚れた女にも惚れて、別個に進んでいっしょに打ったり、いっしょに打って別個に進んだり——という、経済やくざの生態ややくざ社会の内幕、警察の腐敗、新興宗教の舞台裏といった現実世界の裏話をもりこんでの、陰謀渦巻く伊達六十二万石的展開は、緊迫感もあればスピーディだ。

そしてその展開をささえているのは、ときに肝胆あい照らし、ときに角つきあい、ときに抜け駆けしと、信じたり騙《だま》したりの高見と月岡の活躍だが、それをまた東京弁と大阪弁のユーモラスなかけあいがささえている。

バブルの時代にはさまざまな絵図を引いて組に何百億も儲《もう》けさせたが、バブルが消えると未納金を納めろと責めたてられている高見は、四十二歳の男盛り、ハンサムでダンディ。頭は切れるし用心深いが、一年に一度は頭の血管がぷっつり切れる音がして、自分でも信じられない無茶をしでかす男。やくざと警察の癒着を根っこから断ち切ろうとして爪弾《つまはじ》きになっている月岡は、頭は切れるが、その外見はま四角の、雪駄《せった》の裏で「福笑い」をやったような面つきで、濃い紫のダブルのスーツに黄色とピンクのネクタイという〝悪趣味〟を絵に描いたような男。

この外見に東京弁と大阪弁だ、やくざと刑事のイメージをひっくりかえしたようなふたりは、漫才でいうならば、高見がツッコミ、月岡がボケ。小生はこのふたりのやりとりや関西やくざのセリフなんぞを、ときに声を出して読んで愉《たの》しんだのだが、読者にも音読をおすすめしたい。そうすれば、これが大阪弁の妙味なのだが、自分もまた登場人物になったような気分になって、さらに愉しめようというものである。しかもその会話のおかしみが、ストーリィの展開をさらにスピーディにしているのだから、読むほうも快適に読める。

といってストーリィは二の次というのではもちろんない。高見も月岡も、いや登場人物のすべてを〈善〉と〈悪〉に単純に腑《ふ》分《わ》けするのではなく、その間のグレーゾーンにおいてそれぞれに〝三分の理〟を主張させ、伏線のはりかたも、事のひろがりようもよく考えられていて、大沢在昌自身のノリのよさを充分に堪能《たんのう》できる良質のハードボイルドである。

それにしても、と親本は一九九六年刊行の本書を読んで思う。大沢在昌には、スランプはないのかと。その後の作品をお読みの読者にはいわずもがなだろうが、一作ごとに創《つく》りだす物語もキャラクターもつねに新しいし、それに賭《か》ける情熱もいっかなおとろえないとは、まさに小説の神の申し子とすらいいたいほどである。ストーリィ・テリングの妙、キャラクターの造型、文章のうまさ、自信に裏打ちされた才能は、その小説のどれをとっても読者の期待を裏切ることはないのである。小生は本書を読んであらためて大沢在昌の辞書には「マンネリ」という語はないだろうことを確信した。

大沢在昌の小説はすべて読んだ〝フリーク〟の小生は自信をもって断言するが、大沢在昌の小説はなにから読みはじめてもそれ一作で「あとはいいや」とはならないはずである。事実、一作読んでまた一作、そしてと読みつづけ、気がついてみたらその世界にどっぷりとつかっていたという読者は、小生のまわりにも大勢いる。本書もまたまちがいなく読者をして〝大沢フリーク〟への道を歩ませることになるだろう。また、その道を大いに愉しんでいただきたいものではある。

本作品は一九九六年十一月に毎日新聞社から単行本として、一九九八年十一月に実業之日本社JOY NOVELSとして、二〇〇〇年十月に角川文庫として出版された作品の新装版です。

眠《ねむ》たい奴《やつ》ら

新装版

大《おお》沢《さわ》在《あり》昌《まさ》

平成28年 11月25日　初版発行
令和7年 6月10日　10版発行

発行者●山下直久

発行●株式会社KADOKAWA
〒102-8177　東京都千代田区富士見2-13-3
電話　0570-002-301（ナビダイヤル）

角川文庫 20056

印刷所●株式会社KADOKAWA
製本所●株式会社KADOKAWA

表紙画●和田三造

●お問い合わせ
https://www.kadokawa.co.jp/（「お問い合わせ」へお進みください）
※内容によっては、お答えできない場合があります。
※サポートは日本国内のみとさせていただきます。
※Japanese text only

ISBN978-4-04-104917-4　C0193

◆◆◆

角川文庫発刊に際して

角川源義

第二次世界大戦の敗北は、軍事力の敗北であった以上に、私たちの若い文化力の敗退であった。私たちの文化が戦争に対して如何に無力であり、単なるあだ花に過ぎなかったかを、私たちは身を以て体験し痛感した。西洋近代文化の摂取にとって、明治以後八十年の歳月は決して短かすぎたとは言えない。にもかかわらず、近代文化の伝統を確立し、自由な批判と柔軟な良識に富む文化層として自らを形成することに私たちは失敗して来た。そしてこれは、各層への文化の普及滲透を任務とする出版人の責任でもあった。

一九四五年以来、私たちは再び振出しに戻り、第一歩から踏み出すことを余儀なくされた。これは大きな不幸ではあるが、反面、これまでの混沌・未熟・歪曲の中にあった我が国の文化に秩序と確たる基礎を齎らすためには絶好の機会でもある。角川書店は、このような祖国の文化的危機にあたり、微力をも顧みず再建の礎石たるべき抱負と決意とをもって出発したが、ここに創立以来の念願を果すべく角川文庫を発刊する。これまで刊行されたあらゆる全集叢書文庫類の長所と短所とを検討し、古今東西の不朽の典籍を、良心的編集のもとに、廉価に、そして書架にふさわしい美本として、多くのひとびとに提供しようとする。しかし私たちは徒らに百科全書的な知識のジレッタントを作ることを目的とせず、あくまで祖国の文化に秩序と再建への道を示し、この文庫を角川書店の栄ある事業として、今後永久に継続発展せしめ、学芸と教養との殿堂として大成せんことを期したい。多くの読書子の愛情ある忠言と支持とによって、この希望と抱負とを完遂せしめられんことを願う。

一九四九年五月三日

角川文庫ベストセラー

天使の牙（上）（下）　大沢在昌

新型麻薬の元締め〈クライン〉の独裁者の愛人はつみが警察に保護を求めてきた。護衛を任された女刑事・明日香ははつみと接触するが、銃撃を受け瀕死の重体に。そのとき奇跡は二人を〝アスカ〟に変えた！

天使の爪（上）（下）　大沢在昌

麻薬密売組織「クライン」のボス、君国の愛人の体に脳を移植された女刑事・アスカ。かつて刑事として活躍した過去を捨て、麻薬取締官として活躍するアスカの前に、もう一人の脳移植者が敵として立ちはだかる。

魔物（上）（下）　大沢在昌

麻薬取締官・大塚はロシアマフィアと地元やくざとの麻薬取引の現場を押さえるが、運び屋のロシア人は重傷を負いながらも警官数名を素手で殺害し逃走。その超人的な力にはどんな秘密が隠されているのか？

ブラックチェンバー　大沢在昌

警視庁の河合は〈ブラックチェンバー〉と名乗る組織にスカウトされた。この組織は国際犯罪を取り締まり奪ったブラックマネーを資金源にしている。その河合たちの前に、人類を崩壊に導く犯罪計画が姿を現す。

アルバイト・アイ 命で払え　大沢在昌

冴木隆は適度な不良高校生。父親の涼介はずぼらで女好きの私立探偵で凄腕らしい。そんな父に頼まれて隆はアルバイト探偵として軍事機密を狙う美人局事件や戦後最大の強請屋の遺産を巡る誘拐事件に挑む！